聲音與憤怒

The Sound and the Fury

William Faulkner

威廉·福克納 著

葉佳怡 譯

kner

The Sound and the Fury

William Fau

《聲音與憤怒》新譯推薦序

一首充滿聲音與憤怒的福克納交響曲

——陳榮彬 台大翻譯碩士學位學程助理教授

「文人一般都認為只要執筆寫作，就必須傳達某種訊息，或為某個高貴的理念服務，因此繚繞在這整本書裡的那些聲音與憤怒，對他們來講會是沒有意義的。福克納先生自甘將地獄的大門打開。他並未強迫任何人隨行，但信任他的人沒有理由感到遺憾。」

——莫里斯—艾德加．寬德（Maurice-Edgar Coindreau，福克納的法文譯者）

「我深信人類不會只是逆來順受。人類會戰勝一切，成就不朽，不過這並非因為萬物中只有人類能為自己發聲不輟，而是因為人類有靈魂，有同情、犧牲與堅忍不拔的精神。而詩人與作家的責任就是把這一切寫下。」

——威廉．福克納（William Faulkner，引自他接受諾貝爾獎頒獎時的演講）

一、描繪美國南方的現代主義大師

威廉．福克納於一八九七年生於美國密西西比州，是美國現代主義公認的小說大師，在一九四九年獲得諾貝爾文學獎的肯定。福克納為美國南方文學的重要作家，他的寫作生涯始終同時帶有現代主義的「普世性」與南方文學的「地域性」：因此一方面他筆下人物的遭遇可說是人類生存的現實景況，都是舉世皆然的普遍問題；但更具體而言，他所關切的是美國南方的歷史文化、種族衝突、性別歧視、南方人的偏見等議題，因此每一本小說都為當時美國社會狀況留下了珍貴紀錄。在他筆下，高貴、繁榮、講究傳統的南方早已一去不返，或至少正在漸漸崩壞中，他作品中的南方人都是痛苦的、頹廢的、貧困的、處境艱難的。

不過，首先要釐清的是：何謂現代主義？簡單來講，現代主義是源自於西方世界的文藝思潮，在精神上與傳統絕裂，講求前衛性、實驗性、反叛性，反映與實踐在哲學、藝術、文學、文化、電影、建築等各個人類的創造領域。現代主義是一種跨國運動，曾在許多不同國家的不同時間點達到巔峰，但都與都市環境有很大的關係，例如歐洲的現代主義發展就聚集於巴黎、倫敦、柏林、維也納、布拉格、聖彼得堡等，美國則在紐約、芝加哥等城市。現代主義作家寫作時往往帶著清楚的時間意識，而且相較於寫實主義注重外在世界的描寫或者社會批判，現代主義更強調內心世界的探索，帶有強烈的個人主義色彩。

二十世紀城市文明與現代主義相伴相隨，一方面提供了讓現代主義蓬勃發展的文學環境，城市的疏離異化、人群的冷漠無情，也逼使現代主義小說家走入主角們的內心世界，喬伊斯（James Joyce）《都柏林人》（*The Dubliners*）與卡夫卡（Franz Kafka）的〈變形記〉（*Metamorphosis*）是這樣，費茲傑羅（F. Scott Fitzgerald）《塵世樂園》（*This Side of Paradise*）、《大亨小傳》（*The Great Gatsby*）裡的紐約，維吉尼亞・吳爾芙（Virginia Woolf）《戴洛維夫人》（*Mrs. Dalloway*）裡的倫敦。但在這方面福克納很不一樣，因為他把焦點擺在自己土生土長的美國南方鄉土（因此有許多人甚至習慣將福克納的美國南方與沈從文的湘西進行比較研究）。福克納的許多故事都發生在虛構的約克納帕陶法郡（Yoknapatawpha County），據其所言，該郡「面積二四〇〇平方英里，居民一五六一一人」，白人與黑人的人口比例大約二比三，是融合想像與事實的創造物，不過大致上就是福克納故鄉拉法葉郡（Lafayette）的縮影，甚至他還親自為這虛構的南方小郡畫了一張有名的地圖，收錄在一九三六年出版的《押沙龍，押沙龍！》（*Absalom, Absalom!*）。《聲音與憤怒》（*The Sound and the Fury*）的故事就是發生在約克納帕陶法郡一個叫做傑佛遜的小鎮。

二、意識流技巧的傳承

在福克納超過四十年的創作生涯中，他創作十九部長篇小說、一百二十五篇短篇小說、十七部電影劇本（其中只有九部登上了大銀幕）、一部戲劇，可見他雖然生活時有困頓（包括情感上的糾葛，還有經濟上的貧困），但創作能量相當豐富。福克納少時不學無術，只讀了一年密西西比大學，所幸十七歲結識了大他四歲的良師益友菲爾．史東（Phil Stone，後來當上了律師），因為史東在就讀耶魯大學法學院時讀到文學雜誌《小評論》（*The Little Review*）上連載的喬伊斯小說《尤利西斯》（*Ulysses*），就介紹給他。《尤利西斯》對於福克納的影響有多大，這當然是個可以討論的問題，但至少我們可以確定的是，這一件小事顯示出英美現代主義在某個程度上的銜接，而且無論是一九二二年《尤利西斯》出版，或一九二九年《聲音與憤怒》出版，都是現代主義的大事——儘管《聲音與憤怒》剛出版時並未受到太多矚目，但最後終於成為討論度最高的福克納小說代表作。

很可能就是因為這一層關係，許多人都曾指出福克納與喬伊斯的某些共同特色，例如大量使用內心獨白、意識流的技法，也都很喜歡自己造字。如果從《聲音與憤怒》這本小說看來，無論是在敘述上必須設法重現弱智者小班的心理狀態，或者昆丁在決定自殺前腦海中充滿衝突、狂亂的瘋狂意識，還有傑森充滿偏見、憎恨的不理智觀點，對於福克納來講想必都是嚴峻挑戰。這樣的文字風格造成福克納早期在美國不受讀者歡迎，因為他的作品向來以難懂著稱，甚至有人說，他的作品「不是用來閱讀的，而是用來重讀的」。莫里斯－艾德加．寬德甚至非常明白地表示：《聲音與憤怒》「**會讓懶惰的讀者望而生畏**」。但福克納並不在意，這就是他小說藝術的特色，也可以反映出他一貫的想法：就像他在接受《巴黎評論》（*The Paris Review*）雜誌專訪時所說的，「**作家只需要對自己的藝術作品負責**」。

三、時間結構就是故事結構

讀過王文興《家變》、聶華苓《桑青與桃紅》、白先勇《孽子》的讀者們應該都知道，現代主義是一種關於敘事時間的藝術，時間往往會以多元軸線的方式出現在小說裡，而時間的結構就是故事的結構。《聲音與憤怒》所敘述的，是約克納帕陶法郡傑佛遜鎮名門康普生家族（the Compsons）的興衰史，在這方面我們可以說這是中西文學史上非常普遍的主題，像是曹雪芹的《紅樓夢》、托馬斯．曼（Thomas Mann）的《布登布魯克家族》（*Buddenbrooks*），甚至馬奎斯（Gabriel García Márquez）的《百年孤寂》（*Cien años de soledad*）都屬於此類作品。不過，《聲音與憤怒》的特別之處在於把這種普遍的題材以

（在當時）非常創新的方式表現出來，這也可以用來解釋為何它剛出版時不受矚目：因為太難理解。

這本小說以四個組成部分為基本結構，分別由小說的四個主角敘述（前三部是第一人稱，第四部是第三人稱），他們分別為康普生家的三子小班、長子昆丁、二子傑森、年長的黑人女僕笛爾西。小說另有一篇附錄是福克納應知名編輯馬爾孔·考利（Malcolm Cowley）於一九四五年為維京出版社（Viking Press）編選《福克納精選輯》（*The Portable Faulkner*）之邀所寫。邀稿的初衷只是請他以幾頁的篇幅介紹《聲音與憤怒》裡諸多角色之間的關係，沒想到卻收到一篇將近二十頁的〈附錄：康普生家族——一六九九到一九四五〉，所以等於讀者可以從五種不同角度去了解康普生家族的故事。綜合每一部的時間點，小說的故事始於一九一〇年六月二日，也就是哈佛大學學生昆丁決定去自殺那天，另外三部則只是一九二八年四月六日至八日，三天內發生的故事。但事實上在閱讀時會發現故事在一九〇〇年到一九二八年的十四個時間點之間跳來跳去。

如此硬生生將時間之流割裂，當然會對讀者造成不便，但卻無損於作品的完整與統一，甚至過往常有評論家認為這本小說就像一首交響樂，例如曾得過普立茲獎、國家圖書獎的詩人、作家康拉德·艾肯（Conrad Aiken）就說這本小說有四個堅實樂章的交響曲結構，簡直像是一本完整的創作技巧教科書。莫里斯—艾德加·寬德的比喻更是精妙，他認為小班敘述的第一部像是中板（Moderato）、昆丁敘述的第二部像慢板（Adagio）、傑森的段落是快板（Allegro），第四部聚焦於笛爾西的第三人稱敘述則是穿插著狂暴的快板（Allegro furioso）、虔誠的行板（Andante religioso）、粗獷的快板（Allegro barbaro）與緩板（Lento），而小班的痴人狂喧在其中扮演打擊樂的角色。

四、《聲音與憤怒》的重譯

《聲音與憤怒》最早的完整譯本出自政治大學英文系黎登鑫教授之手，是遠景出版社「世界文學全集」的第四十九冊（一九七九年），這個版本的一個特色是把上述的「附錄」放到最前面，讓讀者對於康普生家族的歷史先有了個全貌，不過在昆丁敘述的第二部末尾原文完全沒有使用標點符號的部分，譯者為了可讀起見，還是加上標點符號。五年後，中國最重要的福克納譯者兼學者李文俊的譯本問世，但採用的書名是《喧嘩與騷動》（一九八四，上海譯文出版社）。後來他又翻譯了《押沙龍，押沙龍！》與《我彌留之際》（*As I Lay Dying*）等福克納的重要小說。李文俊的譯本在中國普遍獲得好評，一來譯文精確、二來往往能適時將譯文予以明晰化（explicitation），加強可讀性，再者能以不同字形表達原文以斜體呈現的段落，讓讀者注意到時空背景轉變了。在這些方面李文俊的譯本的確有優於黎登鑫譯本之處，甚至可以說是之後的新譯本不能忽略的參考指標。

後來問世的三個中國譯本在這些方面都是以李文俊版為典範，一來書名固定為《喧嘩與騷動》，二來內文有不同字體區別，三來也使用了大量譯注，只是數量不及李文俊（四百個注釋），藉此輔助讀者進行閱讀，包括方柏林（二〇一五，譯林出版社，七十條譯注）、何蕊（二〇一七，北京聯合出版公司，三百條譯注）以及李繼宏（二〇一八，天津人民出版社，三五四條譯注）。其中李繼宏版最為別出心裁（參考了 Folio Society 二〇一二年版本）除了以一張隨書附贈書卡指出全書不斷跳動的十四個時間點（年月），內文還用了十四種不同顏色的字體將這些時間點標注出來。

至於台灣，如今終於迎來了一九七九年以降的第一個譯本：這將近半世紀的等待是值得的。近年來，國內出版社對於福克納作品的翻譯雖不算多，但持續進行著。最主要的就是《八月之光》（*Light in August*，陳錦慧譯，二〇一五，聯合文學）與《我彌留之際》（葉佳怡譯，二〇二〇，麥田）（這兩本小說都是以約克納帕陶法郡為故事背景，分別出版於一九三二與一九三〇年，相當接近《聲音與憤怒》的出版）。其中，《我彌留之際》的譯者葉佳怡堪稱有能力詮釋《聲音與憤怒》一書的最佳人選。佳怡本身是位小說家，且她的翻譯策略強調細讀，遇到不明白之處往往力求深入研究，從可能的翻譯方式中仔細推敲，找出最恰當的選擇。翻譯可說是最細膩的閱讀，如果讀不懂文字是無法翻譯的。

且看葉佳怡如何透過她的清新文風外加將近五百個譯注來重新詮釋福克納的約克納帕陶法郡經典之作。

新譯推薦

目錄

附錄

APRIL 7, 1928

四月

七日

一九二八[1]

透過籬笆，透過彎曲花朵之間的空隙，我[2]可以看見他們在打[3]。他們走向插旗子的地方，我沿著籬笆跟上。勒斯特在花樹旁的草地中猛找。他們把旗子拔出來，他們還在打。然後他們把旗子插回去，走向高地，他打了，另一個人打了。然後他們繼續走，我也沿著籬笆跟上。勒斯特[4]離開那棵花樹，我們一起沿著籬笆移動，他們停下來我們也停下來，我透過籬笆看過去而勒斯特在草堆裡猛找。

「這裡，桿弟[5]。」他打了。他們一起走向草地另一端。我緊抓籬笆望著他們走遠。

「你聽聽自己有多難聽。」勒斯特說。「還真了不起啊，你都三十三歲了，竟然還這副德性。我都大老遠去鎮上為你買蛋糕啦。別哭哭唉唉了。你不來幫我找那枚二十五分硬幣嗎。[6]這樣我晚上才能去看表演。」

他們打得很小[7]，他們在草地的另一邊。我沿著籬笆走向插旗子的地方。旗子在明亮的草和樹上翻飛[8]。

「好了啦。」勒斯特說。「我們這邊看得差不多了。他們現在也不會再走過來。我們去溪溝那邊，免得錢被那些黑鬼撿走。」

旗子是紅色的，此刻在草地上翻飛。還有隻鳥歪歪斜斜停在上面。勒斯特丟過去。旗子在明亮的草和樹上翻飛。我緊抓住籬笆。

「別再哭哭唉唉了。」勒斯特說。「要是他們不過來，我也不可能要他們過來，是吧。

你要是再不閉嘴，婆婆[9]就沒辦法幫你過生日啦。因為如果你不安靜，你知道我會怎麼幹，我會把那個蛋糕吃光光，連蠟燭都吃光，三十三根都不放過。走啦，我們下去溪溝那邊。我得找到我的硬幣。說不定我們還能找到一顆他們打的球。那裡。他們到那裡了。在很遠那邊。你看。」他來到籬笆邊伸長手臂去指。「看看他們。他們不會再回來這裡了。我們走吧。」

我們沿著籬笆走到花園的籬笆邊，我們的影子在這裡。我在籬笆上的影子比勒斯特的影子高[10]。我們走到破掉的地方，穿過去。

「等一下。」勒斯特說。「你又勾住那根釘子了。真是的就不能有一次穿過這裡時不勾住嗎。」

凱兒替我解開[11]，我們爬了過去。莫里舅舅說不要讓任何人看見我們，所以我們最好彎著腰走，凱兒這麼說。彎腰，小班，就像這樣，你看。我們彎著腰穿過花園，刮過我們的花朵啪嚓啪嚓響。地是硬的。我們爬過籬笆，豬在那裡呼嚕呼嚕地使勁聞。我想牠們應該很遺憾，因為其中一隻今天給宰了，凱兒這麼說。地是硬的，是被攪爛後又結塊了。

把你的手好好放在口袋裡，凱兒這麼說。不然就要凍傷了。你可不想雙手在聖誕節時凍傷，是吧。

「外面太冷了。[12]」維爾許[13]說。「你不會想出去的。」

「現在是怎麼了？」母親說。

「他想去外面。」維爾許說。

「讓他去吧。」莫里舅舅說。

「太冷了。」母親說。「他最好還是待在屋裡。班傑明，別再吵了，停止。」

「哎呀死不了人的。」莫里舅舅說。

「你啊，班傑明[14]。」母親說。「要是不乖乖的，你就得去廚房了。」

「婆婆說今天別讓他接近廚房。」維爾許說。「她說她有一大堆菜得煮。」

「讓他去吧，卡洛琳。」莫里舅舅說。「你老擔心他可是要生病的。」

「我知道。」母親說。「這是老天要懲罰我。我有時忍不住要這樣想。」

「好啦，沒事。」莫里舅舅說。「你得振作起來。我給你調杯熱威士忌甜酒吧。」

「喝了酒只會讓我更難受而已。」母親說。「你難道不知道嗎。」

「會感覺好一點的。」莫里舅舅說。「讓他穿厚一點，小子，再他帶出去晃一下。」

莫里舅舅不見了。維爾許不見了。

「拜託，安靜。」母親說。「我們正在想辦法盡快把你帶出去。我不希望你生病。」

維爾許為我穿上鞋套和大衣，我們拿了我的帽子後一起出去了。莫里舅舅正在把一個瓶子收進飯廳的酒櫃裡。

「把他帶去外面晃個半小時，小子。」莫里舅舅說。「讓他待在院子裡，去。」

「遵命，先生。」維爾許說。「我們絕不會讓他逃出這地方。」

我們到了外面。陽光又冷又亮。

「你要去哪裡。」維爾許說。「你不會以為是要進城，對吧，」我們穿過啪嚓啪嚓響的樹葉。柵門是冰的。「你最好把那雙手好好放在口袋裡。」維爾許說，「你把手放在柵門上會凍傷，要是真凍傷怎麼辦。你為什麼不肯在屋子裡等啦。」他把我的雙手放進我的口袋。我可以聽見他在樹葉間啪嚓啪嚓響。我可以聞到冷。柵門是冰的。

「這裡有一些山胡桃。哎呀。跑到那棵樹上了。看看那裡有隻松鼠，小班。」

我完全無法感覺到柵門，但我可以聞到明亮的冷。

「你最好把手放回你的口袋裡喔。」

凱兒正在走路。然後她開始跑，她的書包在身後又是搖晃又是彈跳。

「哈囉，小班。」凱兒說。她打開柵門走進來彎下腰。凱兒聞起來是葉子。「你是來等我的嗎。」她說。「你是來等凱兒的嗎。你怎麼會讓他的手變那麼冷，維爾許。」

「我有叫他把手收進口袋。」維爾許說。「他就硬要把手放在柵門上。」

「你是來等凱兒的嗎？」她說話時搓揉我的雙手。「怎麼了。你想跟凱兒說什麼。」

凱兒聞起來是樹，就像她說我們是睡著了的味道。

你在哭哭唉唉什麼，[15]勒斯特說。我們到溪溝那裡時你可以再去觀察他們。這裡。給你一根曼陀羅。他給了我那朵花。我們穿過籬笆，進入空地。

「怎麼了。」凱兒說。「你打算跟凱兒說什麼。是他們硬要他出來的嗎，維爾許。」

「沒辦法讓他待在屋子裡。」維爾許說。「他一直鬧啊大家只好讓他走，然後他就立刻跑來這裡，朝著柵門外望。」

「怎麼了。」[16]凱兒說。「你覺得我從學校回家就代表聖誕節到了嗎。你是這樣想的嗎。聖誕節是後天。聖誕老公公啊，小班，聖誕老公公喔。來吧，我們往屋子跑，去把身體暖起來。」她牽起我的手，我們跑過啪嚓啪嚓響的葉子。我們跑上階梯後離開明亮的冷，進入陰暗的冷。莫里舅舅正把瓶子收回酒櫃。他喊了凱兒。凱兒說，

「帶他進去烤火，維爾許。你跟維爾許過去。」她說。「我等等就進去。」

我們走到火邊。母親說，

「他冷嗎，維爾許。」

「不冷，女士。」維爾許說。

「把他的大衣和鞋套脫掉。」母親說。「到底要我跟你說幾次。別讓他穿著鞋套就進來。」

「是的，女士。」維爾許說。「別動，聽話。」他把我的鞋套脫掉，解開我的大衣鈕釦。

凱兒說，

「等等，維爾許。他不能再出去了嗎。母親。我想要他跟我一起去。」

「你最好把他丟在這裡就好。」莫里舅舅說。「他今天出去夠久了。」

「我覺得你們倆最好都待在屋子裡。」母親說。「天氣愈來愈冷了，笛爾西說的。」

「拜託，母親。」凱兒說。

「胡說八道。」莫里舅舅說。「她在學校待了一整天，就需要點新鮮空氣。去跑跑吧，凱蒂絲[17]。」

「讓他出去吧，母親。」凱兒說。「拜託。不然你也知道他會哭。」

「那你為什麼要在他面前提起呢。」母親說。「你為什麼要進來這裡。就為了又讓他有機會借題發揮，害我操心。你今天出門夠久了。我想你還是坐下陪他玩吧。」

「讓他們去吧，卡洛琳。」莫里舅舅說。「一點冷風死不了人。記得，你得讓自己振作一點。」

「我知道。」母親說。「天曉得我有多怕聖誕節。真是只有天曉得。我不是那種能吃苦的女人。真希望我能為了杰森[18]和孩子堅強一點。」

「你一定要盡你所能，別讓他們擔心你。」莫里舅舅說。「去跑跑吧，你們兩個。但別在外面待太久，聽話。你們的母親會擔心。」

「遵命，先生。」凱兒說。「來吧，小班。我們又要出去囉。」她扣好外套，我們往門口走。

「你沒讓那個寶寶穿上鞋套就要帶他出去嗎。」母親說。「你想害他生病嗎，還是在這種家人團聚的時候。」

「我忘了。」凱兒說。「我以為他穿好了。」

我們走回去。「你得用用腦子。」母親說。*別動啊聽話*[19]維爾許說。他把我的鞋套穿上。「等有一天我不在了，你們得為他想。」*現在跺跺腳*維爾許說。「來這裡親親母親，班傑明。」

凱兒把我帶去母親的椅子邊，母親雙手捧住我的臉，然後緊緊抱住我。

「我可憐的寶寶。」她說。她放開我。「你和維爾許要好好照顧他，親愛的。」

「是的，女士。」凱兒說。我們出門。凱兒說，

「你不用一起去，維爾許。我這段時間會顧著他。」

「好吧。」維爾許說。「我才不要在這麼冷的時候出門，又不好玩。」他繼續走然後在門廊停下腳步，凱兒跪下用雙臂環抱我，那張又冷又明亮的臉貼著我的臉。她聞起來是樹。

「你才不是一個可憐的寶寶，對吧。你有你的凱兒。你不是有你的凱兒嗎。」

你可以不要再哭哭唉唉又流口水了嗎，[20]勒斯特說。你難道不覺得丟臉嗎，竟然這樣鬧個不停。我們經過馬車房，馬車就停在裡面。車上裝了個新輪子。

「上車啦，聽話吧，在你媽來之前坐好別動。」[21]笛爾西說。她把我用力推進馬車。T. P.[22]抓著韁繩。「真不明白傑森[23]為什麼不買台新的輕馬車。」笛爾西說。「現在這台總有一天會被你們坐壞，瞧瞧那些輪子。」

母親走了出來，她拉下面紗，手上拿著一些花。

「羅斯克斯人[24]呢？」她問。

「羅斯克斯今天手舉不起來。」笛爾西說。「T. P.也是不錯的駕駛。」

「我真擔心。」母親說。「在我看來，你們每星期為我準備好一位馬車駕駛應該不難才對。我的要求不算多吧，老天在上啊。」

「你跟我一樣清楚，羅斯克斯風溼太嚴重了，不可能要他做更多工作了，卡琳小姐[25]。」笛爾西說。「你現在就過來上車吧，T. P.能和羅斯克斯一樣把你好好載過去。」

「我真擔心。」母親說。「畢竟還帶著寶寶。」

笛爾西爬上階梯。「你還說那傢伙是寶寶，」她說。她挽住母親的手臂。「那男人都跟T. P.一樣大了[26]。過來吧，如果你還有要去的話。」

她們從階梯上走下來，笛爾西幫忙扶母親上車。「或許我們這樣一起死掉才是最好的。」

對所有人來說都是。」母親說。

「你不覺得丟人嗎，竟然說這種話。」笛爾西說，「難道你不知道，光靠一個十八歲的小黑鬼還沒辦法讓我們這匹小女王狂奔起來呢。牠的年紀比他和小班加起來還老呢。還有你別再逗小女王玩了，聽見沒，T. P.，如果你的駕車技術沒辦法讓卡琳小姐滿意，我就叫羅斯克斯揍扁你。要他揍你一頓還是沒問題的。」

「是的，女士，」T. P.說。

「我就是知道一定會出事。」母親說。「別鬧了，班傑明。」

「給他一朵花拿著。」笛爾西說，「他就是想要花。」她把手伸進去。

「不、不。」母親說。「你會把花束弄亂。」

「你把花束拿好。」笛爾西說。「我抽一枝出來給他。」她給了我一朵花，然後她的手離開了。

「現在出發吧，免得昆汀[27]看見你們就非要一起去了。」笛爾西說。

「她在哪。」母親說。

「她在屋裡跟勒斯特玩。」笛爾西說。「出發吧，T. P.。按照羅斯克斯教的好好駕車，去吧。」

「是的，女士。」T. P.說。「走起來吧，小女王。」

「我說那個昆汀。」母親說。「別讓她[28]」

「當然啦我知道。」笛爾西說。

馬車在車道上顛簸又吱嘎作響。「把昆汀這樣丟下離開我不放心。」母親說。「我最好還是不去了，T. P.。」我們穿過柵門，車子不再顛簸。T. P.用鞭子抽了小女王。

「T. P.你這傢伙啊。」母親說。

「得讓牠繼續前進。」T. P.說。「牠回到畜棚前得一直保持清醒」

「掉頭吧。」母親說。「把昆汀這樣丟下離開我不放心。」

「這裡沒辦法掉頭。」T. P.說。然後路比較寬了。

「你不能在這裡掉頭嗎。」母親說

「好吧。」T. P.說。我們開始掉頭。

「T. P.你這傢伙啊。」母親說話時緊抓著我。

「我得想辦法掉頭啊。」T. P.說。「欸，小女王。」我們停下來了。

「你會害我們翻車。」母親說。

「那你現在想怎樣。」T. P.說。

「你要是再試著掉頭，我更擔心。」母親說。

「走起來，小女王。」T. P.說。我們繼續前進。

「我不在的時候，笛爾西一定會讓昆汀出事，我就是知道。」母親說。「我們得趕回去。」

「走起來吧，走。」T. P.說。他用鞭子抽小女王。

「T. P.你這傢伙啊。」母親說話時緊抓著我。我可以聽見小女王的腳步聲，各種明亮形體[29]從我們兩邊流暢又穩定地經過，這些形體的影子從小女王背上流過，就跟明亮的車輪頂部一樣不停出現。然後其中一側的形體在經過白色高柱上的士兵後停住了，但另一側還是平穩出現，只是速度比較慢。

「找我做什麼。」傑森說。他的雙手插在口袋裡，耳朵後插著一枝鉛筆。

「我們要去墓園。」母親說。

「好吧。」傑森說。「我總不可能會攔你們，是吧。你找我應該也沒別的事，就打算跟我說一聲而已吧。」

「我知道你不會來。」母親說。「如果你來，我會覺得比較安全。」

「會有什麼不安全。」傑森說。「難道父親和昆丁還能傷害你嗎。」

母親把手帕伸到面紗底下。「別這樣了，母親。」傑森說。「你想讓這個該死的瘋鬼在廣場中央大吼大鬧嗎。繼續駕車吧，T. P.。」

「走起來吧，小女王。」T. P.說。

「這是老天對我的懲罰。」母親說。「但我也要離開這世界了，不用很久。」

「對了。」傑森說。

「欸。」T. P.喊。傑森說，

「莫里舅舅用你的名字提了五十塊出來。你打算拿這筆錢做什麼。」

「為什麼問我。」母親說。「有我說話的餘地嗎。我儘量不去擔心你和笛爾西。我很快就要離開這世界了，然後就是你。」

「繼續走吧，T. P.。」傑森說。

「走起來吧，小女王。」T. P.說。那些形體又流動起來。另一邊的形體也再次開始出現，它們明亮、快速又流暢，就像凱兒說我們要去睡覺時那樣。

愛哭的寶寶，勒斯特說。[30]你不覺得丟臉嗎。我們穿過畜棚。所有牲口的隔間都開著。你現在沒有斑點小馬能騎了，勒斯特說。地板又乾又髒。屋頂已經有些塌了。斜斜的破洞裡充滿飛旋的黃色。你往那邊走要做什麼。你想讓你的頭被那些球打到地上嗎。

「把手好好放在口袋裡，[31]」凱兒說，「不然會凍傷。你不會希望在聖誕節時凍傷手，是吧。」

我們繞過畜棚。大乳牛和小牛正站在門裡，我們可以聽見王子、小女王和光彩在畜棚裡跺腳。「如果不是因為那麼冷，我們就會去騎光彩了。」凱兒說，「但今天實在冷到沒辦法。」然後我們可以看見那條溪溝，那裡有煙在飄。「他們就是在那裡殺豬。」凱兒說。「我們回來時可以走那裡，順道去看看他們。」我們走下山丘。

「你想拿信吧。」凱兒說。「可以讓你拿著。」她從她的口袋取出一封信放進我手裡。「這是聖誕節禮物。」凱兒說。「莫里舅舅打算用這個給派特森太太一個驚喜。我們給她時不能讓任何人看見。好好地把手收在口袋裡，聽話。」我們來到溪溝邊。

「結冰了。」凱兒說。「你看。」她把水的表面敲破，用其中一塊抵住我的臉。「冰。天氣就是這麼冷。」她幫助我跨過溪溝，我們爬上山丘。「連母親和父親都不能說喔。你知道我是怎麼想的嗎。我想對母親、父親和派特森先生來說，這都是份驚喜，就像派特森先生送過你一些糖果嘛。你還記得去年夏天派特森先生送了你糖果嗎？」

那裡有道籬笆。藤蔓乾了，風在藤蔓裡啪嚓作響。

「只是我不懂莫里舅舅為什麼不派維爾許去。」凱兒說。「維爾許絕不會說漏嘴。」派特森太太正望向窗外。「你在這裡等。」凱兒說。「就在這裡等，聽話。我很快回來。把信給我。」她從我的口袋拿出信。「把手好好放在口袋裡。」她拿著信爬過籬笆，走過那些棕色又啪嚓作響的花。派特森太太來到門邊，打開門，就站在那裡。

派特森先生正在綠油油的花間劈砍[32]。他停止劈砍看著我。派特森太太穿越花園而來，她用跑的。我看見她的眼睛後開始哭。你這白痴，派特森太太說，我叫他不要再派你一個

人過來。給我。快。派特森先生很快移動過來，他手上拿著鋤頭。派特森太太的身體靠在籬笆上，手伸長。她試圖爬過籬笆。給我，她說，拿給我。派特森先生爬過籬笆。他拿走了信。派特森太太的連身裙勾在籬笆上。我又看見了她的眼睛，我跑下山丘。

「那裡除了房子之外什麼都沒有。」勒斯特說。「我們去溪溝那裡吧。」

他們正在溪溝那裡清洗[33]。其中一個人在唱歌。我可以聞到衣服在翻飛，煙從溪溝上飄過。

「你待在這裡就好。」勒斯特說。「你去那裡也沒事做。那些傢伙會打你，一定會。」

「他想做什麼？」

「他不知道他想做什麼。」勒斯特說。「他以為他想去那些人敲小白球的地方。你就坐在這裡玩你的曼陀羅花吧。如果非得看些什麼的話，就看著那些在溪溝邊輕鬆玩樂的傢伙。為什麼你不能跟普通人一樣正常。」我在溪水的堤岸邊坐下，他們就在堤岸邊清洗，飄過來的煙是青藍色。

「你們有在這裡看到像是二十五分硬幣的東西嗎？」勒斯特說。

「什麼硬幣。」

「我今早來的時候還帶在身上。」勒斯特說。「不知丟哪去了。是從我口袋的這個洞掉出去的。如果沒找到今晚就不能看表演了。」

「你那硬幣是哪來的啊，小子。趁那些白人沒注意從他們口袋拿的嗎。」

「能從哪裡來就從哪裡來。」勒斯特說。「而且還有很多硬幣可拿喔。但我現在得先找到這枚硬幣。你們有發現嗎？」

「我才不想認真找什麼硬幣。我有自己的事要忙。」

「拜託了，別這樣。」勒斯特說。「幫我找一下。」

「他就算看到硬幣也不會知道那是硬幣，是吧。」

「他一樣可以幫忙找。」勒斯特說。「你們今天都會去看表演吧。」

「別跟我講什麼表演的事。等我把這裡的工作做完，手都累得不可能抬起來了。」

「我敢打賭你會去。」勒斯特說。「也敢打賭你昨晚有去。我敢打賭那座帳篷一開張你們就在現場了。」

「就算不把我算進去，那裡的黑鬼也夠多了，我說昨天晚上。」

「黑鬼的錢就跟白人一樣香啊，我想。」

「白人會給黑人錢，就是已經知道白人會帶樂隊來把那些錢全賺回去，到時候黑鬼又可以為了賺錢上工了。」

「又沒人逼你去看表演。」

「是還沒有。還沒想到吧，我猜。」

「你對白人到底有什麼不滿。」

「沒什麼不滿啊。我過我的日子，他們過他們的。我對那些表演沒研究。」

「裡頭有人可以用鋸子演奏，像是彈班卓琴一樣。」

「你昨晚有去。」勒斯特說。「我今晚要去，我是說如果能找到硬幣的話。」

「你會帶他去吧，我猜。」

「我嗎。」勒斯特說。「你以為每次他開始亂吼，我都會在附近待命嗎。」

「他亂吼時你會怎麼辦。」

「我會拿鞭子抽他。」勒斯特說。他坐下把連身褲捲起來。他們在溪溝裡玩。

「你們有找到任何高爾夫球嗎。」勒斯特說。

「你最好別說這種大話。我敢打賭這種話最好別讓你外婆聽見。」

勒斯特走進溪溝，他們就在那段溪溝裡玩。他在水裡猛找，沿著河岸找。

「我們今早來這裡時，錢還在我身上。」勒斯特說。

「你大概在哪裡弄丟的。」

「就穿過我口袋這個洞掉出去的。」勒斯特說。他們在溪溝裡猛找。然後所有人快速站起身，停止動作，接著在溪溝裡一邊搶一邊濺出水花。勒斯特搶到了，然後他們一起在水裡蹲下，所有人透過灌木叢望往山丘上望。

「他們在哪裡。」勒斯特說。

「還沒看見。」

勒斯特把東西放進口袋。他們從山丘走下來。

「有顆球滾下來嗎。」

「一定是掉進水裡了。你們沒有任何一個小子看見或聽見嗎？」

「我們在這裡什麼都沒聽見。」勒斯特說。「聽見有東西打到那邊那棵樹，但不知道去哪了。」

他們望進溪溝。

「見鬼。就沿著溪溝找吧。那東西是掉到這裡來。我有看見。」

他們沿著溪溝看了看，然後重新走上山丘。

「你們找到那顆球了嗎？」男孩說。

「我要那顆球做什麼。」勒斯特說。「我可沒看見什麼球。」

男孩走進溪溝。他繼續走。他轉身又望向勒斯特。他沿著溪溝繼續走。

那個男人在山丘上喊，「桿弟[34]」。男孩離開水裡爬上山丘。

「好了，給我聽好。」勒斯特說。「安靜。」

「他現在是在哭哭唉唉個什麼勁。」

「天曉得啊。」勒斯特說。「他就是會突然這樣。整個早上都這樣。應該是因為他今天生日吧，我想。」

「他幾歲了。」

「三十三。」勒斯特說。「今早三十三歲了。」

「你是說他這個三歲的模樣已經三十年啦。」

「婆婆是這樣說的啊。」勒斯特說。「不知道啦。反正我們會在蛋糕上插三十三根蠟燭。那個蛋糕很小。應該不夠插。安靜啦。你給我回來這裡。」他走過來抓住我的手臂。「你這個老瘋鬼。」他說。「小心我對你揮鞭了。」

「對啦你最好敢。」

「拜託我早就抽過他了。安靜，聽話。」勒斯特說。「剛剛是不是說過了，你不能去那裡。他們會用那種球把你的脖子打斷。好啦，過來。」他把我拉過來。「坐下。」我坐下，他脫掉我的鞋子後捲起我的褲腳。「好了，去水裡玩，看能不能別再流口水了，最好也別再哼哼唉唉了。」

我安靜下來，走進水裡，*然後羅斯克斯過來叫大家去吃晚餐，凱兒說，*[35]

還不是晚餐時間。我不去。

她身上溼了。我們在溪溝裡玩，凱兒蹲下之後連身裙都溼了，維爾許說，

「你把連身裙弄溼了，你老媽一定會拿鞭子抽你。」
「她才不會幹這種事。」凱兒說。
「你懂什麼。」昆丁說。「而且拜託，我年紀比你大耶。」
「我七歲了。」凱兒說。「我想我懂。」
「我可不只七歲。」昆丁說。「我有上學。沒錯吧，維爾許。」
「我明年要上學了。」凱兒說，「很快的事。對吧，維爾許。」
「你只要把連身裙弄溼，她就會打你，你很清楚」維爾許說。
「沒溼啦。」凱兒說。她從水中站起來望著身上的連身裙。「我會脫掉。」她說。「之後就會乾了。」
「我賭你不敢。」昆丁說。
「我就敢。」凱兒說。
「你最好還是別這樣啦。」昆丁說。
凱兒朝著維爾許和我走過來，轉過身。
「解開釦子，維爾許。」她說。
「你不准解唷，維爾許。」昆丁說。
「那又不是我的連身裙。」維爾許說。

「解開釦子，維爾許。」凱兒說，「不然我就把你昨天幹的好事告訴笛爾西。」所以維爾許解開了釦子。

「你竟然就這樣把連身裙脫了。」昆丁說。凱兒把連身裙脫掉後丟在河岸上，身上除了內衣背心和內褲之外什麼都不剩，昆丁推了她一把，她滑倒後跌進水裡。她起身開始對昆丁潑水，昆丁也對凱兒潑水。有些水濺到了維爾許和我身上，維爾許把我抱起來後放在河岸上。他說他打算去打凱兒和昆丁的小報告，然後昆丁和凱兒開始對著維爾許潑水。他躲到灌木叢後面。

「我要把你們幹的好事都告訴婆婆。」維爾許說。

昆丁爬到岸上嘗試要抓住維爾許，但維爾許跑掉了，昆丁抓不到。昆丁回來後，維爾許停下腳步大吼說要去打小報告。凱兒說如果他不告密，她們就會讓他回來。所以維爾許說他不會去說，她們也讓他回來了。

「這下你可滿意了。」昆丁說，「我們倆到時候都會被抽鞭子。」

「我不在乎。」凱兒說。「我會跑掉。」

「對啦你最好會。」昆丁說。

「我跑掉之後永遠不會回來。」凱兒說。我開始哭。凱兒轉過來說，「安靜。」所以我安靜了。然後他們在溪溝中玩。傑森也在玩，他在比較遠的下游自己玩。維爾許從灌木叢後方繞出來抱起我，再次把我放進水裡。凱兒全身溼透了，背後沾滿泥巴，我開始哭，她過來在水中蹲下。

「安靜，聽話。」她說。「我不會跑掉的。」所以我安靜下來。凱兒聞起來是雨中的樹。

你是有什麼毛病啊，[36]勒斯特說。你就不能停止哭哭唉唉然後跟大家一樣在溪溝裡玩水嗎。

你為什麼不帶他回家啊。他們難道沒說別把他帶來別人家這裡嗎。

他還以為這片草地是他們家的啊，勒斯特說。反正從屋子那邊也看不見這裡，不可能。

我們看得見啊。一般人可不想看見瘋子。看見可沒什麼好運。

羅斯克斯來叫我們回去吃晚餐[37]，凱兒說晚餐時間還沒到。

「晚餐時間到了。」羅斯克斯說。「笛爾西要你們全回屋裡去。帶他們回去，維爾許。」

他走上山丘，乳牛在山丘上哞哞叫。

「或許等走回屋子時，我們就已經乾了。」昆丁說。

「都是你的錯。」凱兒說。「我希望我們全給鞭子抽一頓。」她穿上連身裙，維爾許把釦子扣好。

「他們不會知道你們弄溼了。」維爾許說。「外表看不出來。除非我和傑森打小報告。」

「你會去打小報告嗎，傑森。」凱兒說。

「打誰的小報告？」傑森說。

「他不會說的。」昆丁說。

「你會嗎，傑森。」

「我敢打賭他一定會告密。」凱兒說。「他會告訴大姆兒。」

「他可以跟她說啊。」昆丁說。「反正她病了。如果我們走慢一點，天色太暗他們也就看不清楚了。」

「我才不在乎他們看不看得見。」凱兒說。「我打算自首，我要自己說。你把他帶上山丘，維爾許。」

「傑森不會說的。」昆丁說。「還記得我幫你做的弓和箭嗎。」

「都壞了。」傑森說。

「讓他去講吧。」凱兒說。「我才不放在心上。把默里[38]帶到山丘上，維爾許。」維爾許蹲下，我爬到他背上。

今晚在表演現場見啊，[39]你們各位，勒斯特說。趕快，拜託。我們一定要找到那枚硬幣。

「要是走慢一點[40]，我們走到那裡時天就暗了。」昆丁說。

「我才不要慢慢走。」凱兒說。我們爬上山丘，但昆丁沒跟上。我們走到可以聞到豬群氣味的地方時，他還在溪溝旁。牠們正在角落的飼料溝槽內噴鼻息，一邊發出稀哩呼嚕的聲音。傑森走在我們身後，他把雙手插在口袋裡。羅斯克斯在畜棚門內擠乳牛的奶。

乳牛從畜棚內一隻隻跳了出來[41]。

「繼續啊，」T. P.說。「再叫嘛。我自己也打算來叫一叫。唉唷。」昆丁又踢了T. P.一腳。他把T. P.踢進豬在吃飯的飼料溝裡，T. P.躺在裡面。「他不就是這麼對我的嗎。你當時也看見那個白人怎麼踢我的。唉唷。」

我沒哭，但我停不下來。我沒哭，但地面感覺在動，然後我哭。地面不停往上爬升，乳牛跑上山丘。T. P.努力想起身。他又跌倒了，乳牛往山丘下跑。昆丁抓住我的手臂，我們朝畜棚走。然後畜棚不在那裡，我們必須等它回來。我沒看見畜棚回來。畜棚回到我們身後，昆丁把我放在乳牛吃飯的飼料槽裡。我緊抓住它。它也在離開了，然後我抓住它。乳牛再次往山丘下跑，跑過畜棚的門。我無法停止。昆丁和T. P.沿著山丘走上來，他們一路打架。T. P.跌下山丘，昆丁把他拖上山丘。昆丁打了T. P.，我停不下來。

「站起來。」昆丁說，「你就待在這裡別動。我回來之前你不准離開喔。」

「我和小班要回去婚禮上了。」T. P.說。「唉唷。」

昆丁又打了T. P.。然後他開始把T. P.用力摔到牆上。T. P.在笑。每次昆丁把他摔到牆上他都努力想喊唉唷，但因為在笑所以沒辦法。我不再哭了，但我停不下來。T. P.跌在我身上，畜棚的門離開了，它沿著山丘往下。T. P.自己一個人在打架他又跌倒了。他還在

笑，而我停不下來，我嘗試起身然後我又跌倒了，我停不下來。[42]維爾許說，

「你們也該鬧夠了。你們不煩我都煩了。閉嘴別叫了。」

T. P.還在笑。他在地上翻來倒去地笑。「唉唷。」他說，「我和小班要回去婚禮上了。沙士汽水呀[43]。」T. P.說。

「安靜。」維爾許說。「哪來的汽水。」

「從地窖拿的。」T. P.說。「唉唷。」

「安靜下來。」維爾許說，「地窖的哪裡。」

「到處都是啊。」T. P.說。他又笑個不停。「還有超過一百瓶在裡面呢。超過一百萬瓶啦。當心點，黑鬼，我又要開始大叫啦。」

昆丁說，「把他扶起來。」

維爾許把我扶起來。

「喝這個，小班。」昆丁說。玻璃杯很燙。「安靜，聽話。」昆丁說。「喝下去。」

「是沙士汽水。」T. P.說。「讓我喝吧，昆丁先生。」

「你閉嘴。」維爾許說，「昆丁先生已經把你搞昏頭了。」

「抓好他，維爾許。」昆丁說。

他們抓住我。那很燙的什麼[44]在我臉頰上，在我衣服上。「喝啊。」昆丁說。他們抓

住我的頭。那很燙的什麼在我體內，我又開始了。現在開始的是哭，我的體內有什麼在發生，我又哭個不停，他們一直抓住我直到那什麼不再發生[45]。然後我安靜了。旋轉還在，然後那些形體又開始出現。「打開食槽欄，維爾許。」那些形體移動得很慢。「把那些空麻袋鋪在地上。」形體移動得快了一些，幾乎可說很快。「現在抬起他的腳。」形體繼續移動，流暢又明亮。我可以聽見T. P.在笑。我跟著那些形體移動，爬上明亮的山丘。

到了山丘頂上維爾許把我放下來[46]。「快點過來，昆丁。」他轉頭望向山丘下大喊。昆丁還站在溪溝旁。他正跳入陰影下的溪溝。

「就讓那個老昏頭待在那裡好了。」凱兒說。她牽起我的手，我們走過畜棚穿過柵門。磚頭步道上有隻青蛙蹲在正中央。凱兒跨過牠，拉著我繼續往前走。

「快點來，默里。」她說。青蛙還蹲在那裡，直到傑森用腳趾戳牠才離開。

「牠會害你長疣子的。」維爾許說。青蛙跳開了。

「快點來，默里。」凱兒說。

「家裡今晚有客人來。」維爾許說。

「你怎麼知道。」凱兒說。

「屋子開了那麼多燈。」維爾許說，「每扇窗都是亮的。」

「就算沒客人來，只要我們想，要把燈全打開也是可以的吧。」凱兒說。

「我敢打賭一定有人來。」維爾許說。「你們最好全繞到後門，直接溜上樓。」

「我不在乎。」凱兒說。「我要直接走進大家都在的客廳。」

「你要是這樣做，我敢打賭會被你老爸抽鞭子。」維爾許說。

「我不在乎。」凱兒說。「我要直接走進客廳。我要直接走進飯廳吃晚餐。」

「你要坐哪裡。」維爾許說。

「我要坐大姆兒那張椅子。」凱兒說。「反正她在床上吃。」

「我餓了。」傑森說。他趕過我們沿著步道往前跑。他的雙手插在口袋裡，跌倒了。維爾許走過去把他拎起來。

「如果你別把手插在口袋裡，走路就穩了。」維爾許說。「不管你動作有多快，跌倒時永遠不可能來得及把手從口袋抽出來。」

父親站在廚房階梯的旁邊。

「昆丁呢。」他說。

「他要過來了。」維爾許說。昆丁走得很慢。他的上衣是一片朦朧的白。

「喔。」父親說。光線沿著階梯灑下，落在他身上。

「凱兒和昆丁彼此潑水。」傑森說。

我們等著。

「這樣啊。」父親說。昆丁來了，父親說，「你們今晚可以在廚房吃晚餐。」他停止說話把我抱上去，光線也沿著階梯滾落到我身上，我可以俯視著凱兒和傑森和昆丁和維爾許。父親轉向階梯。「不過你們不能發出聲音。」他說。

「為什麼不能發出聲音，父親。」凱兒說。「家裡有人來嗎。」

「對。」父親說。

「我就跟你說家裡有客人。」維爾許說。

「你才沒有。」凱兒說，「那是我說的好嗎。我說我會[47]」

「安靜。」父親說。他們沒再說話，父親打開門，我們經過後門門廊走入廚房。笛爾西在那裡，父親把我放上椅子，綁好圍兜，讓我靠向桌邊。飯菜蒸騰。

「要聽笛爾西的話，各位。」父親說。「笛爾西，儘量別讓他們太吵。」

「是的，先生。」笛爾西說。父親離開了。

「記得要聽笛爾西的話，好嗎。」他在我身後這麼說。我把臉靠近放晚餐的地方。飯菜的蒸氣飄到我臉上。

「叫他們今晚聽我的話就好，父親。」凱兒說。

「我不要。」傑森說。「我要聽笛爾西的話。」

「如果父親要你聽我的話，你就得聽。」凱兒說。「叫他們聽我的話，父親。」

「我不要。」傑森說。「我不會聽你的話。」

「安靜。」父親說。「那你們全聽凱兒的話吧。笛爾西，等他們吃完之後，就把他們從後門的樓梯帶上樓。」

「是的，先生。」笛爾西說。

「好啦。」凱兒說，「我想現在你們全得聽我的話啦。」

「你們現在全給我安靜。」笛爾西說。「你們今晚全得安靜點。」

「為什麼我們得安靜。」凱兒悄聲說。

「不干你的事。」笛爾西說，「你會在主自己的時候明白真相。」她把我的碗拿過來。碗中的蒸氣升起搔得我的臉好癢。「過來這裡，維爾許。」笛爾西說。

「主自己的時候是什麼時候，笛爾西。」凱兒說。

「星期天啊[48]。」昆丁說。「你還真是什麼都不懂。」

「噓——————。」笛爾西說。「杰森先生沒叫你們全閉上嘴巴嗎。吃你的晚餐，聽話。過來這裡，維爾許。拿他的湯匙。」維爾許拿著湯匙過來，放進碗裡。湯匙進入我的嘴裡。蒸氣進入我的口中搔癢。然後我們停止進食，望向彼此，大家都沒發出聲音，然後我們又聽見了，我開始哭。

「那是怎麼回事。」凱兒說。她把手蓋在我的手上。

「是母親的聲音。」昆丁說。湯匙靠近我，我吃，然後我又哭。

「安靜。」凱兒說。但我沒安靜下來，她過來抱住我。笛爾西走過去把兩扇門關上，我們都聽不見了。

「安靜，聽話。」凱兒說。我安靜下來吃。昆丁沒在吃，但傑森在吃。

「那是母親的聲音。」昆丁說。他起身。

「你給我立刻坐好。」笛爾西說。「他們在裡面招待客人，你別穿著沾滿泥巴的髒衣服進去。你也坐下，凱兒，把晚餐吃完。」

「她在哭。」昆丁說。

「那是有人在唱歌。」凱兒說。「是吧，笛爾西。」

「你們全給我好好吃晚餐，聽話，照杰森先生的話做。」笛爾西說。「你們會在主自己的時候明白真相。」凱兒回到自己的椅子上。

「我跟你們說，他們一定是在辦派對。」她說。

維爾許說，「他全吃光了。」

「把他的碗拿來這裡。」笛爾西說。碗離開了。

「笛爾西。」凱兒說，「昆丁沒有在吃他的晚餐。他不是該聽我的話嗎。」

「吃你的晚餐，昆丁。」笛爾西說，「你們得全部吃完，然後滾出我的廚房。」

「我不想吃什麼晚餐了。」昆丁說。

「我要你吃，你就得吃，」凱兒說。「沒錯吧，笛爾西。」

碗內的蒸氣撲上我的臉，維爾許用手拿湯匙進去舀，蒸氣進入我的口中搔癢。

「我不想吃了。」昆丁說。「他們怎麼可以在大姆兒生病時辦派對。」

「他們會在樓梯下面辦。」凱兒說。「她可以到樓梯平台來看。等我換好睡衣也打算這麼做。」

「母親在哭。」昆丁說。「她在哭沒錯吧，笛爾西。」

「別一直煩我了，小子。」笛爾西說。「等你們吃完之後，我還得立刻準備他們所有人的晚餐。」

一陣子後就連傑森也吃完了，他開始哭。

「你非得這時候開始發作就是了。」笛爾西說。

「大姆兒生病之後他沒辦法跟她睡，所以現在每天晚上都這樣。」凱兒說。「愛哭鬼。」

「我要去打你的小報告。」傑森說。

他在哭。「你已經告過狀了。」凱兒說。「現在已經沒別的事能說了。」

「你們全得上床睡覺。」笛爾西說。她過來把我抱下來，用一條溫溫的布把我的臉跟手擦乾淨。「維爾許，你可以把他們安靜地從後門樓梯帶上去嗎。你，傑森，閉嘴別哭了。」

「現在上床睡覺太早了。」凱兒說。「我們從來沒有這麼早就得上床過。」

「今晚就得這麼早。」笛爾西說。「你們的爸爸說過，吃完晚餐就得立刻上樓。你們也有聽見他這樣說。」

「他說要聽我的話。」凱兒說。

「我才不要聽你的話。」傑森說。

「你得聽話。」凱兒說。「好啦，就是這樣。你們得照我的話做。」

「叫他們安靜，維爾許。」笛爾西說。「你們全得保持安靜，好嗎。」

「我們今天晚上到底為什麼要保持安靜。」凱兒說。

「你們老媽今天不舒服。」笛爾西說。「你們現在都跟著維爾許走，聽話。」

「我就跟你說母親在哭。」昆丁說。維爾許抱起我，他打開通往後門廊的門。我們走出去後維爾許關上門。我可以聞見維爾許，我可以感覺到他。「你們都安靜，聽話。我們現在還不上樓。杰森先生要你們立刻上樓。他要你們聽我的話。我是沒打算管你們。不過他要我們都照我的話做，沒錯吧，昆丁。」我可以感覺到維爾許的頭。我可以聽見我們發出的聲音。「他是這樣說的吧，維爾許。沒錯，就是這樣。那麼我決定帶大家出去走走。走吧。」維爾許打開門，我們走了出去。

APRIL 7, 1928

四月
七日
一九二八

我們走下樓梯。

「我想我們最好去維爾許的屋子那邊，這樣我們才不會被聽見。」凱兒說。維爾許把我放下，凱兒牽起我的手，我們沿著磚頭步道走。

「來吧。」凱兒說，「那隻青蛙不見了。牠已經跳到遠遠的花圃那邊了。說不定我們之後會看見別隻。」羅斯克斯拎著幾只擠奶桶走過來。他繼續走。昆丁沒跟著我們一起。他坐在廚房外的階梯上。我們走向維爾許的屋子。我喜歡聞維爾許屋子的氣味。*屋裡有生火*[49]*，T. P.蹲著，襯衫下擺離火堆很近，正為了讓火更旺把柴丟進去。*然後我站好，T. P.替我穿好衣服，我們去了廚房吃飯。笛爾西在唱歌，我開始哭，她停止唱歌。

「別讓他進屋子，聽話。」笛爾西說。

「我們不能去那邊。」T. P.說。

我們在溪溝裡玩。

「我們不能繞到溪溝另一邊。」T. P.說。「你難道忘記婆婆說我們不能過去嗎。」

笛爾西在廚房唱歌，我開始哭。

「安靜。」T. P.說。「好啦。我們現在去畜棚那裡。」

羅斯克斯在畜棚裡給乳牛擠奶。他用單手擠奶，一邊還在唉嘆呻吟。有些鳥蹲坐在畜棚門上望著他。其中一隻飛下來跟乳牛一起吃飯。我望著羅斯克斯擠奶，同時T. P.正在餵小女王和王子吃飯。小牛在豬圈裡，牠一邊用鼻子磨蹭鐵絲網一邊咆哮。

「T. P.。」羅斯克斯說。T. P.說了先生，我在畜棚裡。光彩把頭抬到門上方，因為T. P.還沒餵到牠。「快把那邊搞定。」羅斯克斯說。「你得過來擠奶。我的右手真使不上力了。」

T. P.過來擠奶。

「怎麼不看醫生。」T. P.說。

「看醫生沒好處。」羅斯克斯說。「這地方就是這樣。」

「這地方怎麼了。」T. P.說。

「這地方沒好運。」羅斯克斯說。「你弄完之後把那隻小牛關回去。」

這地方沒好運，[50]羅斯克斯說。火光在他和維爾許身後升起又落下，滑過他和維爾許的臉上。笛爾西把我在床上安頓好了。床聞起來是T. P.的味道，我喜歡。

「你哪會知道這種事[51]。」笛爾西說。「難道是靈魂出竅過嗎。」

「根本用不著靈魂出竅。」羅斯克斯說。「壞兆頭不就躺在那張床上嗎。那壞兆頭不就明擺在大家面前十五年了嗎[52]。」

「就算是這樣好了。」笛爾西說。「你和你的孩子也沒吃虧，是吧。維爾許好好在工作，弗洛妮也讓你親手嫁出去了，等風溼病把你澈底擊垮後，T. P.的年紀也夠頂你的位子了。」

「已經死兩個[53]了。」羅斯克斯說。「還會再死一個。我看見了壞兆頭，你們也會。」

「我那天晚上[54]有聽見歪臉鴞[55]在叫。」T. P.說。「丹恩[56]不肯來，晚餐也不吃，還不敢靠近畜棚。天色一暗就開始嚎叫。維爾許有聽見。」

「到時候可不會只死一個咧。」笛爾西說。「倒是讓我瞧瞧有誰不會死啊，耶穌保佑。」

「死了還不是唯一的問題[57]。」羅斯克斯說。

「我知道你在想什麼。」笛爾西說。「說出那人的名字絕不會有好事，除非你打算害他哭再重新哄他睡覺。」

「這地方沒好運。」羅斯克斯說。「我一開始就看出來了，他們改掉他的名字[58]時我就知道了。」

「閉上你的嘴。」笛爾西說。她把被子拉高。被子聞起來是T. P.的味道。「你們在他睡著前全給我閉嘴。」

「我早就看見壞兆頭了。」羅斯克斯說。

「那是T. P.得為你做所有工作的壞兆頭啦。」笛爾西說。T. P.[59]，帶他和昆汀到屋子那邊，讓他們跟勒斯特一起玩，弗洛妮可以在那裡盯著他們，然後去幫你爸的忙。

我們吃完了。T. P.把昆汀抱起來，我們一起去了T. P.的屋子。勒斯特在泥巴堆裡玩。T. P.把昆汀放下，她也在泥巴堆裡玩。勒斯特有幾個線捲軸，他和昆汀打架，結果昆汀搶到了線捲軸。勒斯特哭了，弗洛妮過來給了勒斯特一個錫罐玩。然後我拿到那些線捲軸，昆汀打我，我哭了。

「安靜。」弗洛妮說，「你不丟臉嗎。竟然去搶小寶寶在玩的東西。」她把線捲軸從我手中拿走還給昆汀。

「安靜，聽話。」弗洛妮說，「安靜，我警告你。」

「安靜下來喔。」弗洛妮說。「該有人給你抽一頓鞭子，打一頓就好了。」她把勒斯特和昆汀帶上來。「過來這裡。」她說。我們去了畜棚。T. P.正在給乳牛擠奶。羅斯克斯坐在一個箱子上。

「他現在是怎麼回事。」羅斯克斯說。

「你得讓他待在這裡。」弗洛妮說。「他又在找這些小寶寶打架了，還搶他們的玩具。跟T. P.一起待在這裡吧，看你能不能安靜一陣子。」

「得要把乳頭好好擦乾淨啊。」羅斯克斯說。「去年冬天那頭年輕乳牛被你擠到都沒奶了。如果這頭也被你擠到沒奶，之後這些牛都不會出奶了。」

笛爾西在唱歌[60]。

「別繞過去那邊。」T. P.說。「你不知道婆婆說你不能去那裡嗎。」

他們在唱歌。

「走吧。」T. P.說。「我們去跟昆汀還有勒斯特玩。走吧。」

昆汀和勒斯特在T. P.屋子前的泥巴堆裡玩。屋裡生了火，火光起起落落，羅斯克斯坐在火前的身影是一片黑。

「已經死三個了，還真是感謝主。」羅斯克斯說。「我兩年前就跟你說了。這地方沒好運。」

「那你為什麼不離開呢。」笛爾西說。她正在脫我的衣服。「你那些關於走霉運的高談闊論都讓維爾許想去曼非斯了。這下你可滿意了吧。」

「要是他只走這個霉運就好了。」羅斯克斯說。

弗洛妮進來。

「你們工作幹完了嗎。」笛爾西說。

「T. P.在收尾了。」弗洛妮說。「卡琳小姐要你帶昆汀上床睡覺。」

「我能過去就會儘快過去。」笛爾西說。「都在這個家這麼久了，她該知道我沒長翅膀。」

「我就跟你說了。」羅斯克斯說。「這地方連自己有個孩子的名字都不能說，怎麼可能有好運。」

「安靜。」笛爾西說。「你要害他開始鬧嗎。」

「養一個孩子，結果這孩子連自己媽咪的名字都不知道。」

「她的事就不勞你費心了。」笛爾西說。「這些孩子都是我養的，我想再養一個[61]也沒什麼問題。現在別說了。讓他看情況睡吧。」

「不過是個名字而已[62]。」弗洛妮說。「他根本不認得任何人的名字。」

「那你就說看看他是不是真的不認得啊。」笛爾西說。「你就算在他睡著時說，我敢打賭他也會聽見。」

「他懂得比大家想的多。」羅斯克斯說。「他知道每個人的死期，就跟獵犬一樣敏銳。只要他能開口，他可以說出自己何時要死。他也能說出你的死期，或是我的。」

「把勒斯特從那張床上抱出來，婆婆。」弗洛妮說。「那小子會害他中邪的。」

「閉上你的嘴巴。」笛爾西說，「你腦子怎麼這麼不清楚。聽羅斯克斯的話幹什麼呢。上床吧，小班。」

笛爾西推我，我爬上床，勒斯特已經在床上。他睡著了。笛爾西拿了片長木板放在勒斯特和我中間。「乖乖待在你這一邊。」笛爾西說。「勒斯特還小，你可不想傷到他。」

你還不能走[63]，T. P.說。等等。

我們望向屋子的一個轉角[64]，在那裡看見一輛輛馬車離開。

「快。」T. P.說。他抱起昆汀，我們跑向籬笆轉角，在那裡望著馬車經過。「他在那裡。」T. P.說。「看見那台有玻璃窗的馬車嗎。看看他。他就躺在那裡面。看見了嗎。」[65]

來吧[66]，勒斯特說，我打算把這顆球帶回家，這樣才不會搞丟。不行，這位先生，球不能給你。如果那些人看見球在你身上，會說是你偷的。安靜，聽話。不能給你。你要球做什麼。你又不會玩球。

弗洛妮和T. P.在門邊的泥巴堆裡玩[67]。T. P.的瓶子裡有發光蟲。

「你們怎麼又全跑出來了。」弗洛妮說。

「家裡有客人。」凱兒說。「父親說今晚大家全得聽我的話。我想你和T. P.也得聽我的話。」

「我才不要聽你的話。」傑森說。「弗洛妮和T. P.也不需要。」

「如果我說了他們就得照做。」凱兒說。「可我也不一定會要求他們。」

「T. P.誰的話都不會聽。」弗洛妮說。「他們開始進行葬禮了嗎。」

「什麼葬禮。」傑森說。

「婆婆難道沒叫你別告訴他們嗎。」維爾許說。

「只要有人死，大家就是會哭哭啼啼的。」弗洛妮說。「布伊拉·克雷姊妹死掉的時候，他們也這樣哭了兩天。」

他們在笛爾西家哭哭啼啼的[68]。笛爾西在哭。笛爾西哭的時候勒斯特說，安靜，所以我們安靜下來，然後我開始哭，小藍[69]在廚房外的階梯底下嚎叫。然後笛爾西停下來，我們也停下來。

「喔[70]。」凱兒說，「那是黑鬼才這樣。白人才不辦葬禮。」

「婆婆要我們別告訴他們，弗洛妮。」維爾許說。

「告訴他們什麼。[71]」凱兒說。

笛爾西哭哭啼啼[72]，等哭聲傳過來後我開始哭，小藍在樓梯底下嚎叫。勒斯特、弗洛妮，窗內的人說，帶他們下去畜棚那裡。鬧成這樣我沒辦法煮飯。那條獵犬也是。把他們全帶走。

我不要下去那裡，勒斯特說。我可能會在那裡遇見公公。我昨晚有看見他在畜棚裡招手[73]。

「真想知道為什麼不哭[74]。」弗洛妮說。「白人還不是會死。在我看來，你外婆的死就跟所有黑鬼沒什麼不同。」

「那些狗也都死啦。」凱兒說，「南西跌進土溝時，羅斯克斯開槍斃了牠，禿鷹來把牠的肉剝光了。」

那些骨頭散落在土溝外[75]，黑色溝內長滿暗色藤蔓，骨頭一路延伸到月光下，就像有些已經停止出現的形體。然後形體都停止了，四下昏暗，當我停止又再次開始時我可以聽見母親，有腳快速走開，我可以聞見[76]。然後房間來了，但我閉上眼睛。我沒有停下來。我可以聞見。T. P.把固定床單的別針拆開。

「安靜。」他說，「噓————————。」

但我可以聞見。T. P.把我拉起來，他快速讓我穿上衣服。

「安靜，小班。」他說。「我們要去我們家那邊。你現在就要去我們家，弗洛妮在那裡。安靜。噓————。」

他綁好我的鞋帶，讓我戴上帽子，我們出門。門廳上有盞燈。我們可以聽見門廳對面有母親的聲音。

「噓————，小班。」T. P.說，「我們很快就出門了。」

有扇門打開，那味道前所未有的濃，有顆頭出現。出現的不是父親。父親在裡面病著[77]。

「你可以把他帶出房子嗎。」

「我們就要出去了。」T. P.說。笛爾西爬上樓梯。

「安靜。」她說。「安靜。快帶他回去，T. P.，弗洛妮替他鋪好床了。你們好好照顧他，聽話。安靜。小班。跟著T. P.走。」

她朝我們聽見母親發出聲響[78]的方向走去。

「最好讓他待在那裡。」說話的不是父親。他關上門，但我還是可以聞見。

我們走下樓梯。樓梯往下延伸入黑暗，T. P.牽起我的手，我們出門進入黑暗。丹恩坐在後院，牠在嚎叫。

「牠聞到了。」T. P.說。「你就是靠這樣發現的嗎。」

我們走下樓梯，我們的影子在樓梯上。

「忘記拿你的外套了。」T. P.說。「你該穿上才對。我現在可不打算回去。」

丹恩嚎叫。

「安靜，聽話。」T. P.說。我們的影子移動，不過丹恩的影子沒動，只有嚎叫時才動。

「如果你一直這樣大吼大叫的話，我不能帶你回家。」T. P.說。「你沒像牛蛙[79]一樣鬼叫前就已經夠難搞了。拜託。」

我們沿著磚頭步道前進，我們帶著我們的影子。豬圈聞起來是豬的味道。乳牛站在空地上，牠們看著我們咀嚼。丹恩嚎叫。

「你會把整座小鎮的人都吵醒。」T. P.說。「就不能安靜嗎。」

我們看見光彩，牠在溪溝邊進食。我們抵達水邊時月光照在水面。

「不行啊，這位先生。」T. P.說，「這裡還是太近。我們不能停在這裡。來吧。好了，瞧瞧你。你把整條腿都弄溼了。快點，過來。」丹恩嚎叫。

土溝從嗡嗡作響的草堆中現身。骨頭散落在暗色藤蔓之外。

「好啦。」T. P.說。「想把你的頭喊到爆炸就隨你便吧。你有一整晚和整整二十英畝的草地給你大喊大叫。」

T. P.在土溝內躺下，我坐下，我望著禿鷹吃掉南西後剩下的骨頭，黑色的禿鷹緩慢拍動翅膀帶著沉重的身體飛出土溝。

我們之前在這裡時我帶在身上[80]，勒斯特說。我有拿給你看。你沒看見嗎。我就是在這裡從口袋掏出來給你看的。

「你還真以為禿鷹會把大姆兒骨頭上的肉剝光嗎[81]。」凱兒說。「你瘋了。」

「你笨蛋。」傑森說。他開始哭。

「你蠢豬。」凱兒說。傑森哭。他的雙手插在口袋裡。

「傑森以後會是有錢人。」維爾許說。「他總是死抓著他的錢不放。」

傑森哭。

「好了你要害他發作了。」凱兒說。「安靜下來，傑森。禿鷹怎麼可能飛進大姆兒埋葬的地方。父親不會讓牠們飛進去的。難道你想讓禿鷹把你的肉剝光嗎。安靜下來，聽話。」

傑森安靜了。「弗洛妮說那是一場葬禮。」他說。

「哎呀就不是。」凱兒說。「是場派對。弗洛妮根本什麼都不懂。T. P.，他想要你的發光蟲啦，讓他拿一下。」

T. P.把那個裝著發光蟲的瓶子給我。

「我敢打賭要是繞去客廳的窗戶邊，我們一定可以看見些什麼。」凱兒說。「這樣你們就會相信我了。」

「我都知道了。」弗洛妮說。「我不需要去看。」

「你最好閉上你的嘴巴，弗洛妮。」維爾許說。「婆婆會拿鞭子抽你。」

「怎麼回事。」凱兒說。

「我很清楚是怎麼回事。」弗洛妮說。

「來嘛。」凱兒說，「我們繞到前面去。」

我們開始移動。

「T. P.想要他的發光蟲。」弗洛妮說。

「讓他再拿久一點，T. P.。」凱兒說。「我們會帶回來的。」

「你們自己根本一隻都抓不到。」弗洛妮說。

「如果我說你和T. P.可以一起來，那可以讓他拿著嗎。」凱兒說。

「可沒人說我和T. P.得聽你的話。」弗洛妮說。

「如果我說你們不用聽話，那可以讓他拿著嗎。」凱兒說。

「好吧。」弗洛妮說。「就讓他拿著吧，T. P.。反正等等就可以看見他們哭哭啼啼了。」

「他們沒在哭哭啼啼。」凱兒說。「我跟你說，他們就是在辦派對。維爾許，他們有在哭哭啼啼嗎。」

「我們站在這裡是不會知道他們在做什麼的。」維爾許說。

「來吧。」凱兒說。「弗洛妮和T. P.不用聽我的話。可是你們其他人得聽話。你最好抱著他，維爾許。天色愈來愈暗了。」

維爾許抱起我，我們出發繞過廚房。

我們望向轉角時可以看見有光沿著車道照過來[82]。T. P.回到地窖門口打開門。

你知道下面有什麼嗎，T. P.說。汽水。我看見傑森先生雙手抱滿汽水走上來。在這裡等一下。

T. P.走去往廚房的門內看了一下。笛爾西說，你偷看這裡面是要做什麼。小班呢。

他在外面這裡，T. P.說。

去看好他，笛爾西說。千萬別讓他進屋子裡。

是的，女士，T. P.說。他們開始了嗎。

你繼續努力別讓大家看見那小子，笛爾西說。我手上要忙的夠多了。

有條蛇從屋子底下爬出來[83]，傑森說他不怕蛇，凱兒說他怕但她不怕，維爾許說他們兩人都怕，凱兒說全給我照父親說的安靜。

你現在可別開始大吼大叫[84]，T. P.說。你想來點這些沙士汽水嗎。

那什麼的搔得我的鼻子和眼睛好癢。

如果你不打算喝，讓我來喝，T. P.說。好吧，喝完了。我們最好趁沒別人來找麻煩時再拿一瓶。你別發出聲音，聽話。

我們在客廳窗邊的樹下停下腳步[85]。維爾許把我放在溼溼的草地上。草地很冷。所有窗戶內都有燈光。

「大姆兒在那扇窗裡。」凱兒說。「她現在每天都病著。等她好了，我們就要去野餐。」

「我都知道了。」弗洛妮說。

樹木嗡嗡作響，草地也是。

「旁邊那扇窗後面是我們長麻疹的地方。」凱兒說。「你和T. P.是在哪裡長麻疹的呢，弗洛妮。」

「該在哪裡就在哪裡長吧，我想。」弗洛妮說。

「他們還沒開始。」凱兒說。

他們準備好要開始了[86]，T. P.說。你就站在這裡，我去搬那個箱子來，這樣我們就可以透過窗戶看。來，我們把這裡的沙士汽水喝完。喝這個讓我覺得身體裡有隻歪臉鴞。

我們喝了沙士汽水，T. P.把瓶子推進格子柵欄後方，推進屋子底下，然後就走了。我可以聽見他們在客廳，我用手抓牆壁。T. P.把箱子拖過來。他跌倒了，然後開始笑。他躺在那裡對著草堆笑。他起身把箱子拖到窗戶底下，努力想忍住笑。

「我好怕我要開始大吼大叫啦。」T. P.說。「踩上箱子，看他們開始了沒。」

「他們還沒開始，因為樂隊還沒來。[87]」凱兒說。

「他們才不會有什麼樂隊。」弗洛妮說。

「你哪知道。」凱兒說。

「我都知道了。」弗洛妮說。

「你什麼都不知道。」凱兒說。她走向那棵樹。「推我上去，維爾許。」

「你爸叫你別接近那棵樹。」維爾許說。

「那是很久以前的事了。」凱兒說。「我猜他根本忘了。而且呢，他說今晚要聽我的話。難道他沒說今晚要聽我的話嗎。」

「我可沒打算聽你的話。」傑森說。「弗洛妮和T. P.也不會。」

「推我上去，維爾許。」凱兒說。

「好吧。」維爾許說。「到時候挨打的是你，反正不是我。」他過去推凱兒爬上那棵樹最矮的粗樹枝。我們都看見她的內褲底下沾滿泥巴。然後我們看不見她了。我們可以聽見樹在擺動。

「杰森先生說過，你要是弄斷那棵樹的樹枝，他會拿鞭子抽你。」維爾許說。

「我也要去告她的狀。」傑森說。

樹不再擺動。我們抬頭望向靜止的枝幹。

「你看見了什麼。」弗洛妮悄聲說。

我看見了他們[88]*。然後我看見凱兒，她的頭髮裡有花，還有條長面紗像閃閃發亮的風。*

凱兒凱兒

「安靜。」T. P.說，「他們會聽見你。快下來。」他拉我。凱兒。我用手抓牆壁凱兒。

T. P.拉我。

「安靜。」他說。「安靜。快下來。」他繼續拉我。凱兒「安靜，小班。你難道想被他們聽見嗎。快點，我們再多喝點沙士汽水，然後如果你安靜我們就能回去了。我們最好再拿一瓶，不然我們兩人都要大吼大叫起來啦。我們可以說是丹恩喝掉的。昆丁先生總是說牠很聰明，我們也可以說牠是愛喝沙士的狗。」

月光照進地窖階梯。我們又喝了些沙士汽水。

「你知道我希望什麼嗎。」T. P.說。「我希望有隻熊從地窖門口走進來。你知道我會怎麼做嗎。我會直接走上去對著牠的眼睛吐口水。把那瓶拿來，不然我的嘴巴又要大吼大叫了。」

T. P.跌到地上。他開始笑，地窖的門和月光瞬間跳開不見，有什麼打到了我。

「安靜下來。」T. P.說，他努力想忍住笑，「我的老天啊，他們都會聽見我們的。起來。」T. P.說，「起來，小班，快點。」他走到哪都搖晃，他一直笑，我努力站起來。地窖樓梯在月光中跑上山丘，T. P.倒在山丘上，他倒進月光，我緊貼著籬笆跑，T. P.跑在我身後說著「安靜下來安靜下來」然後他跌進花叢，他一直笑，我撞上了箱子。可是當我想爬上箱子時，箱子跳開不見，打中我的後腦勺，我的喉嚨發出一個聲音。喉嚨又發出一個聲音然後我不再努力站起來，喉嚨又發出一個聲音後我開始哭。但是我的喉嚨一直在發出那個聲音，而且T. P.一直在拉我。喉嚨一直在發出聲音我無法分辨我有沒有在哭，然後T. P.倒在我身上，他一直笑，喉嚨一直發出聲音，然後昆丁踢了T. P.後凱兒環抱住我，她閃閃發光的面紗環抱住我，然後我無法再聞到樹我開始哭。

小班[89]*，凱兒說小班。她用雙臂再次環抱住我，但我走開了。*「怎麼了，小班。」她說，「是因為這頂帽子嗎。」她把帽子脫掉，她又過來抱我，我走開了。

「小班。」她說，「怎麼了，小班。凱兒做了什麼嗎。」

「他不喜歡你那件做作的連身裙。」傑森說。「你以為你是大人了，是吧。你以為你比我們其他人更優秀，是吧。做作。」

「你閉嘴。」凱兒說，「你這髒兮兮的小野獸。欸小班。」

「只不過十四歲，你就以為自己是大人了，是吧。」傑森說。「你以為你是個人物了。是吧。」

「安靜，小班。」凱兒說。「你會吵到母親。安靜。」

但我沒有安靜，等她離開後我跟過去，她在階梯上停下腳步等，我也停下腳步。

「怎麼了，小班。」凱兒說，「告訴凱兒。她會照做的。你說說看。」

「凱蒂絲。」母親說。

「是的，女士。」凱兒說。

「你為什麼要惹他。」母親說。「把他帶來這裡。」

我們去了母親的房間，生病的她躺在床上，她的頭上墊著一條布[90]。

「現在是怎麼回事。」母親說。「班傑明。」

「小班。」凱兒說。她又來抱我，但我走開了。

「你一定對他幹了什麼好事。」母親說。「你能不能就別煩他了，讓我清靜清淨。把盒子給他，拜託你過好自己的日子，別煩他了。」

凱兒拿了盒子在地上放好，打開。箱子裡裝滿星星。只要我不動，它們就都不動。只要我移動，它們就閃爍又閃亮[91]。我安靜了。

然後我聽見凱兒走路的聲音，我又開始哭。

「班傑明。」母親說，「過來這裡。」我走去門邊。「你啊，班傑明。」

「又怎麼了。」父親說，「你要去哪裡。」

「帶他下樓，找個人來顧他，杰森。」母親說。「你明知道我病了，你還[92]」

父親關上了我們身後的門。

「T. P.」他說。

「先生。」T. P.在樓下說。

「小班要下來了。」父親說。「跟著T. P.去吧。」

我走向浴室門口。我可以聽見水聲。

「小班。」T. P.在樓下說。

我可以聽見水聲。我仔細地聽著。

「小班。」T. P.在樓下說。

我聽著水聲。

我聽不見水聲了，凱兒打開門。

「怎麼啦，小班。」她說。她看著我，我過去，她用雙臂環抱住我。「你又找到凱兒啦。」她說。「你以為凱兒跑掉了嗎。」凱兒聞起來是樹。

我們去了凱兒房間。她在鏡子前坐下。她停止雙手的動作看著我。

「怎麼啦，小班。發生什麼事。」她說。「你別哭啊。凱兒不會離開的。看這裡。」她說。她拿起瓶子，抽出塞子，靠近我的鼻子。「很香甜。聞吧。很棒。」

我走開了我不安靜，她手上拿著瓶子，她看著我。

「喔。」她說。她把瓶子放下後過來用雙臂環抱住我。「所以是這樣。你想要告訴凱兒，但你沒辦法。你想要說，但就是沒辦法，對吧。凱兒當然不會離開。你等我穿好衣服。」

凱兒穿好衣服後再次拿起瓶子，我們下樓走去廚房。

「笛爾西。」凱兒說，「小班有個禮物要給你。」她彎腰把瓶子放進我手裡。「拿給笛爾西，聽話。」凱兒把我的手往前伸，笛爾西接下瓶子。

「哎呀我本來都要煩死了。」笛爾西說，「幸好我的小寶寶給了笛爾西一瓶香水啊。你瞧瞧，羅斯克斯。」

凱兒聞起來是樹。「我們自己不愛用香水。」凱兒說。

她聞起來是樹[93]。

「好啦，聽話。」笛爾西說。「你年紀夠大了，不該跟別人一起睡。都是個大男生啦。十三歲了。大到可以在莫里舅舅的房裡自己睡了。」笛爾西說。

莫里舅舅病了。他的眼睛病了，還有他的嘴巴[94]。維爾許用托盤把晚餐送上去給他。

「莫里說他要開槍打那個流氓[95]。」父親說。「我跟他說事前最好別跟派特森先生提起。」他喝酒。

「杰森。」母親說。

「開槍打誰，父親。」昆丁說。「莫里開槍打他要做什麼。」

「因為他受不了人家開的小玩笑。」父親說。

「杰森啊好了啦。」母親說，「你怎麼這樣。就算看見有人偷襲莫里，你大概也會袖手旁觀吧，可能還會笑他。」

「那莫里最好小心別被偷襲囉。」父親說。

「開槍打誰，父親。」昆丁說，「莫里舅舅打算開槍打誰。」

「打不了誰啦。」父親說。「我又沒手槍。」

母親開始哭。「如果你對莫里吃你喝你懷恨在心，為何不像個男人一樣直接告訴他。何必在孩子面前笑他，還在背後說他壞話。」

「才沒有。」父親說，「我可敬重莫里了。他可是維繫我種族優越感的無價之寶。就算拿一對拉車馬來跟我換莫里，我也不願意。你知道為什麼嗎，昆丁。」

「不知道，先生。」昆丁說。

「Et ego in arcadia，哎呀但我忘記乾草的拉丁文怎麼說了啦。[96]」父親說。「好了、好了，」他又說，「只是在開玩笑嘛。」他喝了口酒放下酒杯走去把手搭在母親肩膀上。
「這不好笑。」母親說。「我們就跟你一樣出生好人家。莫里只是身體比較差。」
「當然。」父親說。「人活著要面對的最大問題就是身體差。一開始是生病，死了就會腐爛，一切就是走向衰敗啊。維爾許。」
「先生。」維爾許在我的椅子後面說。
「去拿玻璃酒瓶，裝滿。」
「然後叫笛爾西過來，要她帶班傑明上床睡覺。」母親說。
「你是個大男生了。」笛爾西說，「凱兒不想跟你一起睡了。現在安靜下來，準備睡覺。」房間不見了，但我沒有安靜，然後房間回來，笛爾西過來坐在床上看著我。
「看來你不打算靜下來做個好孩子啊。」笛爾西說。「不打算嗎，是吧。那你等一下吧。」她離開。門裡沒有任何東西。然後凱兒出現在門裡。
「安靜。」凱兒說。「我來了。」
我安靜下來，笛爾西把床單折回來，凱兒鑽進床單跟毯子之間。她沒有脫下她的浴袍。
「好了。」她說，「我來了。」笛爾西拿了條毛毯來，把毛毯在她身上鋪開，然後把她的身體包緊後塞好。
「他很快就會睡著了。」笛爾西說。「你房間的燈我先留著。」

「好的。」凱兒說。她把靠在枕頭上的頭蹭到我旁邊。「晚安，笛爾西。」

「晚安，寶貝。」笛爾西說。房間暗下來，凱兒聞起來是樹[97]。

我們抬頭望向她在的那棵樹上。

「她在看什麼，維爾許。」弗洛妮悄聲說。

「噓————————。」凱兒在樹上說。笛爾西說，

「你們給我過來這裡。」她從屋子的轉角繞過來。「為何沒聽你們老爸的話上樓，竟然全這樣背著我溜出來。凱兒和昆丁呢。」

「我有叫她不要爬上樹。」傑森說。「我會去打她的小報告。」

「誰在什麼樹上。」笛爾西說。她走過來抬頭望向樹上。「凱兒。」笛爾西說。那些枝幹又開始抖動。

「你啊，你這撒旦。」笛爾西說。「立刻下來。」

「安靜。」凱兒說，「你難道不知道父親說要安靜嗎。」她的雙腿冒出來，笛爾西伸長雙手把她從樹上抱下來。

「怎麼會讓他們跑來這裡呢，你的腦子到底在想什麼。」笛爾西說。

「我真拿她沒辦法。」維爾許說。

「你們全部跑來這裡做什麼。」笛爾西說。「誰叫你們跑來主屋這邊的。」

「是她。」弗洛妮說。「她要我們過來的。」

「誰叫你們都要照她的話做。」笛爾西說。「回家了，聽話。」弗洛妮和T. P.走了。他們還在路上，但我們已經看不見了。

「竟然大半夜的跑來這裡。」笛爾西說。她抱起我，我們前往廚房。

「竟然背著我溜出來。」笛爾西說。「你們明明知道早就過了上床時間。」

「噓——，笛爾西。」凱兒說。「說話別這麼大聲。我們得保持安靜。」

「那你就閉上嘴巴安靜點。」笛爾西說。「昆丁呢。」

「昆丁在生氣，因為他今晚得聽我的話。」凱兒說。「他還拿著T. P.那瓶發光蟲。」

「我想T. P.沒那瓶蟲子也能活下去啦。」笛爾西說。「你去找昆丁，維爾許。羅斯克斯說他看見他走去畜棚了。」維爾許過去了。我們看不見他了。

「他們在裡面什麼也沒做。」凱兒說。「就是坐在椅子上呆看著彼此。」

「他們不需要你們搞這些，反正幫不上忙。」笛爾西說。他們繞過廚房。

你現在要去哪裡[98]*，勒斯特說。你又要回去看他們敲那些球了。我們找過那邊了。這裡。等等。你在這裡等我，我回去拿那顆球。我想到一個辦法。*

廚房很暗[99]。天上的樹是黑色的。丹恩搖搖晃晃地從廚房階梯下走出來，輕咬我的腳踝。我繞過廚房，那裡有月光。丹恩腳步蹣跚，牠走進月光。

「小班。」T. P.在屋子裡說。

客廳窗戶旁的花樹不是暗的，但濃密的樹林是暗的。草地在月光下嗡嗡作響，我的影子走在那些草上。

「你啊，小班。」T. P.在屋子裡說。「你要躲去哪裡啊。你想溜走吧。我就知道。」

勒斯特回來了[100]*。等等，他說。這裡。別過去那裡。昆汀小姐和她的愛人在那邊的鞦韆椅上。你從這邊走。回來這裡，小班。*

那些樹下是暗的[101]。丹恩不肯過來。他待在月光裡。我可以看見鞦韆椅，我開始哭[102]。

離開那裡[103]*，小班，勒斯特說。你知道昆汀小姐會生氣的。*

現在是兩個人了[104]，然後剩一個人在鞦韆椅上。凱兒快步接近，她在黑暗中是一抹白色。

「小班，」她說。「你怎麼溜出來了。維爾許呢。」

她用雙臂環抱住我，我安靜下來抓住她的連身裙想把她拉開。

「為什麼，小班。」她說。「怎麼了。T. P.。」她大喊。

鞦韆椅上的那個人下了鞦韆椅走過來，我哭我扯凱兒的裙子。

「小班。」凱兒說。「那只是查理。你不是認識查理嗎。」

「照顧他的黑鬼呢。」查理說。「他們怎麼讓他在這裡亂跑。」

「安靜，小班。」凱兒說。「走開，查理。他不喜歡你。」查理走開，我安靜了。我扯凱兒的裙子。

「怎麼了？小班？」凱兒說。「你不想讓我待在這裡跟查理說說話嗎。」

「叫那個黑鬼來。」查理說。他回來了。我哭得更大聲了，我扯凱兒的裙子。

「走開，查理。」凱兒說。查理過來摸凱兒[105]，我哭得更厲害。我哭得很大聲。

「不，不。」凱兒說。「不。不。」

「他不會說話。」查理說。「凱兒。」

「你瘋了嗎。」凱兒說。她的呼吸開始變快。「他可以看見。不要。不要。」凱兒掙扎。

他們兩人都呼吸得很快。「拜託。拜託。」凱兒悄聲說。

「叫他離開。」查理說。

「我會的。」凱兒說。「放開我。」

「你會叫他走嗎。」查理說。

「會。」凱兒說。「放開我。」查理離開了。「安靜。」凱兒說。「他走開了。」我安靜了。我可以聽見她，我可以感覺到她的胸口起伏。

「我必須把他帶進屋裡。」她說。她牽起我的手。「我會回來。」她悄聲說。

「等等。」查理說。「叫那個黑鬼來。」

「不。」凱兒說。「我會回來。來吧，小班。」

「凱兒。」查理壓低嗓門，但很大聲。他開始前進。「你最好回來喔。你會回來嗎。」

凱兒和我在跑。「凱兒。」查理說。我們離開他跑進月光，我們跑向廚房。

「凱兒。」查理說。

凱兒和我跑起來。我們跑上廚房階梯，跑上門廊，然後凱兒在暗處蹲下牽住我的手。我可以聽見她，我可以感覺到她的胸口。「我不會。」她說。「我永遠不會，永遠。小班。小班。」然後她在哭，我也哭了，然後我們抱在一起。「安靜。」她說。「安靜。我永遠不會了。」所以我安靜，凱兒起身後我們走進廚房打開燈，凱兒拿起廚房肥皂在水槽邊洗嘴巴，很用力。凱兒聞起來是樹。

我一直跟你說別靠近那裡[106]，勒斯特說。他們坐在鞦韆椅上，動作快。昆汀兩隻手都在摸頭髮。他打著紅領帶。

你這個老瘋鬼，昆汀說。我要告訴笛爾西你讓他到處跟著我。我要讓她把你們好好鞭打一頓。

「我阻止不了他。」勒斯特說。「來這裡，小班。」

「你可以。」昆汀說。「你們兩個都在我身邊探頭探腦的。外婆派你們全部來監視我嗎。」她從鞦韆椅跳下來。「如果你不現在立刻把他帶走，讓他離我遠遠的，我就要叫傑森拿鞭子抽你。」

「我拿他沒辦法。」勒斯特說。「你行的話你試試看。」

「閉上你的嘴。」昆汀說。「你到底要不要把他帶走。」

「啊，讓他待著吧。」他說。他打著一條紅領帶。照在領帶上的陽光是紅色。「看這裡，傑克[107]。」他擦了一根火柴放進嘴裡，然後把火柴從嘴裡拿出來，火柴還在燒。「要試試看嗎。」他說。我走過去。「打開你的嘴巴。」他說。我打開嘴巴。昆汀用手去揮那根火柴，火柴不見了。

「天殺的你。」昆汀說。「你要害他鬧起來嗎。難道不知道他會大吼大叫一整天嗎。我要去跟笛爾西說你沒看好他。」她跑開了。

「回來，小鬼。」他說。「嘿。回來這裡。我不會再耍他了。」

昆汀繼續往屋子跑。她繞過了廚房。

「是來找麻煩的啊，你這傢伙。」他說。「是吧。」

「他不知道你在說什麼。」勒斯特說。「他又聾又傻。」

「是嗎。」他說。「他這樣多久了。」

「到今天都三十三年了。」勒斯特說。「生下來就是瘋鬼。你也是來表演的嗎。」

「為何問。」他說。

「我不記得在這一帶看過你。」勒斯特說。

「嗯哼，所以呢。」他說。

「沒什麼。」勒斯特說。「我今晚要去看表演。」

他看著我。

「該不會是會用鋸子演奏的那個人吧，你是嗎。」勒斯特說。

「你得花二十五分才能知道。」他說。他看著我。「為什麼他們不把他關起來。」他說。「你把他帶出來這裡做什麼。」

「你跟我說也沒用。」勒斯特說。「我拿他沒辦法。我只是來這裡找我弄丟的二十五分，要找到今晚才能去看表演。不過現在看來是去不成了。」勒斯特盯著地上。「你該不會剛好多了一些二十五分硬幣吧，有嗎。」勒斯特說。

「沒。」他說。「我沒有。」

「好吧，我想我只能再想辦法找一個了。」勒斯特說。他把手放進口袋。「你該不會剛好想買顆高爾夫球吧，會嗎。」勒斯特說。

「哪一種球。」他說。

「高爾夫球。」勒斯特說。「我沒想多要，二十五分就好。」

「能有什麼用。」他說。「我能拿高爾夫球做什麼。」

「我也不覺得你會要。」勒斯特說。「好了過來吧，驢腦袋。」他說。「過來這裡看他們敲那顆球吧。這裡。這裡有個東西可以給你玩，還有曼陀羅花。」勒斯特把那東西拿起來給我。那東西很明亮。

「那是哪來的。」他說。他的領帶在陽光中是紅色，他在走。

「在這邊的灌木叢底下找到的。」勒斯特說。「我一度以為是我掉的硬幣。」

他過來把那東西拿走。

「安靜。」勒斯特說。「他看完就會還你了。」

「艾格妮斯、梅珀爾、貝琪。」他說。他朝屋子的方向看。

「安靜。」勒斯特說。「他準備要還你了。」

他給我後我就安靜了。

「昨晚誰來找她。」他說。

「我不知道。」勒斯特說。「他們每天晚上都來，她從那棵樹爬下來就行了。我沒一個個去注意。」

「有個傢伙露出馬腳了呢。」他說。他望向屋子，然後走去躺在鞦韆椅上。「走開吧。」他說。「別煩我。」

「趕快過來。」勒斯特說。「別再惹麻煩了。昆汀小姐應該差不多把你的狀告完了。」

我們走去籬笆邊，眼神穿越彎曲的花朵空隙。勒斯特在草地中猛找。

「剛剛在這裡時還在的。」他說。我看見旗子在翻飛，太陽斜斜地照在寬廣的草地上。

「他們很快就會有些人過來。」勒斯特說。「那邊現在有一些，但要離開了。快過來幫我找一找。」

我們沿著籬笆走。

「安靜。」勒斯特說。「如果他們沒有要過來，我又怎麼可能讓他們過來。等等。他們有些人很快要來了。看那邊。他們來了。」

我沿著籬笆走，我走向柵門，帶著書包的女孩們從那裡經過。「你啊，小班。」勒斯特說。「回來這裡。」

你老往柵門外望也沒用了[109]，T. P.說。凱兒小姐去了很遠的地方。她結婚後就丟下你了。你做什麼都沒用，就算死抓著柵門哭也沒用。她都聽不見啦。

他到底想要什麼，T. P.[110]母親說。你就不能跟他玩玩嗎，就讓他安靜點。

他想去那邊往柵門外望，T. P.說。

這樣，那沒辦法，母親說。現在在下雨。你只得想辦法跟他玩，讓他保持安靜。你啊，班傑明。

什麼都不能讓他安靜的，T. P.說。他以為只要他能過去柵門那裡，凱兒小姐就會回來。

荒唐，母親說。

我可以聽見她們在說話。我走出門就聽不見了，然後我走向柵門，帶著書包的女孩們從那裡經過。她們看著我，腳步很快，頭都轉開。我努力想要說，但她們繼續走，我沿著籬笆走，努力想要說，她們走得更快。然後她們跑起來，我來到籬笆的轉角沒辦法再往前了，我抓住籬笆，我努力想要尋找她們我努力想要說。

「你啊，小班。」T. P.說。「你搞什麼，竟然溜出來。難道不知道笛爾西會拿鞭子抽你嗎。」

「你這樣隔著籬笆哭哭唉唉又流口水有什麼意義呢。」T. P.說。「別再嚇那些孩子了。看看她們，現在都走去對街了。」

他怎麼出去的，父親說。你進來時沒把柵門栓好嗎，傑森。

怎麼可能，傑森說。我怎麼可能笨到做出這種事。你以為我希望發生這種事嗎。這個家族已經夠慘了，老天明鑑。我早該跟你說了。現在你可願意把他送去傑克遜[111]那裡了吧。不然柏傑斯太太[112]就要先開槍打他了。

安靜，父親說。

我早該跟你說了，傑森說。

我碰到柵門時是開著的，我在暮色中緊抓住。我沒有哭，我想停下來，我望著女孩們在暮色中走來。我沒有哭。

「他在那裡。」

她們停下腳步。

「他出不來啦。反正也傷不了任何人。來吧。」

「我怕過去。我怕。我要去對街。」

「他出不來。」

我沒有哭。

「別當個膽小貓。來吧。」

她們在暮色中走來。我沒有哭，我緊抓住柵門。她們過來得很慢。

「我怕。」

「他不會傷害你。我每天都經過這裡。他只會沿著籬笆跑。」

她們過來了。我打開柵門，她們停下腳步，轉身。我努力想說，我抓住她，努力想說，她尖叫而我努力想說努力想而明亮的形體開始停止我努力想逃走。我努力想讓形體離開我的臉，但那些明亮的形體又開始移動。它們朝山丘上移動然後在那裡散落而我努力想哭。可是當我吸氣，我無法為了哭而把氣吐出來，然後我努力不讓自己跌下山丘然後我跌下山丘跌入明亮，那些形體旋轉。

這裡[113]，瘋鬼，勒斯特說。有一些人過來了。停止流口水和哭哭唉唉了，安靜。

他們來到旗子邊。他把旗子拔出來後打。他把旗子插回去。
「先生。」勒斯特說。
他環顧四周。「怎麼了。」他說。
「要買顆高爾夫球嗎。」勒斯特說。
「拿來瞧瞧。」他說。他來到籬笆邊，勒斯特把球遞過去。
「哪來的。」他說。
「撿到的。」勒斯特說。
「我知道哪裡。」他說。「說實話。從別人的高爾夫球袋嗎。」
「我發現球掉在這個院子的地上。」勒斯特說。「二十五分我就賣。」
「你憑什麼覺得那是你的球。」他說。
「是我找到的。」勒斯特說。
「那你再想辦法找一顆吧。」他說。他把球放進口袋後離開。
「我今晚得去看那場表演。」勒斯特說。
「這樣啊。」他說。他走向高地。「讓開，桿弟[114]。」他說。他打。
「真是受不了。」勒斯特說。「你沒看見他們也鬧，看見他們還是鬧。為什麼你不能安靜。難道不知道大家一直聽你吵吵鬧鬧很煩嗎。來，你把曼陀羅花弄掉了。」他又撿起來拿給我。「需要給你找根新的。那根快被你玩壞了。」我們站在籬笆邊望向他們。「那個白人很難相處。」勒斯特說。「你有看見他拿走我的球吧。」他們繼續走。我們沿著籬笆走。我們來到花園，這裡無法再前進了。我抓住籬笆從花朵空隙看過去。他們走遠了。

「現在沒什麼可以哭哭唉唉了吧。」勒斯特說。「安靜下來。我才是該難過的人，你不是。來。把那根野花拿好，不然弄丟又要大吼大叫了。」他把花給我。「你現在又要去哪。」我們的影子在草地上。影子在我們之前抵達了樹林。我的影子先到。然後我們都到了，又然後影子消失。有朵花在瓶子裡。我把另一朵花放進去。

「明明是個大人了，是吧。」勒斯特說。「竟然還在玩瓶子裡的兩朵花。你知道卡琳小姐死後他們會怎麼處置你嗎。他們會把你送去傑克遜，你就該去那種地方。傑森先生就是這樣說的。你在那裡可以跟其他瘋鬼還有口水怪一起抓著病房門上的欄杆。你覺得如何啊。」

勒斯特用他的手把花都打到地上。「你在傑克遜那裡大吼大叫的時候，他們就會這樣幹。」

我努力想把花撿起來。勒斯特把花撿起來，然後花不見了。我開始哭。

「叫啊。」勒斯特說。「叫啊。你就想找個藉口大吼大叫嘛。那好吧。凱兒。」他悄聲說。「凱兒。現在叫吧。凱兒。」

「勒斯特。」笛爾西從廚房裡叫他。

花回來了。

「安靜。」勒斯特說。「在這裡。看，就像是一開始的樣子。安靜，聽話。」

「你啊，勒斯特。」笛爾西說。

「是的，女士。」勒斯特說。「我們馬上過去。你也鬧夠了，起來。」他扯我的手臂，我站起來。我們走出樹林。我們的影子不見了。

「安靜。」勒斯特說。「看看那些人都在看你。安靜。」

「你把他帶過來。」笛爾西說。她從階梯走下來。

「你又對他幹了什麼好事。」她說。

「什麼都沒幹啊。」勒斯特說。「他就是開始大吼大叫。」

「有，你有。」笛爾西說。「你一定對他做了些什麼。你們剛剛去哪裡。」

「就在那邊的雪松樹下。」勒斯特說。

「還把昆汀惹得老大不開心。」笛爾西說。「為什麼不能讓他離她遠一點。難道不知道她不喜歡他靠近嗎。」

「她跟他相處的時間和我差不多。」勒斯特說。「他還不是我的舅舅呢。」

「你別惹我，小黑鬼。」笛爾西說。

「我沒對他做什麼。」勒斯特說。「他就是在那邊玩，然後突然開始大吼大叫。」

「你是不是去弄他的墓地[115]。」笛爾西說。

「我才沒碰他的墓地。」勒斯特說。

「別騙我，小鬼。」笛爾西說。我們走上階梯進入廚房。笛爾西打開爐門，拉了張椅子到爐門前，我坐下。我安安靜靜。

為什麼要惹得她哭起來呢[116]*，笛爾西說。為什麼要讓他過去呢。*

他只是在看火啊，凱兒說。母親在跟他說他的新名字。我們不是故意要惹她哭的。

我知道你們沒有，笛爾西說。就讓他們彼此離得愈遠愈好。你們別動我的東西，懂嗎。在我回來前什麼都別碰。

「你們不覺得丟臉嗎[117]。」笛爾西說。「竟然這樣逗他玩。」她把蛋糕擺在桌上。

「我沒在逗他玩。」勒斯特說。「他在拿裝滿狗茴香[118]的瓶子玩，然後突然大吼起來。你自己也聽見了。」

「你沒動他的花嗎。」笛爾西說。

「我沒碰他的墓地。」勒斯特說。「我動他的破玩具做什麼。我只是在努力找我的硬幣。」

「你搞丟了，是吧。」笛爾西說。她點燃蛋糕上的蠟燭。其中有些是小蠟燭。有些是大蠟燭切成小段。「我就叫你要收好。這下我猜你又要我去跟弗洛妮要一個了。」

「我得去看那場表演，小班怎樣我都不管。」勒斯特說。「我可不打算白天晚上都繞著他打轉。」

「他叫你幹什麼你都得幹，小黑鬼。」笛爾西說。「聽見了沒。」

「我難道不是一直都這樣嗎。」勒斯特說。「我難道不是一直都順著他嗎。沒有嗎，小班。」

「那你倒是保持下去啊。」笛爾西說。「怎麼會把他帶來這裡嚷嚷，還惹得昆汀生氣呢。你們現在都去吃蛋糕，快，在傑森過來前吃完。我可不想看他為了一個蛋糕對我發飆，這還是我自己花錢買的。我要是在這裡烤蛋糕，他還會一個個數我用了廚房裡的幾顆蛋呢。你自己看著辦，最好就別煩他了，不然今晚休想去看表演。」

笛爾西離開了。

「你不能吹蠟燭。」勒斯特說。「瞧瞧我把它們都吹熄。」他彎下身鼓起臉。蠟燭不見了。我開始哭。「安靜。」勒斯特說。「這邊。在我切蛋糕時看著爐火。」

我可以聽見鐘[119]*，我可以聽見凱兒站在我身後，我可以聽見屋頂。雨還在下，凱兒說。我恨雨。我什麼都恨。然後她把頭移過來放在我的大腿上，她在哭，她抱住我，然後我開*

始哭。然後我再次望向火，明亮又流暢的形體再次移動。我可以聽見鐘還有屋頂還有凱兒。

我吃了一些蛋糕[120]。勒斯特的手過來拿了另一塊。我可以聽見他在吃。我看著火。

一長條鐵絲越過我肩頭。鐵絲勾住門，火不見了。我開始哭。

「你現在又在吼什麼啦。」勒斯特說。「你看。」火出現了。我安靜下來。「你就不能好好待著看火嗎？明明婆婆就叫你保持安靜。」勒斯特說。

「你真該覺得丟臉才對。來。再多吃點蛋糕。」

「你又對他做了什麼。」笛爾西說。「你就不能別鬧他嗎。」

「我只是想讓他安靜下來，別惹卡琳小姐心煩。」勒斯特說。「誰知道他又開始鬧。」

「我很清楚是誰讓他開始鬧。」笛爾西說。「等維爾許回家我就會叫他拿棍子來揍你。你一整天都在惹事。你帶他去溪溝那裡了嗎。」

「沒有，女士。」勒斯特說。「我們一整天都待在院子這裡，遵照你的指示。」

他的手伸過來又要拿蛋糕。笛爾西打他的手。「再伸手，我就用這把切肉刀把你的手砍下來。」笛爾西說。「我敢打賭他一片也沒吃到。」

「有，他有。」勒斯特說。「他吃的是我的兩倍了。不然你問他。」

「再伸手就打。」笛爾西說。「你伸伸看啊。」

沒錯[121]，笛爾西說。我想下一個就輪到我哭了。我想默里也會讓我為他哭一陣子的。

他的名字現在是小班了，凱兒說。

怎麼會這樣呢，笛爾西說。他出生用的名字還好好的，不是嗎。

班傑明這名字出自《聖經》[122]，凱兒說。這名字對他來說比默里更好。

怎麼會這樣呢，笛爾西說。

母親說就是這樣了，凱兒說。

唉，笛爾西說。換名字也幫不了他。當然也傷不了他。改名並不會改運啊。打從有記憶之前我的名字就是笛爾西，就算別人早就忘了我，我的名字還是笛爾西。

要是早就被忘記了，笛爾西，他們怎麼還會知道你叫笛爾西，凱兒說。

會在生命冊[123]裡啊，笛爾西說。都有寫的。

你識字嗎，凱兒說。

不需要啊，笛爾西說。他們會為我唸出來，我只需要說我在這就行了。

那根長鐵絲越過我的肩頭[124]，火不見了。我開始哭。

笛爾西和勒斯特打了起來。

「我看見啦。」笛爾西說。「哎呀，可被我看見了吧。」她把勒斯特從角落拖出來，用力搖晃他。「還說沒什麼事惹他心煩啊，最好是。你就等你老爸回家。我要是跟以前一樣年輕就能直接把你的耳朵踹下來。我就要把你鎖在地窖裡，絕不讓你去看今晚的表演，我保證。」

「唉唷，婆婆啊。」勒斯特說。「唉唷，婆婆。」

我把手伸向本來有火的方向。

「抓住他。」笛爾西說。「把他抓回來。」

我把手往後縮，我把手放進嘴裡，笛爾西抓住我。我還是可以在我的喊叫之間聽見鐘。笛爾西伸手往後打了勒斯特的頭。我的喊叫一次次變得更大聲。

「拿那邊的蘇打粉。」笛爾西說。她把我的手從嘴裡拿出來。我的叫喊變得更大聲，我的手想要回嘴裡，但笛爾西抓住了。我的聲音很大。她把蘇打粉灑在我手上。

「快去食材室，把掛在釘子上的抹布撕一條下來。」她說。「安靜，聽話。你不會想再害你媽生病，對吧。來，看著火。笛爾西馬上就能讓你的手不痛囉。看著火。」她打開爐火門。我看著火，但我的手停不下來，我停不下來。我的手想要回到嘴裡，可是笛爾西抓住了。

她用布把手包起來。母親說，

「現在是怎麼了。我都病了還盼不到片刻安寧嗎。都已經有兩個一大把年紀的黑鬼在顧他了，我還得下床看他嗎。」

「他沒事了啦。」笛爾西說。「他會冷靜下來的。只是稍微燙到了手。」

「都派出兩個一大把年紀的黑鬼了，還非得帶他進屋裡來大吵大鬧。」母親說。「你們就是故意要讓他鬧起來，你們明明知道我病了。」她過來站在我的身邊。「安靜。」她說。「現在立刻安靜。是你給他這塊蛋糕嗎。」

「我買的。」笛爾西說。「一點也沒用到傑森食材室裡的材料。我給他慶祝了一下生日。」

「你想要用店裡的便宜蛋糕毒死他嗎。」母親說。「你想這樣是嗎。我連片刻安寧都享受不了嗎。」

「你回樓上躺下吧。」笛爾西說，「他很快就不會這麼痛了，到時候就會安靜。好了，沒事。」

「然後把他留在這裡讓你們繼續對他幹其他好事。」母親說。「我怎麼有辦法好好躺著，畢竟他在樓下這裡大吵大鬧啊。班傑明，安靜。」

「沒別的地方可以讓他去啊。」笛爾西說。「我們之前用的房間沒有了。他也不能待在院子裡，所有鄰居都能看見他在那裡哭叫。」

「我知道、我知道。」母親說。「都是我的錯。反正我很快就要離開這世界了，到時候你和傑森就能過上好日子了。」她開始哭。

「你安靜，聽話。」笛爾西說。「你又會害自己病倒的。回樓上去吧。在我把晚餐做好之前，勒斯特會帶他去書房跟他玩。」

笛爾西和母親走出去了。

「安靜下來。」勒斯特說。「你給我安靜。不然我把你另一隻手也燙了。你根本沒受傷。安靜。」

「好了。」笛爾西說。「別哭了，聽話。」她把拖鞋[125]給我，我安靜了。「帶他去書房。」她說。「如果再讓我聽見他的聲音，我就親自拿鞭子抽你。」

我們去了書房。勒斯特打開燈。窗戶變暗[126]，牆上那個又暗又高的地方出現了，我伸手去碰。那像是一扇門，可是並不是門[127]。

火來到我身後，我走去火邊坐在地上，手裡抓著拖鞋。火升得更高。火光爬到母親椅子的坐墊上。

「安靜下來。」勒斯特說。「你就永遠沒有鬧夠的時候嗎。我連火都給你升好了，你卻看都不看一眼。」

你的名字是小班了[128]。凱兒說。你聽見了嗎。小班。小班。

別跟他說那個，母親說。帶他過來。

凱兒抓住我的腋下努力想把我抬起來。

起來，默——我是說小班，她說。

別妄想能抱得動他，母親說。難道不能帶他走過來就好嗎。竟然連這點方法也想不到。我抱得動他，凱兒說[129]。「讓我抱他起來，笛爾西。」

「走吧，小不點。」笛爾西說。「你小得連隻跳蚤都揹不動呢。你繼續走，別出聲，照杰森先生的話做。」

樓梯頂端有光。父親在那裡，上身只有穿襯衫。他的樣子像是希望別人安靜。凱兒壓低了聲音。

「母親病了嗎。」

維爾許把我放下[130]，我們進入母親的房間。房裡生了火。火光在牆面升起又落下。鏡子裡也有火。我可以聞到病的味道。味道來自圍住母親頭的那塊布。她的頭髮在枕頭上。火光沒有抵達那裡，但照在她的一隻手上，她的戒指在跳動。

「過來跟母親說晚安。」凱兒說。我們走到床邊。火從鏡子跑出去[131]。父親從床邊站起來抱起我，母親把她的手放在我頭上。

「幾點了。」母親說。她的雙眼閉著。

「再十分鐘七點。」父親說。

「現在要他去睡太早了。」母親說。「他天一亮就會起來。今天這種日子我實在沒辦法過。」

「沒事、沒事。」父親說。他撫摸母親的臉。

「我知道我對你來說只是負擔。」母親說。「但我很快就要離開這世界。到時你就不用心煩了。」

「安靜。」父親說。「我把他帶去樓下待一陣子。」他抱起我。「來吧，大傢伙。我們下樓去待一陣子吧。我們得保持安靜，昆丁在讀書呢，聽話。」

凱兒走過去把臉靠近床，母親的手抬起伸進火光。她的戒指在凱兒背上跳動。

母親病了[132]，父親說。笛爾西會帶你上床睡覺。昆丁人呢。

維爾許去叫他了，笛爾西說。

父親站在那裡看著我們經過。我們可以聽見母親在她的房裡。凱兒說「安靜。」傑森還在爬樓梯。他的雙手插在口袋裡。

「你們今晚全得乖乖的。」父親說。「而且要保持安靜，才不會吵到母親。」

「我們會安靜。」凱兒說。「你得安靜點啦，傑森。」她說。我們輕手輕腳。

我們可以聽見屋頂[133]。我也可以看見鏡子裡的火。凱兒再次抱起我。

「來吧，聽話。」她說。「之後你可以再回來看火。安靜，聽話。」

「凱蒂絲。」母親說。

「安靜，小班。」凱兒說。「母親想要你過去一下。當個乖孩子。等等你就能回來了，小班。」

凱兒把我放下來，我安靜。

「讓他待在這裡吧，母親。你等他看完火再告訴他。」

「凱蒂絲。」母親說。凱兒彎腰抱起我。我們跌跌撞撞前進。「凱蒂絲。」母親說。

「安靜。」凱兒說。「你等等還可以看。安靜。」

「帶他來這裡。」母親說。「他年紀大了，你抱不動，也不該再費勁抱他了。這樣傷背。我們女人向來以體態自豪。難道你想看起來像個洗衣婦嗎。」

「他不會太重。」凱兒說。「我抱得動。」

「好吧，那我直接說，我不希望有人再抱他了。」母親說。「都五歲的孩子啦。不、不。別放在我大腿上。讓我站起來。」

「如果你願意抱他，他就不會再哭了。」凱兒說。「安靜。」她說。「馬上就可以回去了。來。這是你的靠枕。你看。」

「別這樣，凱蒂絲。」母親說。

「讓他看著火，他會安靜的。」凱兒說。「稍微起來一點，讓我拿出來。這裡，小班。你看。」

我看著，我安靜了。

「你太順著他了。」母親說。「你和你父親都是。你們都沒意識到最後要收爛攤子的人是我。大姆兒就是這樣寵傑森，我花了兩年才讓他沒那麼嬌縱，我可不強壯，沒辦法再這樣訓練班傑明一次。」

「你何必為他操心呢。」凱兒說。「我就喜歡照顧他。是吧，小班。」

「凱蒂絲。」母親說。「我叫你不要這樣叫他了。你父親堅稱用那個傻氣的小名叫你已經夠糟了，我不會讓他也這樣。小名很低俗。只有下等人才用。班傑明。」她說。

「看著我。」母親說。

「班傑明。」她說。她用雙手捧住我的臉，讓我轉向她。

「班傑明。」她說。「把那個靠枕拿走，凱蒂絲。」

「他會哭。」凱兒說。

「把那個靠枕拿走，照我的話做。」母親說。「他得學會聽話。」

靠枕不見了。

「安靜，小班。」凱兒說。

「你去那邊坐下。」母親說。「班傑明。」她用雙手捧住我的臉。

「停止。」她說。「停止。」

但我沒有停止，母親抱住我開始哭，我也哭。然後靠枕回來了，凱兒把靠枕舉在母親的頭上方。她把母親拉回去坐好，讓母親的頭枕著那個紅色和黃色的靠枕哭。

「安靜，母親。」凱兒說。「你回去樓上躺下，這樣才能好好養病。我去找笛爾西。」她帶我走到火邊，我望著那些明亮、流暢的形體。我可以聽見火和屋頂。

父親抱我起來。他聞起來是雨。

「哎呀，小班。」他說。「你今天有當個乖孩子嗎。」

凱兒和傑森在鏡子裡打架。

「你啊，凱兒。」父親說。

「凱兒。」父親說。傑森在哭。他沒在打架了，但我們可以看見凱兒在鏡子裡打架，他們打架。傑森開始哭。

父親把我放下也走進鏡子裡打架。他把凱兒拉起來。她掙扎。傑森躺在地上，他在哭。他的手上拿著剪刀。父親抓住凱兒。

「他把小班的紙娃娃都剪爛了。」凱兒說。「我要把他砍到肚破腸流。」

「凱蒂絲。」父親說。

「我發誓。」凱兒說。「我發誓要砍。」她掙扎。父親抓住她。她踢傑森。他滾到角落，現在沒在鏡子裡了。父親把凱兒帶到火邊。他們全離開了鏡子。只剩火在裡面。火就像在一扇門裡。

「可以了。」父親說。「你母親在房裡，想害她病更重嗎。」

凱兒停止動作。「他把默——我說他把我為小班做的紙娃娃全剪爛了。」凱兒說。「他就是故意使壞。」

「我沒有。」傑森說。他坐起身來，他在哭。「我不知道那些是他的。我以為那就是一堆廢紙。」

「你最好不知道。」凱兒說。「你就是故意的。」

「安靜。」父親說。「傑森。」他說。

「我明天再幫你做一些。」凱兒說。「我們會做很多。來，你也可以看著這個靠枕。」

傑森進來[135]。

我一直要你安靜，勒斯特說。

現在又怎麼了，傑森說。

「他就是故意在惹事。」勒斯特說。「他一整天都這樣。」

「那你別煩他不就行了。」傑森說。「如果無法讓他安靜，就得把他帶出廚房。我們可不能像母親一樣整天把自己關在房裡。」

「婆婆說在她做好晚餐之前，別讓他靠近廚房。」勒斯特說。

「那就跟他玩，讓他保持安靜。」傑森說。「我工作了一整天，結果得回到這種瘋人院嗎。」他打開報紙開始讀。

你可以看著火和鏡子還有靠枕[136]，凱兒說。你不用等到晚餐時間才能看靠枕，沒事。我們可以聽見屋頂。我們也可以聽見傑森，他在牆的另一邊放聲大哭。

笛爾西說[137]，「你來啦，傑森。好了你別招惹他，好嗎。」

「是的，女士。」勒斯特說。

「昆汀呢。」笛爾西說。「晚餐快準備好了。」

「我不知道，女士。」勒斯特說。「我沒看見她。」

笛爾西離開了。「昆汀。」她在門廳裡喊。「昆汀，晚餐好囉。」

我們可以聽見屋頂[138]。昆丁聞起來也是雨。

傑森幹了什麼好事，他說。

他剪爛了小班所有的紙娃娃，凱兒說。

母親說別叫他小班，昆丁說。他坐在我們旁邊的毯子上。我希望不會下雨，他說。下雨了什麼事都不能幹。

你打架了，凱兒說。我沒說錯吧。

不是什麼嚴重的事，昆丁說。

看得出來有打架，凱兒說。父親會發現的。

我不在乎，昆丁說。我希望不會下雨。

昆汀說[139]，「笛爾西不是說晚餐好了嗎。」

「是的，女士。」勒斯特說。傑森看著昆汀。然後他繼續讀報紙。昆汀走進來。「她說差不多好了。」勒斯特說。昆汀跳到母親的椅子上。勒斯特說。

「傑森先生。」

「怎樣。」傑森說。

「給我二十五分吧。」勒斯特說。

「做什麼。」傑森說。

「今晚去看表演。」勒斯特說。

「我以為笛爾西已經去跟弗洛妮要來給你了。」傑森說。

「她有。」勒斯特說。「我搞丟了。我和小班整天在找那枚硬幣。你可以問他。」

「那去跟他借吧。」傑森說。「我的錢可是工作賺來的。」他讀報紙。昆汀望著火。火在她的眼裡在她的嘴巴上。她的嘴巴是紅色。

「我剛剛已經努力不讓他靠近你了。」勒斯特說。

「閉上你的嘴。」昆汀說。傑森看著她。

「再讓我看見你跟那個劇團的傢伙混在一起，我有跟你說我會怎樣吧。」他說。昆汀望著火。「聽見我的話了嗎。」傑森說。

「聽見了。」昆汀說。「那你怎麼沒動手呢。」

「這你就不用擔心了。」傑森說。

「我是不擔心。」昆汀說。傑森繼續讀報紙。

我可以聽見屋頂[140]。父親彎身看著昆丁。

哈囉，他說。誰打贏啦。

「沒人贏。」昆丁說。「有人阻止了我們。是老師。」

「對方是誰。」父親說。「分享一下吧。」

「就沒什麼。」昆丁說。「他跟我個子差不多。」

「那很好。」父親說。「可以告訴我為什麼打架嗎。」

「就沒有為什麼。」昆丁說。「他說他會把青蛙放進老師的書桌[141]，還說她絕對不敢拿鞭子抽他。」

「喔。」父親說。「有個女生。然後呢。」

「是的，先生。」昆丁說。「然後我揍了他，算是吧。」

我們可以聽見屋頂和火，然後是門外有人抽噎的聲音。

「他在十一月要去哪裡找青蛙。」父親說。

「我不知道，先生。」昆丁說。

我們可以聽見他們。

「傑森。」父親說。我們可以聽見傑森。

「傑森。」父親說。「進來這裡，別那樣了。」

我們可以聽見屋頂和火和傑森。

「別那樣了，聽話。」父親說。「要我再拿鞭子抽你嗎。」父親把傑森抱到他旁邊的椅子上。傑森抽噎著。我們可以聽見火和屋頂。傑森抽噎的聲音更大了。

「我再警告你一次。」父親說。我們可以聽見火和屋頂。

笛爾西說[142]*，好了。你們全都可以來吃晚餐了。*

維爾許聞起來是雨的味道。他聞起來也是狗的味道。我們可以聽見火和屋頂。

我們可以聽見凱兒走得很快[143]。父親和母親看向門。凱兒經過門，走得很快。她沒有看。她走得很快。

「凱蒂絲。」母親說。凱兒停止走路。

「是的，母親。」她說。

「別說了，卡洛琳。」父親說。

「過來這裡。」母親說。

「別說了，卡洛琳。」父親說。「別煩她了。」

凱兒來到門邊站著，她看著父親和母親。她的眼神飛快掃向我，然後移開。我開始哭。哭聲變大，我起身。凱兒走進來，背靠牆站著，她看著我。我走向她，我在哭，她更貼緊牆壁我看見她的眼神我哭得更大聲然後扯她的裙子。她伸出雙手但我扯她的裙子。她的眼淚在流。[144]

維爾許說[145]，你的名字現在是班傑明了。你知道你為何會變成班傑明嗎。他們要把你變成藍牙齦的傢伙。婆婆說以前你爺爺會改黑鬼的名字，後來他成為牧師，他們看他時發現他也變成藍牙齦。他本來可不是藍牙齦啊。每當家裡的女人在月圓時與他四目相交，生下的孩子也會是藍牙齦。然後有天晚上，大概有一打藍牙齦的孩子到處跑時，他卻再也沒回家了。負鼠獵人後來在樹林裡找到他，骨頭上的肉被吃得一乾二淨。你一定知道是誰吃了他。就是那些藍牙齦的孩子。[146]

我們在門廳裡[147]。凱兒還看著我。她的手貼著我的嘴巴，我看見她的眼神然後我哭了。我們走上樓梯。她又停下來，靠著牆，看著我，我哭了然後她繼續走然後我跟上，我在哭，然後她貼緊牆壁，她看著我。她打開她房間的門，但我抓住她的裙子然後她去了浴室然後她靠在門邊，她看著我。然後她用手臂遮住臉，我推她，我哭。

你對他做了什麼[148]，傑森說。你為什麼就不能別去惹他。

我沒碰他，勒斯特說。他一整天都這樣。他就是欠打。

他該被送去傑克遜，昆汀說。這種鬼地方是人住的嗎。

如果你不喜歡這裡，小女士，你最好滾出去，傑森說。

正有打算，昆汀說。不用你擔心。

維爾許說[149]，「你後退一點，我才能把腿烤乾。」他把我往後推了些。「你最好別開始鬼叫喔，聽話。你還是看得見火，只是得退後一點而已。你可不用像我一樣在雨中忙。你生來就走運啊。真是身在福中不知福。」他在火堆前大字躺下。

「你知道你的名字為什麼變成班傑明了嗎。」維爾許說。「因為你媽媽太驕傲了，受不了你給她丟臉。婆婆是這樣說的喔。」

「你給我好好待在那裡，讓我烤乾我的腿。」維爾許說。「不然你很清楚我會怎樣。我會揍得你屁股開花。」

我們可以聽見火和屋頂和維爾許。

維爾許快速起身，雙腿也抽了回去。父親說，「沒關係，維爾許。」

「我今天晚上會餵他。」凱兒說。「他有時會在維爾許餵他的時候哭。」

「把這個托盤拿上去，」笛爾西說。「然後趕快回來餵小班。」

「想不想要凱兒餵你啊。」凱兒說。

他非得把那隻髒兮兮的拖鞋放在桌上嗎[150]，昆汀說。你為什麼不在廚房餵他。我簡直像是在跟豬一起吃飯。

如果不喜歡我們吃飯的樣子，那最好別上餐桌來，傑森說。

熱氣從羅斯克斯身上冒出來[151]。他坐在火爐前面。爐門開著，羅斯克斯把腿擱在門裡。熱氣從碗裡冒出來。凱兒輕鬆就把湯匙放進我嘴裡。碗的內壁有個黑點。

好了[152]，好了，笛爾西說。他不會再煩你了。

已經降得比黑點還低了[153]。然後碗空了。碗不見了。「他今晚很餓。」凱兒說。碗回來了。我看不見黑點了。然後又能看見了。「他今晚餓壞了，真的。」凱兒說。「瞧他吃了多少。」

會[154]，他會，昆汀說。你們全部都派他來監視我。我恨這棟房子。我要逃家。

羅斯克斯[155]說，「今天雨要下整晚了。」

你成天說要逃家[156]，但只要等到吃飯時間就回來了，傑森說。

你就等著瞧吧，昆汀說。

「這下我真不知道該怎麼辦[157]。」笛爾西說。「我的屁股現在痛死了[158]。幾乎是動不了。還這樣整晚爬上爬下的。」

喔[159]，你嚇不了我的，傑森說。你幹出什麼好事都嚇不了我。

昆汀把她的餐巾丟在餐桌上。

閉上你的嘴，傑森，笛爾西說。她走去抱住昆汀。坐下，寶貝，笛爾西說。他該感到羞恥，竟然把你沒幹的錯事怪到你身上。

「她又在賭氣了[160]，是吧。」羅斯克斯說。

「閉上你的嘴。」笛爾西說。

昆汀把笛爾西推開[161]。她看著傑森。她的嘴唇塗得很紅。她拿起她的那杯水然後手臂往後揮，她看著傑森。笛爾西抓住她的手臂。他們打架。玻璃杯在桌上破了，水流進桌子裡。昆汀在跑。

「母親又病了[162]。」凱兒說。

「這是當然。」笛爾西說。「這種天氣誰都會生病。你到底要吃到什麼時候，小鬼。」

天殺的你[163]，昆汀說。天殺的你。我們可以聽見她在樓梯上奔跑。我們去了書房。

凱兒把靠枕給我[164]，我可以看著靠枕和鏡子和火。

「昆丁在讀書，我們一定要安靜。」父親說。「你在做什麼，傑森。」

「沒什麼。」傑森說。

「那可以過來這邊嗎。」父親說。

傑森從角落走出來。

「你在嚼什麼。」父親說。

「沒什麼。」傑森說。

「他又在嚼紙了。」凱兒說。

「過來這裡，傑森。」父親說。

傑森對著火堆吐。紙團嘶嘶作響、展開，變黑。然後變灰。然後不見。凱兒和父親和傑森在母親的椅子裡。傑森腫脹的雙眼像是閉了起來，嘴巴蠕動像在品嘗食物。凱兒的頭靠在父親肩上。她的頭髮像火，還有小點小點的火在她眼睛裡，[165]我走過去然後父親也把我抱進椅子，然後凱兒抱住我。她聞起來是樹。

她聞起來是樹[166]。角落是暗的，但我能看見窗戶。我蹲在那裡，手裡握著拖鞋。我看不見拖鞋，但我的手看見了，而且我可以聽見天要黑了，我的手看見拖鞋但我看不見我自己[167]，但我的手可以看見拖鞋而我蹲在那裡，我聽見了，天要黑了。

你在這裡啊，勒斯特說。看看我弄到了什麼[168]。他拿給我看。你知道我怎樣弄到的嗎。昆汀小姐給我的。我就知道我能找到門路。你在做什麼，為何躲在這裡。我以為你又溜出門去了。你今天又是哭哭唉唉又是流口水，難道還鬧不夠嗎，哪還需要躲在這個空房間裡繼續嘟囔啊。來準備上床睡覺吧，我得在開演前抵達。我今天沒辦法整晚陪你瞎耗。等他們吹響第一聲喇叭我就要出發。

我們沒有去我們的房間[169]。

「我們就是在這裡出麻疹的。」凱兒說。「為什麼我們今晚得睡這裡。」

「睡哪裡又有什麼差。」笛爾西說。她關上門坐下後開始幫我脫衣服。傑森開始哭。

「安靜。」笛爾西說。

我要跟大姆兒睡。「傑森說。」

「她病了。」凱兒說。「你可以等她好了再跟她睡。是吧，笛爾西。」

「安靜，聽話。」笛爾西說。傑森安靜了。

「我們的睡衣在這裡，其他東西也在。」凱兒說。「簡直像搬家。」

「你們最好趕快換上。」笛爾西說。「把傑森的釦子解開。」

凱兒解開傑森的釦子。他開始哭。

「你討打嗎。」笛爾西說。傑森安靜了。

昆汀[170]，母親在門廊說。

怎樣，昆汀在牆的另一邊說。我們聽見母親鎖門[171]。她往我們的門裡看然後進來在床邊彎腰親吻我的額頭。

等把他在床上安頓好了，去問問笛爾西，她對於拿熱水袋來給我到底有什麼意見，母親說。跟她說，要是她有意見呢，我不靠熱水袋硬撐過去就是了。但叫她給我個說法啊。

是的，女士，勒斯特說。來吧，把你的長褲脫掉。

昆丁和維爾許走進來[172]。昆丁的臉沒有面對我們。「你哭什麼[173]。」凱兒問。

「安靜。」笛爾西說。「現在全把衣服脫掉，聽話。你可以回家了，維爾許。」

我脫掉衣服看著自己[174]，我開始哭。安靜，勒斯特說。還想去找那些東西對你沒好處。東西沒了就是沒了[175]。你繼續這樣鬧，我們以後不幫你過生日了。他為我穿上睡袍。我安靜，然後勒斯特停住，頭轉向窗戶。然後他走到窗邊往外看。他回來抓住我的手臂。她出現了，他說。別出聲，聽話。我們走到窗邊往外看。那東西從昆汀的窗戶冒出來，爬到那棵樹上。我們望著樹木抖動，那抖動沿著樹木往下，然後那東西[176]冒出來，我們望著那東西越過草地離開。然後看不見了。好了，勒斯特說。哎呀。聽那喇叭響了。你快上床，我該出發啦。

這裡有兩張床[177]。昆丁上了另一張。他面對牆。笛爾西讓傑森跟他睡同一張。凱兒把她的連身裙脫掉。

「瞧瞧你的內褲。」笛爾西說。「你真該慶幸你媽沒看見。」

「我去告過狀了。」傑森說。

「你不告狀才怪呢。」笛爾西說。

「瞧你多滿意呢。」凱兒說。「告密鬼。」

「我有什麼好滿意的。」傑森說。

「你為什麼還沒把睡衣穿上。」笛爾西說。她去幫凱兒脫下她的內衣和內褲。「瞧你這樣子。」笛爾西說。她把內褲揉成一團用來猛擦凱兒的屁股。「泥水都浸到你身上了。」她說。「但你今晚沒澡可洗。來吧。」她幫凱兒穿好睡衣，凱兒爬上床，笛爾西走到門邊站著，手放在燈上。「現在全給我保持安靜，聽見沒。」她說。

「好吧。」凱兒說。「母親今晚不會過來了。」她說。「所以大家還是得聽我的話。」

「是。」笛爾西說。「去睡吧，聽話。」

「母親病了。」凱兒說。「她和大姆兒都病了。」

「安靜。」笛爾西說。「你們都睡了。」

房間變黑了，只有門除外。然後門變黑了。凱兒說，「安靜，默里，」她把手放在我身上。所以我保持安靜。我們可以聽見我們。我們可以聽見黑暗。

黑暗離開了，父親看著我們。他看著昆丁和傑森，然後他過來親吻凱兒並把手放到我頭上。

「母親病得很重嗎。」凱兒說。

「不。」父親說。「你會好好照顧默里嗎。」

「會。」凱兒說。

父親走到門口，他再次看向我們。然後黑暗回來了，黑黑的他站在門裡，然後門再次變黑。凱兒抱住我，我可以聽見我們所有人，我能聽見黑暗，有時我還能聞見。然後我可以看見窗戶，樹在窗戶外邊嗡嗡作響。然後黑暗開始成為一個個在流暢、明亮的移動形體，如同之前每一個晚上，我想就連凱兒說我已經睡著時也一樣。

1 復活節前一天的週六，第一部的當下時間（A），其中的主要事件是勒斯特為了想去看雜耍表演，一直在尋找丟失的硬幣，這天也是第一部敘事者小班（Benjy）的三十三歲生日。（本書注釋均為譯者注。故事時間的劃分參考了權威著作 *Reading Faulkner: The Sound and the Fury by Steven Ross& Noel Pork*）

2 康普生家（The Compson family）最小的兒子小班，他的智力有嚴重的缺損。

3 小班說話時時常缺乏動詞後面的受詞，這段的「打（高爾夫）」、「猛找（硬幣）」和勒斯特（Luster）「丟（不確定是什麼物件）過去」就是其中的一些例子。敘事者看到的是動作本身，比如在他的眼裡，「打」這個動作沒有跟打球者或高爾夫球這個遊戲連結在一起。

4 勒斯特是負責照顧小班的黑人，此時的年紀大約十八歲。

5 桿弟的英文是caddie，聽起來就跟小班的姊姊的小名凱兒（Caddy）同音，因此對敘事者而言在此聽見的是姊姊的小名。

6 第一部中沒有使用問號和驚嘆號，顯示小班只聽到或表達文字本身，其中往往缺乏對情緒的理解和認識。

7 這裡的「小」無法確定是時間上很短、頻率很低，還是正在打一個看起來很小的物件。另有一說認為，打高爾夫球的人距離敘事者更遠，所以讓那些人看起來很小。可以確定的是小班對空間的理解也有障礙。

8 小班的空間感跟一般人不同，描述較不精確，所以才會有「草和樹上」這種描述，之後也有許多類似的措辭。

9 這裡的「Mammy」指的是勒斯特的外婆笛爾西（Dilsey Gibson），也是掌管康普生一家廚房及家務的黑人。Mammy 是母親的暱稱，但在本書中，無論是笛爾西的外孫勒斯特，還是笛爾西的三個孩子維爾許（Versh）、弗洛泥（Frony）和T. P.，總之全部都叫笛爾西Mammy。這些人在面對康普生家的孩子時也通稱笛爾西為Mammy，因此在這種情境下使用此詞彙指稱笛爾西時，此書皆翻譯為「婆婆」，除非是提起另外特定某人的Mammy才會翻成母親。

10 康普生家的小班及小班的大哥昆丁（Quentin）都對影子非常執著。影子的意象也呼應了本書的書名，源自莎士比亞（William Shakespeare）《馬克白》（*Macbeth*）中著名的獨白段落，如此描述人生：「人生不過是一個行走的影子……它是愚人所講的故事，充滿著喧譁和騷動，卻找不到一點意義（呂健忠譯，書林，一九九九）。」小班在本書中也數度被稱為「白痴」。

11 此處原書使用斜體（中文本以楷體字表示），回憶跳接到一九〇八年十二月二十三日（B），小班和凱兒在這天幫莫里（Maury）舅舅送信給他的偷情對象派特森太太。

12 字體從斜體中恢復，時間卻跟斜體時是同一天。原書中的斜體似乎具有跳接回憶／跳躍時序的提示功能，但從斜體變回一般字體時不見得代表時間的跳接。

13 維爾許是笛爾西和羅斯克斯（Roskus）的兒子，他在小班十三歲之前是他的主要照護者。

14 第一部敘事者小班的大名為班傑明（Benjamin）。

15 此處跳回到第一部的當前時間（A）。

16 此處回憶跳接到一九〇八年十二月二十三日（B），小班和凱兒在這天幫莫里舅舅送信給他的偷情對象派特森太太。

17 凱蒂絲（Candace）是凱兒的大名，她是康普生家唯一的女兒。

18 杰森，卡洛琳的丈夫，康普生家的父親。康普生家的第三個小孩沿用父親的名字 Jason，為了區辨將父親翻譯為「杰森」，兒子為「傑森」。

19 此處的斜體使用方式暗示了這段話曾在不同時空中出現，而不同時間的兩次同樣對話在此刻以前景和背景的方式同時發生。

20 此處跳回第一部的當前時間（A）。

21 此處回憶跳接到一九一二年康普生太太跟小班去為康普生先生還有小班的大哥昆丁掃墓的過程（C）。之所以會被觸發回憶，是因為上一段提到輪子，因此讓他想起另一個跟輪子有關的回憶。

22 T. P.是照顧小班的輔助性角色。

23 傑森是小班的二哥。

24 羅斯克斯是笛爾西的丈夫。

25 這裡用的是卡洛琳小姐（Miss Caroline）的南方發音：Miss Cahline。

26 此時的小班十七歲。

27 書中有兩位 Quentin，一位是班傑明的大哥，一位是班傑明的外甥女，後者的名字傳承自前者，英文拼音也一樣。不過此書本來在時間序、人名及文字風格方面就有大量可能混淆讀者的元素，再經歷翻譯後可能會使讀者更加困擾，考量之後希望減少讀者閱讀過程中可能的障礙，將班傑明的大哥翻譯為「昆丁」，班傑明的外甥女為「昆汀」。

28 這裡是話說到一半被打斷，意思是「別讓她出事。」

29 這裡指的應該是在陽光下閃閃發光的建築物。

30 此處跳回到第一部的當前時間（A）。

31 此處回憶跳接到一九〇八年十二月二十三日（B），小班和凱兒在這天幫莫里舅舅送信給他的偷情對象派特森太太。

32 此處回憶跳接到一九〇八年春末夏初時，小班獨自去送情書的事件（D）。小班在此同樣缺乏受詞，只強調動作。

33 敘事者在此同樣缺乏受詞，只強調動作。

34 在班傑明耳裡聽起來還是在叫他的姐姐凱兒（Caddy）。

35 斜體開始的回憶跳接到一九〇〇年舉辦大姆兒葬禮的時候（E）。此書中沒有清楚說明「大姆兒」是康普生家四個小孩的奶奶還是外婆，不過福克納本身是以此來暱稱自己的外婆，因此推測為外婆。此段回憶跳接的觸發點是溪溝。

36 此處跳回到第一部的當前時間（A）。

37 此處回憶跳接到一九〇〇年舉辦大姆兒葬禮的時候（E）。

38 班傑明原本是以母親的弟弟莫里來命名，後來被發現智能有問題後才改成班傑明，這裡為了區辨兩人而將改名前的班傑明翻譯為「默里」。

39 此處跳回到第一部的當前時間（A）。

40 此處回憶跳接到一九〇〇年舉辦大姆兒葬禮的時候（E）。

41 此處回憶跳接到一九一〇年四月二十五日凱兒婚禮當天（F）。前後兩段回憶都跟畜棚有關。

42 這一段混亂的描述是酒醉的視角。

43 這裡說的沙士汽水實際上是某種氣泡酒。

44 推測是某種解酒的飲品。

45 這裡發生的應該是指小班因為喝酒而噁心想吐。

46 此處回憶跳接到一九〇〇年舉辦大姆兒葬禮的時候（E）。

47 凱兒說話被打斷。

48 「主自己的時候」（Lord's own time）一般指的就是星期日。

49 此處跳接到康普生家得知昆丁於一九一〇年六月二日自殺之後的回憶（G）。

50 此處回憶跳接到一九一二年有關康普生先生去世的事件（H）。

51 此處跳接回康普生家得知昆丁於一九一〇年六月二日自殺之後的回憶（G）。

52 這裡指的是十五歲的班傑明。

53 此時已經去世的是昆丁和大姆兒。

54 這裡指的應該就是昆丁死去的那個晚上。

55 實際上指的應該是嗚角鴞（screech owl）。

56 家裡養的狗。

57 這裡指的是凱兒做出帶給家族恥辱的事。

58 默里因為被發現智商有問題而被改名為班傑明。

59 斜體處開始回憶跳接到一九一二年有關康普生先生去世的事件（H）。

60 小班被禁止接近父親康普生先生的葬禮，其他人正在葬禮上唱歌。

61 不知道母親名字以及笛爾西說要再養一個也沒問題的是凱兒的女兒昆汀。

62 這裡指的是家裡不准提起昆汀母親的名字，凱兒。

63 這段斜體是跳接到康普生家得知昆丁於一九一〇年六月二日自殺之後的回憶（G）。

64 此處開始回憶跳接到一九一二年有關康普生先生去世的事件（H）。

65 這裡指的是康普生先生的屍體。

66 這段斜體字是跳回到第一部的當前時間（A）。

67 此處回憶跳接到一九〇〇年舉辦大姆兒葬禮的時候（E）。

68 此處回憶跳接到一九一五年跟羅斯克斯去世有關的事件（I）。

69 小藍也是康普生家養的狗。

70 此處回憶跳接到一九〇〇年舉辦大姆兒葬禮的時候（E）。

71 這裡指的是大姆兒的死。

72 此處回憶跳接到一九一五年跟羅斯克斯去世有關的事件（I）。

73 這段話中的公公指的是勒斯特的外公羅斯克斯，由於他已經過世了，勒斯特是看見他的鬼魂。

74 此處回憶跳接到一九〇〇年舉辦大姆兒葬禮的時候（E）。

75 處回憶跳接到康普生家得知昆丁於一九一〇年六月二日自殺之後的回憶（G）。

76 以下聞見的是死亡氣味。

77 此處的「病」指的應該是父親知道昆丁自殺後喝個爛醉的樣子。

78 母親正在嗚咽哭泣。

79 意指他青春期變聲後的聲音。

80 此處跳回到第一部的當前時間（A）。

81 此處回憶跳接到一九〇〇年舉辦大姆兒葬禮的時候（E）。

82 此處回憶跳接到一九一〇年四月二十五日凱兒婚禮當天（F）。

83 此處回憶跳接到一九〇〇年舉辦大姆兒葬禮的時候（E）。

84 此處回憶跳接到一九一〇年四月二十五日凱兒婚禮當天（F）。

85 此處回憶跳接到一九〇〇年舉辦大姆兒葬禮的時候（E）。

86 此處回憶跳接到一九一〇年四月二十五日凱兒婚禮當天（F）。

87 此處回憶跳接到一九〇〇年舉辦大姆兒葬禮的時候（E）。

88 此處回憶跳接到一九一〇年四月二十五日凱兒婚禮當天（F）。

89 此處回憶跳接到一九〇六年小班和凱兒送香水給笛爾西的事件（J）。小班之所以抗拒凱兒的香水味是因為聯想到以前凱兒第一次擦香水的情境。

90 當時的人們為了緩解頭痛會吸樟腦油的氣味，因此這裡墊了浸樟腦油的布。

91 這裡是指放在盒子裡的珠寶。

92 話語被父親的關門所中斷。

93 此處回憶跳接到一九〇八年十二月二十三日（B），小班和凱兒在這天幫莫里舅舅送信給他的偷情對象派特森太太。

94 莫里舅舅是被偷情對象的丈夫派特森先生揍了。

95 流氓指的是派特森先生。

96 康普生先生在這裡講了一個非常有層次的笑話。「Et ego in arcadia」是拉丁文牧歌中常出現的句子，直譯的話是「而我在阿卡迪亞」，其中阿卡迪亞有極樂美地的意思。他本來應該是想說「而在阿卡迪亞，我有很多牧草可以吃。」可是卻表示（或假裝）自己忘記了「牧草」的拉丁文，之所以特地強調牧草，是因為牧草的拉丁文為 fænum，這個字在哲學討論中有其他意涵：當一個人行善卻希望求得回報時，他就是犯下了 fænum 的罪。因此，康普生先生任由莫里舅舅白吃白喝的行為，可以說是相當符合「行善不求回報」，也就讓他不至於犯下 fænum 的罪。這也是康普生先生之前戲謔地提到自己擁有種族優越感的根源，也是他不願拿莫里舅舅去換拉車馬的原因，畢竟他要是拿乾草去養了拉車馬，拉車馬還會透過工作給他回報。

97 此處的斜體開始回憶跳接到一九〇〇年舉辦大姆兒葬禮的時候（E）。

98 此段的斜體開始跳回到第一部的當前時間（A）。

99 此處回憶跳接到一九〇八到一九一〇年間凱兒和查理在鞦韆椅上的互動（K）。

100 此處跳回到第一部的當前時間（A）。

101 此處回憶跳接到一九〇八到一九一〇年間凱兒和查理在鞦韆椅上的互動（K）。

102 因為看見凱兒和查理接吻。

103 此處跳回到第一部的當前時間（A）。

104 此處回憶跳接到一九〇八到一九一〇年間凱兒和查理在鞦韆椅上的互動（K）。

105 應該是有性挑逗意涵的撫摸。

106 此處跳回到第一部的當前時間（A）。

107 隨便用一個常見的名字叫小班，有看不起人的意思。

108 當時最流行的保險套品牌「快樂寡婦」（Merry Widow），圓形的金屬盒內有三枚保險套，盒蓋有那三名寡婦的名字及圖案。

109 此處回憶跳接到一九一〇年的春天，小班突然有機會接近到了籬笆外的女學生（L）。當時是凱兒婚禮過後沒多久，小班開始在籬笆邊等凱兒回來，也會想接近女學生，之後他因為這個接近女學生的事件而遭到閹割。

110 此處缺了一個標點符號，無法確定是不是刻意的安排。

111 這裡指的是密西西比州當時位於首府傑克遜的精神病療養院。但若參考第三部的內容，傑森有可能是故意讓小班有接近女學生的機會，就為了能讓他被送去療養院。

112 原文是寫 Mrs. Burgess，但根據後文的描述和之後的其他修訂版本顯示，這裡試圖為了保護女兒拔槍的應該是柏傑斯先生才對。

113 此處跳回到第一部的當前時間（A）。

114 同前，桿弟（Caddie）這個稱呼會讓小班聯想到凱兒（Caddy）。

115 指的是那個裝了花的瓶子所象徵的墓地。

116 此處回憶跳接到一九〇〇年默里改名為班傑明的那段回憶（M）。

117 此處跳回到第一部的當前時間（A）。

118 這裡的狗茴香（dogfennel）應該是臭春黃菊（Anthemis cotula）的俗名，花的樣貌是白瓣黃蕊，很像雛菊。

119 此處跳接到一九〇〇年默里改名為班傑明的那段回憶（M）。

120 此處跳回到第一部的當前時間（A）。

121 此處跳接到一九〇〇年默里改名為班傑明的那段回憶（M）。

122 《創世紀35：16》中，班傑明是雅各和拉結最小的兒子，拉結因為生下這個兒子而死，死前將他命名為便．俄尼（Benoni），意思是「我的憂傷之子」，後來約伯將其改名為便雅憫（Benjamin／班傑明），意思是「我的好運氣之子」。

123 《啟示錄3：5》：「凡得勝的必這樣穿白衣，我也必不從生命冊上塗抹他的名；且要在我父面前，和我父眾使者面前，認他的名。」得救之人的名字都會記載在生命冊裡。

124 此處跳回到第一部的當前時間（A）。

125 凱兒留下的拖鞋。

126 因為是暮色時分，屋內開燈時，戶外就會顯得相對陰暗。

127 這裡指的是鏡子。

128 此處回憶跳接到一九〇〇年默里改名為班傑明的那段時期（M）。

129 斜體之後的回憶是跳接到一九〇〇年舉辦大姆兒葬禮的時候（E）。

130 此處回憶跳接到一九〇〇年默里改名為班傑明的那段時期（M）。

131 小班移動到看不見鏡中火光倒影的地方。

132 此處回憶是跳接到一九〇〇年舉辦大姆兒葬禮的時候（E）。

133 此處回憶跳接到一九〇〇年默里改名為班傑明的那段時期（M）。

134 這個靠枕跟拖鞋一樣後來成為小班想念凱兒的物件。

135 此處跳回到第一部的當前時間（A）。

136 此處回憶跳接到一九〇〇年默里改名為班傑明的那段時期（M）。

137 此處跳回到第一部的當前時間（A）。

138 此處回憶跳接到一九〇八到一九〇九年間凱兒失貞、昆丁和同學打架的幾個事件（N）。

139 此處跳回到第一部的當前時間（A）。

140 此處回憶跳接到一九〇八到一九〇九年間凱兒失貞、昆丁和同學打架的幾個事件（N）。

141 昆丁騙爸爸是因為同學抓青蛙向老師惡作劇才打架，但爸爸看出他在說謊。其實他應該是因為凱兒失貞（或濫交）受人議論才跟別人打架。

142 此處回憶跳接到一九〇〇年默里改名為班傑明的那段時期（M）。

143 此處回憶跳接到一九〇八到一九〇九年間凱兒失貞、昆丁和同學打架的幾個事件（N）。凱兒走得很快是因為她剛失貞，所以想要避開大家。這點可以從小班的反應以及昆丁在第二部的描述中看出來。

144 小班在凱兒的眼神中看見和莫里舅舅偷情的派特森太太眼神裡有過的那種性羞愧。

145 此處回憶跳接到一九〇〇年默里改名為班傑明的那段時期（M）。

146 在民俗傳說中，有藍牙齦的黑人令人敬畏，具有咬人致死的能耐。

147 此處回憶跳接到一九〇八到一九〇九年間凱兒失貞、昆丁和同學打架的幾個事件（N）。

148 此處開始跳接回到第一部的當前時間（A）。當前的小班是因為想到前段凱兒失貞的回憶而哭。

149 此處回憶跳接到一九〇〇年默里改名為班傑明的那段時期（M）。

150 此處跳回到第一部的當前時間（A）。

151 此處回憶跳接到一九〇〇年默里改名為班傑明的那段時期（M）。

152 此處跳回到第一部的當前時間（A）。

153 此處回憶跳接到一九〇〇年默里改名為班傑明的那段時期（M）。

154 此處跳回到第一部的當前時間（A）。

155 此處回憶跳接到一九〇〇年默里改名為班傑明的那段時期（M）。

156 此處跳回到第一部的當前時間（A）。

157 處回憶跳接到一九〇〇年默里改名為班傑明的那段時期（M）。

158 推測是天氣引起的風溼。

159 此處跳回到第一部的當前時間（A）。

160 此處回憶跳接到一九〇〇年默里改名為班傑明的那段時期（M）。

161 此處跳回到第一部的當前時間（A）。

162 此處回憶跳接到一九〇〇年默里改名為班傑明的那段時期（M）。

163 此處跳回到第一部的當前時間（A）。

164 此處開始跳接到一九〇〇年默里改名為班傑明的那段回憶（M）。

165 引用的是T. S. 艾略特（Thomas Stearns Eliot）詩作《荒原》（*The Waste Land*）的意象：「在火光下，梳子下，她的頭髮／散成了火星似的小點。」

166 此處跳回到第一部的當前時間（A）。

167 這裡說的「看不見我自己」指的是自己跟拖鞋形狀類似但已被閹割的性器。

168 勒斯特終於從昆汀小姐那裡拿到了二十五分硬幣。昆汀給他錢可能是為了讓他晚上去看表演好方便自己逃家，也可能只是出於單純的善意。

169 此處回憶是跳接到一九〇〇年舉辦大姆兒葬禮的時候（E）。

170 此處跳回到第一部的當前時間（A）。

171 鎖住昆汀房門。

172 此處回憶是跳接到一九〇〇年舉辦大姆兒葬禮的時候（E）。

173 此時昆丁已經知道大姆兒病得很重了。

174 此處跳回到第一部的當前時間（A）。

175 這裡指的是小班的性器因為閹割而沒了。

176 小班是因為看不清逃跑的昆汀才稱呼她為「東西」。

177 此處回憶是跳接到一九〇〇年舉辦大姆兒葬禮的時候（E）。

JUNE 2, 1910

六月

二日

一九一〇

格子窗框的影子出現在窗簾上，時間是七點到八點之間，然後我又回到時間裡，聽見錶的聲音。那是爺爺的錶，父親給我時說[2]，昆丁，我給你的是一切希望和渴望的陵墓；非常、非常有可能的情況是，你用它來獲得所有人類經驗如此荒謬的 reducto absurdum[3]，這些經驗對你爺爺和他爸爸來說沒什麼幫助，大概也沒能真正幫到你。我把錶給你不是想要你記得時間，而是要你偶爾忘記一下時間，不要活著每分每秒都想征服時間。因為這種戰爭是不可能勝利的啊他說。甚至都沒有開打啊。這樣的戰場只顯示出人的愚昧和絕望，勝利只是哲學家和傻子的幻覺。

那支錶斜倚著衣領盒，我躺著聆聽錶的聲音。就是去聽見它。我不認為有人認真聆聽過一支錶或一座鐘。因為不需要。你可以很長一段時間聽而不聞，但就是某一秒的指針聲響，在你本來滴水不漏的心靈中，原本沒聽見的漫長時間隊伍又被創造出來，只是日漸稀落。就像父親說的，在漫長又孤獨的光線盡頭你或許會看見耶穌在行走，就像是[4]。至於那位稱死亡為小妹的好聖徒法蘭西斯[5]，他其實根本沒有妹妹。

透過牆壁我聽見施里弗[6]床鋪的彈簧發出聲音，然後是他的拖鞋在地上摩擦。我起身走去五斗櫃前沿著邊緣摸，找到錶後翻面朝下再回到床上。不過格子窗的影子還在，我已經知道如何透過影子判斷現在幾點幾分，所以必須轉身背對窗戶，而當影子在上面時，我感覺所有動物以前有的那種後腦杓眼睛好像在癢，呼喚我去看[7]。會讓你後悔莫及的總是那些遊手好閒的習慣。父親這麼說。他說基督沒有被釘上十字架：他是被很多小齒輪的細微喀噠聲慢慢逼死的。他說他沒有妹妹[8]。

所以我一知道自己看不見影子了，我就開始想知道現在到底是幾點。父親說一直在猜測人為劃分錶盤上的機械手臂位置就是心靈運作的徵象。不過就是排泄啊父親說就像流汗[9]。我說喔好吧。我想知道幾點。就還是想知道。

如果是陰天的話我原本可以看著窗戶，想著父親談到遊手好閒的習慣時說了什麼。還想著對新倫敦[10]那裡的人來說，如果這個天氣繼續維持會是很不錯的。天氣有什麼理由不好？這可是新娘的月份[11]，那聲音低語[12]她從鏡子跑出來了，從圍繞的香氣裡跑出來。[13]玫瑰。玫瑰。杰森．里奇蒙．康普生先生和太太為愛女[14]。玫瑰。不像山茱萸、乳草那樣貞潔。我說我犯下了亂倫罪，父親我說。玫瑰。狡猾又尊貴。如果你在哈佛讀了一年，但沒看過船賽，那該讓你退學費。讓傑森去吧。讓傑森去哈佛讀一年[15]。

施里弗站在門裡，他正在戴衣領，他的眼鏡反射出玫瑰色光芒，就彷彿洗臉時連眼鏡一起洗了。「你今天打算翹課？」

「這麼晚了嗎？」

他看著他的錶。「再兩分鐘就打鐘了。」

「我不知道那麼晚了。」他還看著錶，嘴巴在蠕動。「我得趕快了。再翹課就完了。

系主任上週跟我說——」他把錶收回口袋。我不再說話。

「你最好趕快套上長褲跑過去，」他說。他上課去了。

我起床開始動作，我透過牆聆聽他的聲音。他進入起居室，走向門。

「你還沒準備好嗎？」

「還沒。用跑的去吧。我會到的。」

他離開了。門關上。他的腳步聲沿走廊離開。然後我又可以聽見錶。我放棄動作走向窗戶將窗簾拉開，我望著他們跑向禮拜堂，總是同樣這些人掙扎著把手臂套入大衣袖子裡，總是同樣的書本和翻飛的衣領像洪水中的殘屋碎瓦沖刷而過，另外還有史波德[16]。他說施里弗是我的丈夫。啊別管他了，施里弗說，如果他真夠聰明，就不會去追那些骯髒的小婊子，他怎麼想干我們什麼屁事。在南方我們以身為處男為恥。男孩也是。男人也是。他們會為此說謊。因為這件事對女人來說沒那麼重要，父親說。他說是男人發明了貞潔概念而非女人。父親說貞潔概念就跟死亡一樣：只是個當其他人不在這個狀態時才存在的狀態，而我說，**但**[17]這樣抱持信念就沒意義了，而他說，**這**就是為什麼一切如此可悲：不只是貞潔概念，而我說，**為**什麼失貞不可以是我而要是她呢而他說，**這**也是為什麼會如此可悲，因為甚至沒有任何事值得去改變，然後施里弗說如果他夠聰明，就不會去追那些骯髒的小婊子，而我說你有過妹妹嗎？有嗎？有嗎？

史波德就在那些人當中，像街道上散滿枯葉中的一隻水龜，他的衣領大概豎到耳邊，走路姿態是他一貫的不疾不徐。他來自南卡羅來納，大四生。他在俱樂部[18]裡老吹噓自己從來不會跑去禮拜堂、從來沒有準時抵達、四年來從沒缺席，而且無論是上禮拜堂或上第一堂課，向來上身都不穿襯衫，腳上也不穿襪子。大概十點鐘時他會到湯普生餐館[19]，點兩杯咖啡，坐下從口袋拿出襪子，在等咖啡變涼時脫鞋穿襪。大概中午時你會看見他穿好襯衫戴好衣領，模樣就跟其他所有人一樣。其他經過他身邊的人都在跑，但他從不會加快步伐。一陣子後中庭就空了。

一隻麻雀斜斜劃過陽光，牠停在窗台上，歪頭看我。牠的眼睛又圓又亮。一開始他用一邊的眼睛看我，然後一個甩頭！看我的又是另一隻眼睛，牠的喉嚨比世間生物的脈搏都還快速起伏。整點鐘聲響起。麻雀不再交換用不同眼睛看我，而是用同一隻眼睛持續盯著我直到鐘聲停止，就彷彿牠也在聆聽。然後牠一扭身從窗台離開了。

最後一聲鐘響的震動過了好一陣子才停止。那震動停留在空氣中，持續很長一段時間，因此鐘聲帶來的觸覺比聽覺更明顯。就像所有響過的鐘仍在漫長漸弱的光線中發出聲響，而耶穌和聖徒法蘭西斯談起了他的妹妹。因為只是下地獄倒好；如果這就是結局倒好。結束。如果這些都會自己結束倒好。地獄剩下的只有她和我。真希望我們能幹出非常可怕的事，讓除了我們之外的其他人都逃出地獄。我犯了亂倫罪我說父親就是我不是達爾頓．

埃姆斯[20]**而且**當他放進啊達爾頓．埃姆斯。達爾頓．埃姆斯。達爾頓．埃姆斯。當他把手槍放進我的手裡我沒有。那就是為什麼我沒有。因為他會在那裡而她也會而我也會[21]。達爾頓．埃姆斯。達爾頓．埃姆斯。達爾頓．埃姆斯。真希望我們能幹出非常可怕的事而父親說**那**也很可悲，人們沒辦法做出那麼可怕的事他們完全沒辦法做出非常可怕的事他們甚至沒辦法在明天記得今天看來如此可怕的事而我說，**你**可以逃避一切而他說，啊你能嗎。而我會往下望看見我摩擦低語的骨頭以及深水如風，一波波蕩漾如同一片片屋頂，而很久之後，人們就無法在荒涼又無暇的沙地上看出骨頭的存在。直到那個大日子，祂說**起來**吧，浮起的卻只有那個鐵熨斗[22]。重點不在何時意識到什麼都幫不了你——宗教、自尊、什麼都一樣——而是要意識到你不需要任何幫助。達爾頓．埃姆斯。達爾頓．埃姆斯。達爾頓．埃姆斯。但願我可以是他的母親敞開身體半躺著笑，手克制地抱住她的父親，看著，就這樣望著他還沒活就死去。這一刻她站在門裡[23]

我走去五斗櫃拿起我的錶，錶面仍然朝下。我把水晶錶面往五斗櫃的角落敲，用手接住玻璃碎片後放進菸灰缸。錶繼續滴答作響。我把錶面朝下，光裸的錶盤後方是許多小齒輪還在喀噠喀噠運轉，不知道發生了什麼事。耶穌行走在加利利海上而華盛頓沒說謊[24]。父親從聖路易的博覽會帶回一個錶鏈墜給傑森：那就像個迷你的觀劇望遠鏡，你瞇起一隻眼可以看見摩天大樓、蜘蛛絲網般的摩天輪，還有像在針尖上的尼加拉瀑布。錶面上有塊紅點。我看見時大拇指開始刺痛。我把錶放下走進施里弗的房內拿了碘酒擦傷口。我用毛巾把錶盤上的玻璃碎片清出去。

我擺出兩套內衣，另外還有襪子、襯衫、衣領和領帶，然後打包我的箱子。我把我的所有東西收進去，除了一套新西裝一套舊西裝還有兩雙鞋子兩頂帽子和我的書。我把書搬進起居室後堆在桌上，那些書都是我從家裡帶來的，那些書父親說之前人們是靠藏書來了解一位紳士；現在卻是靠他借了不還的書來認識然後鎖上箱子寫上地址。十五分的鐘聲響起。我停下聆聽直到鐘聲休止。

我洗澡又刮了鬍子。水讓我的手指微微刺痛，所以我又塗了碘酒。我穿上我的新西裝戴上我的錶用手提袋打包了其他西裝和首飾和我的刮鬍刀和牙刷，把箱子的鑰匙用一張紙包起來後放進信封寫上父親的地址，然後寫了兩張較短的信之後封好。

影子還未全部從門階上消失。我站在門裡面，我看著影子移動。它移動的幅度幾乎肉眼可見，就這樣慢慢爬回門內，將陰影驅趕回去。只是我聽見時她已經在跑了[25]。她在鏡子裡頭跑我還搞不清楚發生了什麼事。那麼快啊，她的裙子後擺纏到她手臂上她像雲一樣跑出鏡子，她的頭紗旋轉一整條長長在發亮她的鞋跟細弱快速移動用另一隻手將禮服裙子抓上肩膀，她跑出鏡子那氣味玫瑰玫瑰那聲音低語在伊甸園上空。然後她穿過門廊我無法聽見她的鞋跟然後在月光中像一朵雲，那頭紗飄浮的影子穿過草地，進入哭喊中。她跑得像是禮服要飛走，手裡仍緊抓住婚紗，就這樣跑進哭喊中，T. P.在那裡活力充沛地唉唷沙士汽水小班在箱子底下大吼大叫。父親起伏的胸前有個V形的銀色胸甲[26]。

施里弗說，「哎呀，你沒有……你這是要參加婚禮還是要守靈？」

「我沒能趕上，」我說。

「打扮得這麼漂亮當然趕不上。怎麼了？你以為今天是週日嗎？」

「我就偶爾穿一次新西裝，警察總不能逮捕我吧，」我說。

「你讓我想到那些在廣場閒晃的假學生[27]。你現在已經臭屁到連課都不屑上了嗎？」

「我想先吃東西。」門階上的影子不見了。我踏入陽光，再次找回我的影子。我走下階梯時只比影子快了那麼一點。三十分的鐘聲響起。然後鐘聲休止，餘音淡去。

「執事」也沒在郵局。我把兩個信封印上郵戳，給父親的寄了，給施里弗的收在外套暗袋裡，然後我想起上一次是在哪裡看見執事。當時是陣亡將士紀念日[28]，身穿G. A. R.制服[29]的他在遊行隊伍中。只要你在任何街角等得夠久，就能看見他出現在任何一個經過的遊行隊伍中。之前的是哥倫布還是加里波底[30]還是不知道誰的生日遊行。當時他走跟著清道夫小隊走[31]，頭上戴著高筒窄邊禮帽，手上拿著兩英寸長的義大利國旗，在一堆掃把和畚箕間抽著雪茄。不過最後一次就是穿著G. A. R.制服的那次了，因為施里弗當時說：

「啊在那裡。瞧你們的爺爺以前把那個可憐的老黑鬼搞多慘。」

「對啦，」我說，「搞得他現在每天都去遊行。要不是因為我爺爺，他還得跟白人一樣工作呢。」

我在哪都找不到他。但就算是有上工的黑鬼，你需要時也是找不到的，更別說是個指國家油水過日子的人。有台車開過來[32]。我進城去帕克餐館[33]吃了一頓美好早餐。吃的時候聽見時鐘敲響了整點鐘聲。然後我想人至少得花上一小時才能忘卻時間，畢竟早在有歷史記載之前，人類就會用機械方法計算時間的推進了。

我吃完早餐後買了根雪茄。賣雪茄的女孩說五十分一根的最好，所以我買了一根點燃，走到外面的街道上。我站在那裡吸了幾口，然後拎著雪茄走向角落。我經過珠寶鐘錶店的櫥窗，但及時別開了眼睛。角落有兩個擦皮鞋的人攔住我，一人一邊，他們不停刺耳叫喊，就跟黑鸝鳥一樣。我把雪茄給了其中一人，給了另一人五分錢。於是他們不煩我了。拿到雪茄的人試圖把雪茄賣給另一個人，他想要那枚鎳幣。

天上有座時鐘，那時鐘高高掛在太陽裡[34]，而我心想怎麼會，就算你什麼都不想做，你的身體也會嘗試誘騙你去做，算是一種無意識吧。我可以感覺到脖子背後的肌肉，然後可以聽見我的手錶在口袋裡隨時間流逝滴答作響，過了一陣子後我把所有聲音封鎖在外，只留口袋裡的手錶繼續作響。我轉身回到街上，走向那扇櫥窗。他在窗戶後方的桌前工作。他的頭快禿光了。有枚鏡片像是在他的眼睛裡——還有根金屬管像是直接鎖在他臉上。我走進去。

整個空間充滿各種滴答滴答，像九月草地裡的蟋蟀，我可以聽見他頭頂的牆面上有座大鐘。他抬頭看，那枚鏡片後方的眼睛又大又朦朧，像要衝出來一樣。我把我的錶拿出來遞給他。

「我弄壞了我的錶。」

他在手上翻看那支錶。「我得說確實是壞了。你一定是踩到了。」

「是的，先生。我把錶從五斗櫃撞到地上，然後在黑暗中踩到了。不過齒輪還在動。」

他撬開錶的背面瞇眼往裡頭瞧。「看起來還可以。不過沒有仔細檢查過無法確定。我今天下午會好好看看。」

「我等一下再拿過來修，」我說。「你可以告訴我那些櫥窗裡的錶有哪支是準的嗎？」

他把我的錶拿在掌心，抬頭用那隻感覺要衝出來的大眼睛看著我。

「我跟一個傢伙打了賭，」我說，「但今早忘了戴眼鏡出門。」

「這樣啊，好吧，」他說。他把錶放下，從凳子起身半蹲著，眼神越過欄杆。然後他往牆上瞄了一眼。「現在是二十——」

「別告訴我，」我說，「拜託，先生。就告訴我那些錶當中有沒有準的。」

他又看向我，重新在凳子上坐好，把鏡片推上額頭。鏡片在他的眼睛周遭留下一個紅圈圈，那張臉一旦沒了鏡片顯得很赤裸。「你今天是要慶祝什麼嗎？」他說。「船賽下週才開始，是吧？」

「不是這個，先生。只是要慶祝一些私事。生日啦。那些錶有準的嗎？」

「沒有。不過那些錶還沒校正、設定好時間。如果你在考慮要買其中一支——」

「不用，先生。我不需要買錶。我們的起居室已經有時鐘了。我等等再來修這支錶就行。」我伸出手。

「現在留下就行了吧。」

「我等等再拿來。」他把錶給我。我放進口袋。我現在聽不見錶了，其他聲音太多。

「真是麻煩你了。希望沒佔用你太多時間。」

「沒事。準備好了再拿來修吧。至於慶祝，你最好等我們贏了船賽再辦。」

「好的，先生。我想也該這樣。」

我走出去，把滴答聲關在門後。我回頭望向櫥窗。他正越過那些欄杆打量我。櫥窗裡大概有十多支錶，所以有十多種不同的時間，而且每支錶都跟我那支沒指針的錶一樣篤定，相信只有自己才是正確的答案。這些錶彼此矛盾。我可以聽見我的錶，那支錶正在我的口袋中隨著時間流逝滴答作響，可是沒人能看見，不過就算有人看見了也無法知道是幾點。所以我告訴自己就挑那支錶的時間吧。因為父親說過鐘錶屠殺時間。他說時間只要被那些小齒輪滴答推動時就是死的；唯有鐘錶停止才能讓時間活過來。這支錶的指針比較長，拉開的斜度幾乎是一條水平線就像一隻迎風斜飛的海鷗。其中乘載著一切讓我懊悔的事物[35]，就彷彿新月乘載著水，黑鬼都那樣說[36]。鐘錶商又回去工作了，他坐在長凳上彎著腰，那根管子彷彿鎖入他的臉。他的頭髮中分。分界線一路往上延伸到禿頂，那裡就像十二月的乾涸沼澤地。

我看見對街的五金行。我不知道鐵熨斗是秤重來買的。

店員說，「這些重十磅。」可惜尺寸比我想像的還大。所以我買了兩個六磅重的小熨斗，因為看起來就像一雙包起來的鞋子。兩個一起拿時感覺夠重，但我又想起父親提過人類經驗如此荒謬的 **reducto absurdum**，想想這竟然是我唯一能運用到哈佛學識的機會。說不定明年吧；或許我得在這學校花上兩年才能把事情[37]做對。

不過這兩個在空氣中掂起來就夠沉了。一台電車開來。我上車。我沒看車前的路線牌。車裡坐滿人，大多是有錢人，他們在看報紙。唯一的空位在一個黑鬼旁邊。他戴著一頂圓頂硬帽，鞋子擦得光亮，手上拿著一截抽過的雪茄屁股。我以前以為南方人對待黑鬼時總得特別小心翼翼。我以為北方人會希望我們這樣。初次到東岸來時，我一直告訴自己**你**得記得把他們當成有色人種而不是黑鬼，但其實要不是以前就跟他們混在一起，我一定會白費許多的時間和心力，才能學會看待別人最好的方式，無論對方是黑人或白人，我是指用他們看待自己的方式看待他們，然後就各自安好了。於是我才意識到「黑鬼」[38]不被當成一個人，而是一種行為模式，是一種跟他身處環境中所有白人實體相反的鏡象。不過一開始我以為我會想念被黑人環繞的感覺，因為我覺得北方人都認為我會想念，但直到在維吉尼亞的那個早上[39]，我才知道我真正想念的是羅斯克斯和笛爾西和他們所有人。當時火車停著，我醒來拉起窗簾往外看。有台車擋住了十字路口，旁邊有兩道白色籬笆從山丘上朝著不同方向往下延伸開來，就像一對牛角的部分骨骸，然後有個黑鬼騎著騾子立在硬泥車轍中間，等著火車重新開始啟動。我不知道他在那裡待了多久，但他跨坐在騾子上，頭上包著一條毛毯，就彷彿組成他的這些元素跟籬笆及道路一樣是建造在這裡的，又或者跟山丘一樣存在，而且是從山壁上雕刻出來的，彷彿一個放在那裡的路標寫著「歡迎回家」。他沒用馬鞍，兩隻腳幾乎垂到地面。那隻騾子看起來像兔子。我拉起窗戶。

「嘿，大叔[40]，」我說，「事情是這樣辦的嗎？」

「先生啊[41]？」他看著我，然後鬆開毛毯露出耳朵。

「聖誕禮物呢！」我說。[42]

「還真的咧，老闆。給你搶先了，是吧？」

「這次就饒過你。」我在狹小的吊床內把長褲扯出來，拿出一個二十五分硬幣。「不過下次小心點啊。我會在新年過兩天後回來這裡，到時可警醒點。」我把硬幣丟出窗外。

「給你自己好好過個聖誕節吧。」

「好的，先生啊，」他說。他下了騾子撿起硬幣，拿硬幣在腿上抹了抹。「謝謝啦，少爺。謝謝。」然後火車開始移動。我把身體伸出窗外，探進冷空氣，頭往後望。他站在那裡，旁邊的騾子像隻骨瘦如柴的兔子，一人一騾羸弱可憐、動也不動，沒有一絲不耐。火車猛地繞過彎道，火車頭噴爆出短促、沉重的黑煙，而他們就這麼流暢地退出了我的視線，帶著那種羸弱可憐又超越時間的耐性，帶著那種恆定不變的沉靜：那種融合了孩子氣以及隨時會出錯但又矛盾的可靠特質照顧著保護著他們不可理喻地愛著他們又持續剝奪著他們又透過就連稱為花招都顯得太厚顏無恥的作為讓他們迴避責任和義務也還讓他們被欺騙被搪塞時產生只有紳士面對任何在公平比賽中打敗自己的人才會對勝利者油然而生的坦率崇拜，然而面對白人的反覆無常時擺出喜愛及無止盡的包容就像祖父母面對難搞又麻煩的小孩子一樣，啊這感覺我都忘了。然後那一整天，火車蜿蜒開過迎面襲來的山谷沿著山壁前行其過程中的動態化為煙囪和輪子在呻吟的勞苦聲響以及永恆聳立的山巒不停退去隱沒入陰沉天色，我想起家，想起荒涼的車站和泥巴和黑鬼和鄉下人慢慢擠滿廣場，還有玩具猴子卡車和一袋袋糖果跟從袋子探出頭的煙火筒，此時我的體內就會像在學校聽到鐘聲響起時一樣蠢動起來。

我會等鐘聲打三下後才開始數。我開始數，先是數到六十後收起一根手指[43]，同時想著另外十四根準備要收起的手指，又或者是另外十三、十二、八或是七根手指，直到突然之間我意識到周遭一片靜默，所有人聚精會神看著我，於是我說，「老師？」「你的名字是昆丁，是吧？」蘿拉小姐說。然後是更深沉的靜默還有大家聚精會神所帶來的殘酷折磨還有我在寂靜中抖動的雙手。「告訴昆丁是誰發現了密西西比河，亨利。」「德索托[44]。」然後大家的精神不再專注於我，過了一陣子我怕自己數得太慢於是加快速度又收起另一根手指，然後我怕我數得太快又放慢速度，然後我又害怕起來於是又數得更快了。所以我總是無法剛好在鐘聲響起時數完，而那些獲得自由的腳都已在湧動，感受著磨損的地表，而這樣一天結束的感受就像受到輕巧敲擊的玻璃聲響，我的體內蠢動起來，但仍坐著不動。坐著不動的移動[45]。這一刻她站在門裡[46]。小班。大喊大叫。班傑明是我晚年生的孩子大吼大叫[47]。凱兒！凱兒！

我要逃家了[48]。他開始哭她過去撫摸他。安靜。我不會走的。安靜。他安靜了。笛爾西。

他想要的話可以聞出你要告訴他的事。不用聽也不用說。

他可以聞出他們給他的新名字嗎？他可以聞出厄運嗎？

他要擔心運氣的事做什麼？運氣已經對他造成不了傷害。

如果不是為了替他改運，那為什麼要替他改名字？

電車停下，啟動，再次停下。我往窗戶下看著人們的頭上的帽頂鑽過，他們戴著還沒褪色的新草帽。車裡現在有女性了，她們提著菜籃，身穿工作服的男性人數開始超過穿著油亮皮鞋和戴好衣領的人。

那個黑鬼碰了碰我的膝蓋。「不好意思，」他說。我把雙腿往外移好讓他過去。我們正開過一片空白的牆，車子的喀答喀答聲響從牆面反彈回車裡，衝向那些膝頭上擺著菜籃的女性和一個帽子上有汙漬且帽帶上插著一根菸斗的男人。我可以聞見水，在牆壁中斷的某處我看見一絲水光和兩根船桅，還有一隻海鷗在半空中一動也不動，彷彿停在船桅之間一條隱形的細線上，我抬手伸進外套摸了摸我寫的那些信。電車停下時我下車。

那座橋正為了讓一艘雙桅縱帆船通過而打開。帆船有拖船拖著，拖船緊挨著帆船的舷部下側，沿途還噴出煙，但帆船本身的移動卻像是沒使用任何可見的動力。一個光著上半身的人在船艏甲板繞繩圈。他的身體晒成菸草葉的顏色。另一個男人戴著沒有帽頂的草帽在顧著舵輪。船從橋中央通過，移動時船上沒掛帆的杆子光禿禿看起來像是大白天活見鬼，三隻海鷗在船尾上方盤旋，看起來就像用隱形細線拉著的玩具。

橋關起來後我跨越到了對面，我把身體靠著船塢上方的欄杆。浮碼頭上空盪無人，所有門都關著。賽船船員現在只有傍晚會來划船，他們目前都在休息。橋的陰影啊，層層疊疊的欄杆，我的影子平貼在水面上，我很輕易地把不願離開我的影子拐騙去了那裡[49]。那影子至少五十英尺長，要是能有什麼把它壓入水裡就好了，壓到它溺死，那個像兩隻包裝鞋子的包裹影子也平貼在水面。黑鬼說一個人溺死後影子會永遠在水中尋找自己。那道影子閃爍又發光，像是在呼吸，浮碼頭緩慢的浮沉也像在呼吸，一些碎石瓦礫半沉沒在水中，逐漸隱入海裡以及海中的大小石穴[50]。被取代掉的水量等同於什麼的什麼[51]。人類經驗如此荒謬的 reducto absurdum 啊，兩個六磅重的熨斗可是比一個長柄熨斗還重。多麼褻瀆的浪費啊笛爾西會這麼說。大姆兒死的時候小班是知道的。他哭了。他聞到了。他聞到了。[52]

拖船重新回到下游，水被劃開為一條條翻騰的長圓柱，拖船經過的最後餘波搖晃著浮碼頭，那艘拖船顛簸地在反射回來的翻騰水柱上前行，發出了撲通和一聲拖長的刺耳音響，此時有扇門猛地往內打開，兩個男人拉了艘賽艇出來。他們把賽艇放進水裡，過了一下子後布蘭德[53]出來了，他拿著划槳。他穿著法蘭絨衣褲、灰夾克，頭上戴著硬草帽。不知道是他或他媽曾在哪間學校讀過，牛津的學生都穿法蘭絨套裝和硬草帽划船，所以三月初他們就替傑拉德買了一艘雙槳划艇，而此刻他穿戴著法蘭絨套裝和硬草帽就要去河裡了。船塢裡的傢伙威脅要找警察[54]，但他堅持要去。他的母親坐著租來的車出現，身上穿著毛皮套裝就彷彿要去北極探險，她目送他在時速二十五英里的風中出發，在如同骯髒羊群般綿延的浮冰中離去。從那時候開始我就相信神不只是一位紳士，還是個運動員；而且也是個肯塔基人。在他揚帆而去之際，她繞了一段路後再次來到河邊，讓車子打著低速檔，沿河駕車跟他一起平行前進。大家說簡直不可能知道他們本來就認識，那氣勢就像國王和皇后，兩人甚至沒有對看一眼，只是這樣並排穿越麻薩諸塞，就像走在平行軌道上的一對行星。

他上了船之後划走。他現在已經划得很不錯了。他是該划得不錯。他們說他的母親曾想要他放棄划船去做些他的同學不會也不願做的事，但就這一次他固執了。如果那也算得上固執的話，畢竟他只是態度很差地坐著，擺出王子般的無聊神態，那頭黃髮捲曲雙眼是紫羅蘭色睫毛漂亮還穿著紐約訂製服，在此同時他的媽媽在跟我們聊傑拉德有好多馬傑拉德有好多黑鬼還有傑拉德有好多女人啊。在她把傑拉德帶來劍橋這裡之後，肯塔基的所有丈夫和父親一定都樂壞了吧。她在城裡有間公寓，傑拉德除了大學宿舍外城裡也有公寓。她同意傑拉德跟我來往是因為我至少有種莫名的名門氣質，能讓自己有幸出生在梅森和狄克遜線[55]以南的地方，另外還有幾個人在地理方面有達到基本要求（那是最低要求）。至少她是因此原諒了他們啦。或者說就是寬大接受了。可是自從她有晚見到史波德從禮拜堂走出來**他**說她這樣不算淑女沒有淑女會在晚上的這種時候出門[56]她始終無法原諒他擁有五個名字，其中一個名字還跟英國當今某某公爵一樣。我想她為了合理化一切是這樣深信的：他是某個麥因高特或摩特馬家族[57]的敗家子跟門房女兒亂搞生下的後代。無論這是不是她捏造出來的，可能性確實也不低。畢竟史波德可說是浪蕩子的世界冠軍，行事毫無顧忌甚至可以隨便亂挖別人的眼睛[58]。

賽艇現在只剩一個小點了，槳打斷陽光造就出兩個光點，讓船身像在沿途眨眼。你有過妹妹嗎？沒有但她們都是婊子。你有過妹妹嗎？這一刻她。婊子。不是婊子這一刻她站在門裡[59]達爾頓．埃姆斯。達爾頓．埃姆斯。達爾頓牌襯衫。[60]我一直以為是卡其布製的，軍用卡其布，直到我發現其實是的中國絲或最高級的法蘭絨因為把他的臉襯得很棕，雙眼襯得很藍。達爾頓．埃姆斯。名字就是不夠上流。像劇場的擺設人偶。感覺還是紙糊的，不然摸摸看吧。喔。石綿啊。還算不上是青銅質地啦[61]。但不願在家見他。

凱兒也是女人，記得吧。她一定也會做一些女人會做的事。

凱兒，你為什麼不願把他帶進屋子？為什麼要像黑鬼女人一樣在草地在山溝陰暗樹林火熱遮掩猛烈在陰暗的樹林裡。

我已經聽見錶的聲音一陣子之後可以感覺到那些信在我的外套內啪嚓啪嚓，那些信隔著外套緊貼著欄杆，我靠著欄杆，我望著我的影子，我真是拐騙得很成功啊。我沿著欄杆移動，但我的西裝顏色也很深我可以用來擦手[62]，我望著我的影子，真是拐騙得很成功啊。我帶著影子走進碼頭的陰影中[63]。然後我往東走。

哈佛我那上了哈佛的好兒子哈佛哈佛[64]那個滿臉青春痘的小鬼頭她是在運動會上見到的還得了獎章彩帶飛揚。蹲伏在籬笆邊想把她像小狗一樣叫出去。因為他們無法把他哄進飯廳母親相信他會下咒之類的而且打算在兩人獨處時對她下咒。可是任何無賴他躺在窗子下方的箱子旁大吼大叫[65]只要能鈕釦洞裡插朵花再開著禮車來就行了。哈佛。昆丁這位是赫伯特。這是我那上了哈佛的好兒子。赫伯特會成為你的大哥他已經答應傑森在銀行裡給他安排一個職位了。

活力充沛啊，跟戴著賽璐珞片衣領的旅行銷售員一樣虛假。臉上總是露出大片白牙但沒有在微笑。我在北邊就聽說過他了[66]。露出大片牙齒卻沒在微笑。你要開車嗎？

上車昆丁。

你來開車。

這是她的車喔難道你小妹有了鎮上第一台汽車你不為她驕傲嗎是赫伯特啊是他送的禮物。路易斯每天早上都在幫她上課你沒收到我的信嗎杰森·里奇蒙·康普生先生和太太為愛女凱蒂絲和錫德尼·赫伯特·黑德舉辦的婚事訂於一千九百一十年四月二十五日在密西西比州的傑佛遜舉辦。八月一日後定居在印第安納州南灣某某大道某某號。施里弗說那封信難道你連開都不開嗎？三天[67]。好幾次。杰森·里奇蒙·康普生先生和太太年輕的洛欽瓦爾[68]騎馬離開得有點太快了，是吧？

我來自南方。你真搞笑，是吧。

喔沒錯我知道那算是鄉下地方。

你真搞笑，是吧。你該加入馬戲團。

我加入了啊。就是成天幫大象潑水趕跳蚤才把視力搞爛了。三次這些鄉下女孩啊。你永遠摸不透她們，是吧。哎呀總之拜倫從來沒得償所願，感謝神[69]。但別打戴眼鏡的男人[70]。那封信難道你連開都不開嗎？那封信躺在桌上每個角落點著一根蠟燭信封上綁著一條髒掉的粉紅吊襪帶和兩朵假花。別打戴眼鏡的男人[71]。

鄉下人呀可憐的傢伙他們從沒見過汽車真的好多人按一下喇叭吧凱蒂絲這樣他們才她不願意看我不會擋路不願意看我要是你傷到他們任何一個人你父親會不高興的我真要煩死了你父親之後可得買輛汽車了這下你把這輛車帶來我幾乎是要難為情了赫伯特我實在太喜歡這輛車了當然這裡也有馬車但很多時候我想出門康普生先生就會派那些黑傢伙去做別的事要是我試圖搶人我的頭就要不保啦他堅稱羅斯克斯隨時聽候我的差遣但我知道那是什麼意思我知道人們有多常做出承諾只是為了滿足自己的良心你打算那樣對待我的寶貝小妹嗎赫伯特但我知道你不會的赫伯特把我們全寵死了昆丁我有寫信跟你說他打算等傑森高中畢業後把他帶進他的銀行傑森會成為很棒的銀行家他是我的孩子中唯一腦筋夠實際的那還得感謝我的遺傳他繼承的是我這邊的天分其他人都繼承了康普生家族傑森調好了麵粉漿糊。他們在後門廊做風箏賣給別人一個賣五分鎳幣，他和派特森家的男孩子一起。傑森管帳。

這台電車上沒有黑鬼，還沒褪色的草帽在車窗下方流動而過。要去上哈佛。我們已經賣掉小班的他躺在窗下的地上，他大吼大叫。我們已經賣掉小班的草地這樣昆丁才能去上哈佛是你的弟弟**你們的**小弟。

你該搞輛車來的只會有說不完的好處你不覺得嗎昆丁我立刻就叫他昆丁了你瞧我從凱蒂絲那裡聽說好多有關的你事了。

有什麼理由你不該這麼叫呢我想要你們這些孩子比朋友還親密對呀凱蒂絲和昆丁比朋友還親密父親我犯下了多遺憾啊你沒兄弟姊妹沒妹妹沒妹妹沒有妹妹別問昆丁啦他和康普生先生現在只要我有力氣下樓上桌吃飯他們都有點嫌棄我呢現在我是豁出去啦等婚事結束後你把我的小女兒帶走後我可要付出代價啦我的小妹妹沒有。如果你這樣還算母親的話。母親。

不然我順從渴望不娶凱蒂絲了娶你吧反正我不認為康普生先生有可能追趕過我這輛車。

啊赫伯特啊凱蒂絲你有聽見嗎她不肯看我那柔軟固執的下巴線條不回頭看可是**你**不用吃醋啦他只是奉承我這個老太婆而已我女兒都成年要結婚了真不敢相信。

胡說什麼你看起來就像個小女孩你臉頰上的氣色讓你比凱蒂絲年輕多了一張又是責備又是淚眼汪汪的臉一種樟腦和淚水的氣味有個聲音穩定輕柔地啜泣著從薄暮時分的門外傳來忍冬花的黃昏色彩和氣味[72]。把那些空空的箱子從閣樓階梯拿下來它們聽起來就像棺材孚蘭屈里克[73]。鹽磚旁找到的不是死亡[74]。

有些人的帽子並非沒有褪色有些人沒戴帽子[75]。再過三年我就不能戴帽子了，如果還能活著就不能戴。還活著的話。之後既然我不在了哈佛也不在了那還會需要帽子嗎。最棒的思想父親說就像死的藤蔓一樣爬在死的磚牆上。到時候哈佛就不在了。至少對我來說是這樣。又來了。比之前更悲傷。又來了。悲傷到不行。又來了。

史波德身上穿著襯衫；那我想一定是了[76]。等我可以再看到我的影子但不夠小心就會踏到之前被我騙到水裡但又浸不壞的影子上了。但沒有妹妹[77]。我不會這樣做。我不會送我的女兒去給人監視[78]我不會這樣做。

如果你教他們不尊重我和我的想法我要怎麼管他們我知道你看不起我們家族的人但這難道這樣就可以亂教我的孩子嗎明明是我自己的孩子啊我太苦了得不到尊重用硬鞋跟猛力把我的影子的骨頭踩進水泥中然後我聽見了錶的聲音，我隔著大衣摸了一下那些信。

我不會讓我的女兒被你或昆丁或任何人監視無論你覺得她幹了什麼好事[79]

至少你同意確實有該看好她的理由

我不會這樣做我不會這樣做。我知道你不會[80]我不是故意要這麼苛刻但女人不尊重其他女人也不尊重自己

但她為什麼鐘聲開始響起我踏上我的影子，但現在是十五分。我哪裡都看不見「執事」。以為我會這麼做而且本來確實可以

她不是故意的女人就是會那樣因為她愛凱兒

街燈沿著山丘往下再朝著城鎮往上我走在我影子的肚子上。我可以將手伸到影子之外。感覺父親在我身後在夏日令人躁怒的黑暗和八月和街燈之外父親和我保護我們家的女人不受女人彼此所害不受她們自己所害女人就是那樣[81]她們不像我們理解人情世故所以她們生來就確實擁有孕育疑心的能力因此每隔一陣子就能收成她們的懷疑而且通常還都是對的她們能與邪惡親近能提供所有邪惡本身缺乏的一切會把邪惡本能地拉到自己身上就像你半夢半醒間會拉被子來蓋一樣還會為了邪惡滋養心靈直到邪惡達到目的無論那個目的是否曾經存在他在幾個大一新生之間一起走過來。他還沉浸在遊行的氛圍裡，因為他對我敬了個舉手禮，非常高階軍官的那種。

「我有事得找你一下，」我停下腳步，對他說。

「找我？好吧。等等見啊，各位，」他對我說，然後停步轉身；「很高興跟你們聊天。」這就是執事，原汁原味。瞧瞧這天生世故的心理學家啊。大家都說他四十年來從未漏接過開學的第一班火車。他一眼就能分辨出誰是南方人，從不會看走眼，而且只要聽到你說話，他就能說出你來自哪一州。他每次迎接火車到來時都穿同一套「制服」，有點像是湯姆叔叔的小屋[82]那種打扮風格，就是到處都有補丁之類的。

「是的，先生啊。這邊走，少爺啊，我們到啦，」一邊說著一邊接過你的行李。「這裡，小鬼，過來這裡啊，把這些都拿好啊。」於是像山在移動的行李緩慢上升，行李後方在搬的是個大約十五歲的白人男孩，執事不知怎麼做到的又把一個袋子掛到他身上，然後差遣他走。「好了，就這樣啦，別掉行李啦。好的，先生啊，我說少爺，把房號告訴我這個老黑鬼，等你到房間後行李就都好好放在裡面啦。」

從那時開始一直到後來把你制伏得服服貼貼為止，他不停在你房間忙進忙出，他無所不在，他喋喋不休，不過舉止隨著衣著提升變得愈來愈像北方人，直到終於他敲了你不少竹槓，直到你也終於開始搞清楚狀況之後，他已經開始直呼你昆丁[83]或其他名字了，然後你見到他時他會穿著一套撿來的布魯克斯牌西裝，還有別人送他的普林斯頓某間俱樂部帽子我忘記是哪間俱樂部了但他興高采烈地堅信上頭的緞帶是從亞伯拉罕·林肯的飾帶剪下來的。有人多年前到處說了一個故事，說他初次不知打哪出現在學院周邊時，其實是一位神學院的畢業生。等他理解這個身分代表的意義後就深深著迷，於是自己開始到處推銷這個故事，最後想必也真心相信自己讀過神學院。總之他會扯一堆毫無重點的大學時代趣事，直呼對方名諱地談起那些已經死去或離開的教授並表示自己跟他們很熟，但說的通常都是錯的。可是對於一批批無止盡前來的天真寂寞大學新生而言，他算是一位良師益友，而且我想就算他愛在小事上強詞奪理又惺惺作態，他傳進天堂那位人物鼻孔中的臭氣也沒比其他人誇張。

「三、四天沒見到你了，」他說，此刻仍帶著軍官派頭直盯著我。「生病了？」

「沒有。我沒事。在忙，我想算是吧。我倒是有看見你。」

「有嗎？」

「幾天前的遊行。」

「喔，那個啊。沒錯，我有去。我對那種事一點也不關心，你懂吧，但小鬼們喜歡有我一起混，老兵們也是。而且女士們希望所有老兵都參加，你懂吧。所以我就順著她們的意思啦。」

「之前那個義大利佬過生日時也是，」我說。「那次是為了順著基督教婦女禁酒聯合會[84]的意思吧，我想。」

「那次啊？我是為了女婿去的啦。他想在市政府找份工作。當清道夫。我跟他說他只是想躺在掃把上睡覺而已啦。你看見我了，是吧？」

「兩次都有，沒錯。」

「我是指穿制服的我，看起來如何？」

「看起來不錯。比其他人好看。他們該讓你當將軍的，執事。」

他摸了我的手臂，動作很輕，他的手歷經滄桑，黑鬼的手都有那種溫和質地。「聽我說。這話我不跟外人說。我不介意告訴你因為你和我是同類人，大概算是啦。」他傾身靠近我一些，說話速度很快，雙眼沒有看我。「我把線都放出去了，就這一陣子。等著吧。

就注意我都在哪些地方遊行。我不需要告訴你我是怎麼打理的；我是說，就等著瞧吧，我的小鬼頭。」他現在看向我，輕拍我的肩膀，把重心放回腳跟，對我點頭。「沒錯，先生。我三年前可不是平白加入民主黨的。我女婿的目標是市政府；我呢——是的，先生。但願加入民主黨可以讓那個婊子養的去工作……至於我：距離兩天前的整整一年後，你只要站在那邊的街角就能看見了。」

「但願如此。你是該受重用了，執事。那麼在此同時——」我從口袋掏出那封信。「明天把這封信送到我房間給施里弗。他有東西要給你。但一定要等到明天，記住。」

他收下信後仔細看了看。「是有封蠟的。」

「對。裡頭有寫字。一定要等到明天啊。」

「嗯哼，」他說。他看著信封，嘴唇噘扭起來。「你剛剛說有東西要給我？」

「對。是禮物，我做給你的。」

他現在望向我，白白的信封在他黑黑的手裡，一起沐浴在陽光下。他的眼睛柔和但缺乏神采而且是棕色的，突然之間我在他那些穿制服、搞政治以及哈佛姿態的白人噱頭後方看見了羅斯克斯，就是那樣的羞怯、神祕、不善言詞又憂傷。「你不是在跟我這個老黑鬼亂開玩笑，是吧？」

「你知道我不是。有南方人這樣玩弄過你嗎？」

「你說的對。他們都是好傢伙。但跟他們過日子實在是不行。」

「你連試都沒試過吧？」我說。可是羅斯克斯不見了。他又變回長期以來自學後擺在世人面前的樣貌，自以為是、虛浮不實，但不討人厭。

「我會傳達你的願望[85]，我的孩子。」

「一定要等到明天，記住。」

「當然，」他說；「明白了，我的孩子。嗯——」

「我希望——」我說。他垂眼望向我，慈祥、深沉。突然之間我伸出我的手，我們握手，他態度肅穆，人彷彿高高站在他想進入市府及軍隊的那些浮夢上。「你是個好傢伙，執事。我希望……你幫助過很多年輕人，真是一有機會就幫。」

「我努力好好對待所有人，」他說。「我不會小心眼地劃分什麼社會階級。任何男人對我來說都是人，無論出身哪裡都一樣。」

「我希望你能一直跟以前一樣交到很多朋友。」

「年輕小夥子啊，我跟他們合得來。他們也從不會忘記我，」他一邊揮舞信封一邊說。他把信封放進口袋，扣緊大衣。「是的，先生，」他說，「我交了很多好朋友。」

鐘聲再次響起，這是半點的鐘聲。我站在我的影子的肚子上聽著敲擊聲每隔一小段時間就沿著陽光、穿越仍然幼小的稀疏葉片傳來，聲音如此平穩。就這樣每隔一小段時間、平和又安詳，就算是在新娘的月份也帶有秋天的質地，那種總是有鐘聲在響的質地。躺在窗下的地上大吼大叫他看了她一眼就知道了[86]。從嬰孩的口中[87]。那些街燈[88]鐘聲休止。我回到郵局，踩著我的影子走進人行道。沿著山丘往下再朝著城鎮往上像燈籠在牆上掛成直直的一列。父親說因為她愛凱兒她藉由人們的缺點愛著他們。莫里舅舅在火堆前攤開雙腿必須把一隻手伸得夠長才能舉杯慶祝聖誕節。傑森繼續跑，他雙手插著口袋跌倒然後躺在那裡像隻被捆起來的禽鳥直到維爾許把他扶起來。為什麼你跑的時候不把手放在口袋外這樣你就能站起來了[89]在搖籃裡一直轉頭轉到後腦勺都扁了。凱兒跟傑森說維爾許說莫里舅舅不工作是因為他以前小時候在搖籃裡一直轉頭。

施里弗從步道走過來，他的腳步不穩，胖胖的一副老實樣，眼鏡在流動的葉片光影間閃閃發光，像兩座小小的湖泊。

「我有東西要給執事，所以給了執事一封信。但我今天下午可能不在，總之你明天之前絕不能先把任何東西給他。」

「好吧。」他看著我。「話說，你今天都在幹什麼啊，到底？盛裝打扮成準備殉夫的寡婦到處遊蕩啊。你今早有上心理學嗎？」

「我什麼都沒在幹。反正明天才能給，懂嗎。」

「你拿的那是什麼？」

「沒什麼。就是雙我鋪了前半底的鞋子。明天才能給，聽見了嗎？」

「那是當然。好吧。喔，對了，你今早有從桌上拿走一封信嗎？」

「沒有。」

「就放在桌上啊。賽彌拉彌思[90]寫的。她的私家司機十點前送來的」

「好吧。我會去拿。真不曉得這下她又想搞些什麼。」

「想再搞一場樂隊演奏會吧，我猜。噠啦噠噠傑拉德叭啦叭啦讚。『鼓的部分再大聲一點，昆丁。』老天，我真高興我算不上紳士。」他繼續說，懷裡像餵奶一樣抱著一本書，身材有點失去線條，胖胖的模樣一臉專注。那些街燈你會這樣是因為我們其中一位祖先是州長三位是將軍但母親那邊的家族沒有

任[91]何活著的男人比死掉的男人更好可是沒有活著或死掉的男人比其他活著或死掉的男人更加非常的好不過在母親看來已經無法回頭。結束了。結束了。當時的我們都中毒了[92]你把罪惡跟道德混為一談了女人不那樣做的你母親想的是道德問題她從未想過這樣算不算罪惡

杰森我必須離開了你顧著其他孩子吧我會帶傑森去一個沒人認識我們的地方這樣他才有機會長大忘記這一切其他人不愛我他們什麼都沒愛過那種康普生家族獨有的自私和虛浮傲氣只除了傑森我能不害怕地憐愛他

胡說八道傑森好好的我在想只要等你身體好些你和凱兒或許可以一起去孚蘭屈里克
什麼啊難道把傑森留在這裡讓他身邊只剩下你和那些黑傢伙嗎
她會忘記他的然後所有流言蜚語會逐漸消失鹽磚旁找到的不是死亡
說不定我能幫她找個丈夫鹽磚旁的不是死亡

車子開過來後停下。半點的鐘聲仍然在響。我上車然後車子又繼續開，抹去了半點的鐘聲。不：應該是四十五分的鐘聲。然後總之就只剩下十分鐘了。離開哈佛你母親的夢想是賣掉小班的草地來

我到底幹了什麼壞事才會我的孩子都這樣班傑明帶給我的懲罰算是夠嚴厲了現在她也完全沒考慮我的心情這可是她的母親啊我為她吃了這麼多苦為她夢想規劃犧牲呀我走入死亡幽谷可她打從初次張開雙眼就沒有過一次不自私的想法我看著她我忍不住想這真有可能是我的孩子嗎只有傑森不一樣打從我第一次把他抱在懷裡他就沒讓我有過一刻難受我當時就知道了他會是我的快樂泉源我的救贖我以為就我所犯的任何罪惡來說班傑明帶給我的懲罰算是夠嚴厲了我以為他就是我的懲罰因為我不顧自尊跟一個自以為比我出身高貴的男人結婚我不抱怨我愛他勝過所有其他人因為愛因為我有義務不過傑森總能牽動我的心可是現在我明白了我受的苦還不夠我現在明白了我必須為你的罪惡付出代價也為了我自己的罪惡你到底幹了什麼壞事呀你高貴偉大的家族到底幹了什麼好事導致我受到報應可是你會迴護

他們你總會為流著你家血脈的人找藉口只有傑森有可能做錯事因為他比起康普生家族更像是我這個巴斯康布家族的人在此同時你自己的女兒我的小女兒我的寶貝女兒她呀她跟傑森的處境半斤八兩當我還是小女孩時我很不幸我只是個巴斯康布家族的人我被教導事情沒有灰色地帶女人要不就是淑女要不就不是可是當我把她抱在懷裡時我就算作夢也沒想到我的任何一個女兒有可能任由自己墮落難道你不知道嗎我只要看著她的眼睛就知道了你可能以為她會告訴你但她是不會說的她神祕兮兮你不可能知道她的想法我知道她幹的那些事我寧死也不會告訴你那些事好呀就繼續批評傑森吧指控我安排他去監視她就好像那是犯罪但你女兒放肆就沒問題我知道你不愛他別人說他的不對你都相信你就是從沒愛過他好啊就像嘲弄莫里一樣嘲弄他吧你已經不可能比你的孩子把我傷得更重了然後我會離開而傑森不會再有人愛他保護他不受這一切傷害我每天看著他害怕這康普生的血脈終究會展現在他身上他姊姊溜出去見那個你當時叫對方什麼的那傢伙你有好好看過他嗎你甚至不願讓我試著去摸清對方的底細那可不是為了我自己我才不樂意見他是為了保護你們家族可是誰能逃過糟糕血脈的詛咒呢你甚至不讓我去試試看我們就是坐在那裡撒手目睹一切發生而她不只把你們家的名聲拖入爛泥沼還讓你其他孩子呼吸的空氣都腐敗了杰森你得讓我離開我受不了讓我帶走傑森你留下其他人他們不像他和我血肉相連根本一堆陌生人呀根本沒遺傳到我呀我害怕他們我可以帶走傑森去到我們不會被認出來的地方我會跪下祈禱我的罪惡獲得洗清而他

能逃離這裡的詛咒試著忘掉其他人曾經

如果那是四十五分的鐘聲，現在剩下的時間就不超過十分鐘了。剛剛才開走一班車，現在就已經有人在等下一班了。我問了，但那人不知道中午前會不會有下一台發車，畢竟這是城際電車。下一班是一般電車。我上了車。你可以感受到中午的降臨。我忍不住想就連大地深處的礦工都能感受到。這就是為什麼會有報時汽笛：因為人們在揮汗苦幹，但如果能距離那一切的揮汗苦幹夠遠就不會聽見汽笛了，而不用花八分鐘內你搭車距離波士頓那些揮汗苦幹的人就夠遠了。父親說人就是自身不幸的總和。有天你會想不幸總該懶得再降臨了吧，但接著時間就是你的不幸父親說。一隻海鷗在一個空間中的隱形細繩上被拖著。你帶著你挫敗的象徵[93]進入永恆。然後翅膀變得更大了父親說只有能彈奏豎琴的人[94]。

每次車子停下來我都能聽見我的錶，但頻率沒那麼高畢竟大家都已經在吃飯了誰會彈奏一架[95]**吃**飯呀你體內吃飯這件事就算身處一個個不同地方就算搞混了時間**胃**說是中午啦大腦說是吃飯的時間啦**好**吧我忍不住想現在幾點幾分啦幾點幾分又怎樣。人們陸續下車。電車沒那麼常停下來了，車內因為下車吃飯的人愈來愈空。

然後正午過了[96]。我下車後站在我的影子裡過了一陣子有台車開過來我上車回到城際車站[97]。車站有台車準備要出發，我找到一個窗邊座位然後車子啟動我望著景色疲懶鬆弛地展開先是憩流的沙洲地，然後是樹。時不時的我會看見河流我心想對新倫敦那邊的人來說會有多好啊要是這天氣而且傑拉德的賽艇莊嚴地在正午之前往上游前行發光然後我忍不住想那個老女人這次會要我做什麼，竟然在早上十點前派人送信來。我想可能是有什麼傑拉德的活動要我去達爾頓・埃姆斯喔石綿昆丁已經開槍當背景。多半是有女孩子的場合。女人啊[98]確實他的聲音總是壓過那些交頭接耳的低語能與邪惡親近，因為他們相信沒有女人值得信任，而有些男人又天真得無法保護自己。那些女孩多半不怎樣。不過是些點頭之交的遠親和家族友人，只因為血統義務和貴族道義才得以受邀。而她就坐在那裡在她們面前告訴我們多可惜啊傑拉德竟然遺傳了所有的家族的美貌因為男人根本不需要那些，沒有還比較好但女孩子要是沒有那人生就很慘了。她跟我們說傑拉德有那麼多女人時昆丁已經開槍打了赫伯特他開槍打中他的聲音透過的是凱兒房間的地板[99]語氣得意洋洋。「他十七歲時我有一天跟他說『那張嘴長在你臉上可惜了，應該要長在女孩子臉上才對』然後你們可以想像嗎窗簾在暮色中隨著蘋果樹的氣味飄進來她的頭後方就是暮色她的手臂放在她的頭後面而和服風睡袍袖像翅膀那聲音低語在伊甸園上空那件禮服在床上透過鼻子得以瞧見禮服的香氣壓過蘋果的氣味結果他說什麼？他才十七歲唷，你們得注意。『母親』他說『我那張嘴通常都是在女生臉上的。』」他就坐在那裡姿態如同帝王透過眼睫毛觀察她們之中的兩、三個人。噴湧如同燕子一樣飛撲呀他的睫毛[100]。施里弗說他之前總是你會不會照顧

小班和父親

小班和父親的事你提得愈少愈好反正你什麼時候考慮過他們凱兒

答應我

你不需要擔心他們你身體愈來愈好

答應我呀我病了[101]你之後必須保證忍不住想是誰發明了那個笑話但之後他總認為布蘭德太太這女人保養得極好他說她在訓練傑拉德好讓他哪天能引誘到隨便一個女公爵。她把施里弗稱為那個肥肥的加拿大年輕人她曾有兩次完全沒徵詢我的意見就要幫我安排新室友，一次是要我搬出去，另一次是

他在暮色中打開門。他的臉看起來像個南瓜派。

「好吧，我得跟你好好告別了。殘酷的命運要把我們分開呀，但我永遠不會愛上其他人的。永遠不會。」

「你在說什麼鬼話？」

「我在說殘酷的命運女神啊她身穿八碼長的杏色絲緞戴的金銀首飾算起來比划船奴隸的鎖鏈還重啊就是我眼前這位前南方邦聯的完美無瑕浪游公子的那位唯一主人兼所有人啊。[102]」然後他告訴我她是如何跑去要求舍監讓他搬出去然後舍監是如何以謹慎的固執姿態堅持要先問過施里弗的意思。然後她提議立刻派人把施里弗找來把事情搞定，而施里弗不願意，所以之後她對待施里弗的態度可說幾乎不留情面。「我的原則是絕不對女性口出

惡言，」施里弗說，「但她比這個合眾國和自治領[103]的任何女子都更有辦法表現得像個婊子。」而此刻**信**在桌上是有人親手送來的，那是散發淡紫色香氣色澤的一道命令但願她知道我曾幾乎從窗戶的正下方經過而且明知信就在那裡卻沒有**我**敬愛的女士我之前苦無機會與您直接對話**但**請讓我先懇求准允缺席無論是今日或昨日或明日或哪時**根**據我的記憶下一個故事會是傑拉德怎麼把他那個黑鬼丟下樓還有那個黑鬼是如何乞求獲准去神學院註冊入學這樣就能待在少爺大人身邊了還有**他**在少爺大人坐車離開時又是如何一路跟著馬車旁跑到車站雙眼還噙著淚我還得等上一整天才能聽見那個故事就是鋸木廠那位丈夫來到廚房門口手上拿著獵槍傑拉德過去把槍折成兩半後還給他還在絲綢手帕上擦擦手把手帕扔進火爐那故事我只聽過兩次[104]

開槍打中他是透過[105]我看見你進來這裡所以我抓緊機會過來心想我們或許可以來根雪茄認識認識彼此

謝了我不抽菸

自從我離開哈佛之後那裡一定都沒什麼變吧介意我點個火嗎

請便

謝謝我聽說了很多事我猜你母親不會介意我把火柴放在屏風後面是吧凱蒂絲聊過很多你的事在里克那裡總是一天到晚談起你搞得我很吃醋我心想這昆丁到底是什麼人物我一定

要看看這個畜牲長什麼模樣因為我很為她傾倒你懂嗎一見到這個小女孩就這樣了我不介意告訴你但從沒想到她談個不停的會是她哥哥她談起來的興頭就彷彿這世上只有你一個男人就連丈夫都不在她的想像中了你難道不會改變主意想來根菸嗎

我不抽菸

既然如此我就不堅持了不過這真是很不錯的菸草一百根花了我二十五塊還是哈瓦那做批發的朋友賣的沒錯我猜那裡改變不少我一直向自己保證有天要去看看但總是沒真正成行總是忙著工作都十年了呀銀行的事真是讓我走不開學生時代的習慣都變了你也知道有些事只在大學時感覺很重要跟我聊聊學校的事吧

我不會告訴父親和母親的如果你指的是你之前的事 106

不會告訴不會告訴喔你說那個啊你是在說那件事對吧你該了解的吧我天殺的才不在乎你去不去告訴他們你該了解的吧那種事很不幸但也不是了什麼警察會抓的罪行我不是第一個這樣搞的也不是最後一個我只是比較不走運你或許就是比較走運吧

你說謊

冷靜點啊我沒有要你說出什麼不想說的話也沒有冒犯你的意思當然啦像你這樣的年輕人會把這種事看得很嚴肅但再過不到五年就不會了

我不知道可是面對作弊只有一種看法我不認為我在哈佛會學到不同看法

我們這樣可比戲劇還精采呀你在哈佛戲劇社表現一定很讚吧你說的沒錯沒必要告訴他們我們就讓過去留在過去欸沒理由讓你我之間為了這種小事有隔閡我喜歡你昆丁我喜歡你的外表你看起來不像這裡其他那些鄉巴佬我很高興我們能這樣合得來我向你母親保證要推傑森一把但也樂意幫幫你傑森的話在這裡也能過得不錯但像你這樣的年輕人在這種破爛地方是沒未來的

謝了你就好好幫傑森吧相對我來說他更適合服侍你

我對於之前的事很後悔但像我這樣的孩子當時沒有跟你一樣的母親教導我怎麼學好總之讓她知道只會傷害她這毫無意義你說的沒錯實在沒必要說當然也包括凱蒂絲

我剛剛是說母親和父親

看這裡看著我呀你以為跟我打你能撐多久

如果你是在學校學打架的話我不會需要撐很久不然試試看我能撐多久啊

你這該死的小鬼你以為自己在搞什麼

試試看啊

我的老天哎呀雪茄你母親要是發現她的壁爐架被燙裂會怎麼說幸好還來得及呀看看這裡吧昆丁我們這樣是要幹一件兩人之後都會後悔的事我喜歡你我一看見你就喜歡你了我之前就說無論這傢伙是怎樣的人總之一定是個天殺的好傢伙不然凱蒂絲不會這麼熱中談他的

事聽我說我已經見過世面十年了很多事都不是那麼要緊了你之後就會發現了所以就讓你我在這事上達成共識吧都是老哈佛之子嘛我猜這世上找不到比哈佛更適合年輕人的地方了我打算把我的兒子都送去那裡給他們更好的機會不像比我之前還得苦苦等待先別走啦我們討論一下嘛一個年輕人有這樣的正直想法我全力支持不但在學校時對他有好處還能塑造他的良好人格也能維護學校的傳統名聲可是等他進入外面的世界後他得想辦法盡可能幹到最好其他人也是這樣幹的去他的好了讓我們握手言和吧為了你母親就讓過去留在過去吧還記得她的身體不好嗎好啦把手給我好啦瞧瞧這手還真像是剛從修道院出來一樣瞧瞧一點瑕疵都沒有甚至連皺褶都還看不見呢你看

誰要你的骯髒錢

不不別這樣我已經是這個家的人了聽著我知道現在是什麼世道年輕人嘛他總有許多私人的開銷但要叫家裡的老頭掏錢出來總是挺難的我懂啦難道我沒當過年輕人嗎而且還不是太久以前的事呢只是現在我要結婚了還有一堆相關的事得打理好啦別傻了聽我說等我們有機會好好說些真心話時也想跟你聊聊城裡的一位小寡婦[107]

這事我也聽說過了留著你那該死的錢吧

就當作是借你的吧反正睜一隻眼閉一隻眼就能立刻多五十塊了

你別碰我而且最好立刻把壁爐架上的雪茄拿走

好啊就去說吧去他的去瞧瞧會讓你落得什麼下場吧如果你不是個天殺的傻子你就會看出來我已經把他們哄得服服貼貼沒什麼空間能讓想當魯莽騎士加拉哈德的哥哥去攪和你母親告訴過你們康普生那家人滿腦子自命不凡的想法喔喔進來吧喔喔進來親愛的昆丁和我正在彼此認識呢我們在聊哈佛你要找我嗎真是離不開她的老情人呀是吧

赫伯特你出去一下我要跟昆丁談談

進來吧進來我們一起好好聊聊大家認識認識我正在跟昆丁說

去吧赫伯特你出去一下

這樣啊好吧那麼我想你和你的小老哥真的還想好好聚一聚嗯

你最好把壁爐架上的雪茄拿走

當然還是遵命囉少爺我就退下囉昆丁啊現在女人還能使喚就讓她們使喚吧後天之後這女人就得想盡辦法哄我這老爺滿意啦不是嗎親愛的給個吻吧寶貝

喔別這樣留到後天再搞這些吧

到時候我可要收利息的別讓昆丁做任何他完成不了的事啊喔對了昆丁我有說過嗎就是那個男人和鸚鵡的故事還有鸚鵡後來的遭遇啊那真是個悲慘的故事讓我想起你呢你自己好好想想吧等等見啦回頭見啦

所以

所以

你現在是怎樣

沒怎樣

你又要管我的閒事了難道去年夏天鬧得還不夠嗎

凱兒你發燒了你病了你怎麼會病了

病了就是病了。我不能求助

開槍打中他的聲音是透過

別跟這渾球結婚啊凱兒

時不時的河流即便受到重重事物阻礙仍閃耀光芒而且那閃光彷彿上下飛撲著[108]，就這樣帶著我跨越了中午及更之後的時間。都過去很久了吧，儘管我們早經過了他逆流而上的河段他仍一臉威嚴即便面對著神啊不對應該說是眾神。眾神。說眾神更好。就連上帝在麻州波士頓都會是下層階級[109]。又或者只因為沒有一個丈夫的身分。潮溼的船槳沿河一閃一滅明亮地一閃一滅如同媚眼如同女性的手掌。諂媚的手掌。雖說諂媚但上帝若不是個丈夫也入不了他的眼[110]。那個渾球，凱兒河流沿著上下飛撲的河灣弧線閃耀地流去遠方。

我病了你得答應我

病了你怎麼會病了

我就是病了我不能求助任何人不過要答應我你會

如果他們需要照顧那也是因為你你怎麼會病了我們可以聽見窗下那輛車子正要開往車站，那是八點十分的火車。車子是要把那些親戚接回來。人頭鑽動。[111]人頭愈來愈多但沒有理髮師。也沒有美甲女孩。我們曾有過一匹純種馬。在馬廄裡沒錯，可是皮相底下就是條雜種狗。昆丁開槍打中了他們的聲音透過的是凱兒的地板

車停下。我下車，我走進我的影子中。一條路穿過軌道。有座木棚子底下有個老人就著紙袋吃東西，然後車子也駛遠得聽不見了。道路延伸到樹林間，那裡會很陰涼，但新英格蘭六月的枝葉不會比我密西西比老家的四月還要濃密多少。我可以看見一根大煙囪。我背對煙囪，我把我的影子踩進塵土裡[112]。我內在有些可怕的東西有時候晚上我可以看見它對我獰笑我可以透過他們看見它對我獰笑透過他們的臉現在不見了我病了[113]

凱兒

別碰我答應我就是了

如果你病了你不行[114]

可以我可以之後就沒事了不會有差千萬別讓他們把他送去傑克遜答應我

我保證凱兒凱兒

別碰我別碰我

它看起來是什麼樣子凱兒

什麼

那個對你獰笑的那個透過他們的東西

我還可以看見那根大煙囪。那就是河流過的地方，流向大海流入寧靜的石穴。一定會寧靜地翻騰吧[115]，而當祂說**起來**吧，浮起的卻只有那個鐵熨斗。維爾許和我以前整天打獵時都不會帶午餐。我會餓到大概一點，然後突然之間我就忘了這件事也就不再覺得餓。街燈沿著山丘往下[116]然後聽見車子往山丘下開。我的額頭靠在扁平的椅子扶手上感覺又涼又滑椅子於焉成形蘋果樹飄入在我的頭髮上伊甸園上空禮服透過鼻子得以瞧見你發燒了我昨天摸就覺得就像是靠火爐很近。

別碰我。

凱兒你要是病了就沒辦法了。那個渾蛋。

我得跟某人結婚啊。然後他們告訴我骨頭必須再斷一次[117]

終於我無法再看見大煙囪了。道路沿著牆邊延伸。樹冠蓋著牆，上頭灑滿陽光。石頭冰涼。靠近石頭走可以感覺到那股涼意。只是我們的鄉下跟這邊的鄉下不同。光是走在我們那邊就能感受到某種奇妙。那是種靜定又暴烈的豐饒能滿足所有曾對食物產生的飢餓。就充盈在你周圍流淌啊，而不是去撫育每一顆不毛的石頭。哪像這裡都是湊合著才有足夠的綠意充斥在這些林木之間就連遠方的藍天都沒有那樣的豐富奇詭。告訴我骨頭必須再斷一次而它在我的體內開始說啊啊啊[118]然後我開始流汗。有什麼好在意呢我知道斷腿是怎麼回事就那樣嘛不算什麼事我只需要在屋子裡再待久一點就這樣而已我的下巴肌肉愈來愈麻我的嘴巴說等等等等流著汗水說再等一下緊咬著牙齒啊啊啊然後父親說該死的那匹馬該死的那匹馬。等等那是我的錯。他[119]每天早上沿籬笆提著籃子走向廚房每天早上拖著一根棍子刮過籬笆我把自己的身體拖到窗邊腳上還打著石膏什麼的拿著一塊煤炭埋伏他笛爾西說你會把你自己身體搞爛的腦子不該清醒點嗎你才斷腿幾天啊。等等我很快就會習慣了等等就一下我會慢慢地

就連聲音似乎都無法在空氣中傳遞，就彷彿空氣已經累得好久都傳遞不了[120]。狗的聲音比火車傳得更遠，至少在黑暗中是這樣。有些人的聲音也是。像是黑鬼。路易斯·哈徹甚至都不用他的號角來傳遞了還有那座提燈。我說，「路易斯，你上次清理那座提燈是什麼時候了？」

「一陣子前清理的。你記得上次那地方有洪水沖走了好些傢伙嗎？我就是那天清理的。老太婆和我那天晚上就坐在火堆前，她說『路易斯啊，要是水災真的淹過來你要怎麼辦啊？』我說『說的也是。我想最好是把那座提燈清一清囉。』所以我那天晚上清過了。」

「那場水災在賓州，」我說。「不可能往南淹得這麼遠。」

「那是你的說法啊，」路易斯說。「我想大水在傑佛遜也可以跟在賓州一樣淹得又高又溼吧。到時候就是你這些說水不可能淹這麼遠的傢伙被沖走，還只能死抓住頂梁啦。」

「你和瑪莎那天晚上有逃出去嗎？」

「正是如此。那天晚上我清理了提燈之後和她到墓園後方的小山坡頂避難。如果我知道更高的地方，我們就會過去。」

「在那之後就沒清過提燈了？」

「沒有要用的話為什麼要清？」

「你是指要等另一場洪水再說嗎？」

「那次可是靠它逃出去的咧。」

「哎呀，哪有這種事。路易斯大叔，」我說。

「就是這樣，先生啊。你有你的做法，我有我的。反正只需要清理這座提燈就能逃出大洪水，我沒必要努力說服誰。」

「看來路易斯大叔不願靠打光來抓獵物呢。」維爾許說

「小子啊，我在這鄉下打負鼠的時候，他們還在用煤油淹死你老爸頭上的蝨子卵啦，」路易斯說。「還用煤油來抓蝨子啦。」

「那倒是沒錯，」維爾許說。「在這個鄉下，我想路易斯大叔抓的負鼠確實比誰都多。」

「是的，先生啊，」路易斯說，「我這裡如果要抓負鼠，光線可夠啦，好嗎。可沒聽見誰在抱怨。安靜，先安靜。在那裡。唉唷。快點啦，該死的狗啊。[121]」我們就這樣坐在窸窣低語的枯葉裡呼吸緩慢地等待著土地也緩慢吐納而且十月無風，提燈的臭氣沾染了冷冽的空氣，我們聆聽狗的叫聲聆聽路易斯叫喊的回聲逐漸變得微弱。他從不放聲大喊，但要是在靜默夜晚我們可以聽見回聲從前門廊反射回來。他叫喊狗的時候聲音就像掛在肩上但從不使用的號角，但更清晰、更圓潤，就彷彿他的聲音是黑暗和沉默的一部分，是從中伸展開了身體，然後又捲曲回去。唷—喔——————。唷—喔——————。唷—喔————————————————。總得跟誰結婚吧

有過很多人嗎凱兒[122]

我不知道太多人了你可以照顧小班和父親嗎

你不知道對方是誰那他知道嗎

別碰我妳可以照顧小班和父親嗎

我在來到橋之前感覺到了水。橋是灰石造的，因為緩慢浸潤的溼氣長了苔癬，一片一片的，真菌就在那些地方滋長。再下面的河水清澈而且還在陰影中，在逐漸褪去的漩渦及旋轉的天色下潺潺低語但在碰到石頭時咂咂作響。

凱兒那

我總得跟誰結婚維爾許告訴我有個男人毀壞了自己的下體。他走進樹林後自己用刀片下手，就坐在一道土溝裡。用一片殘缺的刀片，把它們[123]一刀砍飛往後越過他的肩膀血也同樣往後噴完全沒亂灑。但並不是那樣的。並不是沒有了它們就算。應該要從沒有過我才能說喔那個啊那個是中文我不懂中文[124]。父親說那是因為你是處男：你不懂嗎？女人從來不是處女。純潔是一種否定的狀態因此違反天性。傷害你的是天性而不是凱兒我說**那**些是空話他說**貞**潔也是空話我說你不懂。你不可能懂他說**沒錯**。就這個案例而言我們理解到的悲劇都是二手的。

我可以在橋落下的影子中看得很深，但沒辦法看到河底。當你將一片葉子留在水裡好一陣子之後葉子的組織會消失纖細的葉脈緩慢漂動像睡眠的動作。這些葉脈就算之前如何緊密交錯，此刻都不會碰觸彼此，也不管它們躺得離那些骨骸有多近。或許當祂說**起來**吧兩隻眼球也會浮起來，從深沉的靜默及睡眠中浮起，只為了目睹榮耀。過了一陣子後鐵熨斗也可能浮起。我把熨斗藏在橋尾下方然後回去靠著欄杆。

我無法看見河底，但在視力到達極限之前還能看見深處的河水動態，然後我看見一道影子像寬肥的箭矢突刺入水流。蜉蝣在橋下的水面飛掠進出橋的陰影邊緣。如果死後是下地獄就好了：滌淨的火焰啊我們兩人不只是死[125]。然後你將只擁有我就只有我然後我們兩人受到滌淨的火焰外的恐怖環繞受到千夫所指箭矢不動但變得肥大，然後迅速地一甩那隻鱒魚在水面底下舔進了一隻蜉蝣動作壯大而優雅就彷彿大象挑起一顆花生來吃。逐漸消失的漩渦往下游漂流遠去然後我又看見了那道箭矢，箭矢的尖端伸入水流，隨著水流的動態細微擺動，而蜉蝣就斜斜地棲息在那些搖動之上。只有你和我受到滌淨的火焰的恐怖環繞受到千夫所指

那條鱒魚懸浮不動，在搖晃的許多影子中顯得優雅靜謐。拿著釣魚竿的三個男孩來到橋上我們靠著欄杆往下看著那條鱒魚。他們認得那條鱒魚。牠是這一帶的名角色。

「他們想抓那條鱒魚已經想了二十五年了。波士頓那邊有間店還說，誰能抓到牠就免費送一根二十五元的釣魚竿。」

「那你們怎麼不一起抓住牠？難道你們不想有根二十五元的釣竿嗎？」

「想啊，」他們說。他們靠著欄杆，往下望著那條鱒魚。「我一定會抓到，」其中一人說。

「我會拿到那根釣竿，」另一個人說。「不過要換成現金。」

「說不定他們不願意，」第一個開口的人說。「我敢打賭他們只想要你收下釣竿。」

「那就賣掉。」

「不可能賣到二十五元。」

「那反正能賣多少算多少囉。我用這根釣竿能抓到的魚就跟二十五元的釣竿一樣

多。」然後他們開始聊起會拿二十五元去做什麼。他們同時開口，三個人的聲音互不相讓、彼此矛盾又如此急切，導致不可能的事都變得可能起來，還愈來愈像一回事，最後成為一種無從爭辯的事實，這就是人們在將渴望化為文字時的樣子。

「我會買一匹馬和一台馬車，」第二個人說。

「對啦最好是，」另一個人說。

「我會。我知道在哪可以花二十五元買到一套。我知道要找誰。」

「誰？」

「是誰不重要。反正我能花二十五元買到。」

「最好是，」其他人說，「他根本什麼都不知道。他只是在說大話。」

「你們還真這樣以為啊？」那男孩說。他們繼續嘲弄他，但他沒再說什麼。他靠在欄杆上，往下望著那條他已經換到獎勵的鱒魚，然後突然之間那種否定他的尖酸刻薄態度從其他人的語氣中消失，就彷彿對他們來說他已經抓到那條魚還買了馬和馬車，原來他們也有那種成年人的特質：在他人沉默擺出優越自大的姿態時感到折服。我想人們儘管常透過文字操弄自己及他人，但至少都一致認定沉默的口舌更有智慧，於是我有一陣子能感受到另外兩人著急地想找出各種方法對付他，就希望能搶走他已經擁有的馬和馬車。

「你不可能用那根釣竿換到二十五元，」第一個人說。「我敢打賭絕對沒辦法。」

「他根本還沒抓到那條鱒魚，」第三個人突然這樣說，然後他們尖聲大叫起來：「對啊，我剛剛怎麼說的嘛？你認識的那個人叫什麼名字啊？我賭你不敢說啦。根本沒這個人吧。」

「啊，閉嘴啦，」第二個人說。「看，牠又過來了。」他們靠著欄杆，一動也不動，每個人姿態都一樣，而細細的釣竿在陽光中斜倚著，三根的模樣也一樣。那條鱒魚不急不徐地浮起，於是在一切的微弱搖動中那道影子在擴大；接著那個小小的漩渦再次緩慢沿下游退去。「天哪，」第一個人喃喃自語地說。

「我們別再試著抓牠了，」他說。「就讓那些波士頓的傢伙來試試看吧。」

「牠是這裡唯一的魚嗎？」

「對。牠把其他魚都趕走了。這一帶最適合釣魚的地方在下游的大漩渦。」

「不，才不是那裡，」第二個人說。「畢傑羅磨坊那裡要好上兩倍。」然後他們又因為哪裡釣魚最好吵了一陣子接著又突然專心看著鱒魚再次浮起而水面被漩流打破後將天空吸了一點進去。我問最近的城鎮在哪裡。他們跟我說了。

「但最近的電車線要往那邊去，」第二個人沿路往回指。「你要去哪裡？」

「沒要去哪裡。就是走走。」

「你從大學那邊過來的嗎？」

「對。鎮上有工廠嗎？」

「工廠？」他們一起看向我。

「沒有，」第二個人說。「那裡沒有。」他們打量我的衣服。「你看起來是要去工作？」

「畢傑羅磨坊呢？」第三個人說。「那算是一座工廠。」

「工廠個鬼啦。他指的是那種真正的工廠。」

「會拉報時汽笛的那種，」我說。「我還沒聽過那種整點汽笛。」

「喔，」第二個說。「普救一位神教的尖塔上有座鐘。你可以在那裡看到時間。你那條鍊子上沒掛錶嗎？」

「今天早上弄壞了。」我把錶拿給他們看。他們神情嚴肅地檢視起來。

「齒輪還在走，」第二個人說。「買這種錶要花多少？」

「這是人家送的禮物，」我說。「我父親在我高中畢業時送的。」

「你是加拿大人嗎？」第三個人問。他有一頭紅髮。

「加拿大人？」

「他說話不像加拿大人，」第二個人說。「我聽過他們說話。他像的是那種黑臉秀的演員。」

「什麼啊，」第三個人說，「你不怕他揍你嗎？」

「揍我？」

「你說他說話像有色人種。」

「啊，少說兩句吧你，」第二個人說。「你越過那座山坡就能看見尖塔了。」

我向他們道謝。「祝你們好運。只是別抓下面那條老傢伙了吧。牠該過點好日子了。」

「沒人抓得到那條魚，」第一個人說。他們靠在欄杆上，眼神望入水中，三根竿子在陽光中就像三條斜斜的細火。我走上我的影子，將影子再次踩進樹木斑駁的陰影中。道路拐了彎，逐漸上升遠離水邊。道路跨越山坡，蜿蜒往下，引領著人的眼神與心思進入前方仍然翠綠的蔭道下，以及樹林上方的方形塔頂以及圓眼睛般的鐘面之下但這些距離都還很遠。我在路邊坐下。草有腳踝高，很茂密。道路上的影子靜定就彷彿是太陽斜斜的光束透過鏤空模板的結果。不過唯一的聲音是火車，一陣子後那車聲退到樹木後方，那聲響漫長，然後我可以聽見我的錶而火車聲逐漸退去，就彷彿時間正穿越他處的另一個月份或另一年夏天，在棲息的海鷗之下迅速遠去啊一切事物迅速流動。只有傑拉德除外。他還會表現出一種雍容，姿態孤絕地划船進入正午，跨越正午後再划出正午，沿著漫長而明亮的空氣往上那模樣如同神祇，就這樣往上踏入使人昏沉的永恆，而永恆裡只有他和那隻海鷗，那隻海鷗完美地靜止，他則穩定又有節奏地划著船槳，一次次從本身懶散的慣性中恢復過來，而整個世界則微不足道地座落在他們位於太陽之上的影子之下。

凱兒那個渾蛋那個渾蛋凱兒[126]

他們的聲音越過山坡傳來，三根細細的竿子就像三條小心立著的流火。他們經過時看向我，沒有慢下腳步。

「欸，」我說，「我沒看見牠。」

「我們沒想要抓牠，」第一個人說。「沒有人抓得到那條魚。」

「鐘在那裡，」第二個人手指著說。「你走近一點就能看到是幾點幾分了。」

「我們要去大漩渦釣鰷魚，」第一個人說。

「你在大漩渦什麼都釣不到啦，」第二個人說。

「那我猜你想去磨坊，但那裡有很多傢伙在潑水，魚根本都被嚇跑了。」

「你在大漩渦什麼都釣不到。」

「要是我們還是哪裡都不去，那當然什麼都釣不到，」第三個人說。

「我真不明白你為什麼要一直提起大漩渦，」第二個人說。「那裡什麼都釣不到。」

「你沒非去不可啊，」第一個人說。「我有要把你綁去嗎？」

「我們去磨坊那邊游泳吧，」第三個人說。

「我要去大漩渦那裡釣魚，」第一個人說。「你們高興怎樣就怎樣。」

「什麼啦，你上次聽說有人在大漩渦釣到魚是多久之前的事？」第二個人對第三個人說。

「我們去磨坊那邊游泳吧，」第三個人說。方形塔頂緩慢地在樹林後方沉下，像圓臉的時鐘距離還遠。我們繼續走進斑駁的影子中。我們來到一座果園，果園又粉又白。園裡滿是蜜蜂；我們已經可以聽見牠們了。

「我們去磨坊那邊游泳吧，」第三個人說。果園旁岔出一條小徑。第三個男孩放慢腳步後暫時停了下來。第一個人繼續走，斑斑點點的陽光沿著釣竿滑落越過他的肩膀再往下抵達他的襯衣背後。「走啦，」第三個人說。第二個男孩也停下腳步。為什麼你一定得跟誰結婚呢凱兒

你要我說出口嗎你以為只要我說出口就不會

「我們去磨坊那邊吧，」他說。「走啦。」

第一個男孩繼續走。他的赤腳沒有發出聲響，腳步落在細薄泥土上的姿態比落葉還輕柔。果園裡的蜜蜂聽起來像是正在起風，因為被下了魔咒音量只能增強至此且持續不變。小徑沿著牆延伸，先是升起又落下，之後碎在花叢裡，於樹林中消融。陽光斜劃其上，散落又急切。黃色的蝴蝶沿著陰影像點點陽光般閃爍。

「你要去大漩渦做什麼？」第二個男孩說。「你想的話可以在磨坊那邊釣魚。」

「啊，就讓他去吧，」第三個人說。他們望著第一個男孩的背影。片片陽光從他不停

前進的肩膀滑過，還沿著釣竿閃爍就像黃色的螞蟻。

「肯尼，」第二個人說。把那件事告訴父親吧你會說嗎我會說我就是我家族中的所有父親啊可以自我生殖的我發明了創造了他告訴他那件事的話那件事就不存在了因為他會說我不是然後就剩你跟我此後多子多孫[127]

「喂，一起走啦，」男孩說，「他們都已經在玩了。」他們看著第一個男孩的背影。「對啦，」他們突然說，「你就自己走吧，真是媽媽的好寶寶。都是因為他去游泳會把頭弄溼，會被媽媽狠狠罵一頓的緣故啦。」他們轉進小徑繼續走，黃色蝴蝶在他們身邊沿著陰影斜斜飛舞。

那是因為沒有其他可能我相信有其他可能但也可能沒有那麼我你會發現就算是不公義也幾乎不值得讓你相信自己要做的事[128]他沒注意我，下巴側面對著我，那頂破草帽下的臉稍微轉開。

「你為什麼不跟他們去游泳？」我說。那個渾蛋啊凱兒

你是想挑釁他跟你打架是嗎

又是騙子又是流氓凱兒他被退出俱樂部是因為打牌作弊被趕走期中考作弊被抓被退學

啊那又怎樣我可沒計劃要跟他打牌

「比起游泳你更喜歡釣魚嗎？」我說。蜜蜂的聲音逐漸變弱，但仍持續著，正如同我

們與其說是陷入沉默，不如說是沉默在我們之間滋生，就彷彿水位上漲。道路再次轉彎而且開始變成一條夾在白屋前樹蔭下草坪之間的街道。凱兒那個渾蛋你可以考慮一下小班和父親嗎不用想是考慮我

不然我還能考慮些什麼我一直以來考慮的不都是他們嗎[129]那個男孩轉身離開街道。他沒有回頭地爬上一道尖錐籬笆越過草坪走向一棵樹把釣竿放下爬上樹杈坐在上面，他背對著道路而斑駁的陽光終於在他的白襯衣上動也不動。其他我已經想過了我甚至哭不出來我去年死了我跟你說過我死了但當時不知道我是什麼意思我不知道自己在說什麼[130]家鄉的八月底有些日子就像這樣，空氣就像這樣薄透又急切，當中有些什麼哀傷又引發鄉愁又令人熟悉的事物。男人啊就是各種氣候風土的總和啊父親說。男人就是塑造你的各種經驗的總和。問題在於各種不道德的凡俗錢財資產乏味地帶領你走向不變的虛無：那些灰燼及渴望的僵局[131]。但是現在我知道我死了我告訴你

那為什麼你非要照他們的話做呢我們可以離開啊你和小班和我到沒人認識我們的地方那輛輕便馬車是一匹白馬在拉，牠的腳在薄細的塵土上喀噠喀噠；蛛網似的車輪發出細微乾燥的音響，在如同絲巾波浪起伏的葉片下往山坡上爬。是榆樹。不：榆子樹。榆子樹才對。[132]

花在哪裡花在你的學費上了他們賣掉草地的錢好讓你可以去讀哈佛你不明白嗎你現在

得讀完如果沒讀完他[133]就一無所有了

賣掉草地他的白襯衣在樹杈間一動也不動，在斑駁閃爍的樹蔭中。那些車輪跟蛛網一樣。沉沉的馬車下方馬蹄俐落快速移動就像女士在刺繡，看似沒有移動但不停在縮小，就像一個演員被拖車快速拉下舞台。街道再次轉彎。我可以看見白色塔頂，還有圓形時鐘蠢笨而確切地存在。賣掉草地

父親會在一年後死掉大家都說如果他不停止喝酒的話就會死而他不會停止他沒辦法停止自從我自從去年夏天然後他們會把小班送去傑克遜我沒辦法哭我甚至沒辦法哭這一刻她站在門裡下一刻他在扯她的裙子然後大吼大叫他的聲音在牆壁之間一波波來回敲擊而她靠著牆萎縮愈來愈小她的白臉她的眼睛像是被大拇指被挖進去直到他把她推出房間他的聲音來回敲擊就彷彿自身的動能不讓自己停止就彷彿在沉默中沒有容身之處大吼大叫[134]

你打開門時鈴鐺響起，但只響一次，聲音又高又清脆又微小來自門上方完全看不見的所在，就彷彿那顆鈴鐺特別鍛造冶煉就是為了發出那一聲清脆微小的聲響而且不至於耗損鈴鐺也不需要花費太多沉默時光來修復而當門打開時才剛剛烘烤好的溫暖氣味襲來；有個髒兮兮的小孩眼睛就像玩具熊頭上綁著兩根漆皮般亮黑的辮子。

「哈囉，小妹妹。」她的臉在甜美溫暖的空蕩蕩之中就像一杯潑上了幾抹咖啡的牛奶。

「有人在嗎？」

但她只是觀察著我，終於有扇門打開走出一位女士。櫃台上的玻璃櫃後方有排形貌鬆脆的麵包她整潔的灰臉她稀疏的頭髮緊緊綁在她的灰色頭骨上，整潔灰邊眼鏡的兩枚鏡片分開懸浮在空氣中接近就像吊在鐵絲上，也像店裡的現金箱。她看起來像圖書館員。像是在積滿灰塵的層架中確切分類收好早已與現實脫節的事物，那些事物正在平靜地脫去水分，就彷彿見識過不公義之事的氣息[135]

「要買兩個這個，女士。」

從櫃台底下她拿出兩張切成方形的報紙鋪在櫃台上再撈了兩個小圓麵包出來。小女孩的眼睛眨也不眨地緊盯著就像兩顆葡萄乾一動也不動地浮在一杯淡咖啡裡猶太佬之地啊義大利佬的家園[136]。她望著麵包，望著她整潔的手，那隻左手的食指上有枚金色寬戒，就緊貼著發青的關節。

「這些都是你自己烤的嗎？女士。」

「嗯先生？」她說。就這樣。先生？就像在舞台上只說得出固定台詞只會說嗯先生？

「五分錢。還需要其他什麼嗎？」

「不用了，女士。我不用。但這位女士有需要。」她沒有高到可以看見櫃檯另一邊的下半部，所以走到櫃台末端望向那個小女孩。

「是你帶她進來的嗎？」

「不是，女士。我進來時她就在了。」

「你這個小婊子，」她說。她繞過櫃台走出來，但沒碰那個小女孩。「你往口袋裡放了什麼？」

「她根本沒口袋，」我說。「她什麼都沒幹。她就只是站在這裡，在等你。」

「那為什麼鈴鐺沒響？」她怒瞪著我。此刻的她只缺一組教鞭，還有身後一塊寫2×2e5的黑板了[137]。「她會把東西藏在連身裙底下，沒人會知道。你呀你這小鬼。你怎麼進來的？」

小女孩沒說話。她望著那個女人，黝黑的眼睛飛快瞄了我一眼後再次看向那個女人，

「這些外國佬，」那個女人說。「她到底是怎麼沒讓鈴響就進來的？」

「她在我打開門時進來的，」我說。「我們兩人進來時鈴鐺只響了一次。反正她這麼矮根本拿不到東西。我也不覺得她會拿。你會嗎？小妹妹？」那個小女孩看著我，神祕兮兮的，表情像是在沉思。「你想要什麼？麵包？」

她伸出拳頭。拳頭張開後有五分錢，那枚鎳幣又黏又髒，髒黏的灰跡印在她的掌心。硬幣潮溼溫暖。我可以聞見，那是微弱的金屬味。

「有五分錢的長麵包嗎？麻煩了，女士。」

她從櫃台底下拿出一張切成方形的報紙鋪在櫃台上包起一塊長麵包。我把硬幣和另一

個硬幣放在櫃台上。「另一個硬幣是要買那種小圓麵包，麻煩了，女士。」

她從玻璃櫥櫃拿出另一個小圓麵包。「把剛剛那包給我，」她說。我給她後她打開包裝紙又把第三個小圓麵包放進去包好收下兩個硬幣再從圍裙中找出兩枚銅幣給我。我把銅幣交給小女孩。她用手指握住它們，她的手指又溼又熱，像一條條蠕蟲。

「你打算把那個小圓麵包給她嗎？」女人說。

「是的，女士，」我說。「我想你烤的麵包對她和我來說都一樣香。」

我拿起兩個包裹，把麵包遞給小女孩，櫃台後方的女人一身鐵灰氣息，冷淡而篤定自得地望著我們。「你等一下，」她說。她走去後方。門再次打開又關上。小女孩望著我，手上握的麵包緊貼著骯髒的連身裙。

「你叫什麼名字？」我說。她不再看我，可是仍然一動也不動。看起來甚至不像有在呼吸。女人回來了，手上拿著一個看起來很怪的東西，就彷彿正拿著一隻死掉的寵物鼠。

「這個，」她說。那孩子看著她。「拿去，」女人說，她把那東西用力遞給小女孩。「只是外表看起來奇怪。反正你吃的時候大概也感覺不出差別。拿著。我不可能成天呆站在這裡。」那孩子接下了，眼睛仍望著她。女人在圍裙上擦了擦雙手。「我得把那個鈴鐺修好，」她說。她走到門邊把門用力扯開。小鈴鐺響了一聲，聲音微弱又清晰但本體為視線所不及。我們走向門口，女人轉頭看了一眼。

「謝謝你的蛋糕，」我說。

「那些外國人哎呀，」她說，她的眼神往上瞪著鈴鐺發出聲響那是人們看不見的所在。「聽我的建議，離他們遠一點，年輕人。」

「是的，女士，」我說。「走吧，小妹妹。」我們離開。「謝謝你，女士。」她把門甩上，之後又用力扯開，好讓鈴鐺發出那個單一微小的音響。「外國人啊，」她說，眼神往上凝視著那個鈴鐺。

我們繼續走。「那麼，」我說，「來點冰淇淋怎麼樣？」她正在吃那塊像是長了很多瘤的醜蛋糕。「你喜歡冰淇淋嗎？」她張著黝黑雙眼一動也不動地凝視我，口中咀嚼著。「走吧。」

我們走到雜貨藥房買了些冰淇淋。她不願把長麵包的包裹放下。「為什麼不放下來？放下吃東西比較方便吧。」我說，同時伸手想幫她拿。可是她緊抓著不放，口中把冰淇淋當太妃糖一樣嚼著吃。被咬過的蛋糕躺在桌上。她慢條斯理吃著冰淇淋，然後又回頭吃蛋糕，眼神不停在櫥窗四周繞來繞去。我吃完我的冰淇淋，兩人一起走了出去。

「你住在哪個方向？」我說。

此時有台馬車，就是剛剛有馬在拉的那台。只有皮巴迪醫生是胖的。三百磅。你和他一起坐車時得坐在靠上坡的那一側，還得小心抓好了。孩子們。就連走路都比坐在上坡側

抓好了還輕鬆。看過醫生了嗎你看了嗎凱兒

我不需要我現在不能求助之後就沒事了就沒差了

因為女人如此微妙如此神祕父親說。週期性的汙穢在兩次月亮之間取得微妙的平衡。月亮之間他說是滿月是黃色就像收獲月她的屁股大腿之間。她們的外面外面總是可是。黃色。腳跟晃動像是在走路。然後認識某個男人然後將那一切神祕的和傲慢的隱藏起來。那一切潛藏在體內的形塑出外在的柔美等待被碰觸。腐敗汁液像溺水物件漂浮如同蒼白橡膠鬆軟地被充滿慢慢散發出忍冬花香氣都混在一起[138]。

「你最好是把麵包帶回去，是吧？」

她看著我。她安靜而慢條斯理地咀嚼著；每隔一陣子喉嚨就會有一小塊鼓起滑順地往下移動。我打開我的包裹把其中一個小圓麵包給她。「再見，」我說。

我繼續走。然後回頭看。她在我身後。「你家也是往這個方向嗎？」她沒說話。她走在我身邊，幾乎是挨著我的手肘，嘴巴還在吃。我們繼續走。這裡很安靜，四下幾乎無人慢慢散發出忍冬花香氣都混在一起如果真有的話她會告訴我不會讓我坐在那裡坐在階梯上聽見她的門暮色門板撞擊聽見小班還在哭**晚**餐如果是那樣她會走下來然後慢慢散發出忍冬花香氣都混在一起[139]我們走到街角。

「嗯，我得往這個方向走，」我說，「再見。」她也停下腳步。她吞下手中最後一塊蛋糕，然後開始吃小圓麵包，眼神越過麵包盯著我。「再見，」我說。我轉身沿街繼續走，但還沒走到下一個轉角就又停下腳步。

「你住哪個方向？」我說。「這邊嗎？」我指向街尾。她只是看著我。「你住在那邊嗎？我敢打賭你住得離車站很近，就是有火車那邊。是吧？」她只是看著我，姿態祥和又神祕又嚼個不停。街道兩邊都空空蕩蕩，安靜的草坪和屋子整潔地座落在樹木之間，可是除了剛剛那裡之外完全沒人。我們轉身走回去。兩個男人坐在一間店前的椅子上。

「你們都認識這個小女孩嗎？她算是跟上我了，我找不到她住在哪裡。」

他們不再看我，眼神移到小女孩身上。

「一定是哪個新來的義大利家庭的孩子吧，」一個人說。他穿著鏽色的長外套。「我見過她。你叫什麼名字，小女孩？」她用黝黑的雙眼看著他們一陣子，下巴慢條斯理地動著，吞嚥時也沒停止咀嚼。

「說不定她不會講英文，」另一個人說。

「他們派她去買麵包，」我說。「那她一定是有點對話能力吧。」

「你爸叫什麼名字？」第一個人說。「彼特？喬？還是約翰啊？」她又咬了一口小圓麵包。

「我該拿她怎麼辦啊？」我說。「她就是一直跟著我。我得想辦法回波士頓。」

「你從大學那邊來的？」

「是的，先生。我得回去。」

「你可以沿街道往那邊走，把她交給安斯。他會在養馬房那邊。他是治安長。」

「大概也只能這樣了，」我說。「得想辦法安頓她。總之感謝了。走吧，小妹妹。」

我們沿街走在有樹蔭那側，坑坑巴巴的建物陰影緩慢塗汙路面。我們來到養馬房。治安長不在。有個男人坐在斜靠在寬大矮門底下的椅子上，聞起來有阿摩尼亞氣味的陰涼微風在酸臭的馬廄隔間之間吹送，他要我們去郵局看看。他也不認識她。

「那些外國佬啊。我根本認不出誰是誰。你可以帶她跨越鐵軌到他們住的那區，說不定有人會把她認領回去。」

我們到了郵局。這次是沿著街道往回走才抵達郵局。穿著長大衣的男人正在翻開一份報紙。

「安斯剛剛才駕車離開鎮上，」他說。「我想你最好是繼續往下走，經過車站，去他們在河邊的家晃晃。或許有人會認識她。」

「我猜也只能這樣了，」我說。「來吧，小妹妹。」她把小圓麵包的最後一塊塞進嘴裡後吞下。「還要嗎？」我說。她看著我，咀嚼著，眨也不眨的黝黑雙眼顯得友善。我拿了另外兩個小圓麵包出來分給她一個，自己咬了另一個。我找了個男人問車站在哪，他向我說明。「來吧，小妹妹。」

我們抵達火車站後越過軌道，河流就在那裡。有條橋跨越河流，接著在河流後面出現的是雜亂擠在一整條街邊的破爛房子，每間房子都背對著河流。這是條破敗的街，但散發複雜生猛的氣息。在一片荒廢空地中央圍著一圈籬笆，尖木樁到處缺損的籬笆內矗立著一台古舊傾頹的輕型四輪馬車和一棟破房子，屋子高處的窗戶掛了條豔粉睡袍。

「那棟長得像是你家嗎？」我說。她的眼神越過小圓麵包看向我。「這棟？」我說話時還伸出手去指。她只是咀嚼著，但我覺得似乎辨認出某種肯定的神情，就算不是積極肯定但也算是微弱可見，總之藏在她的神態中。「這棟？」我說。「那就走吧。」我走進破敗的柵門，轉頭望向她。「這裡？」我說。「這棟看起來像你家嗎？」

她快速點點頭，眼神看著我，牙齒啃進半月形的溼軟麵包。我們繼續走。這裡有條破損凌亂的石板步道，其間時不時竄出新長出的粗硬草葉，步道底端是破損的門前階梯。屋子周邊沒有任何動靜，高處窗戶的粉色睡袍吊掛在無風的空氣中。有組門鈴底下掛著給人拉的陶瓷把手，連接把手的繩子有六英尺長，此時我決定不再拉門鈴而是敲門。那個小女孩把一條麵包邊直直塞進正在咀嚼的口中。

有個女人前來開門。她看著我，然後用義大利語快速對著小女孩說話，她的語調先是拔高，然後沉默了一下，接著像是在質問。她又跟她說了些話，小女孩越過麵包邊看著她，她用髒兮兮的手把麵包邊推進嘴裡。

「她說她住在這裡，」我說。「我剛剛在鎮上遇見她。這些是你買的麵包嗎？」

「不會說啦，」女人說。她又對小女孩說了一些話。小女孩只是看著她。

「不是住在這嗎？」我說。我指著小女孩，然後指向她，接著指門。女人搖頭。她說話的速度很快，然後來到門廊邊沿路指向另一頭，嘴裡不停說著些什麼。

我也猛力點頭。「你來帶路？」我說。我握住她的手臂，另一隻手向道路揮動。她的語速極快，手不停指。「你來帶路吧，」我說，同時嘗試引導她走下階梯。

「Si，si，」她說，但身體往後退，用手向我指示了些什麼。我再次點頭。

「謝謝。謝謝。謝謝。」我下了階梯走向柵門，雖然沒有跑，但速度頗快。我走到柵門後停下腳步望著她一陣子。麵包邊不見了，她用黝黑的雙眼友善地凝視著我。女人站在門口階梯的頂端望著我們。

「那就來吧，」我說。「我們遲早會找到哪間是你家。」

她挨著我的手肘前進。我們繼續走。這些房子看起來都是空的。眼前一個鬼影也看不見。四周有種空屋缺乏人味的獨有氛圍。可是這些屋子不可能都是空的。所有這些不同的房間啊，要是可以瞬間把牆直接削掉就能看見了。女士啊，這是你女兒，麻煩你了。不。女士，看在老天的分上，這可是你女兒啊。她挨著我的手肘前進，發亮的辮子綁得很緊，然後街尾的屋子展現在我們眼前，接著道路轉彎消失在一堵牆外，再來就是河。有個女人從破爛的柵門冒出來，頭上包著的披巾在下巴扭了一個緊緊的結。道路繼續轉彎，路上空蕩蕩的。我把發現的一枚硬幣遞給小女孩。二十五分錢。「再見了，小妹妹，」我說。然後我開始跑。

我跑得很快，沒有回頭。就在道路要轉彎消失之前我回頭看。她站在路上，小小的身影捏著那條長麵包緊貼在髒兮兮的小小連身裙上，眨也不眨的黝黑雙眼沉靜。我繼續跑。

有條小巷從道路岔出去。我跑進去又跑了一陣子後放慢速度變成快走。小巷兩邊都是建築物的背面——都是沒有上漆的屋子以及掛著更多顏色歡快又亮眼的睡袍，有座畜棚的背面毀壞了，在成排的果樹之間靜默地逐漸頹圮，缺乏打理又塞滿雜草，又粉又白又嗡嗡低語有陽光有蜜蜂。我回頭看。小巷的入口空蕩無人。我把腳步又放慢了一些，我的影子跟隨著我的步調，拖著影子自己的頭穿過掩住籬笆的雜草。

那條小巷先是繞回一扇柵門前，然後葬身於蔓草中，成為一條破碎的小徑後靜默地消失於新生的草叢中。我爬過柵門進入一片林地再越過林地來到另一堵牆邊後沿牆走，我的影子跟在我身後。那些長了藤蔓和匍匐植物的地方在老家會是忍冬花。飄來呀一直飄來特別是在下雨的暮色中，慢慢散發出忍冬花的香氣都混在一起就彷彿沒有了就不夠了，就不夠難以忍受。*你怎麼讓他去親去親*

我沒有讓他親呀我是逼他親我看著我呀唉唷要生氣了吧你覺得怎樣啊？我手掌的紅印子從她的臉上浮出來就像打開燈在你的手掌下她的眼睛變得明亮

我打你巴掌不是因為他親你。十五歲女孩的手肘父親說你吞東西就像喉嚨有魚刺你到底是怎麼回事呀桌子對面的凱兒沒有看我[140]。我打你是因為對方只是鎮上某個該死的小流氓認錯啊認錯吧我猜你這下要認輸說「牛繩」[141]了吧。我手掌的紅印子從她的臉上退下去。這滋味如何啊把她的頭猛壓進去。草莖交錯刺進她的肉刺痛著猛壓她的頭。說牛繩啊給我說

反正我沒親娜塔莉那種骯髒女生[142]牆壁延伸入陰影中，然後是我的影子，我又拐騙到它了。我已經忘記那條沿著道路蜿蜒的河流了。我爬上牆。然後她望著我跳下，手上握著的長麵包緊貼著連身裙。

我站在雜草叢中我們對看了一陣子。

「你為什麼沒跟我說你就住在這邊呢？小妹妹？」包住長麵包的報紙逐漸變得破爛；已經得換張新的了。「好吧那來吧，帶我看看這棟屋子。」沒親娜塔莉那種骯髒女生。當時在下雨我們可以聽見屋頂上的聲音，彷彿是嘆息穿越了高大甜美空曠的畜棚。

這裡嗎？我摸她。

不是這裡。

這裡？雨沒下得很大但我們什麼都聽不見只能聽見屋頂就彷彿聽見我的血或她的血在湧動

她把我推下梯子跑掉留下我然後凱兒就

是這裡嗎你痛的地方在在凱兒跑掉之後是這裡嗎[143]

喔她挨著我的手肘走，頭頂漆皮般黑亮，長麵包的報紙破到快爛光了。

「如果你不趕快到家，麵包的包裝紙都要沒了。到時候你媽可要罵人了吧？」我敢打賭我能把你抱起來

你沒辦法我太重了

凱兒走了嗎她去主屋了嗎從我們屋子這裡你看不見畜棚你有試著看畜棚嗎我是指從

是她的錯她推了我就跑掉了

我可以把你抱起來看看我怎麼辦到的

喔她的血還是我的血我們繼續在細薄的塵土上往前走，腳步無聲如同橡膠踩在細薄的塵土上而太陽斜斜的光束穿過樹林也落在這裡。我可以再次感覺河水在隱密的影子中快速而安詳地流動。

「你住的可真遠，是吧。你好聰明，竟然有辦法一個人走那麼遠到鎮上。」就像坐著跳舞你有坐著跳舞過嗎？[144]我們可以聽見雨，食槽裡有隻老鼠，空蕩蕩的畜棚沒有馬。你

是怎麼抱住跳舞的你是像這樣抱嗎

喔

我用住之後就這樣抱[145]你以為我不夠壯吧是吧

喔**喔喔喔**

我抱住之後就這樣用我是說你有聽見我說了什麼嗎我說

喔喔喔喔

道路繼續延伸，靜定空蕩，太陽愈來愈斜。她僵硬的辮子尾端用深紅色的碎布條綁著。包裝紙的一角在她走路時翻了一點起來，長麵包的尖端裸露出來。我停下腳步。

「看這裡。你住在這條路上嗎？」我們走了一英里路，將近一英里，一棟房子都沒有。

「你住在哪裡？小妹妹。你不住在小鎮後面這一帶嗎？」

樹林某個地方有隻鳥，就在破碎斜射進來的稀疏陽光照不到的地方。

「你爸爸會擔心你的。你難道不知道買完麵包沒直接回家會被抽鞭子嗎？」

那隻鳥又尖聲叫了一次，在看不見的地方，一種無意義又深刻的音響，沒有起伏，結束時就彷彿被一刀截斷，然後牠又叫了一聲，然後那種河水在隱密所在迅速安詳流動的感覺，我又感受到了，但不是看見而是聽見。

「喔，見鬼了，小妹妹。」包裝的報紙大概有一半已經爛到垂落著。「現在已經沒用處了。」我把報紙撕下來丟在路邊。「來吧。我們得回到鎮上。我們沿河走回去吧。」

我們離開了道路。蒼白的小花在苔蘚間生長，啊那種水流靜默而不可見的感覺。我抱就是這樣用我是說我用來抱的她站在門裡看著我們她的雙手叉在屁股上[146]

你推我的是你的錯我也受傷了

我們坐著跳舞我敢打賭凱兒不會坐著跳舞[147]

停止停止

我只是把你裙子後面的垃圾撥掉而已

你那雙噁心的老人手別碰我就是你的錯你推的把我推下去我生你的氣

我不在乎她看到我們氣就氣吧她離開了我們開始聽見喊叫聲、潑水聲；我有那麼一刻看見閃閃發光的棕色身體。

氣就氣吧。我的襯衫愈來愈溼還有我的頭髮。在屋頂另一邊聽見屋頂很大聲現在我可以看見娜塔莉在雨中走過花園。淋溼吧我希望你得肺炎滾回家吧你這臭牛臉[148]。我用盡全力跳進豬打滾的泥坑泥黃色的水濺到我腰際臭死了我一直往裡頭跳終於倒下在裡頭翻倒。「有聽見他們在游泳嗎？小妹妹。如果可以的話我也想去游。」要是有時間就好了。等我有時間吧。我可以聽見我的錶。泥巴比雨還溫暖味道糟糕透頂。她背過身去我繞到她前面。你知道我剛剛在做什麼嗎？她轉過身去我繞到她前面雨水滲入泥中滲過連身裙讓她的內衣都扁了聞起來真可怕。我抱住她我就是這麼做了。她轉過身去我繞到她前面。我抱住了她我跟你說真的。

我天殺的不在乎你做了什麼

你不你不在乎我會逼你我會逼你在乎。她把我的手打掉我用另一隻手把泥巴抹在她身上我感覺不到她的手溼答答打我把泥巴從我的腿上擦掉抹到她旋轉的溼重身體聽見她的手指戳向我的臉但我感覺不到就算我的嘴唇上雨嘗起來開始是甜的 149

在水中的他們先看見了我們，他們露出了一顆顆頭和許多肩膀。他們大喊，有個人起身蹲下然後往人群中衝去。他們看起來像河狸，河水在他們的下巴舔舐著，他們在大喊。

「把那個女孩帶走！你把一個女孩子帶來這裡做什麼？走開啦！」

「她不會傷害你們。我們只是想看一下你們。」

他們蹲在水裡。每個人的頭緊挨在一起，眼睛盯著我們，然後他們散開後衝向我們，雙手不停舀水亂潑。我們快速讓開。

「小心點，孩子們；她不會傷害你們。」

「滾開啦，哈佛男！」說話的是第二個男孩，就是在剛剛橋那邊幻想著馬和馬車的那個人。「潑他們啊，各位！」

「我們上岸把他們丟進水裡吧，」另一個人。「我才不怕什麼小女孩呢。」

「潑他們！潑他們！」他們衝向我們，不停舀水亂潑。我們往後退。「滾開啦！」他們大吼。「滾開！」

我們離開了。他們聚集在靠近岸邊的地方，光滑的頭在明亮水面上排成一列。我們繼續走。「那地方不適合我們，是吧。」傾斜的陽光散落在苔蘚之間，光線斜到更接近水平了。「可憐的孩子，你也只是個女孩啊。」小花在苔蘚之間生長，比我之前看到的還要小。「你只是個女孩而已啊。可憐的孩子。」有條小徑沿水邊蜿蜒。然後河水再次變得靜定，陰沉、靜定又迅速流動。「就只是女孩而已。可憐的小妹妹。」我們躺在溼漉的草地裡喘氣雨像冰冷的子彈打在我背上。你現在在乎了嗎有嗎有嗎

我的上主啊我們絕對是一團糟呀起來吧。雨碰到我額頭的地方開始刺痛我的手變紅接著因為雨水變得粉紅而流淌開來。會痛嗎

當然會痛你以為呢

我想把我的眼睛挖出來我的上主啊我們一定惡臭難聞我們最好想辦法在溪溝裡洗乾淨

「又到鎮上了，小妹妹。你可得回家了。我也必須回學校。看看時間都多晚了啊。你願意回家了吧？願意吧？」可是她只是用黝黑、神祕又友善的眼神凝視著我，那條半裸的長麵包被她緊貼在胸口。「都溼了。我還以為我們有及時跳開呢。」我拿出手帕想擦那條麵包，可是麵皮開始剝落，所以我沒再擦。「只能讓麵包自己乾了。這樣拿好。」她照我說的拿

了。現在麵包看起來像是剛剛一直有老鼠在啃。而水愈淹愈高蹲著的背脫落的泥惡臭往表面一顆顆浮出在水面錯落如同熱鍋裡的油脂。[150]我告訴你啦我會逼你

我天殺的不在乎你做怎麼做

然後我們聽見有人在跑我們停下腳步往後看見他正沿著小徑跑，水平的許多陰影在他腿上明滅閃動。

「他在趕時間。我們就——」然後我看見了另一個男人，那個較老的男人奔跑的腳步沉重，一邊跑還一邊緊抓著長褲。

「那是胡立歐，」小女孩說，然後我在他撲向我時看見他那張義大利人的臉和他的眼睛。我們走了過去。他的雙手往我的臉戳過來口中說著一些什麼還試圖要咬我，至少在我看來是這樣，然後他們把他扯開壓制他他不停在喘氣扭動大叫他們抓住他的雙臂他還是嘗試要踢我終於他們又把他往後拖。小女孩嚎啕大哭，雙臂緊抱住那條長麵包。有個半裸的男孩衝刺過來跳上跳下，手裡緊抓著自己的長褲，有個男人把我扶起來剛好讓我看見另一個全身赤裸的人影奔跑繞過小徑寧靜的路彎後中途改變方向跳進樹林，他身後的幾片衣物硬得像木板。胡立歐還在掙扎。那個把我拉起來的男人說，「哇嗚，好了。我們可逮住你了。」他穿著一件背心但沒穿外套。背心上有枚金屬徽章，另一隻手緊抓著一根打磨光滑還有許多凸起的棍子。

「你是安斯，是吧？」我說。「我正在找你。發生什麼事了？」

「我警告你，現在你說的話都可以成為指控你的證據，」他說。「你被逮捕了。」

「我要撤了他[151]，」胡立歐說。他掙扎著。兩個男人壓制住他。小女孩還在嚎啕大哭，懷裡抱著麵包。「你誘拐我的美眉，」胡立歐說。「放開我，各位先森。」

「誘拐你的妹妹？」我說。「說什麼啊，我一直在——」

「閉嘴，」安斯說。「你自己去跟法官說吧。」

「誘拐他的妹妹？」我說。胡立歐掙脫那兩個男人後再次撲向他，可是警長迎向前去兩人扭打了一陣最後另外兩個人再次固定住他的雙臂。安斯放開他，大口喘氣。

「該死的外國佬，」他說，「真想把你也抓起來，控你人身攻擊及毆打。」他再次轉向我。「你要配合我走，還是要我給你上手銬？」

「我會配合你走，」我說。「什麼都配合，只要能讓我可以找一個人——去處理一下——誘拐他妹妹？」我說。「誘拐他的——」

「我警告過你了，」安斯說，「他打算指控你犯下蓄意刑事攻擊罪。好了，你啊，你去叫那個小姑娘閉嘴。」

「喔，」我說。然後我開始笑。又有兩個頭髮溼答答黏在頭上的男生張大眼睛從灌木叢裡冒出來，他們正在把溼黏在肩膀及手臂上的襯衣扣起來，我努力想忍住笑，但做不到。

「看看他，安斯，我想他是瘋了啊。」

「我一、一定要停、停下來，」我說，「再一、一下子就會停了。上一次我可是啊啊啊叫呢，」[152]我一邊說一邊笑。「讓我坐一下子。」我坐下，他們看著我，那個小女孩滿臉淚痕手上的麵包像是被啃過一樣，河水迅速安詳地在小徑更過去的下方流著。過一陣子我總算是笑完了。可是我的喉嚨還是忍不住想笑，就像是胃已經空了卻還想乾嘔。

「哎呀，好了唷，」安斯說。「克制一下你自己。」

「好，」我一邊說一邊想辦法收緊喉嚨。又有一隻黃蝴蝶飛來，像是有片陽光逃逸了。一陣子後我終於不用再刻意收緊喉嚨了。我起身。「我準備好了。往哪邊走？」

我們沿著小徑前進，另外兩人看著胡立歐和那個小女孩，其他那些男孩則待在後方某處。小徑沿著河流前進抵達了橋。我們越過橋以及鐵軌，人們聚集到家門口來看我們，更多男孩不知從哪裡冒了出來，終於我們轉進主街才停止前進。在雜貨藥房前停著一輛汽車，很大的車，我沒認出裡面的人，直到布蘭德太太說，

「這是怎麼回事，昆丁！昆丁．康普森！」然後我看見了傑拉德，還有史波德在後座，他把後頸懶懶地靠在椅背上。還有施里弗。另外兩個女孩我不認識。

「昆丁．康普生！」布蘭德太太說。

「午安，」我舉起我的帽子。「我被逮捕了。抱歉沒拿到你的信。施里弗跟你說

了嗎？」

「被逮捕？」施里弗說。「我沒聽錯吧，」他說。他撐起身體爬過其他乘客的腿之後下了車。他穿著我的一條法蘭絨長褲，整個人看起來像繃緊的手套。我不記得自己忘了收拾這條褲子，也不記得布蘭德太太的下巴有這麼多層。最漂亮的那個女孩跟傑拉德一起坐在前座。她們透過面紗看我，表情顯露出一種細微的恐懼。「誰被逮捕了？」施里弗說。「這是怎麼回事，這位先生？」

「傑拉德，」布蘭德太太說，「把這些人打發走吧。你上車，昆丁。」

傑拉德下了車。史波德完全沒動。

「他幹了什麼好事，警長？」他說。「搶了雞舍？」

「我警告你別亂來，」安斯說。「你認識這位犯人嗎？」

「認識啊，」施里弗說。「現在情況是這樣——」

「那你可以一起來見法官。你這樣是在妨礙司法。走吧。」他搖晃我的手臂。

「哎呀，總之午安了，」我說。「很高興見到你們。抱歉沒辦法跟你們一起玩。」

「你說點什麼啊，傑拉德，」布蘭德太太說。

「現在情況是這樣，警長，」傑拉德想繼續說。

「我警告你呀你現在是在干擾執法人員，」安斯說。「如果你有話要說，你可以來法官面前審理[153]犯人。」我們繼續走。現在這一行人的聲勢可浩大了，其中領頭的是安斯和我。我可以聽見有人在跟他們說發生了什麼事，史波德問了一些問題，然後胡立歐暴怒地說了一些義大利語，我回頭看見那個小女孩站在路邊用那雙深不可測的友善眼睛看著我。

「回家企啦，」胡立歐對她大吼，「我真四要揍死你。」

我們沿街往下走，轉進一小片與街道有一點距離的草坪，草坪上矗立著一棟鑲白邊的一層樓建築。我們沿著石頭小徑走到門口，安斯要我們兩人以外的所有人停下腳步、待在建築外。我們走進一個散發悶舊菸草味的光禿禿房間。有座鐵皮爐放在裝滿沙子的木框中間，牆上掛著一張褪色地圖和一張髒兮兮的小鎮平面圖。有張充滿刮痕的凌亂桌子後方有個男人，他的鐵灰色頭髮直直往後梳，眼睛從鋼框眼鏡背後盯著我們瞧。

「看來是抓到他了吧？安斯。」他說。

「抓到了，法官。」

他打開一本堆滿灰塵的大書後拉近自己，把一隻髒兮兮的鋼筆筆尖浸入看起來像是裝滿煤灰的墨水瓶裡。

「現在情況是這樣，先生，」施里弗想繼續說。

「犯人報上名字，」法官說。我跟他說了。他緩慢地寫在那本書上，下筆時狀似極為審慎斟酌的刮擦聲令人難熬。

「現在情況是這樣，先生，」施里弗說，「我們認識這個傢伙。我們——」

「遵守法庭秩序，」安斯說。

「閉嘴啦，老兄，」史波德說。「讓他講吧。他總歸是要講的。」

「報上年齡，」法官說。我跟他說了。他寫下來，寫字時嘴巴也跟著動。「職業。」我跟他說了。「哈佛學生？竟然？」他說這話時抬眼望向我，又稍微低下頭好不透過眼鏡看我。他的雙眼清透冰冷，像山羊的眼睛。「你有什麼目的？竟然大老遠跑來這裡綁架孩子？」

「他們瘋了，法官，」施里弗說。「要是有人說這個小子會綁架孩子，那傢伙一定是——」

胡立歐激動起來。「瘋了？」他說。「我不四抓到他了嗎？啊？我難道不四親眼見到——」

「你這騙子，」施里弗說。「你從來沒有——」

「遵守秩序！秩序！」安斯扯開嗓子喊。

「你們這些傢伙都閉嘴，」法官說。「如果他們不能保持安靜，就讓他們出去，安斯。」他們都安靜了。法官看著施里弗，然後是史波德，再來是傑拉德。「你認識這位年輕人？」他對著史波德說。

「是的，法官大人，」史波德說。「他只是一個來北方讀書的鄉下孩子。他沒惡意。我認為警長會發現一切只是誤會。他的父親還是公理會牧師呢。」

「嗯哼，」法官說。「剛剛到底是怎麼回事？」我跟他說了，他用冰冷淡漠的雙眼看著我。「你怎麼看，安斯？」

「也可能是那樣，」安斯說。「該死的外國佬。」

「我也四美國人啦，」胡立歐說。「我有森分證件。」

「那個小姑娘呢？」

「他要她回家了，」安斯說。

「她有受到驚嚇之類的嗎？」

「胡立歐撲向犯人之後才嚇到了。他們其實就走在河邊的小徑上，往鎮上走。是一些游泳的男孩子跟我們說了他們的去處。」

「就是個誤會啊，法官，」史波德說。「小朋友和小狗總是這樣纏著他。他就有這種魅力。」

「嗯哼，」法官說。他往窗外看了一陣子。我們都看著他。我可以聽見胡立歐在抓癢。法官把眼神移回來。

「反正小姑娘沒受任何傷嘛，你，我說你，你對這點倒沒什麼不滿吧？」

「現在四沒受傷，」胡立歐陰沉地說。

「你丟下工作去找她？」

「當然四丟下啦。我用跑的。拚死命地跑。仄裡也找、那裡也找，然後有人告訴我看見他給她食物。她就跟他走啦。」

「嗯哼，」法官說。「好吧，小子，你害他丟下工作，我認為你得給他一些補償。」

「好的，先生，」我說。「多少？」

「一塊錢，根據我的判決。」

我給了胡立歐一塊錢。

「這樣啊，」史波德說，「如果這就是判決——我想他可以走了吧，法官大人？」

法官沒看他。「你跑了多遠？安斯？」

「兩英里，至少兩英里。我們為了抓他找了兩小時。」

「嗯哼，」法官說。他沉吟了一陣子。我們都看著他，看著他往後梳得硬直的髮絲，那支眼鏡低低地架在鼻尖上。黃色塊透過窗戶緩慢地沿著地面伸長，抵達牆上，現在還在爬。空氣中的塵粒旋轉又斜飛。「六塊錢。」

「六塊錢？」施里弗說。「憑什麼？」

「六塊錢，」法官說。他盯著施里弗看了一陣子，然後又看向我。

「現在情況是這樣，」施里弗想繼續說。

「閉嘴，」史波德說。「把錢給他吧，老兄，我們離開這裡。女士都在等我們呢。你有六塊錢嗎？」

「有，」我說。我給了他六塊錢。

「本案撤銷，」他說。

「你得拿張收據，」施里弗說。「你給了錢，他們得簽收據。」

法官溫和地看著施里弗。「本案撤銷，」他沒有提高音量。

「如果換作我卻還沒有——」施里弗說。

「過來吧，」史波德抓住他的手臂。「午安，法官。不勝感激。」我們走出大門時，胡立歐又扯起嗓子，他先是很激動，後來又安靜了。史波德看著我，那雙棕色眼睛流露出探詢的神色，但又有點冷淡。「好了，老兄，我想你之後追女孩子會乖乖待在波士頓吧。」

「該死的蠢貨，」施里弗說，「你這話見鬼的是什麼意思？難道他是大老遠跑來這裡跟這些該死的義大利佬鬼混嗎？」

「好了啦，」史波德，「她們一定等得不耐煩了。」

布蘭德太太正在跟她們說話。她們是荷姆斯小姐和丹哲菲爾德小姐，此時她們停止聽布蘭德太太說話，用纖細敏感又好奇的驚恐眼神再次望向我，她們的面紗拉到小小的白色鼻子上方，神祕的雙眼在面紗之下逃竄。

「昆丁．康普生，」布萊德太太說，「你媽媽會怎麼說呢？年輕人犯傻很正常，但走路時被鄉下警察逮捕？他們到底以為他幹了什麼好事？傑拉德？」

「沒什麼，」傑拉德說。

「胡說。到底是什麼？你說，史波德？」

「他想綁架一個髒兮兮的小女孩，但他們及時逮住了他，」史波德說。

「胡說八道，」布蘭德太太說，但口氣有點虛軟下來，雙眼盯著我看了一陣子，兩個女孩很有默契又輕柔地倒抽了一口氣。「全是瞎說，」布蘭德太太輕快地說，「真要這樣不就跟那些蠢笨下流的北方佬沒兩樣了嗎。上車，昆丁。」

施里弗和我一起坐在兩張多加的小折疊椅上。傑拉德轉動曲柄發動車子，上車，我們出發。

「好了，昆丁，跟我說說這件蠢事是怎麼回事，」布蘭德太太說。我跟她們說了，坐在狹小座位上的施里弗駝著背一臉憤怒，史波德再次斜躺著坐在丹哲菲爾德小姐旁邊。

「好笑的是，這些日子以來昆丁都騙過我們了呢，」史波德說。「我們一直都以為他是個模範青年，任何人都可以放心把女兒交給他，結果警察可暴露出了他的邪惡本色啦。」

「安靜，史波德，」布蘭德太太說。我們的車子沿街前進越過橋面經過了那棟窗戶上掛了粉紅睡袍的屋子。「你沒讀我的信才會這種下場。為什麼不來拿？麥肯錫先生說他有告訴你信的事。」

「是的，女士。我有打算去拿，但一直還沒回房間。」

「你讓我們坐在那邊不知乾等了多久，幸好後來麥肯錫先生有來。他說你沒回去，我們多了一個座位，所以邀他一起來。總之很高興有你加入，麥肯錫先生。」施里弗沒說話。他把雙臂交抱在胸口，直瞪前方的眼神越過了傑拉德的鴨舌帽。英格蘭那邊的人開車就是戴這種帽子，至少布蘭德太太是這樣說的。我們經過了那棟屋子，然後又經過三間，接著是一座院子，那個小女孩就站在院子的柵門邊。她現在沒拿著麵包了，臉上就像沾上了一條條煤灰。我揮手，但她沒有回應，只是在車子經過時緩慢地隨著轉頭，眼睛眨也不眨地凝視著我們。然後我們沿著牆邊快速向前行駛，我們的影子沿著牆邊奔馳，一陣子後我們經過躺在路邊的一張破爛報紙我又開始笑了。我可以在我的喉頭感覺到，我把眼神投向樹林間的午後斜射，想著午後想著鳥想著在游泳的男孩。不過我還是無法停止然後我知道如果我太努力嘗試停下來就會哭出來然後我想到我曾如何想到自己無法是一位處男，因為她們有好多人在陰影中一個個走動徘徊在陰影籠罩的地方用柔軟的女孩聲音低語那些文字湧出還有香水還有眼睛你可以感覺到不是看見，不過如果那樣做那麼簡單的話就不算什麼了如果那不算什麼的話，我又算什麼呢 154 然後布蘭德太太說，「昆丁？他這樣是病了嗎，麥肯錫先生？」然後施里弗用肥肥的手輕拍我的膝蓋，史波德開始說話，我放棄阻止自己大笑了。

「如果那個籃子擋住他了，麥肯錫先生，把它移到你那邊吧。我帶了一籃葡萄酒，因為我認為年輕的紳士就該喝葡萄酒，不過我的父親，也就是傑拉德的爺爺」做過嗎**你**之前做過嗎[155]**在**灰暗之中有微光她的雙手鎖住[156]

「他們確實喝葡萄酒，只要有機會就喝，」史波德說。「嘿，施里弗？」她的膝蓋她的臉看著天空忍冬花的氣味在她的臉和喉嚨上

「啤酒也喝，」施里弗說。他的手又輕拍了我的膝蓋。像薄薄塗上一層紫丁香顏色的油彩談起他介入[157]

「你可不算個紳士，」史波德說。他橫亙在我們之間直到她的身影朦朧但不是因為黑暗[158]

「不。我是加拿大人，」施里弗說。談起他船槳一閃一滅他沿著一閃一滅鴨舌帽是做來給英格蘭人開車用的一直都在底下快速湧動他們兩人合而為一再也分不清了[159]他從過軍殺過人

「我愛加拿大，」丹哲菲爾德小姐說。「我覺得加拿大美妙極了。」

「你有喝過香水嗎？」史波德說。用一隻手他可以把她舉到肩膀上扛著她跑跑啊**跑**啊[160]

「沒有，」施里弗說。跑啊有兩個背脊的野獸而她在一閃一滅的船槳中朦朧身影跑啊歐布琉斯的豬跑啊內在交合多少人啊凱兒[161]

「我也沒喝過，」史波德說。我不知道呀太多人了我內在有種可怕的本能內在有種可怕的什麼呀父親我犯下了**你**們真的有做嗎**我**們沒有我們沒有做過我們有做過嗎[162]

「而且傑拉德的爺爺之前每天會在早餐前自己去摘薄荷，那時候薄荷葉上都還有露水呢。他甚至不願讓老威基碰薄荷你還記得嗎傑拉德，他總是自己去採來調他的薄荷酒。他對自己的薄荷酒可挑剔了就跟個老處女一樣，所有比例都要按照他腦中記得的酒譜來調。他只把酒譜給過一個人；那就是」我們做過你怎麼可能不知道你要是你耐心聽我會告訴你那算什麼那是犯罪我們犯下了糟糕的罪那是藏不住的你以為可以但等等可憐的昆丁你從來沒幹過吧是吧我會告訴你那算什麼我會會告訴父親然後真相真相就非得是那樣了因為你愛父親然後我們我們得在眾人的指指點點及嫌惡中離開滌淨的火焰我會會[163]逼你說我們做了我比你強壯我要要讓你知道我們做了你以為是他們但其實是我聽著一直都是我耍了你其實就是我呀你以為我在屋子裡該死的忍冬花努力不去想鞦韆椅雪松那些祕密的起伏氣息交纏暢飲狂野的氣息那些真爽**真爽真爽**真爽[164]

「向來他自己是不喝酒的，可是他總說一籃子你之前在讀什麼書啊就是在傑拉德划艇服裡的那本酒是所有年輕人野餐時必備物品[165]」你愛他們嗎凱兒你愛他們嗎他們碰我時我死去[166]

這一刻她站在那裡下一刻他在吼叫在扯她的連身裙他們走進門廊走上樓梯吼叫把她用力推上樓推進浴室的門讓她背靠著門動彈不得她的一隻手臂遮住臉吼叫嘗試要把她推進浴室她進來吃晚餐時T. P.正在餵他又開始了一開始只有啜泣等到她摸摸他後他大吼起來她站在那裡她的雙眼像被困進角落的老鼠當我在灰敗的黑暗中奔跑那聞起來像雨還有所有的花香潮溼溫暖的空氣釋放以及蟋蟀在草叢中起伏的叫聲逝去形成一座游移的沉默小島跟隨我的步調[167]光彩隔著籬笆看著我身體花花的就像晾在晒衣繩上的被子我猜想該死的那個黑鬼他又忘了餵牠我在蟋蟀創造出的真空中跑下山丘就像一絲氣息穿過鏡子她躺在水裡她的頭在沙嘴上水大概淹到她的屁股上水裡多了一點光她的裙子有一半吸飽了水在她的身側隨水流翻動打出沉重的漣漪去不了任何地方只是用自己重複的動作自我更新我站在河岸上我可以在水柵門上聞到忍冬花空氣中似乎灑滿忍冬花氣味還有蟋蟀的刺耳叫聲就像一種可以透過肉體感受到的物質[168]

小班還在哭嗎

我不知道對我不知道

可憐的小班

我在河岸坐下草有點溼然後我發現我的鞋子溼了

快從水裡出來你瘋了嗎

但她沒有移動她的臉是從沙子的朦朧中藉由她的頭髮裱框起來的朦朧

現在馬上從水裡出來

她坐起來然後撩起在身側翻動的裙子把水擠出來她爬上河岸她的衣服拍打坐下

你為什麼不擰乾你想生病嗎

對

水流過沙嘴時翻捲又汩汩湧動後繼續流在黑暗中的柳樹之間越過水淺處打出漣漪就像一片布表面仍揣著一點光呀水面總是這樣

他跨越過了全世界所有海洋

然後她談起他她併攏著溼漉漉的膝蓋她的臉在灰色光線中往後仰忍冬花香母親們的房間裡還有T. P.把小班哄睡的房間有光

你愛他嗎

她的手伸出來我沒有移動沿著我的手臂往下翻玩她握住我的手平放在她胸口她的心怦怦跳

沒有沒有

他當時有逼你嗎他逼你做的逼你任由他他力氣比你大而且他我明天要殺掉他我發誓我會父親在事情結束前不需要知道然後你和我永遠呀不需要有人知道我們可以帶走我的學費

我們可以取消我的入學凱兒你恨他是吧是吧

她把我的手貼在她的胸口她的心怦怦跳我轉身抓住她的手臂

凱兒你恨他吧是吧

她把我的手移到她的喉頭她的心在那裡砰砰作響

可憐的昆丁

她的臉望向天空天空很低低到所有夜晚的氣味和聲響似乎都被擠壓下來像是在一座鬆垮的帳篷底下特別是忍冬花香已經進入我的呼吸在她的臉上和喉頭上就像油彩她的血砰砰撞擊我的手我用另一隻手臂撐住身體現在開始抽搐我得大口喘氣才有辦法才有可能從濃稠的灰色忍冬花香中呼吸到一絲空氣

對我恨他我會因為他而死我已經因為他死了一次又一次每次我的心都會砰砰跳

當我把手抬起來時我可以感覺到掌心被交錯的小樹枝和草莖扎得熱痛

可憐的昆丁

她身體往後重心放在手臂上雙手在膝頭交扣

你沒做過啊是吧

什麼做什麼

就是我有過的我做過的呀

有啦有啦很多次跟很多女生

然後我在哭她再次用手撫摸我我靠著她潮溼的上衣在哭然後她仰躺著眼神越過我的頭望向天空我可以看見她的虹膜底下有圈白邊我打開我的刀

你還記得大姆兒死掉那天你穿著內褲坐在水裡吧

記得

我用刀尖抵著她的喉頭

只花一秒不到就可以了然後我會了結自己我到時候會了結自己

好吧你可以自己了結自己嗎

可以刀刃夠長小班現在已經上床了

對

只花一秒不到就可以了我儘量不讓你痛

好吧

你可以把眼睛閉上嗎

不是啦要像這樣你得更用力插

你把手放到刀上

可是她沒有動她的雙眼張得好大越過我的頭望向天空

凱兒你還記得笛爾西因為你的內褲沾滿泥巴有多不高興嗎

別哭

我沒哭凱兒

插進去啊你有打算動手嗎

你想要我動手嗎

想插下去吧

你把手放到刀上

別哭啊可憐的昆丁

可是我停不下來[170]她把我的頭緊抱在她潮溼堅硬的胸口我可以聽見她的心現在篤定緩慢地跳動而不再是砰砰響黑暗中水流在柳樹間汩汩作響忍冬花香一波波飄上去我的手臂和肩膀在我的身體底下扭曲著

那是什麼你在做什麼

她的肌肉收縮起來我坐起身

是我的刀我弄丟了

她坐起身

現在幾點

我不知道
她站起來我在地面瞎找
我要走了別找了吧
我可以感覺到她站在那裡我可以聞到她的潮溼衣服感覺她在那裡
就在這附近
別找了吧你可以明天再找呀走吧
等等我會找到的
你難道是害怕
在這裡原來一直都在這裡
是嗎走吧
我起身跟上我們爬上山丘蟋蟀在我們前方沉默下來
真好笑你竟然可以一坐下就把東西弄丟還得到處去找
灰色是灰色帶著露水斜斜往上進入灰色天空然後是更遠的樹
該死的忍冬花我真希望可以消失
你以前喜歡的
我們越過丘頂繼續往樹林走去她撞上我又避開了[171]一些土溝是在灰草地上的一條黑色

傷疤她又撞上我她看著我又讓開了一些我們走到土溝
我們走這邊吧
為什麼
瞧瞧你是不是還能看見南西的骨頭我很久沒想到要來看了你呢
溝裡長滿藤蔓和荊棘很黑
他們說的對你分辨不出來自己有看到還是沒看到對吧
別這樣昆丁
來吧
土溝窄到幾乎要封起來了她轉向樹林
別這樣昆丁
凱兒
我又繞到了她前面
凱兒
別這樣
我抱住她
我力氣比你大

她一動也不動僵硬不服但仍然

我不會跟你打停止唷你最好停止

凱兒別啊凱兒

這樣做沒什麼好處呀你難道不是很清楚嗎讓我走

忍冬花香灑落灑落我可以聽見蟋蟀圍成一圈看著我們她往後退繞過我繼續往樹林走

你繼續往家裡走吧你不用來

我繼續走

你為什麼不回屋子去呢

那該死的忍冬花

我們走到籬笆邊她從底下爬過去我也爬過去等我把彎曲的身體站直時他從樹林間走進灰暗走向我們朝我們走過來他看起來是又高又扁的影子又靜定不動就連走動時也彷彿是靜定不動的她朝向他走去

這是昆丁我全身溼了真的都溼了如果你不想就不用勉強

他們的影子合為一個影子她的頭升起來在天空上比他的頭更高他們兩顆頭[172]

如果你不想就不用勉強

然後不是兩顆頭了[173]黑暗聞起來是雨是潮溼的草地和葉子灰色的光灑落就像雨一波波

忍冬花往上飄散我可以看見她的臉朦朧地靠在他的肩膀上他用一隻手臂抱住她就彷彿她還只是個孩子他伸出手

很高興認識你

我們握手然後我們呆站在那裡她的影子高高地貼在他的影子上合為一個影子

你打算做什麼呢昆丁

就散步一下吧我想我會穿過林子走到路上再穿過小鎮回來

我轉身離開

晚安

昆丁

我停止腳步

你到底想怎樣

在樹林裡樹蛙在叫空氣中有雨的氣味牠們的叫聲像來自很難轉動的玩具音樂盒還有忍冬花

過來這裡

你想怎樣

過來這裡昆丁

我走回去她扶住我的肩膀將她的影子斜斜地貼下來她朦朧的臉從他高高的影子中貼下來我往後避開

小心

你回家吧

我不想睡我要去散步

在溪溝邊等我

我要去散步

我很快就會過去等我啊你等我

不要我要穿過樹林

我沒有回頭看樹蛙完全沒把我放在心上灰色的光像苔蘚在樹林中灑落可是雨還是不肯落下過了一陣子後我轉身走回林子邊緣才一走到那裡就又聞到忍冬花我可以看見法院大鐘上的光線還有鎮上廣場發出的刺眼光線照在天空上還有沿著溪溝生長的幽暗柳樹還有在母親們的窗戶內的光線小班房裡的光還亮著我彎腰穿過籬笆越過草地奔跑我跑在灰色的草叢中在蟋蟀之間忍冬花香愈來愈濃還有水的氣味然後我可以看見水是灰暗忍冬花的顏色我趴在河床上臉貼在地面這樣才不會聞到忍冬花我聞不到了然後我趴在那裡感覺大地穿過我的衣服聆聽水聲然後過了一陣子後我的呼吸不再那麼喘我趴在那裡心想如果不動我的臉我就

不用那麼喘也不用聞到那氣味然後我什麼都沒在想她沿著河岸走來停下腳步我沒有動
時間晚了你回家吧
什麼
你回家吧時間晚了
好吧
她的衣服發出窸窣聲我沒有動它們停止窸窣
你打算照我說的進屋去嗎
我什麼都沒聽見
凱兒
會的我會的如果你想要我去我會
我坐起身她坐在地上她的雙手緊貼住膝蓋
照我說的進屋去吧
好的你說什麼我都照做都照做好的
她甚至沒有看我我抓住她的肩膀用力搖晃她
你閉嘴
我搖晃她

你閉嘴你閉嘴
好
她抬起臉然後我看見她甚至完全沒在看我我只能看到那一圈白色
起來
我拉她她全身癱軟我把她扶起來站好
現在走啊
你離開的時候小班還在哭嗎
走啊
我們越過溪溝屋頂出現在視線中然後是樓上的窗戶
現在已經睡著了
我得停下腳步把柵門栓好她繼續走進灰色的光線中雨的氣味但雨仍然不肯落下忍冬花香開始來自花園籬笆而開始了她走進影子我可以聽見她的腳步聲然後
凱兒
我停在階梯前我聽不見她的腳步聲
凱兒
我聽見她的腳步聲然後我的手撫摸她不溫不冷只是靜定不動她的衣服仍有點潮溼

你現在愛他嗎
沒有呼吸只是緩慢地如同在遠方呼吸
凱兒你現在愛他嗎
我不知道
在灰色光線之外事物的影子像死水中的死物
我希望你死了
你現在要進屋來了嗎
你現在在想他嗎
我不知道
告訴我你在想什麼告訴我
別這樣別這樣昆丁
你閉嘴你閉嘴你聽我說你閉嘴你有要閉嘴嗎
好吧我會住嘴我們太吵了
我會殺掉你你有聽見嗎
我們去鞦韆椅那裡吧在這裡他們會聽見你的聲音
我沒有哭你是說我在哭嗎

別這樣了安靜我們會吵醒小班的
你進屋去現在進去
我呀沒哭我呀我壞總之你拿我沒辦法
我們受詛咒了不是我們的錯是我們的錯嗎
安靜呀來吧現在上床睡覺
你沒辦法逼我我們受詛咒了
終於我看見他他正走進理髮院他往外瞧我繼續走然後等待
我已經找你兩三天了
你有事找我嗎
我有事有事要找你
他用大概兩個動作就快速把菸捲好然後光用大拇指就擦亮了火柴
我們不能在這裡談我想再找個地方談吧
我去你的房間你住旅館嗎
不行那裡不太好你知道小溪上的橋嗎就在那個什麼後面的
好的可以
一點鐘好嗎

好
我轉身
很感謝您
欸
我停下腳步回頭看
她好嗎
他看起來是用青銅打造的他的卡其襯衫
她現在有需要我幫忙什麼嗎
我一點鐘會過去
她聽見我告訴T. P.一點時去把王子裝上馬鞍她一直觀察我連飯都沒什麼吃她也來了
你打算做什麼
沒什麼只是想去騎個馬不行嗎
你有些盤算到底是要做什麼
不甘你的事妓女妓女
T. P.把王子牽到側門
我不騎牠了我用走的

我沿著車道走出柵門轉進小路然後一路跑到那座橋上我看見他靠在欄杆上馬就栓在林子裡他轉頭望過來又轉回去背對我直到我走上橋停下腳步他才抬眼他的手上拿著一片樹皮正撕成許多小片後越過欄杆丟進水裡

我來是要你離開鎮上

他慢條斯理地把樹皮撕成一片片後小心翼翼丟進水裡再望著樹皮漂走

我說你得離開鎮上

他看著我

她要你過來找我的嗎

我說你得走不是我父親或任何人就是我說的

聽著這些等等再說我想知道她還好嗎他們那邊的人有找她麻煩嗎

這不是你需要費心煩惱的事

然後我竟然聽見自己說我命令你最晚得在日落前離開鎮上

他撕下一小片樹皮丟進水裡然後把樹皮放在欄杆上用那兩個動作迅速捲好一根菸在欄杆上擦亮火柴

要是我不離開你打算怎麼做

我會殺掉你別以為我在你眼裡像個小鬼就不敢

他的鼻孔中流出兩道煙飄過他的臉

你幾歲

我開始發抖我的手在欄杆上我想只要把手藏起來他就會知道為什麼

你今晚前得離開

聽著老弟你叫什麼名字小班是那個白痴對吧那你呢

昆丁

是我的嘴巴說的完全不是我說的

我命令你日落前得離開

昆丁

他把菸灰就著欄杆小心抹掉他的動作緩慢小心像在削鉛筆我的雙手不再抖動

聽著這種事沒必要那麼認真不是你的錯啊孩子就算不是我也會有其他人

你有妹妹嗎有嗎

沒有呀老弟女人都是婊子

我打了他我的手掌努力抗拒想握拳朝他的臉砸去的衝動他的手動得跟我一樣快香菸飛過欄杆我用另一隻手揮過去他也抓住了香菸都還沒落到水面他又用同一隻手抓住我的兩隻手腕另一隻手迅速伸進他大衣裡面的腋下位置在他身後陽光斜射有隻鳥在太陽照不到的某

處歌唱我們望著彼此在此同時鳥在唱歌他鬆開我的雙手

情況是這樣的

他從欄杆上拿起樹皮丟進水裡樹皮在水流中浮沉被水流帶著漂走他的手放在欄杆上鬆鬆地抓著一把手槍我們等著

你現在打不到了

不能嗎

樹皮繼續漂浮林子裡挺安靜的我又聽見鳥和水的聲音之後手槍又被舉起他根本沒認真瞄準所有樹皮都消失了然後碎片浮起散開他又打到兩片比銀幣還小的樹皮

這就夠了吧我想

他把彈膛甩出來後往槍管吹氣有縷輕煙因此消散他重新將三個膛室填滿後關起把槍尾朝前遞給我

幹什麼呢我沒打算打敗你的紀錄

你剛剛說要幹的事就得用上這個我給你是因為你已經見過這東西的能耐

見鬼了誰要你的槍

我打了他就算他已經抓住我的手腕很久之後我還努力想打他但我明明還在努力卻感覺像是透過有色玻璃看他我可以聽見我的血液搏動然後可以再次看見天空還有緊貼天空的樹

枝還有太陽斜斜穿過樹枝的陽光他抓住我讓我重新站穩[174]
你剛剛竟然打了我[175]
我聽不見
什麼
好了你還好嗎
沒事放手
他放開我我靠著欄杆
你還好嗎
別管我我沒事
你可以安全回家嗎
走吧別管我
你最好還是別走回家吧騎我的馬吧
不了你走吧
你可以把韁繩掛在轡頭上放牠自己跑牠會自己回馬廄
你走吧就別管我
我靠在欄杆上看著水面我聽見他把馬繩解開騎走過了一陣子後我什麼都聽不見了只剩

水聲然後又是鳥叫我離開橋坐下背靠著一棵樹頭也靠著樹閉上雙眼一片陽光穿進眼簾鋪展在我的眼球上我繞著樹又移動了一下我又聽見鳥和水的聲音然後彷彿一切逐漸退去我什麼都感覺不到甚至幾乎感覺很舒爽[176]即便是在過了那麼多的日夜之後忍冬花從黑暗中飄進我房間我得努力想辦法睡著就連過了一陣子後我很清楚他沒打我他說謊也是為了她我其實只是像個小女孩一樣昏倒了但就算是這樣也無所謂了我背靠樹坐著斑駁的小片陽光掃過我的臉龐就像小樹枝上的黃葉聆聽著水什麼都沒想就連我聽見馬快速靠近我閉著眼睛坐在那裡聽見馬蹄一連串急促前行的聲音沙地嘶嘶作響馬腿在跑而她僵硬的手急切摸索

傻子傻子你受傷了嗎

我打開雙眼她的手在我的臉上急切摸索

我不知道是哪個方向直到聽見槍聲我不知道是哪裡我沒想到他你偷偷溜走我沒想到他有可能會

她用雙手捧住我的臉拿我的頭去撞樹

住手你住手

我抓住她的兩隻手腕

別這樣別這樣了

我就知道他不會我就知道他不會

她想拿我的頭去撞樹

我剛剛還要他永遠別再跟我說話我跟他這樣說了

她想把手腕掙脫出來

讓我走

停止我力氣比你大現在停止

讓我走我得趕上他去請他[177]昆丁拜託讓我走讓我走

突然之間她放棄了手腕癱軟下來

可以的我可以告訴他我隨時可以讓他相信我可以讓他

凱兒

她沒把王子栓好只要牠想牠隨時可以跑回去

無論何時他都會相信我

你愛他嗎凱兒

我什麼他

她看著我然後眼神澈底空掉就像雕像上的眼空白茫然且安詳

把你的手貼在我的喉頭

她拿起我的手讓我的手平貼在我的喉頭

現在說他的名字
達爾頓・埃姆斯
我感覺到那裡血液的瞬間湧動起來節奏強烈愈來愈快
再說一次
她的臉望向遠方樹林間陽光斜斜照入那裡而鳥在
再說一次
達爾頓・埃姆斯
她的血液穩定地湧動貼著我的手掌搏動又搏動

血液就這樣奔騰了一段時間，可是我的臉感覺冰涼還有點死掉的感覺，還有我的眼睛，手指上的傷口又開始刺痛。我可以聽見施里弗在壓幫浦，然後他拿著一個水盆回來其中還有一片圓圓的暮色在其中搖盪，邊緣是黃色就像一顆褪色的氣球，然後出現的是我的倒影。我努力想在其中看清我的臉。

「不流了嗎？」施里弗說。「把那條布給我。」他想把布從我手上拿走。

「小心，」我說，「我可以自己來。」沒錯，血現在差不多止住了。我把那條布往水裡浸了浸，破壞了那顆氣球。那條布沾了水。「真希望能有條乾淨的。」

「你那隻眼睛需要來片冷凍牛排，」施里弗說。「你的眼睛要是明天沒腫起來那才是活見鬼。真是狗娘養的，」他說。
「我到底有沒有傷到他？」我甩開手帕嘗試把背心上的血擦掉。
「擦不掉啦，」施里弗說。「你得送去洗衣店。來吧，把這個壓在眼睛上，快點。」
「還是能擦掉一點，」我說。但其實效果不太好。「我的衣領現在怎樣啦？」
「不知道，」施里弗說。「貼在眼睛上。這樣。」
「小心點，」我說。「我到底有沒有傷到他？」
「可能有打到他吧。可能我當下剛好望向別的地方或在眨眼什麼的。他真是把你當沙包打。把你揍得滿地找牙呀。你何必赤手空拳找他打架？你這天殺的蠢貨。現在覺得怎麼樣？」
「還行，」我說。「不知道能不能找些什麼來洗我的背心。」
「哎呀，別管你那該死的衣服了。你的眼睛有受傷嗎？」
「還行，」我說。一切都有點紫羅蘭色有點靜定不動，天空在屋子的山牆背後從綠色慢慢褪成金色還有無風中的一縷輕煙從煙囪升起。我又聽見了幫浦的聲音。有個男人正在將桶子裝滿水，在幫浦前的他轉過頭來看我們。有個女人從門內走過，但沒往外看。我可以聽見有頭乳牛在某處哞哞叫。
「好了啦，」施里弗說，「別管你的衣服了，把那條布敷在眼睛上。我明天一早就會把你那套西裝拿去送洗。」

「好吧。很抱歉我沒至少流點血在他身上。」

「狗娘養的，」施里弗說。史波德從屋內走出來，我想他剛剛應該是在跟那個女人說話，他穿過院子，用那種冰冷、探詢的眼神看著我。

「哎呀，老兄，」他說話時看著我，「真是有夠離譜，你為了找樂子一定要搞出這麼多麻煩就是了。先是綁架，然後是打架。你放假時都做什麼？燒房子是嗎？」

「我沒事，」我說。「布蘭德太太怎麼說？」

「她正在大罵傑拉德怎麼可以把你打到流血。等她看到你之後，我想她也會大罵你怎麼可以任由他這樣打你。她不反對打架，讓她不舒服的是有人見血。我想你在她心中的地位下降了一點，誰叫你沒能保護自己不流血。現在感覺如何？」

「對啦，」施里弗說，「如果無法生在布蘭德家，那至少也得跟這家人偷偷來一腿，或者在喝醉後跟這家人打一架，視情況而定囉。」

「說得很不錯，」史波德說。「但我不知道昆丁有喝醉。」

「他沒有，」施里弗說。「你非得要喝醉才會想揍那個狗娘養的嗎？」

「欸，我想我得非常醉才可能敢出手，畢竟都看到昆丁這種下場了。他到底在哪裡學拳擊的？」

「他每天都有去麥克那，在鎮上，」我說。

「他有去啊？」史波德說。「你知道自己有沒有打到他嗎？」

「不知道，」我說。「大概有吧。有啦。」

「再弄溼一次，」施里弗說。「要換新的水嗎？」

「這樣就可以了，」我說。我又把布浸溼了一次後壓在眼睛上。「真希望能有些什麼可以用來洗我的背心。」史波德還在觀察我。

「話說，」他說，「你為什麼打他？他說了什麼嗎？」

「不知道。我不知道自己為什麼打他。」

「我只記得你突然跳起來說，『你有妹妹嗎？有嗎？』然後他說沒有，你就打他了。我有注意到你一直在打量他，似乎都沒在聽其他人說話，最後就跳起來直接問他有沒有妹妹。」

「哎呀，他就跟平常一樣一直在吹噓，」施里弗說，「說他搞過多少女人。你也知道：他這個人就是這樣，在女孩子面前都這樣，她們其實都搞不清楚他到底在說什麼。反正就是那些又是冷嘲熱諷又是說謊又是前言不對後語的該死胡說八道。跟我們大談他和某個女孩子約在亞特蘭大城的舞廳見面約會卻放她鴿子直接回旅館上床睡覺但又躺在那裡覺得對她不好意思讓她在那裡苦等，竟然沒有赴約滿足她的需求之類的。還大談什麼肉體之美什麼各種遺憾的結局以及那些女人們因此過得多麼苦情，除了像是躺在那裡等待他以外真是無計可施。就像麗妲在灌木叢裡徘徊，嗚咽著呻吟著等待天鵝到來[178]，懂嗎？那個狗娘養的。我自己都想揍他。只是如果換作是我會抓起他母親那只該死的酒籃來揍他。」

「哇，」史波德說，「真是女士們的好英雄啊。老兄，你不只讓人感到敬佩，也讓人害怕啊。」他看著我，眼神冷淡又探詢。「老天爺啊，」他說。

「很抱歉我打了他，」我說。「我看起來很糟嗎？不適合回去求和？」

「道歉？見鬼去吧，」施里弗說，「就讓他們下地獄吧。我們要回城裡。」

「他得回去找他們，這樣他們才會知道他就連打架也抱持紳士精神，」史波德說。「我是指，就算被打趴也高舉紳士精神。」

「這副模樣？」施里弗說，「衣服全是血的紳士精神？」

「怎樣啦，那好吧，」史波德說，「就你最懂。」

「他不能這樣穿著汗衫到處跑，」施里弗說，「他還沒上大四呢。來吧，我們回城裡。」

「你不用來，」我說。「你回去繼續野餐吧。」

「我管他們去死，」施里弗說。「來吧走吧。」

「我要怎麼跟他們說？」史波德說。「跟他們說你和昆丁也打架了？」

「什麼都不用說，」施里弗說。「就跟她說太陽既然下山伴遊也結束了。走吧，昆丁。

我要問那個女人最近的城際班車——」

「不，」我說，「我不回城裡。」

施里弗停止動作，望向我。他的眼鏡在轉過來時看起來像兩枚黃色小月亮。

「你打算做什麼？」

「我還沒打算回城裡。你回去野餐吧。跟他們說我不會回去，因為衣服髒了。」

「好了聽我說，」他說，「你在打什麼主意？」

「沒什麼。我沒事。你和史波德回去吧。我們明天見。」我穿過院子往大路上走。

「你知道車站在哪裡嗎？」施里弗說。

「我會找到的。我們明天見。跟布蘭德太太說我很抱歉，不好意思搞砸了她的派對。」

他們站在那裡看著我。我繞過那棟屋子。有條石徑通往大路，石徑兩旁長滿玫瑰。我穿過院子的柵門，走上大路。大路往山坡下去，朝著樹林前進，我可以辨認出那輛汽車停在路邊。我爬上山坡。光線在我往上爬時變亮，在爬到山頂前我聽見一台電車的聲音。那遙遠的聲音聽起來在暮色之外，我停下來仔細聆聽。我再也看不見那台汽車了，不過施里弗還站在房子前的路上，抬頭望著山丘。在他身後的黃色光線像一抹油漆般平鋪在房子的屋頂上。我舉起手向他示意，然後越過山頭，聆聽電車的聲音。然後房子看不見了我停在綠色和黃色的光線裡聽見電車的聲音愈來愈大，終於聲音開始變弱終於完全停止。我等到再次聽見電車聲。然後我繼續走。

光線隨著我往下而逐漸縮減，但在此同時並未改變其質地，就彷彿正在改變的、在變弱的是我而不是光線，不過就算是在道路進入樹林的地方，你想要的話還是有辦法讀報的。很快地我來到一條小徑。我轉入那條小徑。那條小徑比道路更為封閉更加陰暗，不過走出小徑迎向電車站時——又是一個木棚子——光線仍未改變。離開小徑後的周遭似乎亮了一些，就彷彿我在小徑中穿越了黑夜後走出小徑再次迎向早晨。很快地電車來了。我上車，大家都轉過來看我的眼睛，我在左側[179]找到一個座位。

車廂裡的燈開著，所以當我們行駛在樹林間時，我除了自己的臉和走道對面的女性之外什麼都看不見，她頭上端正戴著一頂帽子，帽子上插著一根破爛羽毛，不過等我們離開樹林後我又能看見暮色了，光線的質地就彷彿時間真的停止了一陣子，就彷彿太陽剛落下地平線後就停住了，然後我們經過了那個老人之前就著麻袋吃東西的地方，然後道路在暮色下延伸，進入暮色以及遠方河水安詳迅速流動的感覺。然後電車繼續行駛，車門開著於是氣流不停穩定累積最後將夏日及黑暗除了忍冬花香之外的氣味穩定推送到整個車廂。忍冬花是最悲傷的氣味，我想。我記得很多類似的氣味。紫藤花是其中之一。雨天時若母親身體沒那麼不舒服還能坐在窗邊，我們會在紫藤花下玩耍。如果母親待在床上笛爾西就會在我們為我們披上舊衣要我們去雨裡玩，因為她說雨對年輕人永遠不會有壞處。不過要是母親能起身我們總是會先在門廊玩直到她說我們太吵了，我們才會出去到紫藤花架底下玩。

這裡就是我今天早上最後看見河的地方，大概是這裡沒錯。我可以感覺到暮色之外的河水，就是那種氣味。當春天開花時下雨時那氣味到處都是你其他時候不會特別注意到可是下雨時那氣味開始在暮色時分飄進屋子要不然就是暮色時分更容易下雨不然就是光線本身中有些什麼不過那種時候聞起來的味道總是最濃烈然後最後我會在床上躺下心想到底何時要停止何時要停止。從門口飄入的氣流聞起來是水的味道，一種潮溼穩定的吐納。有時我可以反覆又反覆地說到底何時要停止並藉此把自己哄睡直到忍冬花香都混在一起之後整個情境開始象徵了夜晚和騷動不安我似乎躺著沒有睡著但也不是醒著沿著漫長走廊望過去走廊內充滿要亮不亮的灰光[180]那裡所有穩定的事物都變得像是陰影且似是而非我所做過的一切都是陰影我所感受過的苦難都變得具體可見且滑稽又乖戾地嘲笑著我這些陰影的本質就是在否定自己本該肯定的重要性呀心裡想著我之前是我之前不是那個之前不是的樣子之前不是那個樣子[181]。

我可以聞到黃昏之外的河灣氣味我看見最後一道光線懶散而靜謐地照在沙洲上就像破碎的鏡子，然後在沙洲之外的光線開始在蒼白清澈的光線中輕微顫抖，有點像是在遠處盤旋的蝴蝶。班傑明是我晚[182]。他以前會坐在鏡子前。那個避難所如此可靠衝突能在其中緩和落定受到調解。班傑明是我晚年生的孩子被扣在埃及當人質啊[183]。喔班傑明。笛爾西說是因為母親面對他時太在意自己的自尊心了。他們進入白人的生活就像黑色細流突然而精巧地滲入之後一秒分離出白人現實讓無從辯駁的真相如同攤在顯微鏡底下；其他時候就只是在你沒發現有什麼好笑時發出笑的聲音，在沒理由流淚時流下眼淚。他們甚至拿葬禮上的憑弔人數是奇數還是偶數來打賭。曼非斯有座妓院其中滿是黑人他們因為宗教失神恍惚裸體跑到街上。要制服他們其中一人得動用三個警察。是的耶穌喔大好人耶穌喔那個大好人。

車子停了下來。我下車，他們看著我的眼睛。電車開來時坐滿人。我站在車廂的後平台。

「前面有空位，」車掌說。我往車廂內看。左側沒有位子。

「我沒有要坐很遠，」我說。「站這裡就行了。」

我們越過河流。橋拱坡度不陡但橋面高聳，連接著沉默與虛無而其中的燈火——黃色和紅色和綠色——在清透的空氣中顫抖，不停自我重覆。

「最好還是去前面找個位子坐，」車掌說。

「我很快就下車了，」我說。「幾個街區而已。」

我在抵達郵局前就下車了。他們此刻一定已經圍繞著哪裡坐下了，然後我聽見我的錶我開始仔細聆聽有沒有鐘聲我伸手隔著大衣去摸那封施里弗的信，坑坑巴巴的榆樹影子在我手上流動。然後我轉進宿舍中庭鐘聲真的響起了我繼續走同時每個音符都像池子上的漣漪襲來經過我身邊後繼續前進，這是幾點的十五分？好吧。幾點的十五分都沒差。

我們的窗戶是暗的。入口空蕩。我進去時靠近左側牆邊走著，不過空蕩無人：只有樓梯在陰影中彎曲往上延伸憂傷的一代代腳步回音像貼在影子上的光塵，我的腳步聲把它們像是灰塵一樣揚起，它們輕巧地揚起後又落定。

我還沒開燈就能看見那封信了，有人用桌面的一本書立起來好讓我看見。之前才說他[184]是我丈夫呢[185]。後來史波德說他們要去別的地方，很晚才會回來，還說布蘭德太太會需要再找個殷勤紳士。不過若回來了我會見到他而他得要一小時後才有車可搭因為已經超過六點了。我拿出我的錶仔細聆聽時間隨著滴答滴答遠去，卻沒意識到這支錶連說謊都沒辦法[186]。然後我把錶面朝上放在桌上拿起布蘭德太太的信撕成兩半把碎片丟進廢紙簍脫下我的大衣、背心、衣領、領帶和襯衫。領帶也髒掉了，但反正可以留給那些黑鬼。說不定沾上血痕可以讓他宣稱是基督戴過的。我在施里弗的房間找到汽油後把背心攤在桌上，在桌上才能鋪平，然後打開汽油罐。

鎮上第一台汽車一個女孩**女**孩啊[187]那是傑森無法忍受的汽油味會讓他噁心還會讓他大發雷霆因為一個女孩**女**孩啊[188]沒有妹妹只有班傑明[189]班傑明是我晚我的憂傷的[190]如果我可以

有個母親就好我就可以說**母**親啊**母**親啊[191]需要用很多汽油來清，然後我分辨不出來血漬還在或都只是汽油了。汽油讓傷口再次開始刺痛所以我去清洗我把背心掛在椅子上把燈拉下來好讓燈泡把溼的地方照乾。我洗了臉和手，但即便清洗時都可以在肥皂味中聞到刺鼻的氣味，鼻孔還緊縮了一下。然後我打開袋子拿出襯衫和衣領和領帶把帶血的衣物放進去關上袋子，穿上正裝打扮好。在我梳頭時半小時過去了。不過反正還沒到四十五分，除非在迅速流過的黑暗中只看見他自己的臉沒有破爛羽毛有兩個一樣的女人但不會有兩個那樣的女人在同一個晚上前往波士頓然後我的臉他的臉有那麼一刻在交錯時越過彼此在黑暗中兩扇光亮的窗戶硬生生地交錯消失了他的臉和我的臉只是我看見之前看見我難道沒看見再見木棚子空空的沒有在吃的道路在黑暗中空盪盪在靜默中那座橋拱著身體進入靜默黑暗睡眠水流安詳湍急不是再見[192]

我關掉燈走進我的臥房，遠離了汽油但還是可以聞見。我站在窗邊窗簾從黑暗中緩慢移動進來碰觸我的臉像有人睡著時的呼吸，呼吸的氣息緩慢再次進入黑暗，留下剛剛的觸感。之後他們走上樓梯母親靠坐在椅子上，用樟腦味的手帕蓋住嘴巴。父親一直沒動他還坐在她旁邊握著她的手大吼大叫的巨大聲響逐漸遠去像在一片沉默中沒有容納的空間[193]我小時候其中一本書中有張圖片，那是個陰暗的地方有絲微弱光線斜斜地照在兩張從陰影中抬起的臉。你知道如果我是國王會做什麼嗎？[194]她從來不是皇后或仙女她一直是國王或巨人或將軍我會把那個地方打破把他們拖出來把他們好好鞭打一頓那頁圖被撕掉了，邊緣凹凹凸凸的。我很高興。我本來必須要阻止自己去看然而後來地牢就是母親本人她和父親往上朝著微弱光線牽著手而我們在底下某處迷失就連他們都沒有就連一絲的光線。然後忍冬花香進去了。一等我關掉燈嘗試去睡那氣味就開始一波波進入房間累積又累積直到我得用力喘氣才能吸到一絲絲空氣直到我得起床摸索著前進彷彿我還是個小男孩[195]手可以在心靈中看見觸摸出看不見的門的形狀**門框**的話這下手就沒辦法看見了我的鼻子可以看見汽油，背心在桌上，那扇門。走廊還是空的沒有一代代憂傷尋找著水的腳步聲。然而看不見的眼睛彷彿緊閉像是咬緊牙根不是不相信質疑甚至是疼痛的匱缺小腿骨腳踝膝蓋長長的看不見的階梯欄杆流動在黑暗中充滿睡意一步沒踩好母親父親凱兒傑森默里門我不怕只是母親父親凱兒傑森默里比我早太多睡著了我會很快睡著等我門**門框**呀門[196]那也是空的，那些水管，陶瓷水槽，骯髒而靜默的牆面，沉思的寶座。我忘記拿玻璃杯，可是我可以手可以看見正在變冰涼的手指可以看見的天鵝喉頸比摩西的權杖還細玻璃杯遲疑地碰觸以免發出巨響細瘦冰涼的喉頸發出巨響冰涼了金屬玻璃杯滿了溢出來了正在變冰涼的玻璃杯手指沖洗睡眠離開潮溼睡眠的氣味在喉嚨長長的靜默中[197]我重新回到走廊，在靜默中喚醒曾屬於一群群低語之人的佚失腳步聲，我進入汽油味，錶在黑暗中著急地想要扯謊。然後窗簾從黑暗中呼吸起伏到了我的臉上，在我臉上留下了呼吸的氣息。還剩下十五分鐘。然後我就不會存在了。那些最祥和的文字啊。最祥和的文字。Non fui. Sum. Fui. Non sum.[198] 我曾在那裡聽過鐘聲。密西西比或麻塞諸塞吧。我曾經。我現在沒有。麻塞諸塞或密西西比吧。施里弗在他的行李箱裡有一瓶酒。你甚至沒打算打開嗎[199] 杰森．里奇蒙．康普生先生和太太為愛女三次。好幾天。你甚至沒打算打開嗎凱蒂絲和錫德尼．赫伯特．黑德的婚事酒會讓你學會混淆手段及最終目的。[200] 我是。喝酒。我之前不是[201]。我們把小班的草地賣掉吧好讓昆丁可以去上哈佛我也讓我的骨頭彼此彼此敲擊[202]。我將會死在。一年嗎凱兒說[203]。施里弗的行李箱裡有一瓶酒。這位先生我不會需要施里弗的我已經賣掉了小班的草地我可以死在哈佛凱兒說在海裡的大小石穴中隨著搖曳的海潮安詳地翻騰因為哈佛是個多漂亮的名聲四十畝地換漂亮的名聲不算很高的代價。為了一個漂亮的死去的名聲我們會拿小班的草地去交換一個漂亮的死去的名聲。那能支撐他很長一陣子因為除非要有辦法聞到他才會聽不見一等她走進門裡他就開始哭[204] 我總以為父親一直只是隨便拿鎮上一個小流氓來鬧著她玩而已直到。我沒把把他[205] 當一回事就像沒把一個陌生旅行推銷員或自以為在賣軍襯衫當一回事直到突然之間我明白他完全沒把我當成有可能造成傷害的對手，而是在看著我時想著她是透過她看到我就像透過一片有色玻璃[206] 你為什麼非要來破壞我的好事難道不知道不會有任何好處嗎我以為你會交給母親和傑森來處理了

是母親安排傑森來監視你嗎換作我才不會。

女人只會利用其他人的榮譽心那是因為她愛凱兒就算她病了也待在樓下好讓父親不能開莫里舅舅玩笑在傑森面前父親說莫里舅舅是個太糟糕的古典主義者竟然冒險讓那個瞎眼的小神仙[207]親自去送情書他就該選傑森才對因為傑森只會犯跟莫里舅舅差不多的小錯而不是那種會讓自己被揍出黑眼圈的大錯而且派特森家的兒子也比傑森矮小他們一起賣風箏一個五分錢鎳幣直到起了財務糾紛傑森找了新夥伴那傢伙也比傑森矮小總之夠矮小因為T. P.說傑森還是管錢的不過父親說莫里舅舅何必工作呢既然他的父親可以養得起五、六個無所事事坐在鍋爐前烤腿的黑鬼他當然也能讓莫里舅舅時不時來借住投宿還借他一點小錢這傢伙可以讓他延續父親的信念也就是我們在這樣的美好的綿延下成為眾神祖先的俗世子孫然後母親會哭著說父親相信他的家族比她高貴而他嘲諷莫里舅舅就是為了灌輸我們這個觀念她看不出來父親其實是要告訴我們所有人不過是積累是塞滿木屑的娃娃這些木屑都是從垃圾堆撿來的垃圾堆裡都是之前被丟棄的娃娃而木屑從娃娃什麼肋旁什麼傷口流出來不是為了我而死[208]。以前是呀我以為死亡是個人例如我爺爺或他一個朋友有私交的那種特殊友人就像我們以前覺得爺爺的書桌不能碰甚至不能在書房大聲講話我想到他們時總覺得他們是一直待在某個地方等老薩托利上校[209]下來跟他們坐在一起在比雪松樹更遠的高處等待而薩托利上校在更高處瞭望遠處事物然後他們等他看完後下來爺爺穿著他的制服我們可以聽見他們嚅囁低語的聲音在比雪松樹[210]更遠的地方他們總是在說話而祖父總是對的。

四十五分的鐘聲開始打了。[211]第一個音符響起，節制又悠遠，安詳中帶有專橫，將不急不徐的沉默清空以迎接下一個音符就是那樣啊要是人們可以永遠改變彼此就好了那樣就能彼此匯合如同火焰在一瞬間衝高然後和冰涼永恆的黑暗一起爆炸殆盡而不是躺在那裡努力不去想鞦韆椅的事直到所有雪松都開始散發小班恨透的那種香水栩栩如生的死亡氣味。光是想像那樹叢我似乎就聽見了低語祕密的起伏動作聞到毫不隱蔽的狂野肉體底下熱血搏動發紅的眼皮緊緊盯著沒有被綁起的豬成對衝刺結合著衝入大海[212]而他說我們必須保持清醒目睹罪惡得逞一下其實並不總是能得逞而我[213]說這事[214]對一個有勇氣的男人而言甚至不需要花那麼長的時間而他說你認為那算勇氣嗎而我說是的先生你覺得不算嗎而他說每個人都是自我德行的仲裁者無論你覺得那算不算勇氣總之都比行動本身比任何其他行動更重要否則你不會這麼著急而我說你不相信我是認真的而他說我覺得你太認真了所以我反而沒有需要警戒的理由如果你真亂倫了你不會覺得有必要這樣便宜行事地告訴我你這麼做了而我說我沒說謊我沒說謊而他說你想把一件自然的人類愚行昇華成一種恐怖[215]然後再用告解一個事實來驅逐這個惡魔我說這是為了要讓她跟喧雜的世界隔絕開來這樣世界就必須出於必要地逃離我們身邊然後其中的聲音就會彷彿從來沒存在過而他說你有逼她嗎而我說我害怕我害怕她可能會聽話而那樣不會有任何好處[216]可是如果我能告訴你我們做過了那就會是發生過的事那其他人就不會這麼做了然後這個吵雜的世界就會席捲而去而他說現在的這個你倒也沒說謊可是你還看不清自己內心看不清那只是自然規律中普遍真理的一部分而其成因籠罩著每個人的面容就連小班也不例外你思考的不是自己的有限你是在沉思一種神格化的可能性好讓一種心靈的暫時狀態獲得超越肉體的均衡並同時意識到心靈自身及其不願拋棄的肉體屆時的你甚至不會死而我說只是暫時的[217]他說[218]你無法忍受想到某天這事不會再像現在這樣折磨著你現在你似乎只是把這事當成會讓你一夜白頭的經歷所以談論時面不改色但屆時你不會在同樣條件下這麼做你要做的事會是場豪賭而奇怪的是我們人因為意外出生於世間每次呼吸都是使用跟自己作對的太重骰子在擲下新的數字而在面對自己早已知道絕對要面對的最終結局[219]時絕對會嘗試各種權宜之計從暴力到就連小孩子都騙不了的無意義強詞奪理都有可能終於某一天他實在受夠了就會盲目出牌孤注一擲其實人在初次感到絕望或懊悔或喪親之痛時並不會這麼做只有當那位陰鬱的擲骰者意識到就連絕望或懊悔或喪親之痛都不是那麼重要之時他才會去這麼做而我說只是暫時的而他說真是難以相信我是說竟然把愛或哀傷認定成毫無規劃而買下的債券而且無論如何都會成長而且毫無預警就會遭到贖回而且受到眾神當時正在流通的一些什麼發行物所取代不會啊你不會那麼做的除非你開始相信就連她或許也不那麼值得你感到絕望而我說我永遠不會這樣相信沒有人知道我經歷了什麼而他說我認為你最好立刻北上去劍橋你或許還能北上去緬因待上一個月只要你謹慎規劃就會有錢這麼做親眼目睹金錢足以比耶穌治癒更多傷疤的能耐或許是件好事而我說如果我

意識到了你所相信的事我下週或下個月就會真的去那裡而他說然後你得記得讓你去讀哈佛是你母親打從你出生就有的夢想而康普生家的人從來不會讓一位女士失望而我說只是暫時的那樣做對我和我們所有人都比較好而他說每個人都是自我德行的仲裁者但別讓任何人決定他人的幸福快樂該是怎樣而我說只是暫時的而他說之前啊[220]這是最悲傷的詞了世間沒有其他更悲傷的了就連絕望也需要時間就連時間也需要先成為已經是之前的過去

最後一個音符響起。終於鐘聲停止震顫而黑暗再次靜定不動。我走進起居室打開燈。我穿上背心。汽油味現在很微弱，幾乎難以察覺，鏡子裡已看不見汙跡。總之不像我的眼睛瘀青一樣顯眼。我穿上大衣。施里弗的信透過布料傳出摩擦聲，我把信拿出來檢視地址，放進側邊口袋。然後我拿著錶走進施里弗的房間放在他的櫃子上走回我房間拿了新手帕後走向大門把手放在電燈開關上。然後我想起我還沒刷牙，只好再次打開提袋。我找到我的牙刷用了施里弗的一點牙膏走出去刷我的牙。我把牙刷盡可能擠乾放回提袋關上提袋，再次走到門邊。在我啪一聲把燈關上之前我四下確認還有少帶什麼，然後發現忘了我的帽子[221]。我之後必須路過郵局也一定會碰到學校一些人，他們會以為我是那種假裝成大四生但其實只是閒晃外人的哈佛廣場學生。我也忘記刷帽子了，可是施里弗就有一把清帽刷，所以我不用再打開提袋了。

1 第二部的敘事者是昆丁・康普生。第二部的時間序仍然會前後跳動，但主要描述的當下時間就是一九一〇年六月二日。此時昆丁剛在哈佛讀完大一。

2 這裡強調出昆丁執著的兩件事：時間以及父親跟他說的話。

3 這裡有無意義的停頓和拼錯的拉丁文（reducto absurdum 指的應該是歸謬法，正確拼法為 Reductio ad absurdum），很可能是昆丁父親的醉語。

4 這裡描述的或許是耶穌飛升入天堂的畫面。結尾是一個曖昧而似乎沒有寫完的比喻開頭。

5 聖方濟各亞西西（San Francesco d'Assisi, 1182-1226）是方濟各會的創始者，他是義大利人，以虔誠、堅持苦修及熱愛自然聞名。他曾說自己所受的苦難是他的「姊妹」，並在得知自己來日無多之後高喊「那就歡迎死亡姊妹的到來吧。」不過內文提到的是「死亡小妹」（Little Sister Death），因此第二部所有相關的呼喊都翻譯為妹妹，同時也符合昆丁對妹妹凱兒的迷戀。

6 施里弗（Shreve）是昆丁的室友。

7 這段語意晦澀不明，有各種翻法，此處參考了幾個不同版本的詮釋。基本上本段應該是強調昆丁出現很想轉頭的動物本能。所謂的「在上面」可能是指空間的相對位置，也可能是指影子到了某個時候在對他的影響力方面佔盡優勢。

8 此處可能暗示沒有妹妹的男人不可能真正明白苦難或死亡是怎麼回事。

9 康普生的憤世嫉俗想把所有的情感都化約為單純的生理運作。

10 新倫敦（New London）位於康乃狄克州東部，與羅德島州接壤。哈佛和耶魯大學的船賽會在這裡舉行。

11 新娘的月份指的是六月。

12 這裡的低語指的是後方小班曾在凱兒婚禮期間說過的話，不過「那個聲音低語」也引用自約翰·克爾伯（John Keble, 1792-1866）的讚美詩〈神聖婚姻〉（*Holy Matrimony*）中的句子，「那聲音低語在伊甸園上空，／那最早的婚禮日子／而最原初的婚姻祝福／始終未曾消失。」此處開始跳接到有關凱兒婚禮的回憶（一九一〇年四月）。第二部的回憶跳接不見得全數靠斜體字來引導，但斜體字通常代表昆丁更為沉浸在記憶當中。

13 昆丁在回憶凱兒婚禮時，想到她曾在婚禮前幾天跑出家門去安撫躁動不安的小班，不過他使用的詞彙「跑出鏡子」跟小班之前的說話方式很像。圍繞的香氣指的是布置在婚禮現場四周的花朵。

14 凱兒結婚時宣布婚訊的內容片段。

15 第二部當中有很多對話的片段，有時不見得能確定這些回憶中的說話者是誰，也無法百分之百確定過去是否真的有人這麼說過，或僅只是昆丁自己的想像。

16 史波德（Spoade）是昆丁的同學，他把施里弗稱為昆丁的丈夫，這也點出了昆丁常對同性表現出情慾的傾向。其中包括施里弗和之後反覆出現的達爾頓·埃姆斯（Dalton Ames）。

17 福克納有時會句中不該使用英文大寫時使用大寫，這也是暗示敘事者逐漸因為陷入回憶而心思變得混亂的一種表現方式，此處排版以「**字體**」標記呈現。

18 類似兄弟會的組織。

19 在波士頓的華盛頓街上一間受歡迎的餐館。

20 達爾頓·埃姆斯是凱兒在一九〇九年夏天時的一位愛人，有可能是她孩子的父親，外地人。

21 若是他真的開槍射殺了達爾頓．埃姆斯，達爾頓．埃姆斯就會跟他們一起出現在地獄。

22 這裡的「起來吧」意指《聖經》中講述的復活意象，不過這個段落是昆丁在想像自己用鐵熨斗投水自殺後的場景。

23 這一段斜體是回憶一九〇九年夏天時凱兒和達爾頓．埃姆斯發生性關係之後回家的段落。

24 手錶遭到破壞後導致「耶穌行走在加利利海上而華盛頓沒説謊」等不同時代的事件在此得以並置。

25 斜體開始回憶跳接到凱兒的婚禮。

26 為了婚禮盛裝打扮而穿了飾以盔甲配件的背心。

27 指的可能是在廣場遊蕩的非哈佛學生或非住校學生，無論如何這些住校學生是以輕蔑的語氣在看待所謂的「廣場學生」。

28 是紀念美國南北戰爭陣亡將士的紀念日，從一八六八年五月三十日開始被設立為紀念日。

29 美國內戰時北方的共和國大軍制服。

30 朱塞佩．加里波底（Giuseppe Garibaldi, 1807-1882）是參與義大利復興（統一）運動的重要角色。

31 在遊行時押隊清理垃圾及馬糞的編制。

32 這條從哈佛廣場到波士頓帕克街電車路線其實到一九一二年才真正開設。

33 這裡指的是文人常在波士頓聚集的帕克屋飯店。

34 有可能指的是教堂尖塔上的時鐘，或強調太陽就是時鐘的最原始型態。

35 指的是他之前以為對所有人都有意義的家族名聲或貞潔等概念。

36 昆丁很常引述黑人的俗諺或傳説，此處這個説法是凹陷處朝上的新月槽裝滿水，因此代表隔天會是晴天。

37 這裡是指或許需要進學校學習浮力相關知識，才有辦法把投河自殺這件事做對。

38 這裡定義的「黑鬼」是相對於更為中性的「Negro」及東岸所稱呼的「colored-people（有色人種）」之外的Nigger。

39 回憶起一九〇九年聖誕節的事情。

40 尤其在美國南方，這是一種針對年長黑人且帶有紆尊降貴姿態的稱呼。

41 「先生啊」的最後一個語助詞「啊」是為了強調黑人口音（原文是把 sir 拼成 suh）。

42 南方的一個傳統遊戲，通常是白人和黑人在玩，過程是先説出「聖誕禮物」的白人獲勝，但輸的黑人（通常是小孩）會獲得一點錢。

43 三點十五分下課，他每分鐘收起一根手指等待下課。

44 埃爾南多．德索托（Hernando de Soto, 1500-1542）是文藝復興時期的西班牙探險家。

45 回憶起凱兒失貞的那天。

46 暗示性交的動作，之後也會在昆丁和娜塔莉的段落出現。

47 跟班傑明改名有關的回憶，但這裡的班傑明似乎跟《聖經》中雅各之子班傑明（便雅憫）的身世混淆了。

48 回憶徹底轉移至默里改名為班傑明的事件。

49 這裡推測是指透過將影子放在水面而拐騙影子離開他自己。

50 昆丁想像自殺後骨骸流入石穴的意象出現三次，或許呼應了T. S. 艾略特《荒原》中的詩句：「海底下的一道海流／低語著拾起了他的骸骨。」

51 與阿基米德定律有關。

52 這一段的結尾拼接了昆丁關於不同人的回憶，但一直到結尾才用了斜體，有敘事者的回憶逐漸深入過去並且脫離自身掌控的意涵。第二部的敘述常透過這種模式去表示敘事者陷入回憶的深淺程度。

53 也是哈佛的學生，富家子弟，全名是傑拉德．布蘭德（Gerald Blend）。

54 或許是因為三月的這個時候划船還太危險了，水面還有浮冰。

55 賓州南州界線，原為與馬里蘭州釐清州界，委請梅森與迪克遜丈量後所訂。南北戰爭期間成為自由州和蓄奴州的界線。

56 哈佛的禮拜堂常是人們性幽會的場所，因此真正讓布蘭德太太無法原諒的是史波德半夜去那裡幽會，據推測對象還可能是同性，而所謂五個名字，只是一個用來表達她不滿的藉口。

57 這裡應該是昆丁捏造出來的貴族名號。

58 南方式的幽默，這裡是用拳擊來比喻，開玩笑地表示成為拳王通常也得攻擊對方的眼睛。

59 這裡有兩段回憶：昆丁在橋上跟達爾頓．埃姆斯見面，以及小班在凱兒和埃姆斯發生性行為之後的反應。

60 達爾頓和達爾頓牌襯衫沒有任何實質關係，只是因為名字一樣出現的聯想。

61 昆丁眼中的達爾頓．埃姆斯瀟灑又浪漫，甚至可說俊美，他想像他只是劇場的擺設人偶，但又得不甘願地承認其實對方幾乎像是希臘人像般優雅美好。

62 西裝顏色和手上的髒汙以及他的影子一樣深。

63 利用更大的碼頭影子來抹消自己的影子。

64 或許是母親在炫耀兒子上了哈佛的回憶。

65 從此處開始到回到當前有關帽子的描述之前，昆丁大多都是在回憶凱兒婚禮當天或與婚禮相關的事，其中主要以赫伯特．黑德（Hubert Head）的相關片段為主，其中穿插小班和康普生太太的反應及話語。

66 指的是赫伯特．黑德曾在哈佛遭退學的壞名聲。

67 本書中出現的三天、三次的實質意義並不明確，有推測指出可能引用自彼得三次不認主的故事（《路加福音22》「預言彼得不認主」、「彼得三次不認主」），又或者是民間傳說溺水的人在永遠沉沒之前會浮出水面三次。

68 年輕的洛欽瓦爾（Young Lochinvar）出現在華特．司各特爵士（Sir Walter Scott, 1771-1832）的長篇詩作《馬米翁：荒野的傳說》（*Marmion: A Tale of Flodden Field*）中，是一個騎馬搶婚的人，他拯救了所愛之人不用被迫嫁給不愛的人。

69 名詩人拜倫勳爵（George Gordon Byron, 1788-1824）曾希望跟異母姊妹奧古斯塔．李（Augusta Leigh）亂倫，後來推測也真的有發生。

70 這裡指的是有戴眼鏡的施里弗。

71 這裡指的是婚禮的喜帖，究竟是施里弗還是昆丁本人惡搞地布置成這樣則沒有明確指出。

72 回憶中康普生太太對凱兒失貞的反應。

73 位於印第安納南部的孚蘭屈里克（French Lick）是著名的度假勝地，吸引了許多上流階層前往，康普生太太帶凱蒂絲去那裡是希望幫她找個好丈夫，凱兒於是在那裡認識了赫伯特・黑德。

74 鹽磚會用來引誘鹿以供獵人射殺，這裡是用獵鹿來比喻獵捕丈夫的行徑，也把凱兒的失貞跟死亡意向並置在一起。

75 哈佛大學的學生只有大四生可以選擇不戴帽子。

76 很可能是指時間一定是到中午了。

77 史波德也沒有妹妹，所以無法了解昆丁的痛苦。

78 以下這段混雜的回憶可能是昆丁和父母之間的三方對談，他們在討論如何管控凱兒交男朋友的事。

79 康普生先生對太太說的話。

80 前半是昆丁強調自己不會監視凱兒，後半是父親表示相信他。

81 康普生先生在此明確表達了他的厭女態度，而昆丁也澈底吸收了進去。

82 《湯姆叔叔的小屋》（*Uncle Tom's Cabin*）是一八五二年出版的小說，帶有反奴隸制度的思想，其中的湯姆叔叔呈現出忠誠的黑人僕人形象。

83 一九一〇年的南方黑人稱呼年輕白人時還是需要加上「先生、小姐」的敬稱。

84 基督教婦女禁酒聯合會（Women's Christian Temperance Union），創立於一八七四年。

85 執事在這裡把「推遲（defer）」講成「傳達（confer）」，本意是要把實現昆丁願望的時間推遲到明天執行，但因為講錯而顯得有點滑稽可笑。

86 斜體是凱兒婚禮的小班，後半是小班看到失貞的凱兒。

87 《馬太福音21：16》：「你從嬰孩和吃奶的口中完全了讚美」。

88 昆丁回憶和父親在八月夜色中談話。

89 回憶起大姆兒死去那時候。

90 賽彌拉彌思（Semiramis）是他們給布蘭德太太的暱稱，這個角色在古希臘神話中是尼諾斯（Ninus）國王的皇后，後來接下了他的亞述王位，具有美貌及智慧，而且以風流著稱。

91 福克納有時會在句首使用英文字母小寫，這也是代表敘事者陷入回憶的心思混亂的表現方式，此處排版以「字體」標示呈現，而相對於句中大寫，句首小寫代表了敘事者陷入更深沉、更混亂、也更關鍵的回憶。

92 康普生先生轉述康普生太太對凱兒「墮落」的看法，中毒可能引用的是夏娃吃了毒蘋果的概念。

93 這裡指的可能是「身體」。

94 可能是呼應天使的意象。

95 很可能是前面那段昆丁與父母親的三方對談中對凱兒的評價。

96 指已經避開了正午十二點的鐘聲。

97 波士頓的南站（South station）。

98 這裡指的應該是布蘭德太太。

99 昆丁幻想自己透過地板拿槍射擊赫伯特．黑德的聲音，而這個幻想的場景是在凱兒婚禮的前一天，她在樓上房間和赫伯特發出的聲音可以被樓下聽見，尤其是赫伯特的聲音。在昆丁的想像中，人常被物化為聲音，因此想像拿槍射擊他們的聲音也等同於在射擊人。

100 原文曖昧不明，噴湧如同燕子俯衝的也可能是女孩子們望向傑拉德睫毛的眼神。

101 凱兒在這段說的「病了」指的都是她懷孕。

102 這裡的兩段話都是施里弗在跟昆丁搞笑。

103 合眾國和自治領分別指美國和加拿大。

104 這是美國南方傳統中基於歷史人物或著名草根英雄所發展出的荒唐故事之一，而鋸木廠的丈夫想保護太太的舉動也諷刺了昆丁本人想保護妹妹的行徑。

105 這段斜體的片段回憶將昆丁帶入更深沉的回憶中，之後這段缺乏標點符號及適當分段的形式顯示他非常沉浸於此段記憶中，導致敘事的方式逐漸脫離原本的掌控。

106 這裡指的是錫德尼．赫伯特．黑德之前曾在哈佛打牌和考試時舞弊等品行卑劣的行為。

107 這裡指的是一位妓女。

108 河面上的閃光飛撲應該是因為昆丁當下搭著城際班車上下晃動而造成的視覺效果。

109 這裡是指在波士頓的上流階級連神都看不起，他們才是真正的「眾神」。

110 這裡是在說布蘭德追求女人偏愛搶有丈夫的女人，因此不是丈夫的男人他根本看不到，另一方面也只有身為丈夫的男人不會崇拜布蘭德。這裡反映的是昆丁對布蘭德的忌妒心。

111 這邊描述凱兒婚禮當天情景的原文只有 Heads，原本是指黑德家的人，但同時讓昆丁聯想到跟「頭」，翻譯時為了與之後的思緒流動相連只取「人頭鑽動」之意。

112 煙囪代表可能有工廠，也就代表可能有報時的汽笛，目前還在逃避知道時間的昆丁於是背對煙囪，還把代表了時間推移的影子也踩進塵土裡。

113 凱兒把性慾描述成可怕的東西。

114 昆丁堅持要是凱兒病了就不行結婚。

115 這裡據推測是昆丁自殺後的骨頭在水中翻騰。

116 斜體字之後有一些關於凱兒結婚當天的描述，但混雜了昆丁和父親在八月夜晚談話時的街燈畫面。

117 昆丁想起自己兒時從馬上摔下斷了腿的回憶。

118 昆丁回憶中的大部分人事物都會以聲音的狀態出現，此刻就連他體內的骨頭也在吶喊。

119 這裡據推測指的是凱兒之前交的那個滿臉青春痘的第一個男朋友。

120 這段是回到眼前新英格蘭的場景。

121 路易斯．哈徹說話有濃重的黑人口音，翻譯時以較多的語尾助詞來做區別。

122 昆丁是在問跟凱兒發生過性關係的人有多少。

123 指的是睪丸。

124 昆丁對性的恐懼讓他覺得就算沒有睪丸也不夠，最好是連一點性方面的知識都沒有。

125 昆丁向父親承認自己跟凱兒亂倫，但後來承認這件事沒有真的發生，只是他的想像。在這段想像中他認為犯下亂倫罪行的他們「不只是死」，是因為他們將在地獄受永恆的苦，並希望能受到「滌淨的火焰」所淨化。

126 Modern library 的版本將「凱兒那個渾蛋那個渾蛋凱兒」列為非斜體字，但根據福克納的邏輯此處應該是回憶凱兒婚禮的場景，所以應該是斜體字。昆丁是因為想到傑拉德．布蘭德因而聯想起他跟凱兒在婚禮正式開始之前的對話，而這裡的渾蛋指的就是赫伯特．黑德。

127 這段話的英文原文語意曖昧，大致來說是在昆丁的這段想像中，他要凱兒把懷孕的事情告訴父親，但由於父親是由他自我生殖後創造出來的存在，只要凱兒跟父親說了她懷孕的事，父親就會說「我不是」（I was not），並藉此否認了凱兒懷孕的事實。接著「你和我」就被父親的否認淨化了，一切重新開始，多子多孫的昆丁可以重新創造出更多純潔的孩子。

128 前後的斜體字段落都是昆丁和凱兒的對話，但這段比較像是延續昆丁和父親的對話，開頭第一句話像是康普生先生的發言，之後是昆丁反駁「我相信有其他可能但也可能沒有（要是沒有）那麼我（就會去自殺）」，而康普生先生再反駁，表示既然所有價值觀都是虛無（例如之前討論到的貞潔），那就算是不公不義的事也一點也不值得讓人去自殺。

129 昆丁認為跟這樣一個渾蛋結婚會讓家族蒙羞，凱兒覺得未婚生子更會讓家族蒙羞。不過昆丁在維護家族名譽的同時更在意的是凱兒的貞潔，甚至也還在拒絕相信她已經懷孕。

130 昆丁似乎在引述凱兒曾有過的說法，但我們無法確定是不是出自昆丁的想像。

131 這裡的灰燼及渴望可能呼應馬維爾名詩作〈致羞怯的情人〉（*To His Coy Mistress*）之中的段落：「……那時蛆蟲將品嘗／你那珍藏已久的貞操，／你的矜持會化成灰塵，／我的情慾會變成灰燼」。（陳黎、張芬齡譯，《有一天，我把她的名字寫在沙灘上：英語情詩名作100

首》，臺灣商務，二〇二〇）

132 新英格蘭鄉下的「榆樹」（elm）發音不同（ellum）。

133 這段也是婚禮當天的回憶，凱兒這裡表示昆丁要是沒讀完哈佛，康普生先生就一無所有了，不過之前康普生先生也有提到讓昆丁去讀哈佛是康普生太太的夢想。

134 這段斜體中間進行了回憶時間的跳躍，前半是婚禮當天的談話，後半是小班發現凱兒失貞的那天。

135 這句話感覺未完成，推測是指人一但見識過了不公義之事，也就是接觸到了真實世界，那樣真實世界的氣息就能吹走堆積在層架上的那些灰塵。

136 這附近住了很多猶太人和義大利人的移民，這裡是用帶有貶意的 kike 和 wop 來分別指稱猶太人和義大利人。

137 這個比喻的畫面是想像有個老師因為學生寫錯答案而怒氣沖沖。

138 此段的昆丁對過往回憶中的女性的經血及性愛生活表達出極度的厭惡。腳跟晃動疑似是凱兒和達爾頓．埃姆斯性交當下的晃動。潛藏在體內等待被釋放的則是她們的性興奮。蒼白橡膠很可能指的就是保險套。至於忍冬花則是昆丁用來象徵「性」的氣味。

139 這是在之前凱兒失貞的那個八月夜晚，小班意識到了不同所以大吼大叫，昆丁似乎是在責怪凱兒沒有自己告訴他發生了這件事，害他是透過小班地大吼才知道。在第二部當中，凱兒失貞的性意涵總是透過忍冬花香來傳達。

140 這段斜體字至此回憶了凱兒跟某個男孩親吻的過去，昆丁指責她，她為了逗他說是自己逼男孩子親她的，昆丁因此打了她。中間穿插的餐桌場面時序不明，但可能在昆丁指責凱兒之前或之後，十五歲女孩的手肘這個片段不確定是誰說的，但若這是凱兒十五歲發生的事，那大概就是在一九〇六或〇七年。

141 男生逼女生認輸的一種方法是揪著她們的辮子逼她們說自己的辮子是「牛繩」。

142 凱兒為了拿昆丁和娜塔莉的青少年時期戀情來逗他玩，說娜塔莉是骯髒（下流）的女生，這個事件發生在凱兒跟鎮上的小流氓接吻之前。

143 這裡有關觸摸的段落是凱兒推了娜塔莉讓娜塔莉受傷之後，昆丁一邊關心娜塔莉一邊觸摸她。

144 這裡是指昆丁和娜塔莉模仿交媾姿勢的一種性遊戲。

145 昆丁在和娜塔莉進行性遊戲時的時候把下一句要講的「我抱住之後就這樣用」講反了，因此顯得有點好笑。

146 凱兒站在畜棚門口看昆丁和娜塔莉玩性遊戲。

147 昆丁用這句話逗凱兒生氣，凱兒之後也拿和鎮上的小流氓接吻的事情來逗他。

148 推測是凱兒對娜塔莉的咒罵。

149 這個段落中昆丁和凱兒從吵架到打架的交手帶有性的意涵，最後嘴唇上的甜味是因為臉受傷流下的血。「旋轉的溼重身體」跟之前的「坐著跳舞」很像，因此可能也是類似交媾的一種動作。

150 這裡指的有可能是剛剛打架過後的昆丁和凱兒在溪溝邊清洗身上的汙泥。

151 這裡應該是混合了義大利文跟當地英文的口音，翻譯時稍微借用了台灣國語的發音，這個選擇只是為了讓大家讀起來比較容易立刻聯想到原意，絕非挪用其中的文化意涵。此句原意是「我要殺了他」。

152 這裡指的應該是昆丁之前從馬背上跌落後摔斷腿的那次。

153 這裡是警長說錯了，應該只有法官能進行「審理」，其他人無法審理。

154 這裡又回到了有關貞潔的討論，昆丁認為男人要失貞是很容易的事，因為有太多的女性誘惑，可是如果失去貞潔這件事那麼容易又毫無意義，那身為處男的他又有什麼意義？他努力想去維護凱兒的貞潔又有什麼意義？福克納曾在「附錄」中表示昆丁愛的不是凱兒的身體，而是抽象的家族榮譽以及與其連結的貞潔概念。

155 這裡是凱兒在問昆丁到底有沒有性經驗，而根據讀者所知他並沒有。

156 這裡指的可能是凱兒失貞那天的暮色。

157 凱兒談起達爾頓．埃姆斯，因此讓埃姆斯介入了昆丁和她之間。

158 這一段斜體也是指達爾頓．埃姆斯介入了昆丁和凱兒之間，因此凱兒的身影模糊是因為埃姆斯的遮擋。

159 此段話中合而為一的兩人可能是介入凱兒和昆丁之間的凱兒和達爾頓．埃姆斯，也可能是在昆丁心中以同樣具有浪漫男性特質及威脅性的達爾頓．埃姆斯和傑拉德。

160 這裡是指達爾頓．埃姆斯強壯到可以把凱兒抬到肩膀上跑，這也是昆丁在心中跟埃姆斯比拚的項目之一。

161 在莎士比亞的《奧賽羅》（*Othello*）中，伊阿古在描述奧賽羅和苔絲狄蒙娜疑似做愛的場景時，表示他們就像「有兩個背脊的怪獸」。至於凱兒在一閃一滅的船槳中身影朦朧的描述，讓她跟布蘭德及埃姆斯都產生了曖昧的疊合與連結。歐布琉斯（Euboeleus）在希臘神話是牧豬人，當冥王黑帝斯搶走宙斯的女兒普瑟芬妮時，地面裂開一個大裂縫，而歐布琉斯就跟他的豬跌了進去。普瑟芬妮的母親大地之母太過憂傷，導致大地上種不出食物，黑帝斯後來答應每年讓普瑟芬妮回去一段時間，於是世間有了四季的分別。

162 前半是凱兒的告解，後半是昆丁和父親表示自己和凱兒亂倫的對話片段。

163 昆丁慢慢深陷入記憶中，敘述變得混亂，會出現將「二」寫成「三」之類的省略，所以這段在翻譯上遇到這種格式上的錯誤時會以重複字詞來表現。

164 這個斜體段落的一開始，昆丁在想像中（或回憶中）希望透過去跟父親告解，說服父親相信他和凱兒有亂倫，藉此落實他們兩人亂倫過的事實；中間他想強調自己夠強壯，可以逼迫凱兒相信他們兩人亂倫過；最後疑似是提到昆丁曾在許多地方偷看凱兒跟其他男人的性交幽會。

165 這段布蘭德太太的發言被背景其他人聊天的內容插入，這種突兀而初次出現的寫作方式也預示了昆丁將進入更深層、關鍵而混亂的回憶場景。

166 凱兒提到的死去也有可能是指高潮。

167 蟋蟀在昆丁跑過時暫時沉默下來導致緊貼他身邊的那區圍繞著沉默。

168 這一整段主要是在講凱兒失貞那天，小班發現後大吼大叫，凱兒後來逃出家裡跑向河溝，昆丁追去，不過中間還是有幾次時間跳躍，出現一些似乎不是這段敘事的記憶。

169 水面在黑暗中因為反射了一些光線而顯得比較亮一點。

170 昆丁無法停止哭泣。

171 這裡其實是昆丁在阻擋凱兒去見達爾頓．埃姆斯。

172 達爾頓．埃姆斯把凱兒抱起來之後凱兒的頭比較高，接著合而為一的影子看起來像一個人有兩顆頭。

173 指兩人親吻於是兩顆頭變成一顆頭。

174 昆丁暈厥了一下。

175 達爾頓．埃姆斯謊稱昆丁有打到他，可能是同情他暈厥過去的丟臉事蹟，但這種體貼似乎也很看不起人。

176 就算是暈厥了，昆丁還是因為有嘗試挑戰達爾頓．埃姆斯而感到舒爽。

177 凱兒本來是跟達爾頓．埃姆斯說，要是他傷害了昆丁就永遠別再跟她見面，但既然發現昆丁沒事，她就想要去請他原諒自己的魯莽。

178 在希臘神話中，麗妲是一個俗世的凡人，宙斯化身成天鵝接近她，強暴了她，而特洛伊屠城故事中的海倫就是他們生下的孩子。

179 昆丁坐在左側或許是為了掩藏被打成瘀青的左眼。

180 要亮不亮的灰光指的是暮色。

181 這裡的陰影指的是昆丁的過去留下的陰影，這些陰影嘲笑他，否定他人生的重要性，讓他開始透過「我之前是」或「我之前不是」來懷疑自我的本質。

182 這句話是康普生太太之前出現的對話的破碎片段，原話是「班傑明是我晚年生的孩子」。

183 《創世紀42-44》中約各不想讓最小的兒子前往埃及犯險。

184 這段指的「有人」和「他」都是施里弗。

185 之前史波德説施里弗是昆丁的丈夫。

186 錶無法説謊是因為連指針都沒有。

187 這裡是錫德尼．赫伯特．黑德為凱兒買了第一輛車，然後又奉承康普生太太是「女孩」的回憶。

188 這裡讓傑森難以忍受的可能是汽油，但也可能是指稱凱兒的「女孩」，而凱兒讓她生氣的原因可能是因為鎮上第一個擁有汽車的人竟然是她。

189 這段話語意曖昧不明，沒有妹妹的人可能是錫德尼．赫伯特．黑德，畢竟昆丁到處去問別人有沒有妹妹，但沒有妹妹的也可能是昆丁自己，因為昆丁或許想否認凱兒的存在，又或者沒有妹妹只有班傑明的人就是凱兒，純粹是一句客觀陳述。

190 康普生太太的話語片段。

191 昆丁表達從小缺乏母親關愛的感受，對他們家的三兄弟而言，凱兒一直比較像母親的角色。

192 前半段是昆丁想像自己和施里弗在夜間搭電車交錯時看到了彼此最後一面，後半則是他想像自己去自殺的過程。

193 指的或許是凱兒失貞的那一晚，走上樓梯的是凱兒和小班。

194 説話者是凱兒。

195 昆丁很高興那頁圖片被撕掉了，因為那頁圖片讓他困擾，必須阻止自己去看。然而在他的想像中那樣的黑暗變成地窖而且就是他的母親，他和凱兒在那片黑暗中迷失，而這片黑暗又成為他不停被忍冬花香入侵的臥房中的黑暗。

196 這一段疑似是默里改名成班傑明之前的記憶，大家一起睡著加深了昆丁被排除在外的感受。

197 昆丁在現實中忘記帶杯子進廁所，但可以用手捧水漱洗，他因此聯想到老家的水龍頭，黑暗中用手指摸索細瘦的水龍頭，就像摩西用權杖讓石頭湧出水來。

198 「Non fui. Sum. Fui. Non sum」是拉丁語法的時態練習：我之前不是。我是。我之前是。我不是。

199 可能指前面提到的酒瓶，也可能指之前提過的凱兒結婚喜帖。

200 疑似是康普生先生的發言。

201 這是昆丁在諧擬父親之前說的拉丁語法時態練習。

202 有可能指涉T. S. 艾略特《荒原》中的句子：「美好的泰晤士，輕緩流動，一直到我唱完了歌。／美好的泰晤士，輕緩流動，我的話語不吵也不多。／可是在我身後的寒冷勁風裡我聽見／骨頭碰骨頭的聲音，低笑著傳到許多人的耳裡。」

203 這裡應該是呼應凱兒說父親可能一年就會喝酒而死。在個段落中，昆丁似乎在將自己的自殺和父親的酗酒而死用各種方式疊合在一起。

204 小班在凱兒失貞的那晚哭泣。

205 指達爾頓·埃姆斯。

206 達爾頓·埃姆斯只是因為凱兒注意到昆丁，昆丁又忌妒他又氣自己不夠格讓他關注。

207 這裡是把小班比喻成常被描繪成眼睛被矇住的邱比特。

208 這裡的傷口意象呼應基督被釘上十字架時肋旁出現的傷口。

209 就是他爺爺的一個友人。

210 雪松樹在福克納的寫作中常跟墓地或性愛的意象連結在一起。

211 鐘聲是昆丁的思緒回到現在，之後他想了凱兒跟別人談戀愛或性交的場景，慢慢地後面整段就都是昆丁和父親康普生先生的對話。

212 《馬可福音5：13》：「耶穌准了他們，污鬼就出來，進入豬裏去。於是那群豬闖下山崖，投在海裏，淹死了。（豬的數目）約有二千。」

213 福克納的寫作狀態愈混亂，就代表這是角色愈深層、愈難以控制的回憶，而到了這個段落就連「我」都是用小寫的 i 來書寫，代表這是非常深層的回憶或潛意識想像。原文中的「而我說」和「而他說」都是用「and i」和「and he」來表示。

214 這段討論的「這事」是指昆丁表示自己要去自殺，父親卻不相信他真的想這麼做。

215 康普生先生口中的「人類的自然愚行」指的是凱兒的性慾及其實踐，「恐怖」則是指亂倫，「昇華」一詞的選用代表康普生先生洞察到了昆丁的心理作用機制。

216 就算亂倫是真的，昆丁擔心凱兒玷汙家族名聲的問題仍然沒有被解決。

217 這句話在這段對話中出現了四次，是昆丁表示自己的苦難只是暫時的，反正他之後會自殺。

218 康普生先生以下這段話是在說昆丁現在把因為凱兒感受到的痛苦很當一回事，甚至表示要自殺，他卻分析指出還能因為堅守某些價值感受到痛苦，其實是不會自殺的，是要發現痛苦其實毫無意義才會想自殺。

219 這裡的最終結局（Final main）指的是死亡，之後父親建議他去緬因州度假也因此展現出一點諷刺的意味。

220 這個最悲傷詞「之前」的原文是「was」。

221 只有大四生可以不用戴帽子。

APRIL 6, 1928

四月

六日

一九二八

一日婊子終生婊子，我是這個意思。我說如果你只需要擔心她逃學去玩那還算運氣好。我說她現在就該出現在樓下的廚房裡，而不是待在樓上的臥房裡，一邊把那些化妝的鬼東西往臉上亂抹，一邊等著六個只要沒吃一大鍋麵包和肉就無法站穩的黑鬼來為她準備早餐。而母親說，

「可是不該讓學校的人覺得我控制不了她、認定我無法——」

「哎呀，」我說，「你就是沒辦法，對吧？根本也沒努力管過她，」我說，「都這個年紀了還能管嗎？都十七歲了。[1]」

她聽完後想了一陣子。

「可是不該讓他們覺得……我甚至不知道她有成績單。她去年秋天跟我說他們今年不再發成績單。但現在詹金老師打電話給我，說她再缺席一次就得離開學校。她是怎麼做到的？她都去了哪裡？你一天到晚都在鎮上，如果她在街頭混你應該會看到才對啊。」

「對，」我說，「如果她真有在街頭混的話。但我不認為她特地逃學去玩，就只是為了做那種可以在公共場合做的事，」我說。

「什麼意思？」她說。

「沒什麼意思，」我說。「我只是回答你的問題而已。」然後她又開始哭，說起她的骨肉親人偏要來讓她日子難過。

「是你問我的，」我說。

「我不是在說你，」她說。「你是他們當中唯一沒讓我丟臉的。」

「是啦，」我說，「我根本沒時間讓你丟臉。我根本沒時間像昆丁一樣去上哈佛，或像父親一樣喝酒喝到進墳墓。我得工作好嗎。不過當然如果你要我跟蹤她去看她都在做什麼，我可以辭掉店裡的工作，找份晚上做的差事。這樣我白天就能監視她，晚上你可以請阿班接手。」

「我知道我對你來說只是麻煩和負擔，」她一邊說一邊躺在枕頭上哭。

「我還能不知道嗎，」我說。「這話你已經對我說了三十年。就連阿班現在也都要聽懂了。你要我跟她認真談談嗎？」

「你覺得會有用嗎？」她說。

「如果我才剛開始處理，你就跑來插手，那就不會有用，」我說。「要我去管她就說一聲，但不能來干涉。每次只要我想辦法管她，你都會來管閒事，最後讓她看我們兩個笑話。」

「要記得她是你的骨肉親人啊，」她說。

「好啦，」我說，「我也是這樣想的呀——既然是親人，讓她的肉痛一下也是應該的。如果用我的方法來管，說不定還可以斷根骨頭呢。反正只要有人表現得像黑鬼一樣，無論那人是誰，唯一的方法就是把他們當成黑鬼來對待囉。」

「我怕你一跟她講就會大發脾氣，」她說。

「哎呀，」我說，「反正用你的方法來處理成效不怎麼樣啊。你到底要不要我幫忙？啊？要就要，不要就不要；我還有工作要忙。」

「我知道你得為了我們做牛做馬，」她說。「如果當初一切依照我的心意發展，你會有自己的辦公室，也會像是巴斯康布家族的人一樣工時輕鬆。因為除了姓氏之外，你根柢上就是巴斯康布家的人。我很清楚要是你的父親能有遠見——」

「哎呀，」我說，「我想他偶爾也有個賭錯的權利吧，就跟隨便一個史密斯或瓊斯家族的人一樣。」她又開始哭。

「你竟然這樣挖苦你死去的父親，」她說。

「好啦，」我說，「好了啦。你想怎麼說就怎麼說吧。但既然沒有自己的辦公室，現在我有什麼工作都還是得湊合著去幹。你到底要不要我跟她談談？」

「我怕你一跟她講就會大發脾氣，」她說。

「好吧，」我說，「那我什麼都不會說。」

「但一定得想個辦法，」她說。「不能讓別人覺得我允許她逃學，還在街頭亂跑，或者讓人覺得我無法阻止她……杰森呀，杰森，」她說，「你怎麼能走掉。你怎麼能把這些煩惱都丟給我一個人。」

「夠了、夠了，」我說，「你會把自己搞出病來。為什麼你不乾脆把她整天鎖在家裡？不然就把她交給我呀，省得再整天擔心受怕？」

「我的親骨肉啊，」她一邊說一邊哭。所以我說，

「好吧。我會去處理她的事。別哭了，好了。」

「別亂發脾氣，」她說。「她只是個孩子，記得。」

「不會啦，」我說，「我不會。」我走出去，把門關上。

「傑森，」她說。我沒回話。我沿著走廊離開。「傑森，」她在門的另一邊說。我繼續走下樓梯。飯廳內一個人也沒有，然後我聽見她在廚房裡。她正在想辦法讓笛爾西再給她一杯咖啡。我走進去。

「我猜你就打算穿成那樣上學，是吧？」我說。「還是今天放假？」

「半杯就好，笛爾西，」她說。「拜託。」

「不行，大小姐，」笛爾西說，「不會給你的啦。你沒可能再多喝一杯唷，畢竟只是個十七歲小姑娘，更何況卡琳小姐有交代過了。你快去換衣服做準備，才能跟傑森一起坐車去鎮上。你再這樣上學又要遲到啦。」

「沒有她現在不用準備，」我說。「我們現在就來處理這件事。」她看著我，手上拿

著杯子。她把臉上的髮絲往後撥，和服風的開襟睡袍從肩上滑落。「你把那個杯子放下，來這個房間一下，」我說。

「要做什麼？」她說。

「來吧，」我說。「把杯子放進水槽，過來這裡。」

「你打算怎樣？傑森？」笛爾西說。

「你可能以為既然可以爬到外婆和其他人頭上，就也可以不把我當一回事，」我說，「但你會發現我不一樣。我給你十秒鐘，照我的意思把杯子放下。」

她不再看我，轉頭望向笛爾西。「現在幾點？笛爾西？」她說。「等十秒鐘過後，你就吹個口哨吧。就半杯啦。笛爾西，拜——」

我抓住她的手臂。她手中的杯子掉了。杯子落在地板上碎裂。她整個人往後彈開，眼睛看著我，但我還抓著她的手臂。坐在椅子上的笛爾西站起來。

「你夠了，傑森，」她說。

「你放開我，」昆汀說，「不然我搧你巴掌喔。」

「打得到就來啊，啊？」我說，「打得到就來啊？」她搧我巴掌。我同樣抓住那隻手然後把她像隻野貓一樣制伏住。「打得到就來啊？」我說。「你以為你打得到？」

「你夠了，傑森！」笛爾西說。我把她拖進飯廳。她的開襟睡袍鬆開在她身側翻飛；

該死的幾乎要全裸了。笛爾西跌跌撞撞地跟過來。我轉身把門在她面前踢上。

「你別給我進來，」我說。

昆汀靠著餐桌，此時正把鬆開的睡袍綁好。我看著她。

「好了，」我說，「我想知道你到底是什麼意思，為什麼逃學到處玩、跟你外婆說謊、在成績單上偽造她的簽名，還讓她擔心到生病？你到底是什麼意思？」

她什麼都沒說。她把睡袍一路綁緊到下巴處，睡袍的布料緊貼在她身上，過程中雙眼緊盯著我。她還沒有趕得及在臉上化妝，整張臉像是用擦槍布打磨過一樣。我走過去抓住她的手腕。「你到底什麼意思？」我說。

「該死的干你屁事，」她說。「你放開我。」

笛爾西開門走進來。「你夠了，傑森，」她說。

「你滾出去，我跟你說過了，」我說話時甚至沒回頭看她。「我要知道你逃學時都跑去哪裡玩，」我說。「我知道你沒在街頭混，不然我會看見你。你都跟誰玩？躲在樹林裡跟那種滑頭的小流氓廝混？你都去那種地方嗎？」

「你——你這老不死的！」她說。她掙扎，但我抓住她。「你這該死的老不死！」她說。

「要讓你知道我的厲害，」我說。「你或許可以嚇唬老女人，可是我會讓你知道現在誰才是真正厲害的老大。」我一隻手抓住她，她停止掙扎望著我，黝黑的雙眼睜得好大。

「你打算怎樣？」她說。

「等我把這條皮帶抽出來，你就知道了，」我一邊說一邊拉出皮帶。然後笛爾西抓住我的手臂。

「傑森，」她說，「夠了，傑森！你別幹這種丟臉的事。」

「笛爾西，」昆汀說，「笛爾西。」

「我不會讓他動手的啦，」笛爾西說，「你別擔心，小寶貝。」她抓住我的手臂。此時皮帶已經完全拉出來了，我把扯著皮帶的手往她的方向甩。她步履蹣跚地撞上桌子，畢竟本來就老到只能勉強移動了。不過那也無妨：我們總需要有人在廚房裡吃掉年輕人吃不下的剩菜。她搖搖晃晃走到我們中間，嘗試再次抓住我。「那你就打我吧，」她說，「要是非得打個誰才能讓你滿意的話，就打我吧，」她說。

「你以為我不敢？」我說。

「你什麼壞事都做得出來啦，」她說。然後我聽見母親在樓梯上發出聲音。我早該知道她不可能不插手。我放開手。她步履不穩地靠回牆邊，雙手把開襟睡衣拉得死緊。

「好吧，」我說，「這事就先這樣。可是別以為你可以爬到我頭上。我不是老女人，也不是什麼半死不活的老黑鬼。你這該死的小賤貨，」我說。

「笛爾西，」她說，「笛爾西，我想找媽媽。」

笛爾西走到她身邊。「沒事啦，沒事，」她說，「只要我還在，他就別想碰你一根寒毛啦。」母親走下樓梯。

「傑森，」她說，「笛爾西。」

「沒事了，沒事，」笛爾西說，「我不會讓他碰你啦。」她伸手去摸昆汀，昆汀把她的手拍掉。

「你這該死的老黑鬼，」她說。她跑向門口。

「笛爾西，」母親在樓梯上說。昆汀跑上樓梯時經過她身邊。「昆汀，」母親說，「夠了，昆汀。」昆汀繼續跑。我可以聽見她跑到樓梯頂端後跑進走廊。接著是門被甩上。

母親已經停下腳步。然後她繼續走下來。「笛爾西，」她說。

「好啦，」笛爾西，「我就來了。你去忙你的事吧，把車備好後在這等著，」她說，「還得送她去學校啦。」

「不用你操心，」我說。「我絕對會送她上學，還要親眼盯著她留在學校。既然開始管這件事了，我絕對會管到底。」

「傑森，」母親在樓梯上說。

「去忙你的事吧，快，」笛爾西一邊說一邊走向門口。「你想害她也開始發作嗎？我來了，卡琳小姐。」

我繼續往外走。我可以聽見她們在樓梯上說話。「你現在回去床上躺著，」笛爾西正在說，「你現在身體還不夠好，難道不知道不能起床嗎？回去床上，現在就去。我會去確認她有趕到學校啦。」

我繼續往屋子後方走，把車倒出來，然後又繞了一大圈才回到屋前找到他們。

「我以為我說過要把那個輪胎放到車子後面。」

「我沒時間，」勒斯特說。「沒人能看著他啊，要等婆婆在廚房裡忙完啦。」

「好，」我說，「我該死的養了一整個廚房的黑鬼跟在他屁股後面，結果我要幫汽車換個輪胎還得自己來。」

「就找不到人來看著他啊，」他說。然後他又是哭哭唉唉又流口水。

「把他帶到後面去，」我說。「見鬼的為什麼要讓他待在大家都能看見的地方？」我催促他們繼續往後走，免得他又要開始大吼大叫。要是遇到星期天就更糟了，該死的球場上都是人，這些人家裡可沒有丟人現眼的小丑，也沒有六個黑鬼要養，只需要走來走去敲打一顆超大樟腦球。然後每次只要他們出現在看得見的地方，他就會不停沿著籬笆跑上跑下大吼大叫，等到某天我一回神，大概就會發現人家已經在跟我收高爾夫球場地的費用了，到時候母親和笛爾西就得想辦法搞來幾個白瓷門把和拐杖來給我用，而且我還只能打著燈籠在晚上打呢[2]。然後他們會把我們全送去傑克遜，可能啦。誰知道呢，等到了時候他們可能會舉辦返鄉週[3]吧。

我走回車庫。輪胎就在那裡，此刻正靠在牆邊，但見鬼了我才不要自己換。我把車子退出去掉頭。她就站在車道邊。我說，

「我知道你一本書也沒帶：是不干我的事啦，但我只是想問你到底把那些書怎麼了？當然我知道我實在沒有資格這樣問，」我說，「畢竟我只是去年九月付了十一點六五元書款的人嘛。」

「幫我買書的是母親，」她說。「裡面沒有一分錢是你付的。要靠你我早就餓死了。」

「是嗎？」我說。「你可以這樣跟外婆說，看她會怎麼說。你倒是還知道要穿衣服呢，」我說，「不過臉上的粉可比衣服還能遮呢。」

「你覺得這花了你或她的任何一分錢嗎？」她說。

「問你外婆吧，」我說。「問問她那些支票後來都怎麼了。你明明看過她燒掉其中一張呀，我記得。」她連聽都沒在聽，臉上的厚粉塗得一團糟，死硬的眼神像頭小雜種狗。

「如果我認為你或她有花任何一分錢在這上面的話，你知道我會怎麼做嗎？」她說話時把手放在連身裙上。

「你會怎麼做？」我說，「在身上套個桶子嗎？」

「我會立刻扯爛後丟在街上，」她說。「你不相信我敢？」

「敢啦你當然敢，」我說。「哪次不敢。」

「還真以為我不敢呀，」她說。她雙手抓住連身裙的頸子部分，作勢要扯破。

「你要是扯爛那件連身裙，」我說，「我就立刻拿鞭子抽你，保證讓你終生難忘。」

「看看我敢不敢啊，」她說。然後我看見她真的努力要扯，想把連身裙從身上扯掉。等到我把車子停好抓住她的雙手時，已經有十幾個人在盯著瞧了。我一瞬間氣到不行，幾乎要失去理智。

「你再這樣搞，我會讓你後悔自己還有呼吸，」我說。

「我現在就已經後悔了，」她說。她放棄動作，眼睛開始變得有點奇怪，我內心想著要是你在這台車子裡哭，或在大街上這樣哭，我就要拿鞭子抽你。我要把你打到半死不活。幸好她沒哭，所以我放開她的手腕繼續開車。幸好我們很靠近一條小巷，我可以藉此轉進後街避開廣場。他們已經在比爾德家的空地搭好帳篷了。厄爾因為用店裡的櫥窗幫忙宣傳換來兩張門票，他把門票給了我。坐在車裡的她把頭轉開不看我，牙齒咬著嘴唇。「我現在就後悔了，」她說。「我真不明白我為什麼要出生。」

「我知道至少有另外一個人也對這一切想不明白[4]，」我說。我在校舍前停下車子。上課鐘剛打過，最後幾個學生正走進校舍。「總之你難得有一次準時上學，」我說。「你是要自己走進去待在裡面，還是要我跟你一起進去逼你坐好？」她下車後甩上門。「記得我說的話，」我說，「我是認真的。要是再讓我聽到你跟那種該死的小混混溜到後街小巷閒晃就完了。」

她聽了轉過頭來。「我才沒溜去哪裡閒晃，」她說。「任何人想知道我做什麼就儘管查啊。」

「他們也真的都知道呀，」我說。「這座小鎮的人都知道你是什麼貨色。可是我不會再容忍了，聽見沒？我不在乎你做什麼，就我個人而言，」我說，「可是我在小鎮上有地位，我不會讓我的家族中有任何人像個黑鬼騷貨一樣亂搞。你聽見了嗎？」

「我不在乎，」她說。「我很糟，我會下地獄，而且我不在乎。如果要跟你一起活著，我寧可下地獄。」

「如果我再聽說一次你沒上學，你會渴望自己是在地獄裡，」我說。她轉身跑過操場。

「再一次就完了，記得，」我說。她沒有回頭看。

我去郵局取了信，開車去店鋪把車停好。厄爾在我走進店裡時望向我。我給了他提醒我遲到的機會，但他只是說，

「那些耕耘機來了。你最好去幫約伯大叔[5]組裝一下。」

我走到店面後方，老約伯正把機器的木板箱拆開，速度大概是一小時拆三顆螺絲。

「你該來為我工作才對，」我說。「鎮上所有沒用的黑鬼都在我家廚房吃飯呢。」

「我只幫能在週六晚上付我薪水的人工作啦，」他說。「既然都這樣做了，就沒閒功夫去討其他傢伙開心啦。」他轉開一顆螺帽。「這國家除了棉子象鼻蟲之外根本沒人在工作啦，真沒人啦，」他說。

「你最好慶幸自己不是在等著耕耘機來的棉子象鼻蟲，」我說。「不然還沒等到你被機器趕走，你就會先把自己累死。」

「那倒是真的啦，」他說。「棉子象鼻蟲的日子可難過了。一週七天都得在大太陽底下工作，風雨無阻啊。也沒個前廊可以坐著看西瓜在田裡慢慢長，星期六對牠來說也沒意義啊。」

「要是你靠我的薪水過日子，」我說，「星期六對你來說也不需要有意義了。快把那些東西從木板箱裡拿出來，然後拖進來。」

我先打開她的信取出支票。女人就是女人。這次又晚了六天。可是還想讓男人相信她們有做生意的能耐。要是一個男人把每個月的六日當成一日來處理那生意能撐多久才怪。而且等到銀行寄出對帳單時，她們這種人很可能還會想為何我老是要到六日才把薪水存進去。女人總不會想到其中緣由。

「我問了昆汀的復活節新衣，你們還沒回答我。衣服到底送到沒？我寫給她的上兩封信都沒收到回覆，倒是第二封信的支票跟另一張都已兌現了。她生病了嗎？請立刻回覆，不然我會親自跑去確認。你們保證她有需要什麼都會跟我說的。我希望可以在十日之前聽到你們的回覆。不對你們最好立刻打電報給我。你們要把我的信拆開給她看。我會像是親眼盯著你們一樣知道你們有沒有照做。你們最好立刻打電報到這個住址來。」

大概就在這個時候，厄爾開始對著約伯吼叫，所以我把信放下走過去試圖讓他振作一點。這個國家需要的是白人勞工。應該讓這些該死的輕佻黑鬼餓上個幾年，他們就會知道自己過得多輕鬆了。

快十點時我走到店鋪前面。有個旅行推銷員在那裡。再過幾分鐘就十點了，我邀請他到街上一起來點爽的猛藥[6]。我們聊起了農作物。

「根本無利可圖，」我說，「棉花就是投機商人搞出來的作物。他們在農夫面前說得天花亂墜，搞得農夫為他們種下大片棉花，只為了自己能在市場中坐收漁翁之利，還把那些傻子全剝一層皮。那些農夫脖子曬得很紅、腰背都直不起來，但你以為他們有得到什麼？那樣的男人汗流浹背在種地，除了勉強維生外一分錢也沒多賺到，」我說。「要是他種了太多，很可能採收完還賠錢；要是種太少，就連送進軋棉機的量都不夠。到底何苦？就為了那些東岸來的猶太人？我說的可不是那些信猶太教的人，」我說，「我有認識一些猶太人是好公民。你本人可能也是，」我說。

「不是，」他說，「我是美國人。」

「無意冒犯，」我說。「我不管面對誰都只說公道話，無論對方的宗教還是其他背景。我對個別的猶太人沒有意見，」我說。「只是這個種族呀。你得承認他們就是不事生產。他們跟著開拓者進入一個新國家，然後靠著賣衣服給他們賺錢。」

「你想說的是亞美尼亞人吧，」他說，「是吧？開拓者根本用不上什麼新衣服。」

「無意冒犯，」我說。「我不會因為宗教對任何人有偏見。」

「我相信，」他說，「我是美國人。我家有法國血統，所以鼻子才長這樣。但我是美國人，百分之百。」

「我也是，」我說。「我們這種人不多了。我剛剛說的那些人都是在紐約拐騙那些走投無路的賭徒。」

「沒錯，」他說。「對窮人來說根本沒有身家可以這樣賭。應該要有法律禁止這種事。」

「我說的沒錯吧？」我說。

「沒錯，」他說，「我覺得沒錯。不管怎麼搞都是農夫倒楣。」

「我就知道我沒錯，」我說。「這是個只有傻子在玩的遊戲，除非有人能獲得內線消息，知道真的發生了什麼事。我剛好就跟一些真的做這行的人有來往。他們找了一個頂尖圈子的投機商人當顧問。至於我的作法，」我說，「我從來不會一次冒太大的險。他們想惡搞的就是那種自以為什麼都懂，拿出三塊錢就想大賺一筆的傢伙。他們就是靠這種人才能走這行。」

然後十點的鐘聲響起。我走去電報站。站門只開了一條縫，就跟大家說的一樣。我走進裡面的角落再次取出寫好的電報紙，就是確認一下。就在我檢查時進來了一份行情快報。上漲了兩點[7]。大家都在買入。我可以根據快報內容看出是這樣。大家都在上車啊，那態勢就像沒人知道這輛車其實有去無回。那態勢就像有條法律或什麼的禁止大家不去買。好吧，我想這些東岸的猶太人也得賺錢過日子吧。不過要是任何該死的外國人在上帝指定他出生的國家混不下去，還能跑到這個國家來把錢從美國人的口袋裡掏走，而且還不會受到阻礙，那還真是該死的糟糕。又上漲了兩點。四點。不過見鬼了呀，他們就在這一行混，他們真的知道實際狀況，如果我不聽他們的建議，那每個月我付他們十塊錢做什麼？我走出去，但想起忘記做的事又回去送出電報。「一切都好，今天寫信的是Q[8]。」

「Q？」電報員說。

「對，」我說，「Q。不知道怎麼打Q嗎？」

「我只是怕出錯才問一下，」他說。

「就照我寫的發送，保證你不出錯，」我說，「對方付款。」

「你發什麼出去，傑森？」萊特醫生說話時越過我的肩膀想看。「那是要買入的暗號嗎？」

「要這樣想也沒差，」我說。「你們這些小老弟自己判斷呀。反正你們一定比那些紐約的傢伙懂更多。」

「哎呀，那是應該的，」醫生說，「要是每磅漲兩分，我今年就能存錢了。」

另一份快報進來了。下跌了一點。

「原來傑森是在賣空，」霍普金斯說。「瞧他的表情。」

「我怎麼做都沒差吧，」我說。「你們這些小老弟照自己的判斷幹吧。那些紐約的有錢猶太人也跟其他人一樣得賺錢吃飯呢，」我說。

我走回店鋪。厄爾在前場忙。我走到後面的桌子讀起羅芮[9]的信。「親愛的寶貝爹地真希望你陪在我身邊。爹地不在派對都不好玩了。我真想念我的好爹地。」這女人也該想我了。上次我可給了她四十塊錢呢。要應付女人只能這樣。一天到晚吊她們的胃口。如果找不到任何讓她們驚喜的方法，那就朝她們下巴揍一拳。

我把信撕爛後拿到痰盂上燒掉。我的規矩是出自女人手筆的紙張絕不留下，而且從不寫信給她們。羅芮總是吵著要我寫信給她，但我說只要是我忘記告訴你的事反正都會留到下次去曼非斯時再告訴你，不過我說我不介意偶爾用白信封寫信給我，但要是你敢打電話給我，那曼非斯就不會有你的容身之處我跟她說。我說我只要去那裡就是個普通男人，但絕不允許女人打電話找我。這給你我跟她說，四十塊拿去。如果你喝醉後起了打電話給我的念頭，記得我給你的錢，數到十再想要不要打。

「所以會是什麼時候？」她說。

「什麼？」我說。

「你什麼時候回來，」她說。

「再跟你說，」我說。然後她想買啤酒，我不讓她買。「把錢留著，」我說。「拿去買條連身裙。」我也給了女傭五塊錢。畢竟啊，我總說錢本身沒價值，端看你怎麼花。錢不屬於任何人，何必想要藏私房錢呢。錢只屬於有辦法取得並能留住的人。傑佛遜這裡就有個人賺了很多錢——他把腐壞的商品賣給黑鬼，平常就住在店鋪樓上一個豬圈大的房間，吃飯都自己煮。大概四、五年前他病了。這事把他嚇死了，所以康復之後就加入了教會，還出錢請人去中國傳教，一年五千塊。我常想要是他快死了卻發現根本沒天堂會有多抓狂，畢竟每年還花了五千塊呀。我總說他還不如照老樣子過活，說不定現在死了還能省一些錢。

燒完之後我正打算把其他信收進大衣，此時突然有個念頭要我在回家前打開那封給昆汀的信，可是就在那時候店前場的厄爾開始大吼要我過去，所以我把信放到一邊後過去伺候那個鄉巴佬等他花了十五分鐘決定到底要買二十分錢的馬軛繩還是三十五分錢的。

「你最好買好一點的，」我說。「你們這些傢伙要跑得比人家快，怎麼還能買廉價裝備？」

「但如果這個一點也不好，」他說，「那你們為什麼要賣？」

「我沒說那個一點也不好，」我說，「我只是說沒另一個好。」

「你怎麼知道沒有，」他說。「你有用過嗎？用過任何一個？」

「因為那個定價沒到三十五分，」我說。「我就知道它沒那麼好。」

他把那個二十分錢的拿在手上，穿在指間扯動了一下。「我想我就買這條，」他說。我示意可以給我包裝起來，可是他把繩子捲起來後收進連身褲裝，然後拿出一個菸草袋總算解開袋頭後搖出幾枚硬幣。他遞了二十五分硬幣給我。「那十五分錢可夠我晚上簡單吃一頓了。」

「好吧，」我說。「你才是專家囉。明天要買新裝備時可別來找我抱怨。」

「我明天的農作物都還沒種呢，」他說。終於我擺脫了他，可是每次我拿出那封信時總會冒出一些事得處理。大夥這下全為了看表演來到鎮上，這些傢伙一批批跑來把錢花在不會為小鎮帶來任何好處的表演上，唯一帶來的只有市長辦公室那些人在分贓的賄款，而厄爾跑上跑下就像雞舍裡的母雞，口中說著「是的，女士，康普生先生會來招呼你。傑森，帶這位女士去看攪拌機或五分錢的隔板勾。」

哎呀，傑森喜歡工作[10]。我說才沒有我只是從沒上大學的福氣因為在哈佛他們教你如何不知道怎麼游泳還在晚上跑去游泳而在西沃恩他們連水是什麼都不教你[11]。我說你還不如送我去州立大學；說不定我能學會用鼻噴劑來停止我人生的時鐘繼續前進[12]然後你還能送阿班去參加海軍呢我說或者乾脆去騎兵部隊，反正他們連閹馬都用。她把昆汀也送回來給我養時我說我就知道會是這樣，本來就不該讓我非得一路往北方找工作嘛他們直接把工作派來給我啦然後母親開始哭於是我說倒不是我對在這裡養這東西[13]有任何不滿；如果能讓你滿意的話我也可以辭掉工作親自在家帶這東西然後讓你和笛爾西去賺錢買麵粉養家，或者讓阿班來啊。把他租出去演怪胎秀嘛；總有人願意付個一角錢來看他吧，然後她哭得更厲害了一直說我可憐的受苦的小寶寶我說對啦等他長大而不是只有現在一個半的我高時他就能幫上你的忙囉她說她很快就要死了我們沒有她會比較好所以我說好啦好啦，你想怎樣就怎樣吧。那東西是你的外孫女嘛，爺爺奶奶到底是誰沒辦法說得準但絕對是你的外孫女。只是要我說這只是遲早的問題。如果你相信她的話相信她不會想來探望這東西，你就是自欺欺人因為第一次就是在[14]母親一直說感謝上帝除了姓氏之外你根柢上不是康普生家的人，因為現在我只剩下你了，你和莫里，而我說唉呀莫里舅舅就算了吧[15]然後他們過來說準備好要開始了。母親那時不再哭了。她拉下面紗和我走下樓。莫里舅舅正從餐廳走出來，他用手帕蓋住嘴巴。大家像是排出一個通道我們剛好來的及走出柵門看見笛爾西把阿班和T. P.從轉角趕到屋後。莫里舅舅不停說可憐的小妹啊，我可憐的小妹，嘴巴一邊說話一邊嚼著什麼還輕拍母親的頭。不知為何一直用手帕遮著嘴巴說話。

「你別上黑紗了嗎？」她說。「大家怎麼不趕快走，不然班傑明又要出來大出洋相了。可憐的小男生。他還不知道。他甚至沒意識到有什麼不同。」

「沒事、沒事，」莫里舅舅一邊說一邊輕拍她的手，說話時口中還在嚼著。「這樣比較好。沒必要急著讓他明白這種喪親之痛。」

「其他女人在這種時候會有孩子的扶持，」母親說。

「你有傑森和我，」他說。

「我實在是太慘了，」她說。「他們兩人都這樣，相隔還不到兩年。」

「沒事、沒事，」他說。過了一陣子後他應該是偷偷把手放到嘴邊把那些東西拿出來後丟到窗外。然後我知道我剛剛聞到的是什麼了。丁香莖。我想是這是他覺得可以在父親葬禮上做出的最糟糕行徑，又或者酒櫃以為這人還是父親所以在他經過時誘騙他喝酒了吧。我總說如果他為了送昆丁去上哈佛非得賣掉什麼而他選擇賣掉這個酒櫃的話那還能用一部分錢給他自己買件獨袖拘束衣[16]我們現在也會好過很多。我想康普生家之所以在傳到我手上之前就散盡家財就是因為如同母親所說，都給他喝酒喝光啦。至少我就從沒聽說他提議賣掉什麼來把我送去哈佛。

所以他一直輕拍她的手說「可憐的小妹，」他拍動的那隻手上戴的黑色手套我們在四天後收到帳單因為那是二十六日因為就是一個月前的同一天父親去北邊把那東西帶回家而且完全不願意透露她之前在哪裡或者過得如何之類的而母親哭著說「你連一面都沒見到他嗎？你甚至沒有努力讓他付一點贍養費嗎？」而父親說「沒有啦她不能碰他的錢就連一分錢都不行。」而母親說「法律可以逼他付錢。他什麼都無法證明，除非——杰森．康普生，」她說，「你不會蠢到去說——」

「安靜，卡洛琳，」父親說，然後他差遣我去幫笛爾西把那個舊搖籃從閣樓裡搬出來而我說，

「哎呀，他們今晚把我要忙的工作帶回來啦」因為一直以來我們都希望他們可以解決問題然後他會把她留在身邊因為母親一直說她還不至於完全對這個家棄之不顧也不會搞砸我的機會畢竟她和昆丁已經有過他們的機會了。

「她還能交給誰？」笛爾西說，「除了我之外還有誰會帶她？你們每個人難道不都是我帶大的嗎？」

「哇瞧瞧你讓這些孩子變得真是該死的優秀呢，」我說。「反正現在這東西可以讓她有夠多煩惱了。」所以我們把搖籃搬下來笛爾西開始把搖籃布置在她的舊房間裡。然後母親果然又開始發作了。

「安靜，卡琳小姐，」笛爾西說，「你會把她吵醒的。」

「放那裡面？」母親說，「那可不是會沾染晦氣？日子還不夠難過嗎，畢竟她生來就已經很慘了。」

「別說了，」父親說，「別說那種傻話。」

「睡這裡有什麼不好，」笛爾西說，「這個房間啊，自從她母親有辦法自己睡覺之後，我每天晚上就是在這裡把她哄睡啊。」

「你不懂，」母親說，「我的女兒可是被她丈夫拋棄了啊。可憐的無辜寶寶，」她說話時望著昆汀。「你永遠不會知道你真是害人不淺[17]。」

「別說了。卡洛琳」父親說。

「你在傑森面前講這些幹什麼呢？」笛爾西說。

「我是想保護他，」母親說「我一直想保護他不受牽連。不過現在至少可以盡力照顧她。」

「睡在這個房間又怎麼傷害得了她啦，我真想知道，」笛爾西說。

「我沒辦法，」母親說「我知道我只是個難搞的老女人。可是我知道人要是藐視神的律法就逃不過懲罰。」

「胡說八道，」父親說。「那就把搖籃放進卡洛琳小姐的房間吧，笛爾西。」

「你大可說我胡說八道，」母親說。「但她永遠不該知道這一切。她甚至不該有機會知道那個名字。笛爾西，我禁止你在她身邊提起那個名字。如果她長大後還不知道自己有個母親，我會感謝上帝。」

「別傻了，」父親說。

「你以前怎麼把他們帶大，我反正沒插手過，」母親說。「但我再也無法袖手旁觀了。我們現在就得決定，今晚決定。要不就是別在她身邊提起那名字，不然就是她得離開，不然就是我走。你們選吧。」

「別說了，」父親說。「你只是太沮喪了。就放這裡吧，笛爾西。」

「你也快病倒了，」笛爾西說。「看起來樣個幽魂。你上床去，我會幫你調杯熱威士忌甜酒，你想辦法睡一下。我敢打賭自從你去那裡之後就沒好好睡過一覺。」

「不了，」母親說，「你難道不知道醫生怎麼說的嗎？為什麼要鼓勵他喝酒？喝酒就是他現在的問題。看看我，我也很慘，可我沒懦弱到得靠威士忌來殘害自己。」

「根本瞎扯，」父親說，「醫生懂什麼？只要大家沒在做什麼，他們就建議大家做什麼，然後藉此來維生啦，這種醫術只要有退化猿猴的智商就能做得到。接下來你就要找牧師來握住我的手啦[18]。」然後母親哭了，他走出去。他走下樓梯，然後我聽見酒櫃的聲音。我醒來時聽見他又走下樓。母親已經睡著之類的吧，因為屋子裡總算靜下來了。他也在努力保持安靜，因為我聽不見他的其他動靜，只能聽見他的睡衣下擺還有光腳踩在酒櫃前的聲響。

笛爾西把搖籃擺好，脫下她的外衣把她放進去。她自從被他帶進屋子後就沒醒來過。

「這搖籃快裝不下她啦，」笛爾西說。「好啦。我打算在走廊對面鋪張床墊睡，你晚上就不用起來照顧她。」

「我不會睡的，」母親說。「你回去吧。我不介意。我很開心能把剩下的人生奉獻給她，要是我能事先阻止——」

「別說了，好了，」笛爾西說。「我們會好好照顧她。你也上床睡覺了啦，」她對我說，「你明天還得上學。」

所以我離開了，然後母親把我叫回去，靠著我哭了一陣子。

「你是我唯一的希望了，」她說。「每天晚上我都感謝上帝把你給了我。」我們在那裡等待儀式開始時她說如果老天真得帶走一個人，**感**謝上帝留下的是我而不是昆丁。感謝上帝你根柢上不是康普生家的人，因為現在我剩下的只有你和莫里了而我說，**唉**呀莫里舅舅還是算了吧。總之，他一直用他的黑手套輕拍她的手，說話時臉沒有面對她。輪到他拿鏟子時他脫掉手套，幾乎走到了最前面，前面的大家都撐著傘，時不時跺腳想把腳上的泥巴踢掉，還得把黏在鏟子上的泥巴敲掉，而泥巴落在棺材上面時發出了空洞的音響，等我後退繞過出租馬車時，我能看見他躲在墓碑後就著瓶子又喝了一口酒。我覺得他就要沒完沒了地喝下去了，因為我穿著我的新西裝[19]，幸好輪子上沾的泥巴還不多，只有母親看見了她說我不知道什麼時候才有機會能給你再買一套而莫里舅舅說，「沒事、沒事。你們完全不用擔心。畢竟有我能依靠，我永遠都在。」

還真是這樣呢。永遠都在呢。第四封信是他寫來的。可是完全沒有打開來看的必要。我大可自己模仿他寫一封，或者根據記憶朗誦給她聽，若是怕她不相信只需要再附上十塊錢即可。但我直覺另外那封信需要讀一讀。我就是覺得她差不多又要開始耍些小手段了。自從那第一次之後她就變得挺機靈的。她沒花多少時間就發現我跟父親是不同品種的貓。他們開始把墓穴填滿時母親開始哭得很厲害，所以莫里舅舅陪她上車後車就開走了。他說你可以隨便搭別人的車回來；他們會很樂意送你一程。我得帶你母親回去而我差點要開口說，對啦你該帶兩瓶酒而不只是一瓶只是我考量了我們的場合，也就這樣讓他們離開了。他們根本沒注意到我淋得有多溼，要是發現了母親就會花上大把時間擔心我染上肺炎。

哎呀，我就開始想起這些事，一邊看著他們把土扔進墓穴，還用各種方式拍緊泥巴就像在調製灰泥或建造籬笆，我心情開始有點古怪所以決定到附近走一走。我想要是我朝鎮上走他們會追上來說服我上他們的其中一輛車，所以我往回走向黑鬼的墓園。我走到一小片雪松樹下，那裡不會淋到太多雨，只偶爾有雨滴下來，我可以在那裡看見他們何時結束離開。一陣子後他們全走了，我等了一下才走出去。

我得沿著小徑才能避開溼草地所以是快走到時才看見她，身穿黑色斗篷的她就站在那裡，雙眼盯著那些花。我一看就知道她是誰，然後她才轉身望向我拉起面紗。

「哈囉，傑森，」她說話時伸出一隻手。我們握手。

「你來這裡做什麼？」我說。「我以為你向她保證過永遠不會回來這裡。我以為你是明事理的人。」

「是嗎？」她說。她再次望向那些花。這裡的花一定價值有五十塊。看來有人在昆丁的墓前擺上了一把。「你這麼想啊？」她說。

「不過我也不驚訝，」我說。「你做什麼我都不會驚訝。你誰都不在意。你根本天殺的沒把任何人放在心上。」

「喔，」她說，「銀行的那份工作是吧。」她看起來很凝重。「那件事我很抱歉，傑森。」

「哇你可抱歉了是吧，」我說。「你現在一副乖巧的樣子。可是你根本不用回來的。

他什麼都沒留下來。不信我的話，你去問莫里舅舅吧。」

「我沒有要來分什麼，」她說。她凝重地看著我。「為什麼他們不讓我知道？」她說。「我是剛好在報紙上看見的。還是在內頁。差點就漏看了。」

我什麼都沒說。我們就這樣站著，兩人都盯著墓地，然後我想起我們小時候的事，然後心情莫名又古怪起來了，有點生氣之類的我猜，想起莫里舅舅這下就會一天到晚待在家裡了，而且處理事情的態度就像他把我獨自留在雨中回家那樣。我說，

「你在意的事可多了，才會他一死就立刻偷溜回來這裡吧。但你分不到好處的。別以為你這樣溜回來能撈到什麼油水。你要是沒把自己騎的馬顧好，就得靠兩隻腳走路了，」我說。「我們甚至在那棟屋子裡都假裝不知道你的名字，」我說。「你知道嗎？我們甚至假裝不知道你和他還有昆汀一起生活過，」我說。「你知道嗎？」

「我知道，」她說。「傑森，」她說話時神情凝重地看著我，「如果你可以安排讓我跟她見上一面，我可以給你五十塊。」

「你根本沒有五十塊。」

「你願意嗎？」她說話時沒看我。

「再看看吧，」我說。「我不相信你有五十塊。」

我可以看出她的雙手在斗篷下移動，然後她伸出一隻手。手裡該死的還真抓滿了錢。

我能看見兩、三張黃色鈔票。

「他[20]還在給你錢？」我說。「他寄給你多少？」

「我給你一百塊，」她說。「可以嗎？」

「等一下，」我說，「就像我剛剛說的。就算有一千塊我也不想讓她知道。」

「對，」她說。「你照你的意思做。但讓我看她一眼就好。我不會哀求原諒或什麼的。我看過就走。」

「把錢給我，」我說。

「看完之後給你，」她說。

「你不信任我嗎？」我說。

「不信任，」她說。「我很清楚你是什麼人。我跟你一起長大。」

「你還真有臉說別人不值得信任呢，」我說。「反正，」我說，「我不能再淋雨了。再見。」我準備離開。

「傑森，」她說。我停下腳步。

「怎樣？」我說。「快點。我要溼透了。」

「好吧，」她說。「給你。」我們附近看不見任何人。我走回去要把錢接下。她卻緊抓不放。「你會讓我見她吧？」她說話時隔著面紗看著我，「你保證？」

「放手，」我說，「你想要別人經過時看見我們這樣嗎？」

她放開手。我把錢收進口袋。「你會讓我見她吧？傑森？」她說。「如果不是走投無路，我是不會求你的。」

「你該死的確實是走投無路了，」我說。「當然我會讓你見她。我都說了我會，是吧？可是你得照我的話做，懂吧。」

「懂，」她說，「我會的。」所以我告訴她要去哪裡等，然後往養馬房的方向走。我匆忙過去，剛好趕上他們在把出租馬車的馬卸開。我問租車費付了沒他說**還沒**我說康普生太太忘了東西得再用車，所以他們把車給我用了。駕車的是貂哥。我請他抽了根雪茄，所以我們到處晃盪直到後街小巷的天色暗到大家都看不見他了。然後貂哥說他得把馬車帶回去了所以我說我會再請他抽一根雪茄所以我們駕著車進入小巷我穿過庭院往屋子走。我在門廊停下腳步直到聽見母親和莫里舅舅在樓上，然後我回頭走向廚房。她和阿班就在那裡還有笛爾西。我說母親要見她然後把她帶進主屋。我找到莫里舅舅的雨衣後把雨衣套在她身上後抱起她回到小巷上了馬車。我要貂哥把馬車駕到車站。他不敢經過養馬房，所以我們往後繞一圈然後我看見她站在街角的燈光下然後我叫貂哥緊貼著人行道前進等我說**快跑**的時候，你就給拉車馬來一鞭。然後我脫下她身上的雨衣把她抱到窗邊凱兒看見她後像是要撲過來。

「打馬啊，貂哥！」我說，貂哥狠狠給牠們抽了一下，我們就像消防車一樣從她身邊呼嘯而過。「現在遵守你的諾言上那班火車，」我說。我可以透過後窗看見她追著我們跑。「再給馬來一下，」我說，「我們回家吧。」我們轉過街角時她還在跑。

於是當晚我把錢又點了一次後收起來，我的感覺沒那麼糟了。我想這下子可讓你好看了吧。我想你現在該知道讓我丟了工作是會有後果的吧。我從沒想過她有可能違反承諾不上那班火車。可是在當時我對女人還不夠了解；只知道真把她們說的話當一回事，結果隔天早上該死的她竟然直直朝店裡走來，不過至少還懂得要戴著面紗而且沒有跟任何人說話。那是一個週六的早晨，因為我在店裡上班，她直接走到我位於店後場的桌子旁，腳步很快。

「騙子，」她說，「騙子。」

「你瘋了嗎？」我說。「你什麼意思？竟然就這樣走進來？」她正要發難，我立刻阻止她。我說，「你已經害我丟了一份工作；難道想害我連這份工作也保不住？如果有任何話想跟我說，我可以天黑後找個地方跟你見面。但你能有什麼話要跟我說啊？」我說，「我不是都照我的話做了嗎？我說讓你看她一下，是吧？哎呀，你不也這樣說嗎？」她只是站在那裡盯著我看，像是瘧疾發作一樣顫抖著，雙手握拳彷彿在抽搐。「我完全照我說的話去做了」我說，「你才是說謊的傢伙。你答應要搭上那班火車的。不是嗎你不是有保證嗎？

如果你以為可以把錢要回去，你就試試看啊，」我說。「就算你給我一千塊，都比不上我為你冒的險。如果火車都走掉十七班了還讓我在鎮上看見你，」我說，「我就會告訴母親和莫里舅舅。那你這輩子都別想再見到她了。」她只是站在那裡盯著我看，雙手絞紐在一起。

「你下地獄吧，」她說，「你下地獄。」

「好啦，」我說，「要罵就罵吧。記住我說的話，懂嗎。第十七趟火車開走後，我就會告訴他們。」

她離開後我覺得好多了。我說啊這下你想奪走本來答應給我的工作前肯定會三思了啊。我當時還是個孩子。人們說什麼我都相信他們會照做。可是我之後學到教訓了。此外，我總說我想我根本不需要任何人幫忙就能過活我一直以來都能自力更生。然後突然之間我想起笛爾西和莫里舅舅。我想到她對笛爾西總是很有辦法而且莫里舅舅為了十塊錢什麼事都願意幹。而我人在這裡，就連離開店鋪去保護我自己的母親都沒辦法。她總說如果你們之中有人必須被老天帶走，感謝上帝讓你留在我身邊讓我得以依靠而我說哎呀我不認為我這輩子有機會真正遠離這間店遠離你的掌控。總得有人守住我們僅剩的一切吧，我想。

所以我一到家就去搞定笛爾西。我告訴笛爾西她得了痲瘋病還拿出《聖經》讀了有個男人的肉體爛掉剝落的段落[21]我告訴她只要她一看見她或是阿班或昆汀看見她就也會得病。所以我以為我已經把一切都搞定了直到那天我回家發現阿班在大吼大叫。真是鬼叫連天而且沒人能讓他安靜。母親說，**哎**呀，就把那隻拖鞋給他吧。笛爾西假裝沒聽見。母親又說了一次然後我說我去吧我實在受不了那該死的噪音。要我說的話我很多事都能忍我對他們沒什麼期待可是如果我得在那間該死的店鋪整天工作我認為自己不可能不值得在吃飯時享有一點平靜。所以我說我去吧笛爾西當下立刻說，「傑森！」

好吧，電光火石間我就知道是怎麼回事了，可是為了確認我還是拿了拖鞋回來，而結果就跟我想的一樣，他一看見拖鞋就鬧得像我們要殺死他一樣。所以我逼笛爾西自己招認了，然後我把事情告訴母親。我們當時得把她帶上床哄睡了，等一切稍微平靜之後我又提醒笛爾西該對上帝感到畏懼。我的意思是，我盡我所能讓一個黑鬼懂得害怕。可是黑鬼家僕就是有這個毛病，他們跟你相處久了之後就開始自以為了不起但其實該死的沒用。還自以為整家人都歸他們管了。

「我就想知道啦，讓那個可憐的孩子看看自己的小寶貝有什麼害處啦，」笛爾西說。

「如果杰森先生還在，情況一定會不一樣啦。」

「只可惜杰森先生已經不在了，」我說。「我知道你根本沒把我放在眼裡，可是我想你總得聽母親的話吧。你一直擔心她的身體還這樣做，是也想把她送進墳墓，到時候才能把整間屋子塞滿你想要的乞丐和臭雜種了吧。但到底讓那個該死的白痴見她有什麼好處？」

「你真是個冷酷的人，傑森，如果還算得上是人的話，」她說。「我感謝上主讓我比你好心，就算是那是顆黑人的心。」

「至少我還是個能賺錢把麵粉桶裝滿的人，」我說。「如果你再那樣做，家裡的食物也沒你的份了。」

於是下一次我告訴她要是她敢再嘗試找笛爾西幫忙，母親就會開除笛爾西、把阿班送去傑克遜，然後帶著昆汀離開這裡。她盯著我看了一陣子。周遭沒有任何街燈，我看不太清楚她的臉，但可以感覺到她在看我。我們還小的時候只要她生氣又說不出話時上唇就會抽動。每次抽動都會露出更多的牙齒，而過程中她會像根杆子動也不動，除了貼著牙齒愈抽愈高的嘴唇之外身上沒有任何一條肌肉在動。不過她針對這個話題什麼都沒說。她只說了，

「好吧。多少錢？」

「哎呀，光是透過出租馬車的窗戶看一眼就需要花一百塊了唷，」我說。所以之後她都表現得很聽話，只有一次她要求想看銀行對帳單。

「我知道那些支票都有母親的簽名，」她說，「可是我想看銀行對帳單。我想親自看看那些支票的錢去哪了。」

「那是母親的私事，」我說。「如果你膽敢覺得自己有權去窺探她的私事怎麼處理，

我就會跟她說你認為那些支票被用在不對的地方所以要查帳，因為你不信任她。」

她沒有說話也沒有動作。我可以聽見她低聲說你下地獄吧喔你下地獄吧喔你下地獄吧。

「大聲說出來啊，」我說，「我不覺得我們對彼此的看法算什麼祕密。說不定你是想把錢要回去吧，」我說。

「聽我說，傑森，」她說，「別跟我說謊好嗎。我是說有關她的事。我不會再要求看些什麼了。如果錢不夠，我每個月可以再多寄一點來。拜託就保證她會——保證她——你其實可以做到的。就是為她著想。對她好一點。那種我做不到的小事，他們不會讓我……可是你不會肯吧。你的血液一點溫度也沒有。聽著，」她說，「如果你可以說服母親讓我把她要回來，我會給你一千塊。」

「你根本沒有一千塊，」我說，「我知道你在說謊。」

「有，我有。我之後會有。我可以湊到。」

「我知道你會怎麼去湊，」我說，「就跟你懷上她的方法一樣。然後等她長得夠大——」

我覺得她真的要打我了，接著我又不知道她打算怎麼做了。她的動作有一瞬間像玩具被上發條上得太緊就快要炸成碎片那樣。

「喔，我真是瘋了，」她說，「我太荒唐了。我不可能帶走她。不可能把她留在身邊。我到底在想什麼呢，傑森，」她說話時抓住我的手臂。她的手熱得像是發燒。「你得保證好好照顧她，保證——她是你的親人啊；是你的骨肉親人。答應我，傑森。你繼承了父親的名字：難道我還得求你兩次嗎？一次都嫌太多吧？」

「那倒沒錯，」我說，「他確實有帶給我影響。所以你想要我做什麼？又不是我害你淪落至此，」我說。「去買條圍裙和手推車[22]嗎？我承擔的風險還比你大，你根本沒什麼好失去了。所以如果你指望——」

「沒錯，」她說，然後她開始笑又同時努力忍住笑。「沒錯，沒什麼好失去了，」她說話時發出那種怪聲，雙手摀住嘴巴，「沒—沒—沒什麼好失去了唷，」她說。

「好了，」我說，「別這樣！」

「我在努力啊，」她說話時把雙手交握壓住嘴巴。「喔老天，喔老天。」

「我要離開這裡了，」我說，「不能被人看見我在這裡。你現在就離開鎮上，聽見了嗎？」

「等等，」她說話時跑來抓住我的手臂。「我已經停下來了。不會再這樣了。答應我？傑森？」她說，我感覺她的眼神幾乎像要碰觸到我的臉，「答應我？母親啊——那些錢——要是那孩子偶爾需要些什麼——如果我寄一些給她用的支票給你，就是原本那些支票以外的其他支票，你會給她嗎？你不會告訴別人吧？你會讓她身上出現其他女孩也有的東西吧？」

「沒問題，」我說，「只要你別鬧事，什麼都乖乖聽我的話。」

這時候厄爾戴著帽子來到店鋪前場說，「我要趕緊去羅傑斯餐館吃點東西。我想我們沒時間回家吃飯了，目前看來。」

「為什麼我們會沒時間？」我說。

「現在鎮上有表演，大家都鬧哄哄的，」他說。「他們今天下午也有一場演出，所有人都想快點買好東西趕去看。所以我們最好快去羅傑斯買點吃的。」

「好吧，」我說，「你的腸胃我管不著。如果你真想為了你的生意做牛做馬，跟我也沒關係。」

「我想你是永遠不會為什麼做牛做馬的，」他說。

「除非是傑森．康普生家的生意，」我說。

此時我走回去拆開信封，唯一讓我驚訝的是信裡不是支票而是匯票。沒錯，先生。你就是不能信任任何一個女人。我為她承擔了那麼多風險，畢竟母親可能會發現她其實每年偶爾會回來的一、兩次，我還得為此說謊。你這下還真懂得感恩啊。要我說她很可能會想辦法通知郵局不讓除了她女兒以外的人去兌現。竟然給這麼小的孩子五十塊。我怎麼會在二十一歲以前都沒見過五十塊呢，而且其他男孩子下午和週六都能休息而我還得在店裡工作呢。我總說他們怎麼可能指望有人能管得住她，畢竟她會這樣背著我們把錢給出去。她的老家就是你的老家啊我說，我們都是在同樣的環境裡給帶大的。我想關於那孩子需要什麼我們的母親更能判斷，畢竟你連個像樣的家都沒建立起來。「如果你想給她錢，」我說，「你就寄給母親，別直接給她。如果我每隔幾個月就要為你這樣冒險，我要你做什麼你都得聽，否則就算了。」

然後我差不多要開始處理這件事了因為要是厄爾以為我會因為他的話衝上街隨便吞兩口食物果腹那他就大錯特錯了。我或許沒辦法把腳翹在桃花心木桌上辦公可是我拿薪水是為了在這棟建築內工作要是讓我在外頭無法過上文明生活那我會另外找個可以順我心的工作。我可以自己站直背脊；我不需要任何人的桃花心木桌來讓我感覺良好。然後就在我差不多準備要開始處理時卻又得丟下手邊所有事跑去把只值一角錢的釘子或什麼鬼東西賣給某個鄉巴佬，而厄爾已經跑去一邊狼吞虎嚥三明治一邊幾乎要走回店裡了，我想應該是沒錯，此時我卻發現空白支票都沒了。我想起來我本來打算要去多拿一些回來，但現在太遲了，然後我抬眼發現昆汀來了。在後門。我聽見她問老約伯我在不在。我剛好來得及把那些信收進抽屜後關上。

她走到我的桌邊。我看著我的錶。

「你吃過飯了嗎？」我說。「才剛十二點；我才剛聽見鐘聲呢。你一定是飛奔回家又飛奔過來的。」

「我沒有要回家吃飯，」她說。「今天有寄給我的信嗎？」
「在等誰的信啊？」我說。「有個懂寫字的愛人了啊？」
「等媽媽的信，」她說。「媽媽有寄信給我了嗎？」她說話時盯著我。
「母親有收到一封她的信，」我說。「我還沒打開。你得先等外婆拆信。她會讓你看信的，我想應該會。」
「拜託啦，傑森，」她根本沒注意聽我在說什麼，「有給我的信嗎？」
「怎麼回事？」我說。「我沒見過你為誰這麼著急過。你一定是在等她寄錢給你吧。」
「她說她——」她說。「拜託啦，傑森，」她說，「有我的信嗎？」
「看來你今天一定有去上學，哎呀，」我說，「那地方教了你說拜託呢。等等，我先服務一下那位客人。」
我過去服務那個人。等我轉身回到桌邊時桌子後方的她不見人影。我跑起來。我繞過桌子抓住她而她正把手從抽屜裡抽出來。我把信從她手中拿走，還是拿她的指關節去敲桌子才敲到她放手。
「很敢嘛，是吧？」我說。
「把信給我，」她說，「你已經拆開了。給我。拜託，傑森。那是給我的。我看見上面的名字。」

「我要用馬軛繩揍你一頓，」我說。「那才是你應得的。竟敢亂翻我的文件。」

「裡面有錢嗎？」她說話時又伸手要去拿。「她說她會寄一些錢給我。她答應她會的。給我。」

「你要錢做什麼？」我說。

「她說她會給我，」她說，「快給我。拜託，傑森。我甚至不會再跟你要求什麼，只要你這次把信給我。」

「我會給你，但要你願意給我一些時間，」我說。我拿起那封信取出匯票，把信給她。她伸手去拿匯票，顯然看都沒打算看信一眼。「你得先簽名，」我說。

「多少錢？」她說。

「讀信啊，」我說。「我想信上有說。」

她很快把信讀過，大概就看了兩眼吧。

「上面沒寫，」她說這話時抬眼看我，把信丟到地上。「多少錢？」

「十塊錢，」我說。

「十塊錢？」她瞪著我。

「拿到這筆錢你該天殺的感恩，」我說，「你才幾歲的小孩啊。為什麼突然對錢這麼狂熱啊？」

「十塊錢？」她的樣子就像在說夢話，「只有十塊錢？」她伸手要搶匯票。「你在說謊，」她說。「小偷！」她說，「小偷！」

「很敢嘛，是吧？」我不讓她靠近。

「把那個給我！」她說，「那是我的。她寄給我的。我有辦法看到有多少錢。我有辦法。」

「你有辦法？」我抓住她，「你打算怎麼看？」

「就讓我看看吧，傑森，」她說，「拜託。我不會再跟你要求什麼了。」

「覺得我在說謊？是吧？」我說。「就因為這樣你沒辦法看。」

「但怎麼可能只有十塊錢，」她說，「她跟我說她——她跟我說——傑森，拜託拜託拜託。我必須弄到一些錢。我就是有需要。給我吧，傑森。只要你願意給我我什麼都肯做。」

「告訴我你要錢做什麼，」我說。

「我就是有需要，」她說。她盯著我看。然後突然她的眼球沒動但眼神卻已放空。我知道她要說謊了。「我欠了一些錢，」她說。「得還錢。我今天得還錢。」

「還給誰？」我說。她的雙手幾乎是絞扭在一起。我可以看出她正在努力編一個謊。

「你又在店裡賒帳買東西了嗎？」我說。「別費心說這種謊了。我已經交代鎮上的店家別讓你賒帳了，你如果真找到誰讓你賒帳，我直接幫你還啦。」

「是一個女生，」她說，「是一個女生。我跟某個女生借了錢。我得還錢。傑森，把錢給我。拜託。我什麼都肯做。我非拿到錢不可。媽媽會給你酬勞的。我會寫信給她要她給你酬勞，還會在信中保證不再跟她要求些什麼。我可以把信給你看。拜託，傑森。我得拿到錢。」

「告訴我你要拿錢做什麼，我再考慮，」我說。「告訴我。」她只是站在那裡，雙手不停擺弄著裙子。「好吧，」我說，「如果十塊錢對你來說太少了，我就直接把錢帶回去給你外婆，你也知道到時候會怎樣。當然，如果你已經有錢到不屑這十塊錢的話——」

她呆站在那裡，雙眼盯著地板，口中像是在喃喃自語。「她說她會寄一些錢給我。她說她都會把錢寄來這裡而你說她都沒寄。她說她已經寄了很多錢來這裡。她說錢是給我的。她說其中一些錢是要給我的。但你說我們完全沒收到錢。」

「事實如何你我一樣清楚，」我說。「你也見過那些支票都怎麼了。」

「對，」她說話時看著地板。「十塊錢，」她說，「十塊錢。」

「你能有十塊錢就該感謝老天了，」我說。「來吧，」我說。我把匯票正面朝下擺在桌子上，單手壓好，「簽名。」

「你願意讓我看一下嗎？」她說。「我只是想看一眼。無論寫了多少錢，我都只拿十塊錢。你可以把剩下都拿走。我只是想看一眼。」

「你都表現得這麼差還想看啊，」我說。「你得學會一件事，就是呢只要我叫你做什麼，你就得照做。在那條線上面簽名。」

她拿起筆卻沒有簽名，只是低著頭呆站在那裡，手中的筆不停抖動。就跟她母親一樣。

「喔老天啊，」她說，「喔老天啊。」

「沒錯，」我說。「就算你什麼都學不會，這件事你得給我學會。現在簽名，然後給我滾出去。」

她簽了名。「錢呢？」她說。我拿起匯票把墨水吸乾後收進口袋，然後給了她十塊。

「你下午給我回學校上課，聽見了嗎？」我說。她沒回話。她把鈔票像抹布之類的東西一樣揉捏起來後從前門走出去，此時厄爾剛好進來。有個客人跟厄爾一起進來兩人停步在店面前場。我把東西收好後戴上帽子往前場走。

「剛剛很忙嗎？」厄爾說。

「還好，」我說。他往門外看去。

「你的車在那邊嗎？」他說。「最好別妄想能回家吃飯啊。我們在演出開始前大概又得迎接一波客人。去羅傑斯餐館吃個午餐吧，收據就放抽屜裡。」

「實在感謝，」我說。「但把自己餵飽這種事我還做得到，我想。」

看來他就會死守著這間店，無論我之後何時回來，大概也都會看到他像老鷹一樣死盯著門口。好吧，看來他只能在那裡猛盯一陣子了；我一直以來可都盡力了。上次我有告訴自己這是最後一張[23]囉；你得記得馬上去多拿一些回來。可是在這樣一團亂中誰能記得任何事啊。而就在我必須翻遍整座小鎮找出一張空白支票時，這個該死的劇團非得挑這一天來，更何況為了打理家事我還有一堆事得做，而厄爾還要像隻老鷹一樣盯著門口。

我去了印刷店告訴對方我想開某人玩笑，可是他沒有能幫上忙的東西。然後他告訴我去舊劇院看看，有人把商農銀行倒閉時廢棄的許多文件和物件堆在那裡，所以我又多繞了幾條巷子以免被厄爾看見最後終於找到西蒙斯那老傢伙取得鑰匙上劇院到處翻找。最後我找到一疊聖路易某間銀行的支票。最好她就會挑這一次仔細檢查啦。哎呀，總之這方法得成功。我現在實在沒有時間能浪費了。

我回到店裡。「忘了帶母親要我去銀行拿的文件，」我說。我走回我的桌子處理好了支票[24]。想辦法趕快搞定吧，家裡有這樣一個小賤貨，母親還是一個寬容的基督徒婦女，我告訴自己只能說幸好她的眼力已經不行了。我說她以後會長成什麼德行你跟我一樣清楚，可是如果你只因為父親的緣故把她留在你的屋子裡養大那不關我的事。然後她開始哭然後說那可是她的親骨肉啊所以我只是說**好**吧。你想怎樣就怎樣吧。你要是受得了那我也將就吧。

我把信放回信封重新黏好封口後走出去。

「可以的話儘量別出去太久啊，」厄爾說。

「好吧，」我說。我去了電報站。那些自以為聰明的小老弟都在。

「你們這些小老弟有誰賺到一百萬了嗎？」我說。

「誰能有搞頭啊？市場現在都這副模樣了。」醫生說。

「市場怎麼啦？」我說。我走進去看了一下。比開市還低三點。「你們這些小老弟可不會被棉花市場這種小事打垮吧？是吧？」我說。「你們那麼聰明，不至於這麼憋屈吧。」

「聰明個鬼，」醫生說。「十二點時下跌了十二點，我輸到脫褲。」

「十二點？」我說。「怎麼沒人讓我知道？為什麼你沒讓我知道？」我對著電報員說。

「我只負責接收行情，」他說。「我又沒在經營投機交易所。」

「你還真是聰明，是吧？」我說。「在我看來，根據我花在你這邊的錢，你是可以抽點時間打電話來通知我的。還是你的該死公司有跟東岸那些投機客勾結啊。」

他什麼都沒說，只是裝出很忙的樣子。

「看來自以為是大人物啦，」我說。「再這樣你很快又得努力找工作囉。」

「你是怎麼回事？」醫生說。「你還有三點可以跌呢。」

「對，」我說，「如果我恰巧這次是賣空的話。但我可沒提過這種事。你們這些小老弟全輸光了嗎？」

「我有兩次差點完蛋，」醫生說，「但都在最後一刻脫身了。」

「哎呀，」I. O. 史諾普斯說，「我就跌了個大筋斗；但我想偶爾跌一下也還算公平啦。」

所以我留下這些用一點五分錢買進買出的傢伙自己離開。我找到一個黑鬼要他去把我的車開來然後就站在街角等。我看不見厄爾用眼神在街上來回逡巡、一隻眼睛還盯著時鐘看的樣子，因為從我這裡看不見店門口。等他回來時我感覺一週都過去了。

「你見鬼的跑去哪裡了？」我說，「開去能被一堆賤女人看見的地方晃蕩？」

「我盡可能直接過來了啦，」他說，「可是我得繞過廣場，廣場上就停了一堆馬車啊。」這些黑鬼做什麼都能找藉口，我還沒見過他們有哪次找不出無懈可擊的理由。可是只要他們一逮到機會就一定會偷偷開車去炫耀。我上車發動引擎繞開廣場前進。經過廣場時瞥見在對面店鋪門口的厄爾。

我直接走去廚房告訴笛爾西趕快準備吃飯。

「昆汀還沒回來，」她說。

「那又怎麼樣？」我說。「接下來你是不是又要說勒斯特還沒準備好吃飯？昆汀很清楚家裡什麼時候開飯。趕快準備，動起來。」

母親在自己的房間裡。我把信遞給她。她打開後取出支票，然後就手裡拿著支票呆坐著。我走去從角落拿來畚箕再遞給她火柴。「來吧，」我說，「速戰速決。你很快又要哭了。」

她接過火柴，可是沒點燃。她坐在那裡盯著支票。這就是我每次都能預料到的場面。

「我真討厭這樣，」她說，「昆汀來之後你的負擔更重了……」

「我想我們還過得去啦，」我說。「來吧。速戰速決。」

可是她只是坐在那裡，手上拿著支票。

「這次是不同銀行開的，」她說。「之前都是印第安納波利斯的銀行。」

「對，」我說。「現在女人也可以這麼做了。」

「做什麼？」她說。

「在兩間不同的銀行存錢，」我說。

「喔，」她說。她盯著支票看了一陣子。「很高興知道她這麼……她有這麼多……我是在做的正確的事呀，上帝為證，」她說。

「來吧，」我說。「趕快搞定。你該玩夠了吧。」

「玩？」她說，「只要我想到——」

「我想你每個月燒掉這兩百塊就是為了好玩吧，」我說。「來吧，快點。要我來把火柴點燃嗎？」

「我可以說服自己接受這些支票，」她說，「為了我的子孫，我是沒有自尊心的。」

「你不可能心安理得，」我說，「你知道你不會。你已經想過這個問題了，就照原本的決定做吧。我們還過得去。」

「我的一切都是要留給你，」她說。「可是有時我害怕自己這樣做是在剝奪本來應該屬於你的財產。或許我該為此受罰。如果你希望的話，我會埋葬我的白尊心去接受這些錢。」

「現在開始接受又有什麼好處？畢竟這十五年來你都把這些支票燒掉了。」我說。「如果你繼續做，你什麼都沒損失過，可是如果你現在開始接受，就等於損失了五萬塊。我們目前都還過得去，不是嗎？」我說。「我可沒見你淪落到濟貧院。」

「沒錯，」她說，「我們巴斯康布家族不需要任何人的施捨。更何況還是個墮落的女人。」

她點燃火柴和支票後把支票丟進畚箕，然後是信封，她看著它們燃燒。

「你不知道這是什麼感覺，」她說，「感謝上帝你永遠不會知道一個母親會有什麼感覺。」

「這世上比她更不好的女人可多了，」我說。

「可是她們不是我的女兒，」她說。「我不是為了我自己，」她說，「我很樂意讓她回來，就算她犯了多少錯也一樣，畢竟她是我的親骨肉。我是為了昆汀著想。」

哎呀，我大可以說昆汀還能變更壞的機率實在不太高了，但我總說我對生活期待不高，但真的很希望能在吃飯睡覺時不要有幾個女人在屋子裡哭哭啼啼。

「也是為了你，」她說。「我知道你對她有什麼感受。」

「那讓她回來啊，」我說，「如果是考慮我的話。」

「不，」她說。「想到你父親我就覺得不能這麼做。」

「赫伯特把她丟出家門時，他可是一直希望你讓她回來不是嗎？」我說。

「你不懂，」她說。「我知道你想讓我好過一點。可是我的立場就是必須為我的子孫受苦，」她說。「我承受得住。」

「在我看來你這樣做承擔了很多不必要的麻煩，」我說。那些紙都燒完了。我把燒完的灰拿去爐柵邊倒掉。「在我看來把好好的錢燒掉就是很可惜。」

「千萬別讓我哪天看見我的子孫必須接受那種錢，那些都是有罪的錢，」她說。「真要這樣我倒寧願先親眼見到你進棺材。」

「你想怎樣就怎樣吧，」我說。「你們很快就能吃飯了嗎？」我說，「因為要是沒辦法快點吃飯，我還得先回去一趟。我們今天很忙。」她起身。「我跟她提醒過一次了，」我說。「她似乎在等昆汀或勒斯特或哪個人回來。這樣吧，我來叫她。等等。」可是她已經走到樓梯頂端喊她了。

「昆汀還沒回來，」笛爾西說。

「哎呀，那我得先回去了，」我說。「我可以去市區買個三明治。我不想打亂笛爾西的安排，」我說。哎呀，這下她又開始發作了，急得笛爾西步履蹣跚又喃喃自語地來回奔忙。

「好啦、好啦，我趕快來準備了啦。」

「我努力想讓你們每個人開心，」母親說。「我努力想讓你過得輕鬆一點。」

「我可沒在抱怨呀，是吧？」我說。「我只是得回去工作，我有多說什麼嗎？」

「我知道，」她說，「我知道你沒有其他人的好機會，只能把這輩子埋葬在鄉下的一間小店鋪裡。我想要你出人頭地。我知道你父親永遠不會明白你是唯一有生意頭腦的人，然後等其他一切都行不通之後我還相信只要她結婚就可以……然後赫伯特……他承諾之後……」

「哎呀，說不定他也只是隨便亂說而已，」我說。「他可能根本連間銀行都沒有。就算他有，我也不認為他會特地大老遠跑來密西西比聘一個人去工作。」

我們吃了一陣子。我可以聽見阿班在廚房裡，勒斯特正在餵他。我總說如果我們多一張嘴得餵而她又不願收那些錢，為什麼不把他送去傑克遜？他在那裡一定會比較開心，畢竟身邊都是同類。我說天可明鑑啊這個家實在沒什麼餘裕讓人保有自尊心，但看見一個三十歲的男人在院子裡和一個小黑鬼玩，每次有人在另一邊打高爾夫球時就要沿著籬笆來回跑還像乳牛一樣哞哞叫，就算再沒自尊心的人都會覺得難堪。我說要是他們打一開始就把他送去傑克遜的話我們現在就好過多了。要我說的話，你們已經對他仁至義盡；任何人都不可能指望你們做得更好了，所以為什麼不把他送去那裡然後從我們繳的稅金裡多撈一點好處回來。然後她說，「我很快就要死了。我知道我只是你們的負擔」而我說「你這些年一直這樣說我都開始要相信你了」但其實我只說你最好確定自己啥時要死而且別讓我知道因為我一定會讓他搭上那晚的第十七班車離開然後然後我說我認為有個地方適合她那裡一定也會接受她而且那裡的名稱也絕不會是牛奶街或蜂蜜大道[25]。然後她開始哭我說**好**啦好啦我跟其他人一樣還是以自己的家人為榮啦就算我不知道他們真正的來歷也一樣。

我們吃了一陣子。母親派笛爾西再去前廳找昆汀。

「我一直跟你說了，她沒有要回來吃飯，」我說。

「她應該夠懂事才對，」母親說，「她很清楚我不准她在街上亂跑，怎麼可以用餐時間還不回家。你有好好找過了嗎，笛爾西？」

「那就別讓她去亂跑，」我說。

「我能怎麼做？」她說。「你們每個人都把我當笑話。總是這樣。」

「如果你不好好管，就讓我來管，」我說。「我不用花上一天就能讓她改邪歸正了。」

「你會對她太粗暴，」她說。「你跟莫里舅舅脾氣一樣糟。」

這番話讓我想起了那封信。我把信拿出來給她。「你不用打開來看，」我說。「銀行會讓你知道這次需要多少錢。」

「這封信是寄給你的，」她說。

「就打開來看吧，」我說。她打開讀完後交給我。

「我親愛的小外甥，」信裡寫道，

「你聽了一定會開心，我現在給自己找了個好機會，不過因為一些理由不能跟你說細節，之後有辦法用更安全地方式詳談時再跟你說明。我的生意經驗早已讓我明白，只要是有機密性質的主題一定要面談，沒有比面談更確實可靠的方法，而我這次如此的小心翼翼應該可以讓你對此事業的價值略知一二。更不用說的是，我才剛用前所未有的謹慎態度仔細檢視完此計畫的每個階段，所以能毫不遲疑地告訴你這就是那種一生只會出現一次的黃金機會，而我現在能在眼前清楚看見那個我長久以來堅忍又努力追求的目標：比如說，我終於可以讓自己真正站穩腳步並重振這個我有幸成為唯一男性後代的家族威風；你的淑女母親及其子孫都是這個家族的一份子。

可是很不湊巧，我的處境無法讓我盡情去利用這個保證能獲利的機會，但與其求助於家族外的人，為了完成初期投資我今天準備從你母親的銀行提一小筆錢，因此我隨信附上手寫借據，作為一個形式上的證明，其中載明了年息百分之八。我想我無需多說，這就是個形式，在這個人類只不過是老天爺的玩物及消遣的世道中給她一點保障。我自然會將這筆錢當作自己的錢來謹慎使用並讓你的母親也有辦法享受到這個好機會，而且經過我的仔細研究這機會就是個意外之財的礦脈——請容許我用如此庸俗的比喻——其中的寶石都是一級水品質而且散發純淨清澈的光線。

這是機密資訊，我想你會理解，畢竟我們都是生意人；我們總是自己栽種自己收穫，是吧？考量你母親身體孱弱，而且這樣被小心養大的南方女士自然會對生意之類的事提心吊膽，再加上這些可愛的小傢伙總會不經意地在對話中洩漏相關內容，我會建議你完全別對她談起。再經思考後，我真的建議你別說。未來某天直接把這筆錢存回去或許會比較好，比如說，連同我之前欠她的幾筆小錢一起存一大筆回去。我們的責任就是在這個粗糙的物質世界中盡可能地保護她不受傷啊。

APRIL 6, 1928

四月
六日
一九二八

你慈愛的舅舅，
莫里・L・巴斯康布」

「你打算怎麼做？」我說話時把信往桌子的另一頭扔去。

「我知道你一直怨我給他錢，」她說。

「那是你的錢，」我說。「就算你想扔去餵鳥，那也是你的事。」

「他是我唯一的兄弟，」母親說。「他是最後一個巴斯康布家的人了。等我們死後這個家族就斷後了。」

「對某些人來說確實很難接受吧，我猜，」我說。「好吧、好吧，」我說。「那是你的錢。你喜歡怎麼用就怎麼用。你要我去通知銀行出帳嗎？」

「我知道你怨他，」她說。「我明白你所肩負的重擔。我死了你會比較好過。」

「我現在就可以讓日子比較好過，」我說。「好吧、好吧，我不會再提了。想要把整個家都搞成瘋人院也隨你。」

「他可是你的親兄弟啊，」她說，「雖然他飽受折磨。」

「我會去拿你的存摺，」我說。「我要去用支票取款。」

「他老是讓你多等六天才領薪[26]，」她說。「你確定他的生意可靠嗎？我覺得很怪，一個資金充足的商號怎麼可能無法準時給員工發薪？」

「他沒問題，」我說，「跟銀行一樣安全可靠。是我跟他說每個月沒把錢收齊前不用費心處理我的薪水。所以有時才會晚一點。」

「要是我為你投資的那一小筆錢沒了，我真會承受不了，」她說。「我常在想厄爾不是一個很好的生意人。你投資的錢不少，他應該要更信任你才對，但我知道他沒有。我打算跟他談談。」

「不，你別煩他了，」我說。「那是他的生意。」

「你在裡面投資了一千塊啊。」

「你別煩他，」我說，「我有在觀察。我有你的代理權。不會有事的。」

「你不知道你帶給我多大的安慰，」她說。「你一直都是我的驕傲跟快樂，不過在你自願提議而且堅持將每個月的薪水存進我的銀行帳戶時，我感謝上帝在非得把他們奪走時留下了你。」

「他們也還行，」我說。「他們都盡力了，我想。」

「我知道你那樣說是在挖苦你父親，」她說。「你有權這麼做，我想是吧。可是聽到時還是覺得心碎。」

四月
六日
一九二八

APRIL 6, 1928

我起身。「如果你又得哭了，」我說，「那可得自己哭了，因為我必須回店裡。我去拿存摺。」

「我去拿，」她說。

「別動吧，」我說，「我來拿。」我上樓從她的書桌抽屜取出存摺後回到鎮上，去了銀行存入支票及匯票還有那另外十塊錢，然後又去了一下電報站。現在指數比開市高了一點。我已經損失了十三點。還不是因為她十二點跑去那裡鬧事，害我得為那封信費心。

「那份快報什麼時候進來的？」我說。

「大概一小時前，」他說。

「一小時前？」我說。「我們付你錢到底是為了什麼？」我說，「為了獲取週報嗎？你這樣要人怎麼辦事？就算整個該死的市場炸翻了我們可能都還不知道。」

「我不認為你能怎麼辦，」他說。「上頭修改了法律，現在大家都不能在棉花市場買空賣空了。」

「他們改了嗎，」我說。「我沒聽說。他們一定是透過西聯電報發布消息吧。」

我回到店裡。十三點。該死的我不覺得有人能搞清楚這該死的狀況除了那些舒服坐在紐約辦公室的傢伙看著這些沒用的鄉下傻子大老遠去求他們搶走自己的錢。哎呀，剛剛在打電話的那個傢伙對自己毫無信心，我總說如果你都不打算接受建議了，到底付錢去請人給你建議有什麼用呢。而且，這些人都是局內人；他們完全清楚發生了什麼事。我可以感覺到在我口袋裡的那封電報。我只需要證明他們是在利用電報公司進行詐欺，就能確立他們是投機交易所了。若真要這麼做了我也不會猶豫不決。可惜該死的那就不是間跟西聯一樣有錢的大公司，所以也沒辦法讓人及時拿到市場快報。他們的速度只有西聯的一半，最後就是拍給你一張電報寫著**您**的帳戶已結算。他們跟紐約那幫人根本彼此勾結。任何人都看得出來。

我走進店裡時厄爾看了一下錶。可是他在客人離開前什麼都沒說。之後他說了，

「你回家吃飯？」

「我得去看牙醫，」我這樣說因為我在哪裡吃飯完全不干他的事，但畢竟整個下午都還得跟他一起待在店裡。我已經夠不順了實在不想再聽他嘮叨。你要是太把這樣一間鄉下小店的老闆當一回事，就像是只有五百塊的人要去煩惱五萬塊的事。

「你大可先跟我說一聲，」他說。「我以為你會馬上回來。」

「我可以把這顆牙給你，再另外貼你十塊錢，只要你開口，」我說。「我們有一小時吃飯時間，這是說好的，」我說，「如果不喜歡我的做事方式，你也知道該怎麼做。」

「我早就知道了，」他說。「如果不是因為你母親我也早就那麼幹了。我真的很同情她這位女士，傑森。很可惜必須說的是，我認識的其他一些傢伙可不像我一樣有同情心。」

「那省省你的同情心吧，」我說。「如果我們需要同情，我會提早跟你說一聲的。」

「我已經替你保密很久了，傑森，」他說。

「是嗎？」我任由他說下去。想聽聽他在我叫他閉嘴前會說些什麼。

「你那輛車是怎麼來的？我想我比她清楚多了。」

「你這麼想的，是吧？」我說。「你打算什麼時候去昭告天下，說我的車是偷我媽的錢買來的呀？」

「我什麼都沒說喔，」他說，「我知道你是她的代理人。我也知道她還相信你在這間店的生意投資了一千塊。」

「好吧，」我說，「既然你知道那麼多，我就再多跟你說一些吧：你可以去銀行問問，十二年來的每個月第一天我都把一百六十塊存進誰的帳戶裡吧。」

「我什麼都沒說，」他說，「我只是要你行事謹慎一點。」

我沒再說什麼了。說了也不會有好處。我已經明白遇到有人墨守成規時你只能讓他那麼守著。又如果遇到有人認定他為了你好非得說些話時，你也只能在心裡說聲「晚安」。我很高興我始終沒有那種如同病弱小狗需要不停照養的良心。如果我像他一樣為了保住那蠅頭小利的生意得讓收益不超過百分之八還必須做什麼都行事謹慎的話就太慘了。他大概以為淨所得只要超過百分之八就會被執法機關依據高利貸法逮捕。這樣一個被困在這等小鎮及這等生意裡的傢伙能有什麼見鬼的發展機會呢。要是讓我接手他的生意只要一年我就能讓他永遠不需要工作，可是他又會把那些錢全捐給教會什麼的。如果要說有什麼讓我難以忍受，那就是該死的偽善。有人總以為只要是自己絲毫不瞭解的事那一定就是邪門歪道，而且只要一讓他逮到個什麼表現道德義務的機會時他就會把根本沒立場插嘴的事告訴事件中的第三方。我總說要是每次有人做了我一點也不明白的事我就覺得對方一定是個壞蛋的話，我想我要在後場那些帳本中找到一些毛病不會有什麼困難，而你也不會覺得我跑去告訴某個我覺得非知道不可的傢伙會有任何用處，更何況對方對於實際情況說不定已經天殺的知道的比我清楚，而就算他們不清楚總之也天殺的實在不干我的事而他說，「我的帳簿誰都可以看。任何人只要在此有股份或相信她在這裡有股份的人都可以去後場看，我都歡迎。」

「是啦，你不會主動去說，」我說，「你的良心承受不起。你只會帶她去後場看帳本好讓她自己發現。你不會說的，不會親口說。」

「我沒打算插手你的事，」他說。「我知道你跟昆丁一樣錯過了一些機會。可你母親這輩子也過得很不幸，要是她跑來這裡問你為什麼辭職，我就得告訴她了。問題不在於那一千塊。你自己也清楚。問題在於一個人的帳面數字若總是和事實對不起來，那終究是走不遠的。而我沒打算跟任何人說謊，無論是為了我自己還是哪個誰。」

「哎呀，這麼說，」我說，「我想你的良心是比我還有價值的員工呢；畢竟你的良心不需要中午回家吃飯呀。但別讓你的良心壞了我的胃口，」我說，因為見鬼的我到底怎麼可能好好做事，畢竟有那樣一個該死的家庭還有她根本沒努力嘗試管好她或他們之中的任何人，就像那次她剛好看見其中一個傢伙在親凱兒而隔天整天她只是穿戴黑色連身裙和面紗在家裡到處走就連父親也無法讓她說一個字她只是一直哭然後說她的小女兒已經死了當時凱兒大概十五歲照這個速度下去不用三年她就會穿上苦修人的馬尾硬布衣又或是硬砂紙服了。你以為我受得了看她每次跟來到鎮上的旅行推銷員在街上晃蕩嗎，我說，他們還會跟各方新來的推銷員說來到傑佛遜這座小鎮時要去哪裡才能搞上這個辣妹。就算我的自尊心再不高，家裡都已經有一廚房黑鬼要養還搶走了精神療養院的明星入院生了呀。這個家的血脈啊，我說，可是出過州長和將軍呢。若真要是出過國王和總統那還得了啊；我們可都要淪落到傑克遜去追蝴蝶了吧。這賤東西如果是我女兒那當然很糟，但至少我打從一開始就能認定那是個劣種[27]，而現在就連上主大概也無法確定這算什麼情況。

一陣子後我聽見樂隊開始演奏，然後人們開始從店面清空。所有人都去看演出了，沒人例外。有人為了一條二十分錢的馬轡繩在那裡討價還價只為了能省十五分錢，就為了能把省下的錢付給一幫北方佬，而這些人為了獲准在此表演可能只付了十塊錢。我走出店門繞到後面。

「哎呀，」我說「如果不小心一點，那根螺絲就要轉進你的手裡了。然後我還得拿把斧頭來砍才有辦法取出來呢。再不趕快把耕耘機組好，就無法為棉仔象鼻蟲種作物了，那你要牠們吃什麼？」我說，「鼠尾草嗎？」

「該死的那些傢伙還真會吹那些該死的喇叭，」他說。「聽說表演時會有人用鋸子來演奏啊。根本是當班卓琴來彈呢。」

「聽著，」他說。「你知道那個劇團在鎮上表演要花多少錢嗎？大概就十塊錢，」我說。「那十塊錢現在就在巴克・特爾平的口袋裡。」

「為什麼他們要給巴克先生十塊錢啊？」他說。

「為了能在鎮上表演，」我說。「你可以好好想想，他們這樣一來一回能賺多少。」

「你是說，他們付了十塊錢，只為了能在這裡表演啊？」他說。

「就十塊錢，」我說。「而你以為他們可以賺……」

「真是我的老天啊，」他說，「你是要說他們花了十塊錢才能在這裡表演嗎？如果有必要的話，我自己都願意花十塊去看那傢伙演奏鋸子啊。我想按照這邏輯，到了明天早上我還欠他們九塊七十五分錢呢。」

然後北方佬還可以對你不停大聲疾呼要協助黑鬼獲得成功呢。就讓他們成功吧，要我說。最好是成功到就連在路易斯維爾以南派出獵犬都找不到一個黑鬼。因為當我跟他說他

們週六就要打包離開還會從我們這個郡撈走至少一千塊時，他說，

「我有什麼好羨慕啊。二十五分錢的表演我還付得起。」

「二十五分錢個大頭鬼，」我說。「根本遠遠不止。你為了一盒兩分錢的糖果或其他有的沒的多付的十分錢或十五分錢又怎麼說。你現在因為聽那樂隊演奏而浪費的時間又怎麼說。」

「這倒沒錯，」他說。「哎呀，只要我今晚還沒死，他們離開鎮上時就能多帶走二十五分錢了，這倒是確定的啦。」

「那你就是個蠢貨，」我說。

「哎呀，」他說，「我也不想跟你吵這個。只能說笨如果有罪，被鍊起來勞役的囚犯就不會都是黑人啦。」

哎呀，大概就是那時候，我剛好抬眼在巷子裡看見了她。我退後一步望向手錶沒注意到那男的是誰因為我在看錶。當時才兩點半，除了我之外所有人都以為還要四十五分鐘才會在學校外看見她。所以我對著門口附近張望時首先看到的就是他打的紅領帶而我心想見鬼的什麼男人會打紅領帶呀。可是她正沿著巷子偷偷摸摸前進，眼睛盯著門口，所以我在他們經過之前沒什麼辦法想那男人的事。我忍不住想她到底是有多不尊重我才會在我交代她不准逃學時這麼做而且還直接經過我工作的店鋪，而且膽大包天地深信我不會看見

她。但其實她看不清門內因為太陽剛好從那個方向直射她的眼睛她就像是直視著汽車的探照燈，所以我站在那裡眼睜睜地看著她經過，一張臉塗得跟該死的小丑沒兩樣頭髮也用髮膠抹得歪七扭八，那件連身裙就算是我年輕時在蓋尤索或比爾街看到的女人[28]出門穿成那樣連大腿跟屁股都遮不住大概也都會被丟進拘留所。那些女人的穿著要說不是希望街上所有經過身邊的男人想伸手摸一把那才有鬼呢。然後我想到底什麼男人會打紅領帶此時突然明白他就是劇團的人呀我就彷彿是她親口告訴我那般的確信。哎呀，我這人可是很能吃苦的；若不是這樣，我早就墮下無間地獄啦，所以在他們轉過街角時我立刻衝去跟上。我啊，就連帽子都沒戴呢，天還亮的下午就必須在後街小巷追著他們跑，為的是保護我母親的好名聲。我總說這樣的女人你是拿她沒辦法的，畢竟她就是天生的賤貨。你只可能擺脫她，讓她去過自己的日子，跟她的同類一起生活。

我繼續走上大街，但卻看不見他們了。而我人在那裡，帽子也沒戴，看起來也像個瘋子。人們很自然地會想，他們當中一個是瘋子另一個把自己溺死還有一個被自己的丈夫掃地出門剩下的能有什麼理由不是瘋子呢？我總能看到大家像老鷹一樣盯著我，就等著逮到機會說**哎**呀我可不驚訝我早看出這家人都瘋了。賣土地送那個他去讀哈佛呀還繳稅支持一間州立大學但我從頭到尾除了去看兩場棒球賽之外根本沒見過這間大學而且還不讓家裡人提她女兒的名字到後來就連家裡的父親都不肯來鎮上了只是成天拿著玻璃酒瓶坐著我能看見他的睡衣下擺他光溜溜的雙腿還聽見酒瓶敲響的喀啦喀啦到後來T. P.還得幫他倒酒然後她說**你**想起你父親時毫無敬意而我說我還真不知道為什麼不尊敬呢畢竟我也必須瘋掉才有可能繼續好好地尊敬著他呀上帝才知道我會怎麼做呀光是看著水就讓我噁心叫我喝一杯威士忌就跟喝一杯汽油沒兩樣[29]而羅芮跟他們說他確實不喝酒可是如果你們不信他是個男人我可以告訴你們如何確定他是她說如果我抓到你跟那些妓女中的誰扯上關係的話你知道我會怎麼做她說我會拿鞭子抽她死死掐住她只要能找到她我就會拿鞭子抽她她是這樣說而我說如果我不喝酒那不干別人的事但要是你發現我那方面不行我說我就幫你買啤酒而且多到你想要就能拿來洗澡那麼多因為我對優良誠實的妓女無比尊敬因為母親的身體都這樣了我努力想維持她的名聲地位結果她完全不尊重我為她及她的名聲付出的努力結果我和我母親的名聲都只是鎮上的笑柄。

她不知道躲去哪裡了。剛剛看見我接近就躲進小巷裡身邊還是那個打紅領帶的該死小演員每個人一定都會盯著看心想什麼樣的該死男人會打紅領帶啊。哎呀，這個男孩不停跟我說話所以我沒意識到自己接下了電報。我一直到簽收時才意識到那是什麼。我想我一直知道結果會是這樣，老實說。只有可能是這樣了，對方還是在我把支票存入存摺後才拍電報給我呢[30]。

紐約這城市也沒那麼大竟然能有那麼多人可以從我們這些鄉下傻子身上騙錢。你每天要死要活的工作，把錢送給那些傢伙之後就換回一張紙，**您**的帳戶已結算在二〇．六二元。他們就這樣一路耍著你，讓你累積一點紙面上的利潤，然後轟隆隆！風雲變色！您的帳戶已結算在二〇．六二元[31]。還有更慘的是，你可是每個月付十塊錢給某人教你如何把這筆錢快速賠光呢，這傢伙要不是什麼都不懂就是跟電報公司合夥詐騙你呀。哎呀，我受夠這些傢伙了。這是他們最後一次從我身上撈錢。除了那些只懂把猶太人的話當真的傢伙以外，任何傻子都能看出市場一直在漲，整片該死的三角洲都即將被洪水再次淹沒而長在地面的棉花都要被沖光啦就跟去年一樣[32]。就讓洪水年復一年把人們的作物沖光吧，而那些在華盛頓高層的傢伙每天還花五萬塊在尼加拉瓜或什麼地方養軍隊呢。洪水當然還會氾濫，然後棉花又會每磅值三十分錢。哎呀，我只想打敗他們一次把我的錢拿回來就好。我沒想贏到見血，只有小鎮賭徒才會這樣盤算，我只想從這些滿口保證有內線好料的該死猶太人身上把錢拿回來。然後我就不玩了；之後就算他們親我的腳也無法從我這裡撈到一毛錢。

我走回店鋪。時間將近三點半。該死的時間也過太快，但話說回來我也習慣了。我從不需要去哈佛學習這種人生教訓。樂隊已經停止演奏。反正觀眾已經全被招呼進去了，沒必要再浪費力氣。厄爾說，

「他找到你了，是吧？他剛剛有來這裡。我以為你在店後場呢。」

「對，」我說，「我拿到了。他們不可能花一整個下午都找不到我。畢竟這城鎮就這

麼小。我得回家一趟[33]，」我說。「如果能讓你心裡好過，就扣我工資吧。」

「去吧，」他說，「我現在應付得來。應該不是什麼壞消息吧，我希望。」

「我得去電報站自己搞清楚，」我說。「他們有的是時間跟你解釋，我可沒有。」

「我問問而已，」他說。「你母親知道她隨時能找我幫忙。」

「代替她謝謝你了，」我說。「我處理好就馬上回來。」

「慢慢來吧，」他說。「我現在應付得來。你去吧。」

我去取了車開回家。今早一次，中午兩次，現在又來，都是因為她我得在整座小鎮東奔西跑地追她回家還得乞求他們讓我吃一點我付錢買來的食物。有時我想一切有什麼意義呢。我這樣的日子真是要瘋了才能過下去。我想現在這時間回家剛好來得及大老遠帶一籃番茄或什麼的回去，但之後又得整個人散發著樟腦油工廠的味道[34]回到鎮上以免我的頭痛到原地爆炸。我一直跟她說阿斯匹靈裡頭除了水和麵粉之外什麼該死的成分都沒有，真的只是給那些愛幻想自己生病的沒用傢伙吃的。我說你根本不懂頭痛是怎麼一回事。我說車子給我開時你以為我會隨便開嗎。我說我沒車也能過日子我已經學會不靠很多東西過日子了可是如果你想冒險搭那輛老舊破爛的輕馬車還交給未成年的小黑鬼駕駛那好吧因為我說上帝既然看顧阿班這種人，上帝就知道祂得為他做些事可是如果你認為我會把價值一千塊的精密機械交到未成年的黑人或者勉強算是成年的黑人手上，那你最好自己去買一輛給他因為我說你喜歡搭車而且你很清楚自己喜歡。

笛爾西說母親在屋裡。我走進門廊仔細聽，但什麼也沒聽見。我上樓，可是在經過她房間時被叫住。

「我只是想知道是誰，」她說。「我太常一個人待在這裡了，什麼聲音都能聽見。」

「你不需要待在這裡，」我說。「如果想要的話，你可以像其他女人到處去其他人家作客。」她來到門邊。

「我以為你可能病了，」她說。「畢竟你剛剛一定要吃得那麼趕。」

「只好指望下次可以慢慢吃囉，」我說。「有什麼事嗎？」

「你還好嗎？」她說。

「能有什麼不好嗎？」我說。「我不能下午回家一趟嗎？整家人都得因此不高興嗎？」

「你有看見昆汀嗎？」她說。

「她在學校，」我說。

「已經超過三點了，」她說。「我至少半小時前就聽見鐘聲了。她現在應該到家了。」

「是嗎？」我說。「你什麼時候見過她天黑前回來？」

「她應該要到家了，」她說。「在我還是小女孩的時候……」

「你有人教訓你該乖乖聽話，」我說。「她可沒有。」

「我拿她沒辦法，」她說。「我試過了，真的試過了。」

「你就是不讓我來，也不知道為什麼，」我說，「所以現在也沒什麼好不滿意囉。」我繼續走向我的房間。我輕鬆轉動鑰匙後站著轉動把手。然後她說，

「傑森。」

「怎樣，」我說。

「我只是覺得有點不對勁。」

「我這邊沒問題，」我說。「你問錯地方了。」

「我不是故意要讓你擔心，」她說。

「很高興聽到你這麼說，」我說。「本來我還不確定呢。還以為是不是我誤會了呀。還有什麼事嗎？」

過了一陣子後她說，「沒有。沒什麼事。」然後她走開了。我把盒子拿下來數完裡面的錢再次把盒子藏好打開上鎖的門走出去。我有想起要拿樟腦油，可是來不及了，就這樣吧。現在我只需要再來回一趟了。她站在她的房門口，她等著。

「需要我從鎮上帶什麼回來嗎？」我說。

「不用，」她說。「我沒想插手你的事。但要是你遭遇不測，我不知道我該怎麼辦。」

「我沒事，」我說。「只是頭痛而已。」

「真希望你願意吃點阿斯匹靈，」她說。「我知道你不肯停止開車。」

「跟車有什麼關係？」我說。「車子怎麼可能讓人頭痛？」

「你知道汽油老會讓你不舒服，」她說。「打從你小時候就這樣。真希望你吃點阿斯匹靈。」

「那就繼續抱持希望吧，」我說。「反正也沒壞處。」

我上車開始回頭往鎮上開，剛轉進大街就看見一輛福特見鬼地朝我衝來。突然之間那輛車停下來。我可以聽見車輪打滑後往側邊飄再後退掉頭而就在我心想見鬼了他們到底想做什麼時，我看見了那條紅色領帶。然後我透過窗戶認出她的那張臉也在盯著我。那台車掉頭後開進小巷。我看見車子又轉了個彎，可是等我開到後街小徑時車子剛好不見了蹤影，見鬼地逃真快。

我看見了紅色。我認出那條紅領帶時想到我之前明明告誡過她，一時真是氣到什麼都忘了。甚至在我開到必須停下的第一個交叉路口前我都沒想起我的頭在痛。我們真是花錢又花錢在修路但該死的這路開起來就像在波浪鐵皮屋頂上前進。就算追的是手推車我都不知道該怎麼指望能趕上。我太愛護我的車了；我才不打算把這台車當成福特一樣操到散掉。但反正那輛福特很可能是偷來的，他們又何必天殺的在意呢。我總說的骨子裡流著什麼樣的血很關鍵。如果你流著那種血就什麼事都幹得出來。我說無論你相信她有權向你要求什麼總之都不算數了[35]；我說從現在開始你還不清醒那你只能怪自己因為你很明白一個腦子清楚的人會怎麼做。我說如果我得花上大半時間幹這種該死的偵探工作，那我至少要去一個這麼做有錢領的地方幹。

然後我必須在交叉路口停下來。接著我想起來了。那種感覺就像腦子裡有人拿著槌子在裡頭敲。我說我一直努力不想讓你為她操心；我說在我看來她喜歡的話就讓她趕快下地獄吧真的愈快愈好。我說你指望能有什麼改善呢現在只有每個旅行推銷員和廉價劇團來鎮上演出時她才有搞頭而且就連鎮上那些地痞流氓都不搭理她了。你根本不知道發生了什麼事我說，你沒有聽見我聽到的那些流言但你可以放心我全讓他們閉嘴了。我說我們家養了一堆奴隸的時候你們還只是在經營小到不行的鄉下店鋪而且種的農地就連黑鬼都不屑一顧。

要是這些人肯務農就好了。這是上主對這個國家的恩賜；可是住在這裡的人從不當一回事。這樣的週五下午，從我眼前看去就是完全沒被犁過的三英里土地，可是鎮上所有身體還行的男人全都去看表演了。就算我是個快餓死的陌生人，也找不到一個人影能問小鎮要往哪裡走。而她還想說服我吃阿斯匹靈。我說我要吃麵包就會上餐桌吃。我說你老在講為我們放棄了多少還說你本來一年能買十件新的連身裙卻把錢都花在買那些該死的專利藥。我需要的不是可以治好頭痛的處方我需要的就只是一個不需要照顧所有人的公平機會可是我還需要每天工作十小時來養廚房裡那一大堆黑鬼還讓他們維持自己習慣的生活「風格」還送他們去看表演就跟這個國家的所有其他黑鬼一樣，只不過他[36]已經來不及了。等他走到那裡表演都結束了。

過了一陣子後他起身走到車邊當時我可是費了好大功夫讓他聽懂我是在問有沒有看見兩個人坐著一輛福特經過這裡，他說有。所以我繼續往前開，開到貨車道路開始拐彎時我可以看見輪胎印。亞布·羅素爾就在他的屋前空地上，可是我根本懶得問他而當我看見那輛福特時羅素爾家的畜棚都幾乎還完全沒離開我的視線。他們有努力想把車子藏起來。藏得可真好就像她把其他的事處理得一樣好。我說過真正讓我不滿的不是她的作為，說不定她就是無法控制自己，我不滿的是她完全不會在考慮她的家族後學會小心行事。我一路都害怕不小心在大街中央或運貨馬車底下撞見他們，就像撞見一對發情的狗那樣。

我把車停好後下了車。現在我必須繞遠路越過一片犁過的地，自從我離開鎮上只見到這片地有犁過，而我踏出每一步時都感覺像是有人走在身後，手上拿著球棒不停在敲我的頭。我不停想等我穿越這片農地後至少可以平坦一些，到時就不至於每一步都這麼顛簸，但等我走進樹林卻發現那裡長滿矮樹叢所以我得不停左右移動才能穿過去，然後我來到一道長滿荊棘的土溝。我沿著土溝走了一陣子，可是荊棘叢愈長愈密，此時厄爾大概已經打電話回家問我人在哪裡又搞得母親很沮喪了。

等我終於穿過矮樹叢卻因為之前一直繞來繞去被迫停下來搞清楚福特車和我的相對位置。我知道他們不會離車子太遠，應該就在最靠近車子的灌木叢底下，所以我轉身重新往大路走。可是我搞不清楚自己走了多遠，只好停下來仔細聽，此時腿部不需要用的血液開始往上衝向頭部，我的頭像是隨時都要爆炸，而落下的太陽剛好就在直射我眼睛的高度，我因為耳內嗡嗡作響什麼都聽不見。我繼續走，動作盡可能保持安靜，然後我聽見一隻狗又或者不知道什麼的聲音於是我知道這隻狗要是聞到我的氣味一定會撲上來，那一切就前功盡棄了。

我身上黏滿咬人貓的種子和小樹枝還有各種有的沒的，我的衣服和鞋子裡也不例外，然後我在環顧四周時手還剛好碰到一叢毒漆樹。我只是不明白為什麼不乾脆是一條蛇或其他什麼而只是毒漆樹而已呢。所以我甚至懶得把毒漆樹撥開，只是站在那裡等狗離開。然後我繼續走。

我現在已經完全搞不清楚車子在哪個方位了。除了我的頭之外我什麼都無法再思考，我就是站在一個地方隱約懷疑起自己是否真有看見一輛福特，而且甚至不太在乎自己是有看見還沒看見。我總說就讓她日日夜夜跟鎮上所有穿長褲[37]的傢伙躺在外頭瞎混吧，我在乎什麼呢。如果別人不考慮我的立場，我也不欠對方什麼，更何況是那個把福特車丟在路邊讓我花了整個下午奔忙而厄爾可能還會在此時把她帶去店鋪後場讓她看那些帳本就只因為他實在正直到簡直天理不容。我說你在天堂反而會不好過吧，因為那裡沒有誰的事情可以給你插手瞎管了但就只是別讓我現場抓到我說，我可以因為你的外婆睜一隻眼閉一隻眼，但別讓我逮到你在我母親住的地方亂搞，一次也不行。這些該死的滑頭小流氓，一想到他們搞出這麼見鬼的爛事，就真的很想也把他們搞到去見鬼我說，還有你也別想跑。我會讓他明白那條該死的紅領帶是讓他通往地獄的門栓繩，誰叫他以為可以帶著我的外甥女在樹林裡亂跑。

陽光還是什麼之類的太刺眼所以我的血液不停往頭部流所以每次我都想再這樣下去頭就要爆了那乾脆就這樣一了百了吧，此時還有荊棘之類的擋住我的去路，然後我來到他們剛剛逗留的沙溝認出車子停靠處一旁的樹，而就在我從溝中爬出來開始跑時我聽見車子發動了。那台車快速開走，而且還按響了喇叭。他們不停按喇叭，就像是在說爽。爽。爽——————————，然後就這樣離開我的視線。我走上大路時剛好來得及看到車子消失。

等我抵達剛剛停車的地方，他們已經澈底看不見了，但車喇叭還在響。哎呀，我當時什麼都沒細想只是告訴自己跑呀。快跑回鎮上。跑回家努力說服母親相信我從沒在那台車裡見過你。努力讓母親相信我不知道那男的是誰。努力讓她相信我沒有只差十英尺就逮住在沙溝亂搞的你。努力讓她相信你也是站著沒躺下。

車子不停在說爽——————，爽——————，爽——————，不過變得愈來愈微弱。然後聲音停止，我可以聽見一頭乳牛在羅素爾家的畜棚哞哞叫。不過我始終沒有細想。我走到車門邊打開門抬起腳，當下確實有點覺得車子傾斜的角度比道路傾斜的角度多了一點，可是一直到上車發動前都沒有真正發現。

哎呀，我只好呆坐在那裡。太陽正在下山，這裡距離小鎮大概五英里。他們根本沒膽子把輪胎刺穿，就是沒有直接戳洞，而只是把裡頭的氣放掉。我只好在那裡呆坐了一陣子，心裡想著家裡那間養了一堆黑鬼的廚房而他們之中沒人有空把輪胎抬到車尾架上再扭上幾顆螺絲。這實在有點可笑因為她這人根本沒遠見，不可能故意把打氣筒拿走，除非她是在他把輪胎放氣時想到的或許吧。不過也很有可能是有人把打氣筒拿出來給阿班當水槍玩了，因為如果他想要的話那群人甚至會把整台車拆成碎片然後笛爾西還會說，**根**本沒人碰過你的車啦。我們亂搞你的車又有什麼好處啦？然後我會說**你**是個黑鬼。你知道自己有多幸運嗎？嗯？我隨時願意跟你交換因為只有白人的男人會傻到去擔心一個不要臉的小女生在搞什麼。

我走向羅素爾家。他家有打氣筒。這點是他們忽略了，我心想。不過我還是不敢相信她有膽子這樣搞。我一直在想這件事。我不知道為什麼好像就是學不會教訓，明明女人就什麼事都幹得出來。我一直在想，**不**如暫時忘記我們之間的恩恩怨怨好了：我無論如何不會這樣對你。無論你之前對我做過什麼，我都不會這樣對你。因為我總說身體裡流著什麼樣的血是天生的你無法擺脫。那可不是任何一個八歲小男孩可能想出來的惡作劇，而是任由你的舅舅被一個打著紅領帶的男人嘲笑呀。他們跑來鎮上說我們全是群鄉巴佬還認為這個小地方根本不夠伺候他們呢。哎呀他不會知道自己說得多有道理呢。還有她呢。如果她也這樣想的話，最好就是滾遠一點別回來我還天殺的樂得輕鬆。

我停止打氣把羅素爾的打氣筒還回去後開車回到鎮上。我去雜貨藥房買了可口可樂然後去了電報站。關市時的數字是一二．二一，下跌了四十點。總共可是四十乘上五塊錢呀；要是可以的話拿去買點東西吧，而她會說，我必須弄到一些錢我就是有需要而我會說太可惜了你得去找別人問問看囉，我這裡一毛錢也沒有；我忙到沒時間賺錢呢。

我就是盯著他。

「讓我來告訴你一些消息，」我說，「你一定會很震驚喔，我竟然對棉花市場感興趣呢，」我說。「想都沒想過，是吧？」

「我已經儘量想辦法送給你了，」他說。「我去了店裡兩次還打電話到你家，可是他們不知道你在哪裡，」他一邊說話一邊往抽屜裡翻找。

「送給我什麼？」我說。他遞了封電報過來。「什麼時候送來的？」我說。

「大概三點半，」他說。

「現在已經五點十分了，」我說。

「我有努力想送給你，」他說。「但找不到你。」

「那可不是我的問題，對吧？」我說。我打開電報，但只是為了看看他們這次又要跟我扯什麼謊。他們一定是淪落到底了才必須大老遠跑到密西西比來每個月騙我十塊錢。賣出，電報上面寫著。市場前景不穩，整體可能下跌。不用緊張只須關注政府公告。

「這樣一封電報訊息要價多少？」我說。他告訴我了。

「他們先付掉了，」他說。

「那我只欠他們這麼多了，」我說。「這些訊息我早就知道了。發去這封，對方付錢，」我一邊說一邊拿起一張空白電報紙。買入，我寫道。市場就快暴漲了。偶爾的波動只是為了釣更多還沒加入電報站業務的鄉下蠢貨上鉤。不用緊張。「幫我送出，對方付款，」我說。

他看著電報內容，然後望向時鐘。「市場一小時前就關市了，」他說。

「哎呀，」我說，「那也不是我的問題嘛。市場不是我發明的；我只是從中買入一點，而且在我的印象中，電報公司都會即時通知我市場狀況嘛。」

「快報來的時候都會立刻公布，」他說。

「對，」我說，「在曼非斯那裡呢，他們每隔十秒鐘就會公布在黑板上，」我說。「我今天下午還一度到了距離那裡不到六十七英里的地方。」

他看著那條訊息。「你要我把這封打出去？」他說。

「我可還沒改變心意，」我說。我寫好了另一封後數好錢。「還有這一封，如果你知道怎麼打出『買—入—』的話。」

我回到店鋪。我可以聽見街道另一頭的樂隊在演奏。禁酒令[38]還真是棒呆了，以前這些傢伙來鎮上時還會穿著家裡唯一的那雙鞋，去快遞局領包裹；現在他們都光腳去看表演了，而商店主人只能待在店門內像一整排籠子裡的老虎，就這樣呆望著他們經過。

「希望不是什麼嚴重的事。」

「什麼？」我說。他看了一下自己的錶，然後走到門口望向法院時鐘。「你該買支一塊錢的錶，」我說。「就算每次都讓你懷疑不準，這樣一支錶也花不了多少錢。」

「什麼？」他說。

「沒什麼，」我說。「希望沒造成你的不便。」

「我們今天不算太忙，」他說。「他們全去看表演了。沒事的。」

「如果不是真的沒事，」我說，「你知道可以怎麼做。」

「我就說沒事了，」他說。

「我聽見了，」我說。「反正如果不是真的沒事，你知道可以怎麼做。」

「你想辭職嗎？」他說。

「這跟我個人無關，」我說。「我怎麼想並不重要。可是別以為你留下我是在保護我。」

「只要你願意，你可以當個很好的生意人，傑森，」他說。

「至少我會懂得管好自己，而不是去找別人麻煩，」我說。

「我不知道你為什麼要逼我解雇你，」他說。「你明知道你隨時能辭職，就算辭職也不傷我們之間的感情。」

「或許正是因為這樣我才不辭職，」我說。「反正只要我還有顧好工作，你就得付我錢。」我走到店鋪後場喝了口水再從後門走出去。約伯終於把耕耘機都組好了。那裡很安靜，沒多久我的頭就不再那麼痛了。我現在可以聽見他們在唱歌，然後樂隊又開始演奏。哎呀，就讓他們搜括走這個鄉下的每分每角錢吧；反正對我沒什麼害處。我可以做的都努力過了；一個男人活到我這歲數還不知道何時該放手就太傻了。更何況那完全不干我的事。如果是我自己的女兒那就不一樣了，她可不會有時間去看表演；她得做點工作才能養活家裡那些病人和白痴和黑鬼，可我沒臉帶其他人回家生女兒了。我對他人的敬重讓我無法這麼做。我是個男人，我承受得了，那畢竟是我的骨肉親人而且我倒想仔細看看那些會對我的女性朋友出言不遜的男人是什麼貨色而女人當中會出言不遜的都是那些所謂該死的好女人那我倒也想見見這種優秀的、會上教堂但甚至沒有羅芮的一半正經的女人是什麼貨色，我是指先不論羅芮是不是妓女啦。我說過了要是我打算結婚你會興奮到飛天你心底清楚而她說我想要你能快樂地擁有一個自己的家庭而不是為我們做牛做馬拖磨一生。反正我很快就要死了然後你就能娶個老婆可是你永遠找不到配得上你的女人而我說可以的我可以。不過我說不了謝謝你我現在要照顧的女人夠多了要是真娶了老婆大概最後會變成毒蟲之類的。我們家現在只缺這種貨色了，我說。

太陽此刻已在衛理教堂後方落下，許多鴿子繞著教堂尖塔來回飛翔，樂隊停止演奏後我可以聽見牠們咕咕咕叫。聖誕節還沒過去四個月，牠們聚集得幾乎要跟之前一樣密集了。我想帕爾森・華索現在肚子裡正裝滿鴿子肉吧。瞧他那模樣你會以為我們拿槍是要去射人一樣，畢竟他為此高談闊論還在牠們靠近時抓住某人的槍管。在地上平安歸於他所喜悅的人[39]就連一隻麻雀都不會掉在地上[40]。可確實不管鴿子變得多密集他有什麼好在乎呢，他反正沒正事得做；就連時間是幾點幾分都不需要在意。他不繳稅，他不用眼睜睜看著自己的錢被拿去清理法院大鐘好讓鐘繼續走。他們找人來清理可得付四十五塊錢。光我數到的地上就有超過一百隻剛孵出來的鴿子。你以為牠們應該懂得該離開鎮上。我家裡的親戚沒有鴿子那麼多實在是萬幸，這點我肯定。

樂隊又開始演奏了，曲調響亮快速，應該是觀眾要散場了。我想他們這下總該心滿意足了吧。說不定他們聽到的音樂已經夠他們在十四或十五英里的回家車程中回味享受就連在黑暗中餵養牲口及擠奶時都還因此感到平靜地快樂。他們只需要把樂音用口哨吹出來並對牲口說幾個聽過的笑話，就還能算出自己不帶牲口去現場看表演省了多少錢。他們可以算出如果某個男人有五個孩子和七頭騾子，他光靠二十五分錢就等於帶上全家人去看表演了。就是這樣算。厄爾拿了幾個包裹回來。

「這裡有些東西要出貨，」他說。「約伯大叔在哪？」

「去看表演了，我猜，」我說。「如果你剛剛沒盯住他的話。」

「他不是會溜班的人，」他說。「他這人靠得住。」

「這其實是在罵我吧，」我說。

他走出門外張望，仔細聆聽。

「那樂隊挺好的，」他說。「大家差不多要散場了，我想。」

「除非他們打算繼續看晚場，」我說。燕子已經開始到處飛了，我可以聽見麻雀開始擁擠地聚集在法院庭院的樹林間。每隔一陣子那些麻雀就會在屋頂上方人們看得見的地方繞飛一陣子，然後又消失。牠們大得像鴿子一樣討人厭，我覺得啦。因為牠們大家甚至不能坐在法院的庭院裡。因為只要一回神，噗，大便就正中你的帽子。可是要射殺牠們一槍得花五分錢，如果想殺完你可得坐擁百萬資產。要是他們願意在廣場上放一點毒藥，那一天之內就能擺脫他們，畢竟一個商人如果無法阻止他養的禽鳥在廣場上到處亂跑，那最好就別養雞之類的鳥禽，而是去交易那種不需要進食的貨品，例如犁或洋蔥。就像如果有人無法把狗管好，那就別想養或跟狗扯上任何關係。我總說如果鎮上的所有生意都搞成鄉巴佬生意，那你也只配擁有一座鄉巴佬小鎮。

「觀眾散場對你也沒什麼好處，」我說。「他們得把馬套好趕著出發好在午夜前到家。」

「哎呀，」他說。「他們很享受啊。就讓他們偶爾花點小錢看表演嘛。山裡的農夫工作很辛苦，但又賺不了什麼錢。」

「又沒有法律規定他們要在山裡種田，」我說，「也沒規定他們非得種田。」

「如果不是有這些辛苦的農夫，你覺得你我現在會在哪裡？」

「那我現在已經回家啦，」我說，「躺好好的，頭上放著冰敷袋。」

「你真的太常頭痛了，」他說。「為什麼不把牙齒好好檢查一下？他今天早上真的有仔細看過嗎？」

「誰仔細看過？」我說。

「你說你今早去看了牙醫。」

「你現在是對我工作時頭痛有意見嗎？」我說。「是這樣嗎？」他們已經走過那條巷子，所有人都看完表演出來了。

「他們來啦，」他說。「我想我最好去店鋪前場。」他走過去了。真是有夠奇怪，無論你出了什麼毛病，男人總會要你去好好檢查牙齒，而女人總會要你去結婚。不過啊，還總會有一個從沒賺過多少錢的人來告訴你如何經營你的生意。就像那些大學教授連雙縫上自己姓名的專屬訂製襪都沒有，卻還要告訴你如何在十年內賺到一百萬，而找不到丈夫的女人也總是能指導你如何養家。

老約伯駕著運貨馬車出現。他過了好一陣子後才把鞭子插進鞭子插梢後纏繞好。

「哎呀，」我說，「表演好看嗎？」

「我沒看啊，」他說。「不過啊，我今晚或許能去帳篷裡待一下啦。」

「見鬼了你最好沒去看，」我說。「你自從三點後就不見了。厄爾先生剛剛才來後面這邊找你呢。」

「我是去處理自己的事，」他說。「厄爾先生知道我去哪裡了。」

「你要騙過他是沒問題，」我說。「我不會打你的小報告。」

「如果我想騙，他是這裡最好騙的人啦，」他說。「可是我為什麼要浪費時間騙一個我根本不在意週六晚上能不能見到的人？我也不會想騙你喔，」他說。「你對我來說太聰明了啦。沒錯，先生啊是這樣，」他說話時手忙腳亂地把五、六個小包裹放進載貨馬車，「你對我來說太聰明啦。要說聰明的話這個鎮上沒人比得上你。你把一個好聰明的男人都騙到整個人糊裡糊塗了呢，」他一邊說一邊爬進馬車解開纏繞的轠繩。

「你說誰？」我說。

「就是我眼前這位傑森．康普生先生啊，」他說。「拉車啊，老丹！」

馬車有個輪子快鬆脫了。我就看他有沒有辦法在輪子鬆脫前駛出這條巷子。不過呢，沒什麼交通工具是不能交給黑鬼的唷。要我說啊家裡那台老舊的破馬車才真是看了刺眼，可你就會任由它天長地久地待在車棚裡只為了讓那個白痴男孩每週可以搭車去一趟墓園。我說他可不是世間唯一必須勉強自己的傢伙。我總有一天要逼他像個文明人一樣搭汽車去要不然他就給我待在家裡。他哪搞得清楚自己是要去哪裡又或者是要去做什麼呢，我們竟然還得為此保留一台馬車和一匹馬只為了讓他可以週日下午搭車出遊。

約伯才不在意輪子會不會鬆脫，只要別讓他們回程時走太遠就沒問題。我說過了唯一適合他們的地方在田裡，那個他們必須從日出工作到日落的地方。他們承受不起餘裕或輕鬆的工作。只要讓他在白人身邊待一陣子，他就會沒用到連殺他都是浪費子彈。他們變得可以機靈的在你面前成功偷懶，就像羅斯克斯唯一犯下的錯誤也只有某天不小心讓自己死了。他們偷懶又偷東西然後稍微對你出言不遜然後得寸進尺等到有一天你只好拿根木板條或什麼的來公開教訓他們一頓。哎呀，反正這是厄爾的生意。但換作我的話我才不想讓這個腳步蹣跚的老黑鬼開著這輛一轉過街角就隨時可能支離破碎的馬車成為我在鎮上的活招牌。

太陽還完全沒有下山，店內已經開始暗下來。我走到店鋪前場。廣場空蕩蕩的。厄爾去後場關上保險箱，然後鐘聲開始響。

「你把後門關起來，」他說。我走到後面鎖上門再回來。「我想你今晚會去看表演吧，」他說。「我昨天把門票給你了，是吧？」

「對，」我說。「你想拿回去嗎？」

「沒有、沒有，」他說，「我只是不記得給你了沒有。沒道理把票浪費掉。」

他鎖上門後向我道過晚安後就離開了。那些麻雀還在遠方的樹林間窸窸窣窣，不過廣場除了幾台車之外都是空的。雜貨藥房前方停了一輛福特，可是我甚至沒往那裡看一眼。我很清楚所有事情何時夠了就該放下。我不介意努力去幫她，可是我知道自己什麼時候真的受夠了。我猜我可以教勒斯特開車，然後他們想要的話就能成天開著車去追她，而我就能待在家裡陪阿班玩呢。

我走進去買了幾根雪茄，然後想著以防萬一還是為了避免頭痛再來一杯爽的吧，於是我站在那裡跟他們聊了一陣子。

「哎呀，」麥克說，「我想你的錢今年都押在洋基隊上了吧。」

「為什麼要押？」我說。

「季冠軍啊，」他說。「聯盟裡沒有任何隊伍能打敗他們了。」

「見鬼了最好是沒有，」我說。「他們不行了啦，」我說。「你以為有隊伍可以永遠靠運氣贏嗎？」

「我不會說那是運氣喔，」麥克說。

「我絕不會把錢押在有魯斯[41]那傢伙的隊伍上，」我說。「就算知道他們會贏也不押。」

「是因為？」麥克說。

「我可以在任何一個聯盟說出十幾個比他有價值的球員，」我說。

「你對魯斯有什麼意見？」麥克說。

「沒意見，」我說。「我對他沒任何意見。但就是連他的照片都不想看。」我逕自走了出去。燈光逐漸亮起，人們正沿著街道回家。有時候麻雀在天色完全暗下之前不會平靜下來。有天夜裡他們把法院周遭新裝的燈打開，麻雀被驚醒後整晚東飛西繞甚至撞進燈裡。他們就這樣連續開了兩、三個晚上，有天麻雀就都消失了。然後大概兩個月後牠們又全回來了。

我開車回家。屋裡還沒亮起燈光，不過他們一定全望著窗外，在我抵達廚房前笛爾西會在廚房不停嘮叨就彷彿她必須保溫的食物都是她自己付錢買來的一樣。你要是聽到她的叨唸會以為這世上只有這麼一頓晚餐，而且她竟然還得為了我把這麼一頓珍貴的晚餐延後幾分鐘開飯。哎呀至少我可以有次回家時不用發現阿班跟那個黑鬼在柵門口閒晃活像是關在同個籠子裡的熊和猴子[42]。只要接近日落時分他就會跑向柵門彷彿乖乖回去畜棚的乳牛，他會死抓著柵門不停探出頭來然後自顧自地哭哭唉唉。在你看來牠就是頭自尋苦吃的色豬。要是那些他因為柵門沒關鬧出的事情發生在我身上的話，我永遠都不會再想見到任何一個女學生了。我常在思考他到底在想什麼呢，他就那樣待在柵門口，望著那些女孩子從學校走過來，試圖索求一些他甚至不記得自己沒有也無法再想要的事物。他們把他的衣服脫掉時他剛好看見自己的身體然後像平常一樣開始哭時不知道腦子裡想的是什麼。可是我說過了他們就是幹得不夠澈底。我說我知道你需要什麼，你需要像是阿班一樣給送上手術台那你就會規矩了。要是你不清楚那是怎麼一回事我說，就叫笛爾西告訴你吧[43]。

母親的房間裡有一盞燈光。我把車子停好後走進廚房。勒斯特和阿班在那裡。

「笛爾西在哪？」我說。「準備把晚餐送上來了嗎？」

「她在樓上和卡琳小姐待在一起啊，」勒斯特說。「她們一直在樓上吵。自從昆汀小姐回來就吵到現在。婆婆上去阻止她們吵架了。表演結束了嗎？傑森先生。」

「對，」我說。

「我就覺得好像有聽見樂隊在演奏，」他說。「真希望我能去啊，」他說。「要是我有那二十五分錢就能去了。」

笛爾西走進來。「你可回來了，是吧？」她說。「今天傍晚是在忙什麼啊？你知道我有多少工作得做嗎？為什麼就不能準時回家。」

「說不定我去看了表演呢，」我說。「晚餐準備好了嗎？」

「真希望我能去，」勒斯特說。「如果我有那二十五分錢就能去了。」

「你別想去看什麼表演啦，」笛爾西說。「你給我去進屋子裡坐好啦，」她說。「別給我上樓害她們又鬧起來啊，去。」

「發生什麼事？」我說。

「昆汀剛剛回來說你傍晚都在到處跟蹤她，然後卡琳小姐就對她大發飆了。你為什麼就不能別煩她啊？難道跟你的親外甥女在這棟屋子裡生活還非得吵架啊？」

「我可沒辦法跟她吵，」我說，「我打從今天早上之後就沒見過她了。這次她又說我怎麼樣了？逼她去上學？這可太壞了啊，」我說。

「哎呀，你顧好自己別煩她了，」笛爾西說，「如果你和卡琳小姐願意的話我可以管教她。現在進去，在我上晚餐前規矩點。」

「要是我有那二十五分錢啊，」勒斯特說，「我就可以去看那表演啦。」

「要是你有翅膀你還能飛去天堂啊，」笛爾西說。「我不想再聽到那場表演的事啦。」

「這倒讓我想起，」我說，「我手上有兩張他們給我的票。」我從大衣口袋取出那兩張票。

「你打算用那些票嗎？」勒斯特說。

「我可不去，」我說。「就算付我十塊錢也不去。」

「給我一張啦，傑森先生。」他說。

「我可以賣你一張，」我說。「這樣如何？」

「我沒錢啊，」他說。

「那太可惜了，」我說。我作勢要離開。

「給我一張啦，傑森先生，」他說。「你用不到兩張嘛。」

「閉上你的嘴啦，」笛爾西說，「難道你不知道他不管有什麼都不可能免費送人嗎？」

「你一張票要賣多少？」他說。

「五分錢，」我說。

「我沒那麼多，」他說。

「你有多少？」我說。

「我一毛都沒有，」他說。

「好吧，」我說。我離開。

「傑森先生，」他說。

「你為何不閉嘴啊？」笛爾西說。「他只是在逗你。他打算兩張票都要自己留著。走吧，傑森，別鬧他了。」

「我不想要這些票，」我說。我走回爐子邊。「我是打算進來把票燒掉。但或許你們願意拿五分錢鎳幣來買一張？」我說話時盯著他，一邊打開爐子的頂蓋。

「我沒那麼多，」他說。

「好吧，」我說。我把其中一張票丟進爐子。

「你啊，傑森，」笛爾西說，「你不覺得丟臉嗎？」

「傑森先生，」他說，「拜託，先生啊。我這個月每天都去幫你裝輪胎。」

「我需要現金，」我說。「只要五分錢就能給你。」

「安靜，勒斯特，」笛爾西說。她把他往後扯。「丟啊，」她說，「丟進去。丟。丟完了事。」

「只要五分錢就能給你。」

「丟啊，」笛爾西說。「他沒有五分錢的。丟啊。丟進去。」

「好吧，」我說。我丟進去，笛爾西蓋上了爐蓋。

「還真是個成熟的大人啊，」她說。「現在滾出我的廚房。安靜，」她對勒斯特說。「別害小班也開始鬧起來。我今晚會跟弗洛妮要二十五分錢給你明晚去看表演啦。現在給我安靜，聽話啊。」

我走向客廳。我聽不見樓上有任何聲響。我打開報紙。一陣子後阿班和勒斯特進來了。

阿班走向牆面原本掛過鏡子的暗色區塊，雙手在牆面搓揉，又是流口水又是哭哭唉唉。勒斯特開始生火。

「你在做什麼？」我說。「我們今晚不用火。」

「我想讓他安靜下來，」他說。「復活節總是很冷。」

「但今天還不是復活節，」我說。「別弄了。」

他把火鉗放回去拿起母親椅子上的靠枕給阿班，於是他在壁爐前蹲坐下來，安靜了。

我讀報紙。笛爾西進來要阿班和勒斯特去廚房因為晚餐已經準備好，此時樓上仍然沒有聲響。

「好的，」我說。她走了出來。我坐在那裡讀報紙。一陣子後我聽見笛爾西從門口探頭進來。

「你為什麼不來吃飯？」她說。

「我在等晚餐，」我說。

「晚餐在桌上啊，」她說。「我剛剛告訴你了。」

「是嗎？」我說。「不好意思。我沒聽見任何人下樓啊。」

「她們不下來吃了，」她說。「你先來吃吧，之後我才能準備些飯菜上去給她們。」

「她們病了嗎？」我說。「醫生怎麼說？不會是天花吧，拜託老天。」

「過來吧，傑森，」她說，「讓我把工作做完。」

「好吧，」我說話時再次舉起報紙。「我現在就在等晚餐。」

我可以感覺到她在門邊看我。我讀著報紙。

「你這是何必呢？」她說。「你明知道我有夠多其他事要忙了。」

「如果母親病得比平常厲害，無法下來吃飯，那沒問題，」我說。「但只要還是我養家，是我為家裡那些更年輕的傢伙買食物，他們就得下樓來餐桌上吃飯。晚餐準備好告訴我，」我說完再次讀起報紙。我聽見她在爬樓梯，一邊拖著腳步一邊抱怨呻吟就彷彿那是垂直的梯子而且每階都有三英尺高。我聽見她到了母親房門口，然後聽見她喊昆汀，應該是因為她的房門鎖上了，然後她走回母親房門口接著母親走去跟昆汀說話。然後她們一起下樓。我讀報紙。

笛爾西走到門口。「來吧，」她說，「看看你還能想出什麼壞主意吧。你今晚真是難搞。」

我走去餐廳。昆汀低頭坐著。她又往臉上化妝了。她的鼻子就像顆白瓷絕緣扣。

「很高興你身體好到可以下來了，」我對母親說。

「我能為你做的事很少，至少還能下樓來吃頓飯，」她說。「身體如何都無所謂。我明白男人整天工作之後會想跟家人一起坐在餐桌上吃飯。我想讓你開心。我只希望你和昆汀能處得好一點。這樣我會好過一些。」

「我們處得不錯啊，」我說。「如果她願意的話我也不介意看她整天關在自己的臥房裡。可是我無法忍受那些公開亂搞還有吃飯時擺臭臉的行為。我知道要做好這些對她來說太難了，可是這是我家的規矩。你家啦，我的意思是你家。」

「確實是你家，」母親說，「你現在是家裡的家長了。」

昆汀還是沒有抬起眼來。我幫忙把菜餚分盤後她開始吃。

「你有吃到一塊好肉嗎？」我說。「如果沒有的話，我幫你找塊更好的。」

她什麼話都沒說。

「我說，你有吃到一塊好肉嗎？」我說。

「什麼？」她說。「有。這肉還可以。」

「要多吃一點飯嗎？」我說

「不用，」她說。

「讓我多給你一些吧，」我說。

「我不需要更多飯了，」她說。

「千萬別客氣，」我說，「儘量吃啊。」

「你的頭痛好了嗎？」母親說。

「頭痛？」我說。

「我本來擔心你頭痛要發作了，」她說，「就是你下午回家的時候。」

「喔，」我說。「後來沒發作。我們下午太忙了，忙到我都忘了這回事。」

「所以才比較晚回來嗎？」母親說。我可以看出昆汀在認真聽我們說話。我看著她。她還在動著刀叉，可是我逮到她在偷看我，然後她又望向自己的盤子。我說，

「不。我大概三點時把車子借給某個傢伙了，所以得等他還我才能回家。」我吃了一陣子。

「借誰？」母親說。

「就是一個來表演的人，」我說。「他妹的丈夫似乎跟鎮上某個女人跑去兜風了，他開車去追他們。」

坐在餐桌旁的昆汀沒有絲毫動靜，她的嘴巴咀嚼著。

「你不該把車借給那種人，」母親說。「你就是太大方了。就是因為這樣，我只有非不得已才會找你幫忙。」

「我也開始在想這個問題，想一陣子了，」我說。「可是他把車好好還回來了。他說他找到要找的人了。」

「那個女人是誰？」母親說。

「我晚點告訴你，」我說。「我可不想在昆汀面前說這種事。」

昆汀沒在吃了。每隔一陣子她會喝一口水，然後她坐在那裡撕一塊鬆餅，臉低到幾乎貼在盤子上。

「好，」母親說，「像我這樣一個與世隔絕的婦女，鎮上發生什麼事都不知道。」

「沒錯，」我說。「這樣的女人確實不會知道。」

「我的人生已經大不相同了，」母親說。「感謝上帝啊，我對這些邪惡的事蹟一無所知。我甚至也不想知道。我跟大多數人不一樣。」

我沒再說話。昆汀繼續坐著撕鬆餅，等我停止吃飯之後，她才開口，

「我可以走了嗎？」她說話時沒看任何人。

「什麼？」我說。「當然啊，可以走的。難道你在等我們吃完嗎？」

她看著我。她已經把整塊鬆餅都撕碎了，可是雙手還像是在撕一樣動作著眼神彷彿像是極度困窘然後她開始咬起嘴唇就彷彿咬了嘴唇本該讓她中毒而死，畢竟上面塗滿了紅鉛唇膏。

「外婆，」她說，「外婆——」

「你還想吃些什麼嗎？」我說。

「為什麼他要這樣對我？外婆？」她說。「我又沒傷害過他。」

「我要你們所有人好好相處，」母親說，「家裡現在只剩你們了，我真希望你們能處得好一點。」

「都是他的錯，」她說，「他就是不能放過我，我是被逼的。如果他不想要我在這個家裡，為什麼不讓我回去——」

「夠了，」我說，「不准再說了。」

「那為什麼他不能放過我？」她說。「他——他就是——」

「他幾乎算是你的父親了，你唯一可能擁有的父親，」母親說。「我們的麵包都是靠他才有得吃。他期待你規矩聽話本來就是應該的事。」

「都是他的錯，」她說。她抓狂起來。「是他逼我的。要是他可以——」她看著我們，眼神極度困窘，身側的雙手幾乎在抽動。

「要是我可以怎樣？」我說。

「無論我做了什麼，總之都是你的錯，」她說。「如果我使壞，那也是因為我不得不壞。都是你逼我的。真希望我死掉。我希望我們全部死掉。」然後她跑走了。我們聽見她跑上樓梯。然後房門砰一聲甩上。

「這是她第一次說出這麼有道理的話，」我說。

「她今天沒去學校，」母親說。

「你怎麼知道？」我說。「你去鎮上了？」

「我就是知道，」她說。「真希望你能對她好一點。」

「如果要對她好一點，我每天得安排見她一次以上才有可能呢，」我說。「你們得讓她每次吃飯都到餐桌來吃。那我就能每餐多給她加塊肉了呢。」

「你有很多小事可以做，」她說。

「像是你叫我確保她去上學，但同時又要我假裝不知道她沒去？」我說。

「她今天沒去學校，」她說。「我就是知道她沒去。她說她和一個男孩子下午去兜風了，而你跟蹤了她。」

「我怎麼可能跟蹤她呢？」我說，「下午有人借走我的車啦。無論她今天有沒有上學反正都過去了，」我說，「如果你非得擔心這件事，不如擔心她下週一會不會去吧。」

「我要你和她兩人好好相處，」她說。「可是她繼承了那些頑固的性格。昆丁也是。我就是明白她遺傳到的特質，當時才給她也取了這個名字。有時我在想，她就是凱兒和昆丁給我的懲罰。」

「我的好上主啊，」我說，「你可真是聰慧過人，難怪一天到晚生病。」

「什麼？」她說。「我不明白。」

「不明白倒好，」我說。「要當好女人啊，不清楚自己錯過什麼會更好。」

「他們倆都一個樣，」她說，「每當我想糾正他們什麼，他們就會聯合父親來對抗我。他總說他們不需要管教，說他們很清楚什麼叫做清白正直，但所有人都希望能有誰來教教自己這種事吧。這下我希望他可滿意了。」

「你還有阿班可以指望啊，」我說，「開心點嘛。」

「他們就是不讓我參與他們的生活，」她說，「她和昆丁總是這樣。他們老是想辦法一起對抗我。還有你，不過你年紀太小沒意識到。他們一直把你和我當成局外人，對你的莫里舅舅也一樣。我一直跟你父親說他們太自由了，也太常膩在一起了。昆丁開始上學後一年我們還得讓她上學，這樣他們才能彼此作伴。只要你們能做的她也要能做，不然她無法接受。這是一種虛榮，一種虛榮跟錯誤的傲氣。然後等她惹上麻煩後，我知道昆丁覺得自己也必須做出差不多惡劣的事。但我不敢相信他會自私到——我從沒想過他會——」

「說不定他已經知道她會生一個女兒，」我說，「他知道這種人再來一個自己絕對受不了。」

「他本來可以好好管教她的，」她說。「他似乎是她唯一會在乎的人。不過那也是我應受的懲罰之一，我想。」

「對啦，」我說，「真可惜死的是他而不是我。死的要是我，你就輕鬆多了呢。」

「你說這種話只是想傷害我，」她說。「不過我活該。當他們為了把昆丁送去哈佛而賣地時我就跟你父親說過了，他也要留下相等的財產給你。然後赫伯特提議要帶你去銀行工作時我說，傑森這下未來穩當了，之後家裡開銷愈來愈大我被迫賣掉家具和剩下的草地時，我曾寫信給她一次因為我說她要明白她和昆丁已經拿走了他們應得的財產甚至包含了傑森的一部分而現在要靠她來彌補他了。我說她要出於對父親的敬重而這麼做。我當時是這麼相信的，真的。可是我只是個貧窮的老女人；我的教養告訴我要相信人們不會背棄自己的骨肉親人。是我的錯。你責備我是應該的。」

「你以為我需要別人幫忙才能成事嗎？」我說，「更別說還是個連孩子父親是誰都說不出來的女人。」

「傑森，」她說。

「好吧，」我說。「我不是那個意思。當然不是。」

「我都受了那麼多苦，實在不能再思考那種可能性了。」

「當然不是，」我說。「我不是那個意思。」

「我希望至少別讓我再碰上這種事了，」她說。

「那當然，」我說，「她跟他們兩人太像了，要懷疑都沒辦法。」

「我會承受不了，」她說。

「那就別想了，」我說。「她還有一直煩著要你讓她在晚上出門嗎？」

「沒有。我讓她明白我是為了她好，之後有天她會感謝我的。我把門鎖上後她就拿課本去用功了。有時候我還會看到她房間的燈亮到十一點呢。」

「你怎麼知道她有用功？」我說。

「我不知道她獨自待在裡面還能做什麼，」她說。「她從來也不會讀出聲音。」

「是沒辦法，」我說，「你沒辦法確定。你該感謝老天你什麼都不知道，」我說。不管什麼事真的說出來又有什麼用呢。反正說了她只會又哭倒在我身上。

我聽見她上樓。然後她叫了昆汀然後昆汀隔著門板說了什麼？然後我聽見鑰匙插進鎖孔的聲音，然後母親回到她自己的房間。

我抽完雪茄後上樓，燈光還亮著。鑰匙孔已經空了，但我聽不見任何動靜。她用功時很安靜。或許是在學校學到習慣。我跟母親道了晚安然後走到我的房間把盒子取出來再數了一遍。我可以聽見那頭「偉大的美國閹馬」[44]打呼的聲音就像來自一座刨木床工廠。我在某個地方讀過有些男人為了擁有女人的聲音會接受閹割。不過或許他並不知道那些人對自己做了什麼。我甚至不認為他知道自己一直想對那些女學生做什麼，他大概也不懂為何柏傑斯先生要拿籬笆樁柱把他打昏。要是他們願意把他迷昏後送去傑克遜，他甚至不會知道自己換了地方。但這麼簡單的作法康普生家族是想不到的。相對於他們所追求的複雜可說一半都還不夠。就非得等到他在街上失控並嘗試在一個小女孩的父親面前撲倒小女孩之後他們才終於覺得應該做些什麼。哎呀，我總說他們決定要對他下刀時已經太晚了，之後又太快放棄這個做法。我知道至少還有兩個傢伙需要類似的手術，其中一個還沒有遠在天邊呢[45]。不過話說回來就算那麼做了我也不覺得會有任何好處。我之前說過啦一日婊子終生婊子。啊就讓我清淨二十四小時別再有任何紐約猶太人來建議我該怎麼做了。我沒打算在市場贏個通殺；這種事留給他們去騙那些聰明絕頂的賭徒吧。我只希望能有個把錢拿回來的公平機會。一旦我把錢拿回來了他們大可把整條比爾街的妓女和療養院的瘋子都帶來這個家裡他們兩人還能睡在我的床上至於另一個人也能在餐桌上坐我的位子。

1 據此推測，昆汀出生於一九一〇或一九一一年。

2 傑森在這裡是諷刺自己不是上流階級，不但沒有可以打高爾夫球的正式球具，白天也沒有時間這麼做。

3 返鄉週（Old home week）是十九世紀到二十世紀在美國新英格蘭地區起源的一個小鎮活動，每十年舉辦一次，活動的主題就是讓外地遊子回到鎮上團聚。到了二十世紀與二十一世紀之交，這個活動開始逐漸遍布全美。這裡傑森是在諷刺他們全家跟住在精神病院沒兩樣，可能要靠返鄉週才能回家。

4 據推測可能是赫伯特·黑德不明白為何凱兒會懷上別人的孩子。

5 這個年代的黑人年長男性常被泛稱為約伯大叔（Uncle Job），而此名字的由來其實就是指稱《聖經》中那位總是在犧牲奉獻又有耐心的約伯。

6 這裡指的是可口可樂，可口可樂在一八八〇年代的配方確實有含量不低的古柯鹼，到了傑森所處的時代，可口可樂幾乎已經沒有任何相關物質了。可是有許多人仍然相信裡面有古柯鹼，傑森似乎就是其中之一，所以才會覺得喝可口可樂像是在吸毒一樣。

7 傑森已經在前一天遵循紐約投資顧問的建議賣空，所以他跟鎮上其他人的想法不一樣，反而今天是希望市場上的棉花價格可以下跌。

8 傑森在用昆汀姓名的首字母假冒昆汀打電報。

9 羅芮（Lorraine），傑森的情婦。

10 第三部的敘事者傑森也有陷入回憶的時刻，這個漫長的段落就是一個例子，只是他陷入回憶的狀態不會有小班和昆丁那麼跳躍而混亂。之後也會一些回憶的跳接，但段落跟之前兩部相比都較為完整。

11 分別指昆丁讀哈佛大一時在晚上溺死；以及他父親因為在大學學會純飲威士忌不加水，最後喝酒而死的兩件事。

12 他諷刺地說自己書讀得比較差，只能學習如何用平常治頭痛的藥來自殺。

13 他用物件的「it」來指稱昆汀。

14 之所以突然轉變話題應該是為了向母親隱瞞凱兒真的有回來過的事實。

15 這裡因為莫里舅舅的話題傑森跳接到莫里舅舅也有參加自己父親葬禮的回憶。

16 用來克制康普生先生的酗酒問題。

17 也暗指傑森失去前往銀行工作的機會。

18 指她咒自己早死。

19 語意不明，諸多猜測，大致認定傑森相信自己被迫穿著新西裝在雨中待那麼久，主要的責任在於莫里舅舅偷喝酒。

20 這裡是指赫伯特．黑德。

21 傑森在這裡讀的應該是《撒迦利亞書14：12》：「耶和華用災殃攻擊那與耶路撒冷爭戰的列國人，必是這樣：他們兩腳站立的時候，肉必消沒，眼在眶中乾癟，舌在口中潰爛。」

22 推測這裡是傑森的諷刺發言，意思是難道是要他放棄家裡繼承的財產，買一些流浪漢的裝備去流浪嗎？

23 指的是空白支票。康普生太太每次都會把凱兒寄來的支票燒掉，但其實燒掉的都是傑森用空白支票偽造的假支票，真的支票被他私下拿去兌現了。

24 一如往常地偽造出給康普生太太燒的支票。

25 意指要把班傑明送去精神病院，把昆汀送去妓院。奶與蜜之地指的則是《聖經》中充滿許諾的美好土地。

26 傑森進行的騙局非常複雜，但大致上應該是每個月一號他從五金行實領薪水，收到凱兒的支票後再偽造康普生太太的簽名後把其中一部分存進母親的戶頭，並讓她相信他存進去的是他的薪水，而他會把薪水跟凱兒支票金額沒存進母親戶頭裡的錢留下來。由於凱兒的支票常常會晚到，導致康普生太太以為厄爾常晚發薪水給傑森。

27 這裡是指如果昆汀是傑森和凱兒生的孩子，那就會確定是個亂倫之下的劣種。

28 曼非斯紅燈區的女子。

29 水和酒分別是他哥哥昆丁和他父親的死因，汽油則可能是因為聯想到赫伯特．黑德開車載凱兒和康普生太太的那段回憶，因此後來他只要聞到汽油味就頭痛。

30 傑森因為已經把凱兒的支票拿去存了，賠錢導致他得動用他存的私房錢。

31 傑森的帳戶遭到結算，因為傑森的利潤低於法律所要求必須達到所欲投資金額百分之十的最低額度。為了要能夠繼續投資，傑森還得繼續匯錢給他的投顧仲介。

32 密西西比河曾在一九二七年氾濫成災。

33 傑森要回家拿錢去匯錢給紐約的投顧仲介。

34 傑森常常頭痛，頭痛時會抹樟腦油。

35 這裡傑森應該是在教訓他的母親康普生太太。

36 這裡指的是接下來提到的在路邊遇見的黑人。

37 當時女人被禁止穿長褲。

38 美國的禁酒令實施於一九二〇到一九三三年間，傑森似乎語帶諷刺地認為禁酒令很糟。因為以前可以郵購買酒時，這些黑人家裡至少還有一雙鞋，實施禁酒令之後這些黑人家裡連鞋子都沒了，也缺乏消費力，只能讓店主枯等生意。然而禁酒令之所以造成這種效果的因果連結並沒有在此特別說明。

39 傑森在抱怨帕爾森．華索（Parson Walthall）不讓人射鴿子的行為，他引用的是《路加福音2：13-14》中描述耶穌出生的場景：「突然有一大隊天兵，同那天使讚美神說：『在至高之處榮耀歸於神！在地上平安歸於他所喜悅的人！』」

40 傑森在這裡引用的是《馬太福音10：29》中的段落：「兩個麻雀不是賣一分銀子嗎？若是你們的父不許，一個也不能掉在地上」。

41 一九二七年的紐約洋基隊幾乎可說是美國職棒史上最頂尖的隊伍，看板明星貝比．魯斯（George Herman "Babe" Ruth, Jr., 1895-1948）在當季擊出生涯最高的六十支全壘打；洋基隊以超越七成的全年勝率拿下全聯盟最多的一一〇勝，也僅花了四場比賽就拿下世界大賽冠軍。所以傑森不押衛冕冠軍不是理性的選擇。他對貝比．魯斯的敵意可能來自他有黑人血統的傳言。

42 從這裡開始講的是班傑明讓女學生受到驚嚇後被送去閹割的事件，班傑明身體所失去的部分就是閹割的結果。

43 最後兩句疑似是在跟昆汀對話。

44 蔑指班傑明。

45 傑森覺得還需要閹割的另外兩個人很有可能就是指凱兒和昆汀；但也可能有其中一個人是指擁有類似伊底帕斯情節的自己。

APRIL 8, 1928

四月

八日

一九二八 [1]

黎明降臨時淒涼冷冽。一整片灰色光牆從東北方襲來，但沒有溶入溼氣，反而像是分解成微細有毒的粒子，彷彿灰塵，於是在笛爾西打開小木屋的門走出來時，這些粒子就這麼橫著刺進她的肉裡，落下時與其說是一層溼氣還不如說是一種物質，感覺起來薄薄一層，像半凝結的油。她頭上的黑色硬草帽底下是頭巾，紫色絲質連身裙上披著一條紅褐色的天鵝絨披風，披風邊緣鑲著不知什麼動物的髒爛皮毛，她在門裡站了一陣子，她那被無數皺紋分割的塌陷臉龐望著這天氣，一隻乾癟的手如同蒼白的魚腹，然後她撩開披風仔細檢視禮服的胸襟。

那件禮服乾癟地從她的肩頭垂下，越過她平坦的胸部，在她隆起的肚腹收緊後再次垂落，之後在內褲的地方稍微蓬起來，而隨著春天結束氣候也暖和起來，身穿色彩氣派但年份老舊禮服的她會將那一層層的內褲移除。她曾經是個身形高大的女子可是現在骨架形狀明顯，鬆鬆地垂掛在缺乏油脂的皮膚底下，而皮膚直到隆起的肚腹上才又幾乎像是水腫般繃緊起來，就彷彿肌肉和組織曾經是如此勇敢或堅毅而這些日子或這些年已經侵蝕了這樣的精神直到唯一不願屈服的骨骼最後留了下來在昏沉且無感的臟器之上隆起如同廢墟或地標，而在那之上那張崩毀的臉卻是讓人感覺骨頭已經脫離了肉體，在這樣勞碌的一天聳立出一種表情，那表情一方面聽天由命，另一方面又像個孩子般既震驚又失望，最後她轉身再次走入屋內關上了門。

緊貼門口的土地一片光裸。那裡形成了一種樣態，就像是被世世代代的光腳跟磨出來的，如同老銀器或墨西哥屋子手工糊的那種牆面。至於屋子旁邊，會在夏天時提供遮蔭的是三棵佇立一旁的桑葚樹，那些毛茸茸的嫩葉之後會長得如同巴掌般寬厚穩重，不過此刻正平貼著強勁流動的空氣起伏飄動。一對橿鳥[2]不知從哪裡冒出來，被風猛地一陣吹拂往上旋轉飛舞如同乾癟的碎布或碎紙，最後落進桑葚樹裡，傾斜著身體搖擺聒噪終於站穩腳步，對著風尖聲大叫，而風又將牠們嚴厲控訴的尖叫推送得愈來愈遠像是一一被捲走的碎紙或碎布。然後又有三隻橿鳥加入了牠們於是牠們一度在扭轉的枝條上傾斜著搖擺身體，一起尖聲大叫。小木屋的門打開，笛爾西再次出現，這次她戴著一頂男用毛氈帽，身上穿著軍裝大衣，而大衣的破爛下擺之下是她那件藍色的格紋連身裙不平整地到處蓬起，那條連身裙也在她穿過庭院走上通往廚房的階梯時起伏飄動著。

過了一陣子後她又出現，手上帶著一把打開的傘，她斜拿著傘頂風前進，走到木柴堆後放下還開著的傘。緊接著她把傘抓住不讓傘飛走，就這麼壓著一陣子，同時四處張望。然後她把傘收好放在地上再將堆疊好的爐柴放進臂彎，那些爐柴緊貼住她的胸口，然後她撿起雨傘好不容易撐開後回到階梯前然後一邊小心翼翼抱穩那些木柴一邊想辦法把傘收起來，接著把傘斜倚在門內的一個角落。她把木柴丟進火爐後方的一個箱子，然後脫下大衣和帽子從牆上取下髒兮兮的圍裙穿上後回到爐邊生火。而就在她生火的同時，爐柵嘎啦嘎啦和爐蓋噹啷噹啷作響之際，康普生太太開始站在樓梯頂端喊她了。

她穿著一條縫有黑緞補丁的連身睡袍，領口抓緊在下巴。她另一隻手拿著紅色的橡膠熱水袋站在後方階梯頂端，正用穩定且毫無起伏的聲音每隔一段時間對著安靜通往一片澈底黑暗的樓梯井叫喊「笛爾西」，那道黑暗的樓梯井最後在一扇灰色窗戶透進光的所在再次敞亮起來。「笛爾西，」她大喊，那聲音沒有起伏或重音或迫切不安，就彷彿她完全不期待有人回覆。「笛爾西。」

笛爾西回答了，她停止了處置爐火的嘎啦嘎啦聲響，可是她都還沒能走到廚房另一頭，康普生太太就又喊她了，她都還沒能越過飯廳讓她的頭映襯在那扇窗戶灑落的灰光中，呼喊聲就又來了。

「好啦，[3]」笛爾西說，「好啦，我來了。我一把水燒熱就會立刻把熱水袋填滿啦。」她把裙襬撩起來爬上樓梯，澈底擋住了那一片灑落的灰光。「把熱水袋放下然後回去床上。」

「真不明白是怎麼回事，」康普生太太說。「我醒來後至少已經躺了一小時，卻都沒聽見廚房傳來一點聲響。」

「你把熱水袋放下，回去床上，」笛爾西說。她痛苦又吃力地爬上樓梯，姿態古怪，呼吸沉重。「我馬上就要把火燒起來了，之後很快就有熱水啦。」

「我已經躺了一個小時，至少一小時，」康普生太太說。「還想說你可能在等我下樓生火呢。」

笛爾西爬到樓梯頂端接過熱水袋。「很快就弄好了，」她說。「勒斯特今早睡過頭了啦，他因為那場表演大半夜沒睡。我打算自己來生火。去吧，免得在我準備好之前把其他人吵醒啦。」

「如果你放任勒斯特去幹閒事，害他沒辦法好好工作，你就活該受苦，」康普生太太說。「傑森要是聽說了絕對不會高興的。你很清楚他會怎樣。」

「他可不是用傑森的錢去看表演啊，」笛爾西說。「這點倒是確定的。」她走下樓。康普生太太回到自己的房間。她再次爬上床時能聽見笛爾西還在往下走，那動作聽起來緩慢又極為痛苦又誇張，要不是那聲響總算被餐具櫃門啪啦啪啦的開闔聲響所取代，她都要發火了。

她走進廚房生起火開始準備早餐。就在準備到一半時她停下動作走去窗邊望向她的小木屋，然後走到門口打開門在這惡劣的天氣中大喊。

「勒斯特！」她大吼，然後站著仔細聽，臉龐順著風向傾斜，「是你嗎？勒斯特？」她仔細聽，然後就在她準備再次大吼時，勒斯特從廚房外的轉角冒了出來。

「女士？」他一派無辜地說，那無辜讓笛爾西低頭望著他時，一度驚訝地一動不動，除此之外腦中一片空白。

「你跑去哪啦？」她說。

「沒去哪裡啦，」他說。「就是待在地窖裡嘛。」

「你跑去地窖幹啥啦？」她說。「別站在雨裡啊，蠢死了，」她說。

「沒在做什麼啦，」他說。他走上台階。

「你沒抱滿爐柴就別給我進來啊，」她說。「我剛剛可得代替你搬柴，還得代替你生火。我不是跟你說過了嗎？昨晚沒把柴箱堆滿不准離開啊？」

「我有啊，」勒斯特說，「我有裝滿啦。」

「那柴都去哪啦？」

「我哪知道。我後來都沒碰啦。」

「哎呀，反正你現在給我裝滿啦，」她說。「然後去樓上看看小班。」

她關上門。勒斯特走到木堆邊。那五隻樫鳥在屋頂上盤旋，牠們尖聲大叫，接著再次落入桑葚樹。他望著牠們，然後撿起一顆石頭往鳥的方向丟。「唷呼，」他說，「回去地獄吧，你們就屬於地獄啦。都還沒星期一呢。[4]」

他在懷裡堆了山一般高的爐柴，搞得視線都被擋住了，只好搖搖晃晃地走向台階、爬上去，再狼狽地撞上門板，許多碎木條因此散落。等笛爾西來幫他開門後他又搖搖晃晃地穿過廚房。「你啊！勒斯特！」她大吼，可是他已經把爐柴甩進柴箱並發出巨響。「哈啊！」他說。

「你是想把整棟屋子的人都吵醒嗎？」笛爾西說。她用手背甩了一下他的後腦勺。「上樓去幫小班把衣服穿好啦，去。」

「是的，女士，」他說。他走向通往屋外的門。

「你要去哪？」笛爾西說。

「我想最好是先繞過屋子再從前門進屋，這樣才不會把卡琳小姐和其他人吵醒。」

「你就照我說的做，從後門樓梯上去幫小班穿好衣服就好，」笛爾西說。「去吧，快點。」

「是的，女士，」勒斯特說。他回頭從飯廳離開了。過了一陣子後餐具櫃門也不再開闔。笛爾西準備來做鬆餅。她在麵包板上穩定地抖動篩子，一邊還在唱歌，一開始只是自己隨便哼哼，沒有明確的曲調或歌詞，就只是一些重複的段落，歌聲淒切又憂愁，彷彿在苦行，而同時那些微弱、穩定落下的麵粉雪花就灑在麵包板上。燒熱的爐子開始讓室內暖和起來並不停發出火焰的喃喃低語，然後她開始唱得更大聲，就像她的聲音也被解凍了一樣，接著康普生太太再次從屋內喊了她的名字。笛爾西抬頭看見那個女人穿著補丁睡袍站在樓梯頂端，正用機器運作的規律節奏在喊她。

「喔，我的上主啊，」笛爾西說。她把篩子放下撈起圍裙擦擦抓起她剛剛放在椅子上的熱水袋，再圍攏下擺後隔著裙襬握住已在微微抖動的煮水壺。「馬上好，」她喊，「水剛好正要開始滾了啦。」

可是其實，康普生太太要的不是那個熱水袋，不過笛爾西像拎著一隻死雞的脖子一樣拎著熱水袋走到樓梯底下往上望。

「勒斯特上去幫他了嗎？」她說，「勒斯特一直都不在屋裡。我一直躺著聽有沒有他的動靜。我知道他會遲到，可是我真的希望他可以趕快去幫幫班傑明，傑森整星期只有一天能在家睡覺，我不希望他被打擾。」

「我真不懂你怎麼會指望這個家裡有誰能好好睡覺，畢竟你就站在走廊裡，打從天一破曉就在到處對人嚷嚷啊，」笛爾西說。她開始爬上樓梯，過程極度艱辛。「我半小時前就要那孩子上去啦。」

康普生太太望著她，她把睡袍的領口抓緊在下巴。「你要做什麼？」她說。

「要去幫小班換好衣服後帶他下樓到廚房，這樣他才不會吵醒傑森和昆汀啊，」笛爾西說。

「你不是還沒開始做早餐嗎？」

「這我也會處理，」笛爾西說。「你最好先回床上等勒斯特幫你生火啦。今早很冷。」

「我知道，」康普生太太說。「我的兩隻腳跟冰塊一樣。我根本是被冷醒的。」她一直看著笛爾西爬樓梯。爬樓梯花了她很多時間。「你很清楚早餐沒準時出現會讓傑森多暴躁，」康普生太太說。

「我一次就只能做一件事啦，」笛爾西說。「你回床上去，今早會這樣還不是因為得照顧你。」

「如果你打算丟下所有事情先去幫班傑明穿衣服，我看我最好是靠自己下來弄早餐了。你也很清楚早餐沒準時會讓傑森怎樣。」

「你做的早餐誰要吃啊？」笛爾西說。「你倒是說說看啊。現在回去吧，」她一邊說一邊辛苦地往上爬。康普生太太站在那裡望著她一步步走，她用一隻手撐著牆穩定腳步，另一隻手抓住裙襬。

「你為了讓班傑明穿好衣服打算親自去把他叫醒？」她說。

笛爾西停下腳步。其中一隻腳擱在較高的一階上站著，單手撐牆，灰窗灑入的灰光在她身後，她那已逼近眼前的巨大身影一動也不動，形影朦朧。

「他還沒醒嗎？」她說。

「我剛剛去看的時候還沒，」康普生太太說。「可是他的起床時間都過了。他從來不會睡過七點半。你很清楚。」

笛爾西沒說話，也沒有進一步動作，儘管康普生太太眼前的她只是一團毫無景深的朦朧形影，她仍可以看出站在那裡的笛爾西已經稍微垂下臉，如同站在雨中的乳牛，手裡還拎著那只空熱水袋的細頸。

「你不需要承擔這一切，」康普生太太說。「那不是你的責任。你大可離開。你不需要忍受這種成天忙裡忙外的生活。你不欠他們什麼，你也沒有對不起康普生先生。我知道你的心中對傑森沒有絲毫柔情，你甚至也不遮掩。」

笛爾西沒說話。她緩慢轉身後往下走，每走一階都要先蹲低身體，就像小孩子一樣，她的一隻手仍扶著牆。「你繼續忙吧，別管他了，」她說。「別再管這事了，好嗎。我一找到勒斯特就會要他上去。現在別管他了，就這樣啦。」

她回到廚房，望向爐子，然後把圍裙拉過頭頂後套上那件大衣打開外門，眼神在院子中來回搜尋。風雨有時狂暴有時微弱地撲上她的身體，可是眼前沒有任何其他動靜。她走下台階，動作輕緩，像是避免發出聲響，然後她繞過廚房外牆的轉角。就在此時勒斯特一派無辜地快速從地窖門口冒出來。

笛爾西停下腳步。「你在搞什麼啊？」她說。

「沒什麼，」勒斯特說，「傑森先生要我去確認地窖的漏水是怎麼回事啦。」

「他是何時要你去確認的啊？」笛爾西說。「去年新年？不是嗎？」

「我只是想，可以趁大家在睡覺時確認一下嘛，」勒斯特說。笛爾西走向地窖門口。他往一旁站開，她則朝著散發潮溼泥土、霉和橡膠氣味的一片陰暗中望去。

「嗯哼，」笛爾西說。她又望向勒斯特。他直直地回應她的眼神，一派無辜又態度坦然。「我不知道你在搞什麼，但總之別再搞了。今天大家都在找我麻煩，你也要找我麻煩啊？啊？你現在就給我上樓去搞定小班，聽見沒？」

「是的，女士，」勒斯特說。他往廚房階梯的方向走，動作迅速。

「過來，」笛爾西說，「既然給我逮到了，就再多抱一點木柴進去。」

「是的，女士，」他說。他步下階梯經過她身邊後走向木柴堆。一陣子後他又像剛剛一樣在門口搞得很狼狽，他像是某個神明的木頭化身[5]，本人隱身其中又看不見前路，笛爾西打開門用手穩定地引導他穿越廚房。

「你敢再用丟的試試看啊，」她說，「最好別再用丟的喔。」

「我只能丟啊，」勒斯特說話時氣喘吁吁，「不然我不知道該怎麼放下啦。」

「那你先站著別動啦，」笛爾西說。她一次拿一根木柴下來。「你今天早上到底怎麼回事？以前要你去搬柴，你為了省事從沒有一次搬超過六根，今天是怎麼了？你對我有什麼要求啊？那個劇團還沒離開鎮上嗎？」

「不是的，女士。劇團已經走了。」

她把最後一根木柴放進箱子。「現在你上樓去搞定小班，我明明之前就叫你去了，她說。「在我搖鈴之前，我可不想聽見任何人從樓梯上方對我大吼大叫啊。聽見沒？」

「是的，女士，」勒斯特說。他推門出去，身影消失。笛爾西又把一些木柴放進爐子後回到麵包板前。此時她又開始唱歌。

室內愈來愈暖和。再加上笛爾西在廚房內到處忙碌，蒐羅做食物的生鮮食材，想辦法拼湊出一餐，她的皮膚很快呈現出一種潤澤的質地，不再像她和勒斯特之前覆蓋著一層薄薄的木柴煙灰。在櫥櫃上方的牆面上是一只在滴答作響的木箱時鐘，那座時鐘要在晚上開燈時人們才會看見，而且就連在燈光下也因為只擁有一根指針而散發出迷樣的奧妙氣息，而就在此時它彷彿清了清喉嚨，再敲打出五次聲響。

「八點了，」笛爾西說[6]。她停止動作稍微抬起頭，仔細聆聽。但除了時鐘和火的聲音之外沒有任何動靜。她打開爐子望向那一盤麵包，還彎著腰時有人從樓梯走了下來。她聽見腳步聲穿越餐廳，然後推門開了，勒斯特走進來，身後跟著一個高大的男人，但那男人只是某種物質組成的形體而且物質中的粒子不願或就是沒有彼此連結，此外也沒有連接在支撐住它們的框架上。他的灰敗肌膚上沒有毛髮；而且還水腫，移動時步伐搖晃彷彿一隻受訓才會走路的熊。他的淡色頭髮很細緻，整齊滑順地梳到眉毛上方的瀏海就像那種在銀版攝影相片中的孩子。他的雙眼清澈，是矢車菊那種甜美的淡藍色，厚厚的兩片嘴唇上下分開，其中還流出了一點口水。

「他冷嗎？」笛爾西說。她在圍裙上擦擦手後摸了摸他的手。

「就算他不冷，我也冷啊，」勒斯特說。「復活節總是很冷。沒一次例外啦。卡琳小姐說你要是沒空處理她的熱水袋，那乾脆就永遠別管它啦。」

「喔，我的上主啊，」笛爾西說。她把一張椅子拉近柴箱和爐子中間。那個男人走過去聽話地坐下。「去餐廳找找啊，看我把熱水袋放哪去啦，」笛爾西說。勒斯特從餐廳拿了熱水袋回來，笛爾西把熱水袋裝滿後遞給他。「快點拿去，快，」她說。「去看傑森醒了沒。告訴他們早餐都好了。」

勒斯特走了出去。阿班坐在爐子旁邊。他的姿態鬆垮，除了頭之外幾乎一動也不動，他持續上下晃動頭的方式就彷彿正用那甜蜜朦朧的眼神凝視著在他眼前不停走動的笛爾西。勒斯特回來了。

「他起床了，」他說，「卡琳小姐說可以把早餐擺出來了。」他走到爐邊把手放在火爐上方，掌心攤開朝下烤火。「他也起床了，」他說，「一大早已經在踩腳發飆了。」

「這下又怎麼了？」笛爾西說。「別擋在那裡啦。你站在爐子前我是要怎麼做事？」

「我冷啊，」勒斯特說。

「你待在地窖時才該覺得冷吧，」笛爾西說。「傑森怎麼啦？」

「在說我和小班把他房間的窗戶砸破了。」
「有窗戶破了？」笛爾西說。
「他是這樣說的，」勒斯特說。「說是我砸破的。」
「你怎麼可能砸破？他根本白天晚上都鎖著房間。」
「他說我是丟石頭砸破的，」勒斯特說。
「那你有嗎？」
「沒有，」勒斯特說。
「別騙我唷，小鬼，」笛爾西說。
「我就沒幹啊，」勒斯特說。「去問小班我有沒有砸吧。我根本連那扇窗戶都沒仔細瞧過。」
「那誰有可能打破？」笛爾西說。「他又在鬧脾氣了，大概只是想把昆汀吵醒吧，」她一邊說話一邊把那那盤鬆餅從爐子裡拿出來。
「我想也是啦，」勒斯特說。「這些人真是怪透了。幸好我跟他們不是同一家人啊。」
「跟誰不是同一家人？」笛爾西說。「我跟你說啊，小黑鬼，你那搞破壞的本事可沒輸康普生家的任一個人啊。你百分之百確定沒打破那扇窗戶？」
「我何必把窗戶打破啦？」

「你搞破壞難道還需要原因嗎？」笛爾西說。「好好看著他啦，我現在要把餐桌擺好，別讓他燙到手。」

她走去餐廳。他們聽見她在裡面走動。然後她回來在廚房桌上擺好一個盤子以及盤子上的食物。阿班望著她，嘴巴流出口水，同時發出一種微弱、著急的聲響。

「好了啦，小寶貝，」她說，「這是你的早餐。把他的椅子拉過來，勒斯特。」勒斯特把椅子移過去，阿班坐下了，又是哼哼唉唉又流口水。笛爾西把一塊布綁在他的脖子前並用布的一角擦了擦他的嘴巴。「拜託就算一次也好，別讓他又把衣服弄得髒兮兮的，」她說話時遞給勒斯特一根湯匙。

阿班停止哼哼唉唉。他緊盯著抬高放進他嘴裡的湯匙。著急的情緒似乎也能牽動他體內的肌肉，而飢餓本身是難以言喻的感受，他甚至不知道那就叫作餓。勒斯特非常有技巧而漫不經心地餵他，有時他回神的時間夠長就會假裝在餵他，害得阿班閉上嘴時只吃到空氣，但勒斯特的心思顯然不在這裡。他的另一隻手放在椅背上，在那個沒有生命的表面上遲疑、幽微地移動，就彷彿從死去的虛空中接收到一段無人聽聞的曲調，而就在他用手指在這劈砍下來的木板上遊戲出這樣一段無聲又繁複的琶音之際，他有一度甚至忘了戲弄阿班，直到阿班又哼哼唉唉地喚回了他的注意力。

餐廳內的笛爾西來回走動。此刻她搖響了一枚聲音清澈的小鈴鐺，接著廚房內的勒斯特聽見康普生太太和傑森下樓，然後是傑森說話，他一邊翻白眼一邊在聽。

「當然啦，我知道不是他們打破的，」傑森說。「當然啦，我知道啊。說不定是因為天氣變化才破掉的嘛。」

「我不懂怎麼可能會這樣，」康普生太太說。「你的房間整天都鎖著呀，我是說你離開房間去鎮上的時候。我們從沒人進去過，只有星期天會進去打掃。我不希望你認為我是那種會不請自來的傢伙，我也不會允許別人這樣做。」

「我從來也沒說是你打破的，是吧？」傑森說。

「我根本不會想進你房間，」康普生太太說。「我尊重每個人的隱私。我絕不會跨過別人房間的門檻，就算我有鑰匙也一樣。」

「是，」傑森，「我知道你的鑰匙不會有用。我就是為了這個原因換了鎖。我想知道的是，為什麼那扇窗戶會破掉。」

「勒斯特說他沒幹，」笛爾西說。

「我不用問也知道他會這樣說，」傑森說。「昆汀呢？」

「她星期天早上都怎樣你還不知道啊，」笛爾西說。「你這幾天到底是怎麼了啦？」

「哎呀，她這習慣可得澈底改改，」傑森說。「上樓跟她說早餐準備好了。」

「你別煩她了，傑森，」笛爾西說。「她每星期已經有六天起床吃早餐了嘛，卡琳小姐就讓她星期天睡晚一點，你很清楚啊。」

「雖然我真的很想，但我養這一廚房黑鬼可不是只為了伺候她一個人，」傑森說。「叫她下來吃早餐。」

「沒有人必須伺候她，」笛爾西說。「我把她的早餐放進保溫箱，她只需要——」

「你沒聽見我說的話嗎？」傑森說。

「我聽見了，」笛爾西說。「我什麼都聽見了，你在屋子裡說的話我都有聽見。不是在罵昆汀就是在罵你媽啦，再不然就是在罵勒斯特和小班。卡琳小姐啊，你為什麼老讓他這樣搞啊？」

「你最好照他的話做，」康普生太太說，「他現在是一家之主了。他有權要求我們照他的意思做。我會這麼努力。那既然我做得到，你也可以。」

「他這樣根本沒道理，只是在亂發脾氣啊，根本毫無來由地逼昆汀起床嘛，」笛爾西說。「說不定你覺得打破窗戶的是她。」

「她如果想就幹得出來啊，」傑森說。「你去照我的話做。」

「就算真的是她幹的我也不怪她，」笛爾西走向樓梯時說。「畢竟你現在只要在家，根本要命的無時無刻都在嘮叨她啦。」

「別說了，笛爾西，」康普生太太說，「你和我都沒立場對他指點什麼。有時我也覺得是他不對，可是我為了你們努力照他的意思做。如果我都有體力下樓吃飯，昆汀也可以。」

笛爾西走出去。他們聽見她爬上樓梯。他們聽見她花了好長的時間爬樓梯。

「你還真是有群優秀的僕人呢，」傑森說。他幫母親和自己盛好食物。「就沒養過真的有能力的僕人嗎？我懂事前你一定有過吧？」

「我得遷就他們，」康普生太太說。「我的日子全得仰賴他們呀。如果身體好就不用這樣了。多希望我身體好。真希望我什麼家務都能自己做。這樣我至少能稍微分擔你的煩惱。」

「哇那樣我們不就跟住在豬圈沒兩樣了，」傑森說。「動作快啊，笛爾西，」他大吼。

「我知道你怪我，」康普生太太說，「怪我答應他們今天可以上教堂。」

「上哪去？」傑森說。「那個該死的劇團還沒走嗎？」

「上教堂，」康普生太太說。「那些黑人要辦一個特別的復活節禮拜。我兩星期前就答應他們可以去了。」

「這代表我們午餐得吃冷菜了，」傑森說，「或者什麼都沒得吃。」

「我知道這是我的錯，」康普生太太說。「我知道你怪我。」

「怪你什麼？」傑森說。「可從來不是你把基督復活的，是吧？」

他們聽見笛爾西爬上了樓梯的最後一階，接著遠遠聽見了她緩慢的腳步聲。

「昆汀，」她說。傑森在她喊第一聲時放下刀叉，他和他母親就這樣坐在桌子兩邊面對面等著，兩人姿態一模一樣；其中一人冷淡又精明，濃密緊貼頭皮的棕髮捲成兩根如同鉤子的頑強髮尾，一邊一根讓他像是漫畫中的滑稽酒保，榛子色眼睛裡的虹膜如同彈珠，至於另一個人冷淡又怨憤，一頭純白頭髮下的雙眼鬆腫又迷惘卻又如此黝深彷彿眼珠子內全是瞳孔或虹膜。

「昆汀，」笛爾西說，「起床，小寶貝。他們在等你吃早餐啦。」

「我搞不懂那窗戶怎麼會破，」康普生太太說。「你確定是昨天破的嗎？說不定之前就破了，前陣子天氣溫暖，窗戶上半部又有掛簾子，很可能被擋住才沒發現。」

「我剛剛已經跟你說是昨天破的，」傑森說。「你以為我對自己的房間有那麼不熟嗎？你以為我有可能在窗戶有洞的房間裡一星期沒發現嗎？那個洞可是能讓人伸一隻手——」他的說話聲停止、漸弱，最後他只是瞪著母親，眼神有那麼一瞬間幾乎是全然的空洞。就彷彿他的雙眼正屏住呼吸，而母親望著他，她的臉鬆垂又怨憤，無止無盡，充滿洞察力卻又愚鈍[7]。在他們這麼坐著的時候笛爾西說，

「昆汀。別玩了啦，小寶貝。趕快來吃早餐，小寶貝。他們都在等你啦。」

「我搞不懂，」康普生太太說，「就彷彿有人想闖進房子裡偷——」傑森整個人跳起

來。他的椅子直接往後倒。「怎麼——」康普生太太一邊說話一邊瞪著他跑過她身邊後狂奔上樓梯，他在樓梯頂端遇見了笛爾西。他的臉現在沐浴在陰影中，然後笛爾西說，

「她不高興了啦。而且你媽還沒把門鎖打開——」可是傑森跑過她身邊沿著走廊跑到那扇門前。他沒往裡面喊。他抓住門把試圖打開，然後他握著門把站在原地把頭稍微往前傾，就彷彿他在聆聽比門後方實際存在的房間之外更遙遠的聲響，就彷彿就是得透過擺出聆聽的姿態來欺騙自己不去面對其實早已聽到的真相。康普生太太正在他身後爬樓梯，嘴裡喊著他的名字。然後她看見笛爾西於是不再喊他開始喊起笛爾西。

「我就跟你說她還沒把門鎖打開，」笛爾西說。

就在她這麼說時他轉身跑向她，不過口氣非常淡定，那是種實事求是的語調。「她身上帶著鑰匙？」他說。「她現在就帶在身上嗎？我想問的是，或者她都是之後——」

「笛爾西，」康普生太太在樓梯上大喊。

「你說哪個啊？」笛爾西說。「你為什麼不讓——」

「鑰匙啊，」傑森說，「那個房間的鑰匙。她一直帶在身上嗎？我說母親？」然後他看見了康普生太太他走下樓梯到她面前。「鑰匙給我，」他說。他彎腰在她鏽黑色寬大睡袍的口袋裡猛找。她不讓他找。

「傑森，」她說，「傑森！你和笛爾西是想逼我躺回床上嗎？」她一邊說一邊努力不

讓他靠近，「你就連星期天都不能讓我平靜點嗎？」

「鑰匙，」傑森一邊說一邊在她身上猛找，「快給我。」他回頭看向那扇門，就彷彿指望在他拿著自己沒有的那把鑰匙回去之前，那扇門就會自己彈開。

「你這傢伙！笛爾西！」康普生太太一邊說一邊把寬大睡袍緊抓在身上不放。

「鑰匙給我啊，你這老蠢婦！」傑森突然大叫。他從她的口袋裡扯出一大串掛在鐵圈上像獄卒用的那種生鏽鑰匙，然後丟下兩個女人跑回二樓走廊。

「你這傢伙！傑森！」康普生太太說。「他永遠不可能找到正確的那把，」她說，「你知道我從來不讓別人拿走我的鑰匙的，笛爾西，」她說。她開始大聲哭嚎。

「安靜下來，」笛爾西說，「他不會對她怎樣啦。我不會讓他亂來啦。」

「可是明明是星期天早上呀，我還是在自己家裡呀，」康普生太太說，「我明明這麼努力想把他們教養成基督徒呀。讓我來找出正確的鑰匙吧，傑森，」她說。她扶住他的手臂，然後開始跟他爭搶，可是他用手肘一拐就把她甩到一邊，還瞪著她看了一陣子，那眼神冷淡又惱怒，然後他再次轉向那扇門翻找那一大串鑰匙。

「別吵了，」笛爾西說，「你搞什麼！傑森！」

「一定是發生了可怕的事，」康普生太太一邊說一邊再次嚎哭起來，「我就是知道。你這傢伙！傑森！」她再次抓住他。「他甚至不讓我在自己家裡找出正確的鑰匙！」

「好了、好了，」笛爾西說，「能發生什麼事啦？我就在這裡啊。我不會讓他傷害她的。昆汀，」她提高音量，「你別怕啊，小寶貝，我人就在這裡的。」

門開了，門板瞬間往房內彈開。他在門內站了一陣子，身體擋住整個房間，然後他站到一旁。「進去吧，」他用沙啞的聲音輕輕說。他們進去了。那實在不像個女孩子的房間。那實在不像任何人的房間，房內有著微弱的廉價化妝品氣味、幾個女性化用品，以及其他試圖把房間變得女性化但事實證明只顯得粗糙又無望的物件，這些嘗試只讓房間更看不出是屬於誰，並因此展現出妓院或幽會行館中那種及時行樂的刻板樣貌。床上看起來沒人睡過。地板上攤著一件有點太粉的廉價骯髒絲質內衣；半開的五斗櫃抽屜邊掛著一隻絲襪。窗戶開著。一棵梨子樹就長在窗外，整棵樹緊貼著屋子。樹上正開著花而且枝幹輕輕刮擦著屋子而且大量的氣流正湧進窗戶，還將淒涼的花香帶了進來。

「你瞧瞧吧，」笛爾西說，「我是不是跟你說她沒事嘛？」

「這叫沒事？」康普生太太說。笛爾西跟著她走進房內，輕輕扶著她。

「你趕快去躺下吧，聽話，」她說。「我十分鐘內就能把她找出來。」

康普生太太把她的手甩開。「去找遺書，」她說。「昆丁當時就有留遺書。」

「好吧，」笛爾西說，「我會去找。你趕快回房間，去吧。」

「他們把她取名叫做昆汀的時候，我就知道會發生這種事，」康普生太太說。她走向五斗櫃開始翻看散落在上面的物件——幾個香水瓶、粉盒、一根被咬爛的鉛筆、一把單邊刀刃壞掉的剪刀躺在縫補過的圍巾上，圍巾沾上了一些粉還有口紅的痕跡。「把遺書找出來，」她說。

「我會找啦，」笛爾西說。「你回去吧，聽話。我和傑森會找出來的。你回你房間啦。」

「傑森，」康普生太太說，「他去哪了？」她走到門口。笛爾西跟著她走到走廊底端，兩人抵達另一個房間。房門關著。「傑森，」她隔著門喊。沒人回話。她試著轉動門把，然後又喊了他一次。可是仍然沒人回話，因為他正把衣櫃裡的東西往身後甩出去：睡袍、鞋子、一只行李箱。然後他取出一塊鋸過的槽榫接合板放下再鑽進衣櫃拿出一個金屬盒子。他把金屬盒子放在床上站在那裡看著壞掉的鎖頭，然後重新把鑰匙放回口袋小心把盒子裡的東西倒在床上。他繼續小心地把那些紙張分類，一次拿起一張並抖了抖那些紙。然後他把盒子倒過來同樣抖了抖才把紙片都放回去後重新站起身，看著那個壞掉的鎖頭，他的雙手拿著盒子，頭低垂著。他聽見窗外那些椋鳥旋轉著尖嘯而過，然後遠去，牠們的叫聲隨風一波波拍打而去，然後有輛汽車從某處經過那車聲也逐漸退去。他的母親在門外再次喊了他的名字，可是他沒有動。他聽見笛爾西帶著她沿走廊離開，然後有扇門關上了。接著他把盒子重新放進衣櫃中重新將睡袍扔回去後下樓走向電話。他站在那裡把話筒貼上耳朵，等待，笛爾西從樓梯下來。她望著他，沒停下腳步，然後離開。

電話線接通了。「我是傑森．康普生，」他說，他的聲音太過刺耳沙啞所以必須再說一次給對方聽。「傑森．康普生，」他努力控制自己的聲音。「準備好一輛車，如果你不能跟車，那派上一位副警長，給你十分鐘。我等一下就到——什麼？——是搶劫。我家。我知道是誰幹的——是搶劫，我說搶劫。準備好一輛車——什麼？你們不是領人民稅金的執法人員嗎——對，我五分鐘內到。準備好車子我們隨時出發。如果你沒準備好，我就會報告州長。」

他重新把話筒喀一聲放回去後穿過餐廳，那些幾乎沒人碰過的早餐擺在桌上都冷了，然後他走進廚房。笛爾西正在灌熱水袋。阿班坐著，安詳且空洞。在他身旁的勒斯特看起來就像頭暴躁又好鬥的小雜種狗，此刻正警戒地望向四周。他正在吃些什麼。傑森走過廚房。

「你不吃早餐嗎？」笛爾西說。他沒理她。「去吃你的早餐，傑森。」他繼續走。通向戶外的門在他身後砰一聲關上。勒斯特起身走到窗邊往外看。

「嗚哇，」他說，「你們在樓上是怎麼啦？他揍了昆汀小姐是吧？」

「閉上你的臭嘴啦，」笛爾西說。「你要是讓小班這時候鬧起我就揍斷你的脖子啊。在我回來之前你就是好好確保他別亂吵，聽話。」她把熱水袋的蓋子旋緊後走出去。他們聽見她走上樓梯，然後聽見傑森開著車經過屋子。接著廚房裡除了水壺的嘶嘶輕響和時鐘聲之外一片安靜。

「你知道我怎麼想嗎？」勒斯特說。「我敢打賭他揍了她。我敢打賭他一定是揍了她的頭所以現在得去找醫生啦。一定就是這樣。」時鐘滴答滴答，聲音莊嚴而深邃。說不定也正是這棟敗朽屋子本身乾枯的脈搏；過了一陣子後時鐘嗡鳴又清了清喉嚨後敲了六次鐘響。阿班抬頭看著時鐘，然後看著勒斯特的頭在窗戶上如同子彈般的剪影於是他的頭又開始上下晃動，嘴巴流出口水。他哼哼唉唉起來。

「安靜啦，瘋鬼，」勒斯特說話時沒轉頭。「看來我們今天去是上不了教堂啦。」可是阿班坐在椅子上，柔軟的大手垂在雙膝之間，口中發出微弱的呻吟。突然他啜泣起來，那是一種緩慢的低吼，毫無意義卻又持續不斷。「安靜，」勒斯特說。他轉身抬起他的頭。「你想要我拿鞭子抽你嗎？」可是阿班看著他，每次呼氣都發出緩慢的低吼。勒斯特過來搖晃他。「你立刻給我閉嘴喔！」他大吼。「來這裡，」他說。他把阿班從椅子上扯下來把椅子繞一圈拖到爐子正前方打開可以看見火的爐門把阿班又推回椅子上。他們兩人看起來就像一艘拖船在狹窄的港區緊貼著笨重的油輪。阿班再次坐下面對著玫瑰色的爐門口。他安靜了。然後他們又聽見了時鐘走動的聲音，笛爾西在樓梯上緩慢移動。等她走進來時他又開始哼哼唉唉。然後他提高了音量。

「你對他做了什麼啊？」笛爾西說。「你今早就不能放過他嗎？偏要挑現在嗎？」

「我沒對他怎樣啊，」勒斯特說。「傑森先生嚇到他了啦，一定就是這樣。他沒把昆汀小姐打死了吧？沒吧？」

「安靜，小班，」笛爾西說。他安靜了。她走到窗邊往外看。「雨停了嗎？」她說。

「是的，女士，」勒斯特說。「停很久囉。」

「那你們出去待一下吧，」她說。「我才讓卡琳小姐冷靜下來。」

「我們還會上教堂嗎？」勒斯特說。

「時間到了我會讓你知道啦。先別讓他進屋，等我叫你再進來。」

「我們可以去草地那邊嗎？」勒斯特說。

「好吧。但就別讓他進屋。我真是受夠了。」

「是的，女士，」勒斯特說。「傑森去哪了？婆婆。」

「那跟你沒屁關係，是吧？」笛爾西說。她開始清空桌子。「安靜，小班。勒斯特要帶你出去玩了。」

「他到底把昆汀小姐怎麼了？婆婆？」勒斯特說。

「沒對她怎麼了。你們都滾出去啦。」

「我敢打賭她不在家，」勒斯特說。

笛爾西看著他。「你怎麼知道她不在家？」

「我和小班昨晚看見她從窗戶爬出來啊。是吧，小班？」

「你看見了？」笛爾西盯著他看。

「每天晚上都看見她這樣啊，」勒斯特說，「就從那棵梨子樹爬下來。」

「你不准說謊唷，小黑鬼，」笛爾西說。

「我沒說謊啊。問小班啊。」

「那你為什麼沒說出來？」

「因為就不干我的事啊，」勒斯特說。「我才不想扯入這些白人傢伙的爛事咧。走吧，小班，我們出去玩啊。」

他們出去了。笛爾西在桌邊站了一陣子，然後走去餐廳把早餐收乾淨後吃了早餐再打掃廚房。然後她脫掉圍裙掛好走去樓梯底端聽了一陣子。沒有任何聲響。她披上大衣戴上帽子後穿過院子走向她的小木屋。

雨已經停了。氣流現在從東南方吹來，雲在天頂上將藍天分割成一塊塊。陽光在樹林及眾多屋頂及小鎮尖塔後方的山丘頂端如同一片蒼淺的碎布披落，此刻也正被一片片抹去。鐘聲緊貼著空氣傳來，然後就彷彿收到了指示，其他鐘聲也開始重覆著響起。

小木屋的門打開，笛爾西出現了，這次她又穿著紅褐色的天鵝絨披風和紫色連身裙，手上是長及手肘的骯髒白手套不過這次摘掉了頭巾。她走進院子喊勒斯特。她等了一下子，然後走向屋子繞到地窖門口，過程中都貼著牆移動，她從地窖門口望進去。阿班坐在階梯上。勒斯特蹲在他面前的潮溼地面，左手握著一把鋸子，鋸子的刀刃因為被他的手往下壓稍微有點彎，同時他另一隻手正拿著一把老舊小木槌在敲鋸子，那是她之前用來敲打小鬆餅麵團的小木槌，用了超過三十年。鋸子發出了單一、遲緩的撥弦聲，但又毫無生命力地驟然終止，只留下勒斯特的手和地面之間那道輕薄俐落的弧形刀刃。不過那片刀刃仍維持著高深莫測的弧形，如同挺著肚子。

「他就是這樣彈的啊，」勒斯特說。「我只是沒找到適合敲打的東西而已。」

「你也是這樣彈的，是吧？」笛爾西說。「把那把小槌子拿來，」她說。

「我又沒弄壞啊，」勒斯特說。

「拿過來，」笛爾西說。「把鋸子放回你拿的地方啦。」

他把鋸子收回去，再把小槌子給她。然後阿班又嚎哭起來，那聲音絕望又拖沓。沒有任何意義。只是聲音而已。很可能原本一直存在只是在這瞬間所有的不公和悲苦都因為星球之間的交錯化為人聲。

「你聽聽他啦，」勒斯特說，「自從你叫我們到屋外後他就一直這樣。我不知道他今早是怎麼回事。」

「帶他過來，」笛爾西說。

「來啊，小班，」勒斯特說。他走回階梯抓起阿班的一隻手臂。他聽話地過來了，但也仍在嚎哭，那種緩慢粗啞的哭聲就像船鳴，彷彿是在聲響本身出現之前就已開始，也彷彿是在聲響本身停止前就已結束。

「去拿他的帽子，用跑的，」笛爾西說。「別動作太大。卡琳小姐會聽見。快點，去。我們已經遲到了。」

「你要是不阻止他，她反正都會聽見的。」勒斯特說。

「我們離開這地方他就不會哭了，」笛爾西說。「他可以聞見[8]。一定是這樣。」

「聞見什麼？婆婆？」勒斯特說。

「你去拿帽子，」笛爾西說。勒斯特去了。他們站在地窖門口，阿班站在比她低的一階上。天空被分割成許多疾速劃過的雲塊，這些雲塊將它們敏捷移動的影子從寒酸的花園裡拖出來，越過破爛的籬笆再穿過院子。笛爾西輕拍著阿班的頭，動作緩慢而穩定，還將他眉毛上的瀏海理順。他姿態平靜地嚎哭，不疾不徐。「安靜，」笛爾西說，「安靜，聽話。我們一下就走了。安靜，聽話。」他平靜而穩定地嚎哭。

勒斯特回來了，頭上戴著一頂綁了繽紛帽帶的簇新硬草帽，手上拿著一頂布便帽。那頂帽子似乎特別凸顯出勒斯特的頭顱，透過帽子的每個平面和角度的烘托，在觀者的眼裡造成了聚光燈的效果。特別古怪的若乍看那頂帽子的形狀，似乎就像是戴在緊貼在勒斯特身後的某人頭上。笛爾西看著那頂帽子。
「你為什麼不戴你的舊帽子？」她說。
「找不到啦，」勒斯特說。
「你最好是找不到。我還敢打賭你昨晚就安排過了，就會了讓自己今天找不到。你今天戴會毀掉這頂帽子。」
「啊，婆婆啊，」勒斯特說，「反正也不會下雨嘛。」
「你怎麼知道？你去拿那頂舊帽子，把新帽子收起來。」
「唉唷，婆婆。」
「那不然你去拿傘啊。」
「唉唷，婆婆。」
「你自己選吧，」笛爾西說。「去拿你的舊帽子，不然就是那把傘。我不在乎你拿哪一樣。」
勒斯特走去小木屋。阿班冷靜地在嚎哭。
「快點，」笛爾西說，「他們之後會跟上的。我們要去聽他們唱詩呢。」他們繞過屋子走向柵門。「安靜，」他們走在車道上時笛爾西時不時提醒著。他們來到柵門口。笛爾西打開柵門。勒斯特也在車道上跟了上去，手上拿著傘。有個女人也跟他一起來了。「他們來了，」笛爾西說。他們穿過柵門走出去。「可以了，別哭啦，」她說。阿班停止哭泣。勒斯特和他的母親走到他們前頭。弗洛妮穿著一件亮藍色的絲質連身裙，頭戴一頂花帽。她是個纖瘦的女人，扁扁的臉看起來很親切。

「你可是穿著六星期的工錢啊，」笛爾西說。「要是下雨可怎麼辦？」

「就淋溼啊，我想只能這樣，」弗洛妮說。「我還沒成功阻止老天下雨過呢。」

「婆婆一直在說快下雨了，」勒斯特說。

「如果沒有我擔心你們所有人，就不知道還有誰會擔心啦，」笛爾西說。「快點，我們已經遲到了。」

「今天佈道的是榭高格牧師啊，」弗洛妮說。

「是嗎？」笛爾西說。「他誰？」

「來自聖路易，」弗洛妮說。「就那個大牧師。」

「啊，」笛爾西說，「他們需要一個厲害角色，好讓那些輕佻的小黑鬼對上帝抱持敬畏之心。」

「今天佈道的那位榭高格牧師，」弗洛妮說。「大家就是這樣說他的。」

他們沿著街道往前走。這條平靜的路段上有白人往教堂前進，一群群聚在一起時光鮮亮眼，鐘聲隨風飄盪，他們行走時偶爾會暴露在隨機試探的陽光中。風一陣陣地颳，來自東南方，在溫暖的日子之後顯得冷涼而生猛。

「我真希望你不要一直帶他上教堂，婆婆，」弗洛妮說。「大家會講閒話啦。」

「誰會講閒話啊？」笛爾西說。

「反正我有聽說，」弗洛妮說。

「我還知道是哪種人呢，」笛爾西說，「就那些垃圾白人啦。就是這樣啦。就覺得他不配上白人教堂，然後又嫌黑人教堂配不上他。」

「他們也會講閒話，反正都一樣，」弗洛妮說。

「那你就讓他們來我面前說啊，」笛爾西說。「跟他們說善良的上主才不會在乎他到底聰不聰明。只有那些白人垃圾才會在乎啦。」

那條街道在轉了九十度後開始下坡，接著就是泥土路。路兩旁的土地以更陡的角度往下斜；這片寬廣平坦的土地上散落著小木屋，屋子的破落屋頂跟土路頂端齊平。這些屋子座落在沒有草的小片土地上，周遭散布著各種破損的物件、磚塊、木板、陶器，總之是一些曾有實用價值的東西。此處都是蔓生的雜草以及桑葚、洋槐和懸鈴木[9]——這些樹就跟屋子周遭的其他事物一樣乾萎髒臭；明明是正在萌新芽的樹木，看起來卻像是九月的悲涼頑固地不肯離去，甚至連春天都選擇直接跳過此處，留下這些樹靠著不可能有人認錯的濃厚黑鬼氣味維生。

那些家門內的黑鬼會在他們經過時開口說話，通常是對著笛爾西說：

「吉布森姊妹！今早都好吧？」

「很好。你呢？」

「我相當好啊，我謝謝你啊。」

他們從小木屋裡冒出來後步履維艱地從有遮陰的土坡爬到路面上——那些男人穿著老派的深棕色或黑色衣物，身上掛著金錶鏈，另外偶爾還有人帶著拐杖；年輕男子穿著廉價刺眼的藍色或條紋衣物搭配招搖的帽子；許多女人身上的衣物有點僵冷地發出嘶嘶聲，而小孩則穿著從白人那裡買來的二手衣，他們就像夜行動物一樣遮遮掩掩地偷看著阿班。

「我賭你不敢上去摸他啦。」

「怎麼不敢啦。」

「我賭你不敢。我賭你會怕啦。」

「他不會傷人啊。他只是個瘋鬼。」

「憑什麼瘋鬼就不會傷人。」

「那個瘋鬼就不會嘛。我摸過他。」

「我賭你現在不敢啦。」

「那是因為笛爾西小姐在。」

「她在不在你都不敢。」

「他不傷人的啦。他只是個瘋鬼。」

總是有年紀較大的人來跟笛爾西說話，不過笛爾西都會讓弗洛妮去回話，除非是遇到年紀真的很老的人。

「婆婆今早不太舒服啊。」

「那可太糟啦。不過榭高格牧師可以治好。他會給她安慰，他會卸下她的重擔。」

道路再次爬高，前方的景色彷彿是畫出來的佈景。那條路通往一道紅土缺口，缺口上方蓋著一整片橡樹冠，整條路看起來沒多遠就到了盡頭，像條被剪斷的緞帶。旁邊的破舊教堂聳立著一座極高的尖塔，簡直像是畫出來的教堂，整個場面扁平又缺乏景深，就像一片畫好的紙板立在平坦土地的邊緣，沐浴在四月的多風陽光以及午前的響個不停的鐘聲。他們帶著安息日的審慎姿態緩慢往教堂湧去。其中的女人和小孩進入教堂，男人則一群群杵在外頭小聲談話，直到鐘聲停止才跟著進去。

教堂已經裝飾好了，各處散放著從廚房菜園及樹籬摘來的花朵，還掛了各色的皺紋紙飾帶。講道壇上方掛著一只破舊的聖誕鈴鐺，像手風琴風箱可以摺起來的那種。講道壇上沒人，不過唱詩班已就位，他們正在替自己搧風，但其實天氣並沒有很熱。

大多數女人聚集在教堂的同一側。她們正在聊天。然後鐘響了一聲，她們分散到各自的位置，所有信眾就這麼坐了一陣子，他們期待地等著。鐘又響了一聲。唱詩班的成員起身開始唱歌，所有信眾一起轉頭，此時有六個小孩——四個女孩綁緊的小辮子上裝飾的小布條像是蝴蝶，另外兩個男孩留著細密的短鬈髮——他們從門口進來沿走道前進，六個人都被白緞和花朵製成的帶子連在一起，身後一前一後跟著兩個男人。後面那個男人的身材很高大，皮膚是淺咖啡色，身上氣勢驚人地穿了長罩袍還打白領帶。他的頭看起來既威嚴又高深莫測，在領子上方轉動的脖子有許多皺褶。不過大家對這個牧師很都熟了，等他經過後人們仍轉向後方望著，直到唱詩班停止歌唱才意識到客座牧師已經進場了，而當他們發現那人走上講道壇時仍走在他們教堂的牧師前方，大家發出了難以言喻的聲音，聽起來像嘆氣，但又結合了震驚和失望。

這位訪客個頭很小，身上穿著寒酸的羊駝大衣，因為臉龐乾癟看起來像隻矮小的老猴子。而當唱詩班再次開始歌唱，六個孩子也起身用細微、怯弱又旋律混亂的嗓音低聲唱起來時，他們都有點驚愕地望著那個不起眼的男人，他坐在他們教堂牧師氣勢雄偉的大塊頭旁，看起來簡直像個侏儒又很俗氣。等牧師起身用中氣十足的渾厚嗓音介紹他時，他們仍驚愕地望著他。牧師的熱忱語調讓那位訪客顯得更不起眼。

「他們大老遠從聖路易請來那種傢伙啊，」弗洛妮說。

「我見過上主利用過更詭異的傳道人呢，」笛爾西說。「安靜了，聽話，」她對阿班說，「他們很快要唱歌了。」

那名訪客起身講話時聽起來就像個白人。他的語調冷淡又沒有起伏，音量大到不像是他可以有的聲音。不過大家一開始仍聽得興味盎然，就像在聽猴子說話。他們看他的眼神也像在看人走鋼索。當他在那條冷淡又毫無起伏的聲線上奔跑、擺姿勢又來回衝刺地精湛表演時，他們甚至忘了他那不起眼的長相，因此到了最後，等他彷彿衝刺又滑行又再次於講桌旁落定、一隻手臂還搭在與肩同高的講桌上、猴子般的身體如同木乃伊或空掉的船隻般失去了所有動作之際，信眾們的嘆息就彷彿從一場集體的夢中醒來，大家也開始稍微在座位上動來動去。講道壇後方的唱詩班持續在搧著風。笛爾西悄聲說，「安靜，聽話。他們很快要唱歌了。」

然後有個聲音說，「兄弟們啊。」

那名客座牧師一直沒有移動。他的手臂還擱在講桌桌面，就連說話聲在牆壁間洪亮地發出回聲並慢慢消逝的過程中，他也還維持著同樣姿勢。不過現在這個語調跟他之前的語調簡直是日與夜的不同，透過類似中音號那種憂傷、飽滿的質地深入他們的心底，就算那些話語在漸弱又迴還反覆的回聲之後終於停歇，卻也還能在他們心底繼續迴盪。

「兄弟們啊，姊妹們啊，」那聲音又開始了。那名牧師將手臂拿離講桌，開始在講桌前來回走動，雙手交握在背後，他的身形卑微，駝背的樣子就像長期與頑強的土地陷入了困獸之鬥，「我想起來了，憑藉那羔羊[10]的鮮血！」他在那些扭轉的彩帶及聖誕鈴鐺下方穩定地來回大力踱步，駝著背，雙手交握在背後。他就像一顆被自己聲音一波波淹沒的小石子。他似乎在用自己的肉身餵養那個聲音，那聲音如同女妖[11]直接啃咬他的肉體。所有信眾似乎親眼見證了他被那聲音吞噬殆盡，最終他不復存在而他們也不復存在就連聲音也沒有了只剩他們無須語言的心臟以吟誦的節拍在彼此交談，因此等他回到講台邊靠著休息，抬起了那張猴子臉，整個人的態度寧靜安詳，散發出十字架上的受難氣息，原本讓他顯得無足輕重的寒酸和不起眼都藉此昇華了，人群中爆發出一聲長長的嘆息呻吟，有個女人用女高音的聲音大喊：「是啊，耶穌！」

隨著雲塊從天頂迅速飛過，一扇扇髒灰窗戶反覆鬼魅地亮起又黯淡下去。有輛車從教堂外的道路開過，奮力地在沙土地上前行，接著車聲逐漸消失。笛爾西坐得筆直，一隻手放在阿班膝蓋上。兩滴眼淚從她凹陷的臉頰上滑落，流過那一條條透過自我奉獻、忍耐及光陰所刻畫出的光彩紋路。

「兄弟們啊，」牧師粗啞地低語，身體一動也沒動。

「是啊，耶穌！」那個女人的聲音又響起，不過比較小聲了。

「兄弟們啊，姊妹們啊！[12]」他的聲音再度揚起，是中音號的質地。他把手臂從講桌上移到身體站直身體後舉起雙手。「我想起來了，憑藉那羔羊的鮮血[13]啊！」他們沒注意到他的語調和發音都在此時變成黑人的樣子了，他們只是坐在位子上輕輕搖擺起來，任由自己沉醉在那樣的聲腔中。

「在那漫長的啊、寒冷的時光中啊——喔就讓我告訴你們啦，兄弟們啊，在那漫長的啊、寒冷的時光中啊——我看見了那光我看見了那神的話，可憐的罪人啊！它們在埃及經過而遠去的啊，那些搖晃的馬車啊[14]；一代代人就這樣經過而遠去了啊。曾經有錢的人啊：如今又在哪？喔兄弟們啊。曾經貧窮的人啊：如今又在哪？[15]喔姊妹們啊。喔就讓我告訴你們啦，如果漫長的、寒冷的年歲匆匆流逝之後，你們沒獲得奶與甘露那古老的救贖那又該如何啊？」

「是啊，耶穌！」

「我告訴你們啦，兄弟們啊，我告訴你們啦，姊妹們啊，那時刻總會到來。可憐的罪人說著啊請讓我跟上主一起休息吧，讓我卸下重擔吧。那麼耶穌會怎麼說呢？喔兄弟們啊。喔姊妹們啊。你想起來了嗎？那羔羊的寶血？我可不想增加天堂的負擔啊！」

他從大衣中翻找出一條手帕擦臉。信眾當中出現了一致的低沉聲音：「嗯————————！」那個女人的聲音出現，「是啊，耶穌！耶穌！」

「兄弟們啊！看看坐在那邊的孩子們吧。耶穌曾經也是那樣的啊。他的媽咪承受了那榮光與痛苦啊。有時她或許會在夜幕降臨時抱著他，那些天使們唱歌哄他入睡；說不定她朝門外看見了羅馬巡警經過。」他前後踱步，不停擦著臉。「聽我說啊，兄弟們啊！我看到了那一天。馬利亞就坐在門口啊，耶穌在她腿上，那小小的耶穌。就跟那邊的孩子一樣啊，那小小的耶穌。我聽見天使唱著和平光榮的歌曲；我看見眼睛闔上啦；看見馬利亞跳起來啦；我看見士兵的臉啦：我們要殺啦！我們要殺啦！我們要殺掉你的小耶穌[16]！我聽見那哭泣聲還有那可憐媽咪的哀嘆，她們沒有獲得救贖沒有獲得神的話語啊！[17]」

「嗯————————————！耶穌！小耶穌！」然後又有一個人的聲音此刻揚起：

「我看見了，喔耶穌！喔我看見了！」然後又有一個人的聲音，其中沒有語言，而是像水中浮起的泡泡。

「我看見了啦，兄弟們！我看見了啦！我看見這令人驚詫又炫目的景象啊！我看見了各各他山[18]，山上長著那些聖樹，還看見那小偷和那殺人犯[19]和那位年紀最小的人[20]啊；我聽見了各種吹噓與狂妄的大話：如果你就是耶穌，那抬起你的十字架走開啊[21]！我聽見女人的哭嚎還有暗夜中的哀嘆啊：我聽見嗚咽和哭泣還有上帝別開那張臉說啊：他們殺了耶穌；他們殺了我兒子！」

「嗯————————————。耶穌！我看見了，喔耶穌！」

「喔盲目的罪人啊！兄弟們啊，我告訴你們啦；姊妹們啊，我跟你們說啦，當時上主真的別開了祂那張偉大的臉，祂說了，我不會讓天堂負擔不了！我可以看見被遺下的上帝關上了祂的大門；我看見洶湧的洪水席捲在天地之間；我看見黑暗和死亡永恆降臨在世世代代身上。然後看啊！兄弟們啊！沒錯，我說兄弟們！我看見了什麼？我看見了什麼呢？喔罪人啊。我看見了耶穌的復活還有那道光；看見虛弱的耶穌說著**他**們殺掉我才能給你們再活一次的機會；我死去而那些看見且相信的人將永遠不死。兄弟們啊，喔兄弟啊！我看見了末日鄰近的罅隙也聽見了金色的號角昂揚出光榮福音[22]，還有獲得寶血又記得羔羊事蹟的人死而復生。」

阿班坐在那些人聲及舉起的手之間，甜美無邪的淺藍色眼神顯得沉醉。笛爾西挺直身體坐在一旁，姿態僵硬又沉默地哭泣著，為了羔羊所經歷的試煉及寶血而感到難受。

他們走在正午的敞亮陽光中，這些信眾沿著沙土路行走時聊天，並且再次輕易地分散成許多群人，而她繼續啜泣，無心與任何人談話。

「他可真是個好牧師，天！一開始看起來不怎麼樣，但還真讓人嚇一跳啊。」

「他見過了權柄與榮耀[23]。」

「是的，先生。他見過。親眼見過。」

笛爾西沒有發出聲音，她的臉沒有顫抖，只是任由眼淚攻佔那些凹陷又迂迴的紋路，她抬頭走著，甚至沒有嘗試去把眼淚擦乾。

「你這是在做什麼啊？婆婆？」弗洛妮說。「大家都在看啊。我們很快就要經過有白人的地方了。」

「我見過首先的，也見過末後的，」[24]笛爾西說。「你別管我。」

「什麼的首先還有末後？」弗洛妮說。

「你別管，」笛爾西說。「我見過開始的，而我現在見到了終結。」

不過在他們走上大街之前，她停下腳步撩起裙襬，用最外層的襯裙裙襬擦乾眼淚。然後他們繼續走。阿班在笛爾西旁搖搖晃晃地走著，望著勒斯特在前方擺出怪模怪樣，他手上拿著傘，頭上的新草帽囂張地斜戴著，就像一隻大傻狗望著一隻機靈的小狗。他們抵達柵門後走進去。阿班立刻又開始哼哼唉唉了，然後有那麼一陣子，他們所有人都沿著車道望向油漆斑駁的方形主屋，門廊都破破爛爛的了。

「那邊今天怎麼啦？」弗洛妮說。「有些不對勁。」

「沒什麼吧，」笛爾西說。「你管好自己的事，白人的事輪不到你管啦。」

「有些不對勁，」弗洛妮說。「我今天一起床就聽見他在哭。但反正沒我的事囉。」

「我也知道是怎麼回事，」勒斯特說。

「你知道的事一點用也沒有，」笛爾西說。「沒聽弗洛妮說了嗎？就跟你沒關係嘛。你把小班帶去後面讓他安靜，我得去準備午餐。」

「我知道昆汀小姐在哪裡，」勒斯特說。

「那就把那個祕密藏好吧，」笛爾西說。「要是昆汀有需要你的建議，我一定立刻讓你知道。你們全給我去後面玩吧，快去啦。」

「只要他們那邊開始打球之後，你也很清楚會怎樣吧，」勒斯特說。

「他們還要一陣子才會開始打啦。等到了那時候，T. P.就會帶他去坐車了。來，把那頂新帽子給我啊。」

勒斯特把帽子給她，和阿班去了後院。阿班還在哼哼唉唉，不過聲音不大。笛爾西和弗洛妮往小木屋走。過了一陣子後笛爾西又出現了，她再次換上褪色印花棉布連身裙，走向廚房。爐火已經熄了。屋內沒有絲毫聲響。她繫上圍裙走上樓。到處都沒有聲音。昆汀的房間就跟他們離開時一樣。她走進去撿起內衣再把絲襪收回抽屜後關上。康普生太太的房門關著。笛爾西在房門旁站了一陣子，仔細聆聽。然後她打開門走進去，房裡是濃重的樟腦臭氣。窗簾都拉上了，房內半明半暗，至於那張床，一開始她以為康普生太太在上頭睡著了，正打算關門時有人卻說話了。

「嗯？」她說，「怎麼了？」

「是我，」笛爾西說。「你有需要什麼嗎？」

康普生太太沒回答。一陣子沉默後，她完全沒有移動她的頭，只是說：「傑森呢？」

「他還沒回來，」笛爾西說。「怎麼了嗎？」

康普生太太沒說話。她就跟許多體寒又虛弱的人一樣，在面對無從逆轉的災難時反而沒來由湧現出一種堅忍情志、一種力量。以她此刻的情況而言，是對眼下這個尚未有定論的處境抱持著不可動搖的信念。「哎呀，」她過了一下子後開口，「你找到了嗎？」

「找到什麼？你在說什麼？」

「遺書啊。如果懂得體恤我們，至少該留下遺書吧。就連昆丁都有留。」

「你在說什麼啊？」笛爾西說，「你不知道她根本沒事嗎？我敢打賭天都還沒黑，她就會走進家門口了。」

「胡說，」康普生太太說，「他們家就是流著這種血。有其舅必有其外甥女。不然就是像她的母親吧。我不知道像誰比較糟。我大概也不在乎。」

「你怎麼一直說這種話啊？」笛爾西說。「她何必這麼做？」

「我不知道。昆丁之前那樣做難道有什麼理由嗎？他到底能有什麼理由呢？不可能只是為了嘲笑或傷害我吧。無論上帝是誰，祂都不會允許這種事。我是個安分守己的淑女。光看我的子孫你可能不會相信，但我是個淑女。」

「我說你就等著瞧吧，」笛爾西說。「她晚上就會回來了，到時候就乖乖躺在自己的床上啦。」康普生太太沒說話。浸滿樟腦油的布條蓋在她的眉毛上。有件黑袍子攤放在床腳邊。笛爾西還站著，手扶著門把。

「好吧，」康普生太太說。「還有什麼事嗎？你要去為傑森和班傑明準備午餐了沒？」

「傑森還沒回來，」笛爾西說。「我已經要去做準備啦。你確定沒需要什麼嗎？那熱水袋還夠熱嗎？」

「你可以把《聖經》拿給我。」

「今早就給你了，在我出門之前。」

「你是放在床邊。放那裡能不掉下去嗎？」

笛爾西走到床的另一邊，她在床邊的陰影內摸索一陣子後找到《聖經》，那本掉在地板的《聖經》內頁貼著地面。她把皺掉的頁面撫平後把《聖經》放回床上。康普生太太沒有張開眼睛。她的頭髮和枕頭是同樣的顏色，那片沾了藥油的包頭巾讓她看來像正在祈禱的修女。「別再放那裡了，」她說話時沒有張開眼睛。「你之前就是放那裡。你就是要逼我為了撿書爬下床嗎？」

笛爾西伸手越過她的身體拿起《聖經》，放在比較寬敞的床邊。「要是看不見也沒辦法讀啊，這裡太暗啦，」她說。「我把窗簾拉開一點如何？」

「不用。就這樣吧。去幫傑森準備一點食物吃。」

笛爾西走了出去。她關上房門回到廚房。爐子幾乎冷透了。她站在廚房裡時，櫥櫃上方的時鐘敲響了十聲。「一點鐘，」她大聲地自言自語，「傑森不會回家啦。我見過首先的，也見過末後的，」她說話時盯著冷透的爐了，「我見過首先的，也見過末後的。[25]」她在桌上擺出一些冷食，一邊來回移動一邊唱起讚美詩，但怎麼唱都是頭兩句歌詞。她把餐點處理好後走到門邊喊勒斯特，一陣子後勒斯特和阿班進來了。阿班還在小聲嗚咽，彷彿是哭給自己聽。

「他就是不肯停下來啦，」勒斯特說。

「你們都來吃吧，」笛爾西說。「傑森不會回來吃飯了。」他們在桌邊坐下。阿班可以很熟練地處理固體食物，不過就算擺在他面前的都是冷食，笛爾西還是在他脖子上綁了條圍兜布。他和勒斯特吃著午餐。笛爾西在廚房內到處走動，唱著那首讚美詩中她記得的兩句歌詞。「你們都好好吃吧，」她說，「傑森沒打算回家。」

此時他正在離家二十英里的地方。他一離開家就快速開車到鎮上，超越了要去做禮拜的緩慢隊伍，也超越了在斷續風中傳來的專橫鐘聲。他越過空蕩蕩的廣場後轉入一條狹窄且突然變得更為安靜的小街，然後在一間尖頂木板屋前停下，下車沿著邊緣種滿花的走道往門廊前進。

紗門後方有人在講話。他抬起手要敲門時聽見了腳步聲，所以收回了手，有個高大的男人前來開門，那人穿著黑色細棉長褲和硬胸布的無領白襯衫，臉上茂盛的鐵灰色鬍子不是很整潔，一雙灰眼睛像小男孩一樣又圓又亮。他和傑森握手後把他拉進屋內，過程中始終沒有停止握手的動作。

「快進來，」他說，「快進來。」

「你準備好要出發了嗎？」傑森說。

「直接走進來就可以了，」另一個人這麼說，同時扶著手肘把他推進一個房間，那裡坐著一個男人和一個女人。「你認識莫爾朵的丈夫，是吧？這是傑森．康普生，這是維爾農。」

「認識，」傑森說。但他甚至沒有正眼看那個男人，就在警長從房間另一頭拉椅子過來時，那男人說話了。

「我們離開讓你們好說話。走吧，莫爾朵。」

「不用、不用，」警長說，「你們就坐著吧。我想事情沒那麼嚴重吧？傑森？坐下啊。」

「我們一邊走我一邊跟你說，」傑森說。「帶上你的帽子和外套。」

「我們出去吧，」那男人開始起身。

「你坐著，」警長說。「我和傑森去門廊聊。」

「帶上你的帽子和外套，」傑森說。「他們已經跑掉十二小時了。」警長領在前面和他走回門廊。有個男人和女人路過時跟他說了話。他回應的姿態熱情又浮誇。鐘聲仍在響著，就從所謂的「黑鬼坑」傳來。「帶上你的帽子啊，警長，」傑森說。警長拉來兩張椅子。

「坐下吧，跟我說說你遇到的麻煩。」

「我在電話上說過了，」傑森仍然站著。「我先在電話說就是為了節省時間。難道我得上法院才能逼你遵守你的公僕誓言嗎？」

「你坐下來跟我說說，」警長說。「我會好好處理的。」

「好好處理個鬼，」傑森說。「你這樣算是有在處理？」

「現在是你在拖延時間喔，」警長說。「坐下吧，跟我說發生了什麼事。」

傑森告訴他了，他說著說著，受傷又無能為力的情緒逐漸高漲，因此過了一陣子後，隨著自我辯解及怒氣的急速堆疊，他甚至忘了自己在著急什麼。警長用那雙冷淡的閃亮雙眼定定地觀察他。

「可是你不確定是他們幹的，」他說。「你只是猜想而已。」

「我不確定？」傑森說。「我花了該死的兩天在大街小巷裡追她，努力想讓她離那傢伙遠一點，我還跟她說，要是被我逮到跟他在一起，我會對她做什麼，而在那之後，你還說我不確定那個小賤——」

「好，適可而止，」警長說，「夠了吧。多說無益。」他望向街道對面，雙手插在口袋裡。

「所以我來找你，你可是有獲得正式授命的執法官員啊，」傑森說。

「那個劇團這週在莫特森表演，」警長說。

「對，」傑森說，「如果我能找到一個天殺的真心想保護人民的民選執法官員，我現在人也在那裡了。」他又講了一次他的故事，粗聲粗氣地大略重述了一次，彷彿能從自己的怒氣及無能中獲得一種確實的愉悅。警長似乎完全沒在聽。

「傑森，」他說，「你在房子裡藏了三千塊到底是要做什麼？」

「什麼？」傑森說。「我想怎麼收我的錢不干別人的事。你該做的是幫我把錢拿回來。」

「你母親知道你在家裡放那麼多錢嗎？」

「聽我說，」傑森說，「我家被搶了。我知道是誰幹的，也知道他們人在哪裡，所以來找你這位執法官員。我就再問你一次，你有打算去把我的財產找回來嗎？有嗎？」

「你打算怎麼處置那女孩？要是能抓到他們的話？」

「沒打算怎樣，」傑森說，「什麼都沒打算。我不會碰她一根手指頭。那個小婊子害我丟了份工作，那可是我唯一有可能出人頭地的機會，這件事害死了我爸、讓我媽每天折壽，還讓我成為這個鎮上的笑柄。但我沒打算對她怎樣，」他說。「什麼都沒打算。」

「是你逼那個女孩逃家的，傑森，」警長說。

「我的家事用不著你管，」傑森說。「你到底沒有有要幫我？」

「是你逼她逃家的，」警長說。「我有點懷疑那些錢真正的主人是誰，但也不認為我有機會去確認。」

傑森站在那裡，雙手緩慢地絞扭著帽簷。他沉靜地說：「你完全沒打算幫我去逮他們？」

「這件事跟我完全無關，傑森。如果你掌握實質證據，我就必須行動。但如果沒有證據，我不認為這跟我有任何關係。」

「這就是你的答案，是吧？」傑森說。「你要想清楚呀，三思呀。」

「就這樣了，傑森。」

「好吧，」傑森說。他戴上帽子。「你會後悔的。別小看我的能耐。這裡又不是俄國，不會只因為你有片小小的金屬徽章，法律就碰不得你啊。」他走下樓梯上車發動引擎。警長望著他把車開走，轉彎，經過屋子後急速往鎮上開去。

鐘聲再次響起，昂揚在雲塊遍布的陽光中散成明亮而凌亂的音響。他在加油站停下找人檢查了輪胎，把油箱加滿。

「哎呀要出遠門，是吧？」加油站的黑鬼問他。他沒有回答。「看來天氣要變好啦，總算，」那個黑鬼說。

「天氣變好個鬼啦，」傑森說，「十二點就會狂下暴雨了。」他望向天空，心裡想像著雨，想像著黏滑的泥土路，還有自己在距離鎮上好幾英里外的地方拋錨。他有點得意地想著，就算他沒辦法回去吃午餐，但只要能讓心急的他如願立刻出發，中午時就能抵達兩座小鎮的正中間了。在他看來，情勢還算是給了他一個可能的好機會，所以他對那個黑鬼說：

「你到底見鬼的在搞什麼啊？有人付錢要你想盡辦法把這輛車拖在這裡不給走嗎？」

「這邊這顆輪胎裡一點氣也沒有嘛，」黑鬼說。

「那就見鬼的滾開，打氣管給我，」傑森說。

「已經打好啦，」黑鬼起身。「可以開走啦。」

傑森上車發動引擎離開。他排進二檔，引擎劈啪暴響然後上氣不接下氣，他拉高轉速，油門踩到底，粗暴地把氣門咯嗒咯嗒地來回抽送。「要下雨了，」他說，「就讓我開到半路吧，到時候隨你下。」然後他開車將那些鐘聲拋在腦後離開了鎮上，心裡想像著自己在爛泥中掙扎前行，猛找可以幫忙拉車的馬。「所有該死的馬[26]都會在教堂。」他想像著自己終於找到一座教堂，拉了馬要走時馬主人跑出來，馬主人對他大吼大叫但他把對方打倒在地。「我是傑森．康普生，想攔我就試試看啊，看你能不能投票選出一個執法官員來攔住我啊，」他說，同時想像著自己帶著一隊士兵走進法院把警長拖出來。「他還以為可以袖手旁觀呀，我可是丟了工作呢。我會讓他瞧瞧工作就該怎麼幹。」至於他外甥女他根本沒在想，甚至也沒思考那筆錢的價值。十年來這兩者對他而言既非存在的實體也沒有個案的特殊性；兩者只是一起象徵了他那份還沒獲得就已被剝奪的銀行工作而已。

空氣明亮起來，快速流動的雲影動態跟他原本想的相反，在他看來天氣逐漸晴朗正是敵方對他發動的狡詐攻擊，是他必須帶著古老舊傷迎向的新戰役。他時不時地經過教堂，以及帶著鐵皮尖頂的未上漆木板屋，這些建築周遭繫著拉車馬和破舊汽車，在他眼裡像一座座崗哨，而命運之神的押隊哨兵就從那些崗哨快速地回頭偷看他。「祢也去死吧，」他說，「祢想攔住我就試試看啊，」他想到自己，想到他的那隊士兵後方拉著上了手銬腳鐐的警長，若有必要的話也把全能之神[27]從祂的寶座上拖下來；他還想到那些來自地獄和天堂的聯軍嚴陣以待，他卻殺出一條血路最終抓住那位逃走的外甥女。

風從東南方吹來，平穩地吹在他的臉頰上。他似乎能感受到那股漫長拖沓的氣流沉入他的頭骨，突然一種古老的預感讓他用力踩緊煞車停下，他坐著一動也不動。他把手放上後頸開始咒罵，就這樣坐著，聲音粗啞而低沉地咒罵。之前每次需要開車，無論車程多遠，他都會準備一條浸滿樟腦油的手帕，好在開出鎮外後把手帕圍在脖子前方，方便自己吸入樟腦，於是他下車掀起坐墊，想看看會不會剛好有條樟腦手帕忘在那裡。他在兩個座位底下都找過了，然後呆站在那裡一陣子，咒罵著，怪愚蠢的自己得意地太早。他閉上雙眼，身體靠著車門。他可以回去拿忘記的樟腦油，又或者繼續往前開。無論怎麼選都免不了頭痛欲裂，但若是回家就算週日也一定能找到樟腦油，繼續往前開就很難說了。可是如果他回頭，他得再過一個半小時才有辦法抵達莫特森。「說不定我可以慢慢開，」他說。「說不定我可以慢慢開，想點其他事分心——」

他上車後發動引擎。「來想點其他事吧，」他說，所以他想到羅芮。他想像自己跟她一起在床上，不過他只是躺在她身邊，懇求她幫自己的忙[28]，然後他又想起錢的事，還有他竟然被一個女人耍了，對方還只是個小女生。要是他能說服自己真正搶他錢的是那個男人就好了。不過這筆錢是為了要補償他被奪走的工作，他可是冒險花了很大心力得來的，結果竟然搶走的人本身就象徵了他被奪走的工作，更糟的是，那還是個婊子一樣的小女生。他繼續往前開，同時用大衣衣角擋住不停撲面而來的風。

他可以看見他的命運及意志這兩股相反力量此刻正迅速靠近，即將無從逆轉地匯流合一；他變得機警起來。我可不能失誤，他告訴自己。只有一件事是正確的，沒其他可能：那他就非得做到那件事。他相信兩人一見到他就能認出來，而除非那男人還打著紅領帶，不然他只確定自己能先認出她。他非得靠紅領帶才能認出他的前提似乎總結了即將到來的災難樣貌；他幾乎可以聞見那場災難的氣味，就算頭痛陣陣都還能感覺到那場災難的存在。

他爬上最後那座山頂。炊煙瀰漫在山谷內，許多屋頂以及一、兩座尖塔突出樹林。他把車開下山坡後進入小鎮，放慢車速，再次告訴自己要小心，首先找出帳篷的所在地。他的視線目前不是很清楚，他知道就是那場災難一直指示他直接去找他們，之後再為頭痛想辦法。在加油站時人們告訴他帳篷還沒搭起來，可是劇團人員搭的那些車就停在車站的側線上。他把車開了過去。

有兩台塗裝俗氣的臥鋪車廂停在軌道上。他下車前透過眼神將兩節車廂仔細偵查過一遍。他嘗試讓呼吸淺一點，這樣血液才不會一陣陣用力敲打他的頭骨。他下車後沿著車站的牆壁走，雙眼觀察著那些車廂。有幾件長袍軟趴趴地掛在窗外，皺巴巴的，看起來洗過沒多久。其中一台車廂階梯旁的地上擺了三張帆布椅。可是他沒見到任何生命的活動跡象，直到終於有個穿著髒圍裙的男人走到車廂門邊大動作地把平底鍋裡的洗碗水倒空，陽光在平底鍋底閃耀，然後那男人又走進了車廂。

現在我得出奇不意地逮住他，免得他有機會事先警告他們，他心想。他始終沒想到他們可能根本不在眼前的車廂裡。在他看來，無論是他們根本不在此處的可能性、還是一切的結果根本不取決於他先看見他們或是他們先看見他的可能性，總之都違背了這個事件的本質，也不符合整體的節奏。總之最重要的是：他必須先看見他們，把錢拿回來，然後他們的作為對他來說就無關緊要了，但如果他失敗的話，全世界都會知道他傑森·康普生被昆汀搶了，就是他的外甥女昆汀，那個賤貨。

他再次仔細偵查。然後走向車廂爬上階梯，動作迅速安靜，接著在門口停下。車廂上的廚房很暗，其中散發食物酸臭的氣味。那個男人看起來是一片朦朧的白，此刻正用刺耳顫抖的男高音在唱歌。是個老人，他心想，身材沒有我高大。他走進車廂，對方抬眼望向他。

「嘿？」那個男人停止唱歌。

「他們在哪裡？」傑森問。「快點，告訴我。在臥鋪車廂嗎？」

「誰在哪裡？」那個男人說。

「別騙我，」傑森說。他因為視線駁雜不清而跌跌撞撞。

「那是什麼意思？」對方說，「你說誰騙人？」傑森一抓住他的肩膀他就大叫，「你小心點，老兄！」

「別騙人，」傑森說，「他們在哪裡？」

「到底是怎樣，你這渾蛋，」那個男人說。他被傑森抓住的手臂細瘦無力。他想把手臂扯開，一轉身卻跌倒，然後在身後髒亂的桌面上用雙手亂撈。

「快點，」傑森說，「他們在哪裡？」

「我會跟你說他們在哪，」那男人尖聲大叫，「但先讓我找到我的切肉刀。」

「好了，」傑森努力想抓緊對方，「我只不過問你一個問題。」

「你這渾蛋，」那人尖聲大叫，手還在桌面上亂撈。傑森嘗試用兩隻手臂控制住他，想壓制住他那毫無意義的怒氣。那個男人的身體感覺好衰老，好脆弱，但又如此一心想置他於死地，於是傑森第一次清晰無礙地看見自己即將迎頭撞入什麼樣的災難裡。

「別這樣！」他說，「好了！好了！我會出去。給我時間，我會出去。」

「罵我騙子嘛，」對方嚎叫，「放開我。你只要放開我一下子。我就讓你好看。」

傑森狂怒地掃視四周，手還緊抓著對方。此刻外頭明亮又陽光閃耀，一切感覺清爽、明亮又空曠，然後他想到人們很快就要安安靜靜地回家吃週日午餐，享受著節制有禮地歡鬧氣氛，而他本人則還在努力制服一個會害死他的憤怒小老頭，他甚至不敢放開他轉身跑開，就怕給了他足夠的動手時間。

「你可以冷靜一下嗎？至少先讓我出去？」他說，「可以嗎？」可是對方仍在死命掙扎，所以傑森放開一隻手揍了他的頭。那一下打得笨拙又匆忙，沒有很用力，可是對方立刻身子癱軟後滑倒在地，在地面上的一堆鍋碗瓢盆之間發出喀啦喀啦的聲響。傑森站在一旁俯望著他，他氣喘吁吁，耳朵仔細聆聽。然後轉神往車廂外跑。到了門口時他克制自己的動作以更緩慢的速度走下階梯後又站在原地不動。他的呼吸發出哈哈哈的聲響所以站在那裡努力平緩呼吸，同時眼神不停左右掃射，然後他聽見身後窸窸窣窣的聲音，幸好及時轉身看見那個小老頭怒氣沖沖但又姿態笨拙地從玄關處撲過來，手上還舉著一把鏽跡斑斑的小斧頭。

他抓住那把小斧頭，內心沒有受到驚嚇但知道自己正在跌落，心裡想著**所**以結局就是這樣了，而在他相信自己即將死亡之際卻又感覺到什麼敲了他的後腦勺於是他心想**他**怎麼有辦法打到那裡？**但**也可能是因為他很久之前就打到我了吧，他心想，**只**是我現在才感覺到，然後他心想**快**點吧。快點吧。趕快下手吧，接著一陣不想死的激烈渴望攫住了他於是他開始掙扎，他聽見那個老頭正在用沙啞的聲音嚎叫咒罵。

他們把他翻倒在地時他還在掙扎，可是他們制伏了他，他停止掙扎。

「我流很多血嗎？」他說，「我說我的後腦勺。我在流血嗎？」他被迅速推走時還在說著這些話，耳中聽見那個老頭憤怒的細弱叫喊在他身後逐漸遠去。「看看我的頭，」他說，「等等，我——」

「等個鬼啦，」那個抓住他的男人說，「那個該死的瘋老頭會殺掉你的。繼續走。你沒受傷。」

「他砍我，」傑森說。「我在流血嗎？」

「繼續走，」對方說。他帶著傑森繞過車站的轉角，走到快遞貨車廂停靠的空曠月台上，草葉僵直地生長在周圍長滿僵直花朵的空地上，另外有一個電燈標示牌寫著：張大你的[29]欣賞莫特森，那個取代文字的眼睛符號在瞳孔裝了電燈。那男人放開了他。

「好了，」他說，「你趕快離開，別靠近這裡了。你到底想怎樣？自尋死路嗎？」

「我在找兩個人，」傑森說。「我只是想問他們在哪。」

「你要找的是誰？」

「是個女孩，」傑森說。「還有一個男人。他昨天在傑佛遜時打著紅領帶，是這個劇團的人。他們搶了我的錢。」

「喔，」那個男人說。「你就是那傢伙，是吧。哎呀，他們不在這裡。」

「我想也是，」傑森說。他靠橋站著並伸手撫摸自己的後腦勺，然後看了看手掌。「我以為我在流血，」他說。「我以為他用那把小斧頭砍到我了。」

「你的頭撞到鐵軌了，」那個男人說。「你最好走吧。他們不在這裡。」

「好。他說他們不在這裡，我以為他在說謊。」

「你覺得我在說謊嗎？」那個男人說。

「不，」傑森說。「我知道他們不在這裡。」

「我已經天殺的叫他滾蛋了，他們兩個都是，」那個男人說。「我不准我的劇團搞出那種事。我經營的是正派事業，我的團員也得是正派傢伙。」

「好，」傑森說。「你不知道他們去哪了？」

「不知道。我也不想知道。我的劇團團員不准搞出這種惡劣花招。你是她的——哥哥？」

「不是，」傑森說。「不重要了。我只是想見見他們。你確定他沒砍到我？我是說真的沒流血？」

「如果我沒及時趕到就一定要見血了。你別再靠近我們了，懂吧。那個小渾蛋會殺掉你的。那邊是你的車嗎？」

「對。」

「嗯，你上車回傑佛遜去吧。就算要找他們，總之不會在我的劇團找到。我經營的是正派生意。你說他們搶了你的錢？」

「不，」傑森說，「都沒差了。」他走向車子後上車。我非做不可的事是什麼？他心想。然後他想起來了。他發動引擎緩慢把車開上街道終於找到一間雜貨藥房。門是鎖著的。他手扶在門把上頭稍微垂著，就這麼呆站了一陣子。然後他轉身背對門站了一陣子，有個男人經過於是他問附近有沒有雜貨藥房開著，卻發現都沒有。然後他問何時有北上的火車，那個男人說兩點半。他穿越人行道再次上車後坐在車裡。一陣子後有兩個黑鬼小夥子經過。他叫住他們。

「你們有人會開車嗎？」

「有的，先生啊。」

「如果現在立刻開車載我回傑佛遜，你們要收多少錢？」

他們望著彼此，低聲交談。

「我付一塊錢，」傑森說。

他們又低聲交談了一下。「這點錢沒辦法，」其中一個人說。

「多少錢才有辦法？」

「你能去嗎？」其中一個人說。

「我走不開啊，」另一個人說。「你怎麼不開車送他去啊？你反正沒事要幹啊。」

「我有事啦。」

「你有什麼事要幹啦？」

他們又低聲交談了一下，還笑起來。

「我給兩塊錢，」傑森說。「你們誰來開都行。」

「我也走不開啦，」第一個人說。

「好吧，」傑森說。「你們走吧。」

他在那裡坐了一下子，聽見半點的鐘聲響起，然後開始有許多人經過，大家身上都穿著週日和復活節才會穿的衣服。有些人在經過時看了他，看著這個默默坐在一台小車駕駛座上的男人，但看不見他的人生此刻如同一隻破襪子在他身邊散開了所有線頭。一陣子後有個身穿連身褲的黑鬼走了過來。

「你就是那個說要去傑佛遜的傢伙嗎？」他說。

「對，」傑森說。「你要收多少？」

「沒有四塊沒辦法。」這個男人在車裡安靜地坐著，甚至沒正眼看他。那個黑鬼說，

「我出兩塊錢。」

「四塊錢。」

「到底要不要我開？」

「好吧，」傑森說，「上車吧。」

他移到副駕駛座，好讓那個黑鬼掌握方向盤。傑森閉上雙眼。回到傑佛遜就能找到解決的方法了，他告訴自己，到時就能解決那一陣陣的抽痛，總之回到那裡就行了。他們的車子往前開，沿途的人們正安詳平靜地轉進自家屋裡準備吃週日午餐，接著車子開出小鎮。他想著剛剛看到的光景。他沒有在想家，此刻家裡的阿班和勒斯特正在廚房的桌上吃著午餐的冷菜。那光景中有些什麼——沒有災難、威脅，也沒有持續存在的邪惡——讓他得以暫時忘記傑佛遜，得以把傑佛遜當成自己見過的隨便一個地方，一個只是他必須回去重拾生活的地方。

阿班和勒斯特吃完了飯，笛爾西不要他們待在家裡。「看你能不能四點前都別惹他吧。到時候T. P.就來了。」

「是的，女士，」勒斯特說。他們出門去了。笛爾西吃完午餐，清理廚房，然後走到

樓梯底端仔細聆聽，但沒聽見任何聲響。她回頭經過廚房走出門，站在門外的階梯上。眼前哪裡都看不見阿班和勒斯特，但可以聽見地窖門口傳來了遲滯的撥弦聲，於是她走到地窖門口往下看，瞧見了跟早上一模一樣的場面。

「他就是那樣彈的啊，」勒斯特說。他對著動也不動的鋸子懷抱希望但又有點挫折地沉思著。「但我沒有可以用來敲的正確東西，」他說。

「你在這下頭也找不到的，」笛爾西說。「快把他帶到外面的陽光下啦。在這麼潮溼的地下室會得肺炎。」

她等著，確保他們穿過院子走向籬笆邊的一小片雪松林，之後才走向自己的小木屋。

「好了，你別給我鬧起來喔，」勒斯特說，「你今天已經給我惹出夠多麻煩了。」這裡有張吊床，是有人用繩編串起一條條平行的木桶板。勒斯特在搖晃的吊床中躺下，可是阿班繼續漫無目的地遊走。他又開始哼哼唉唉了。「安靜，聽話，」勒斯特說，「小心我打你喔。」他在吊床上放鬆地躺著。阿班已經停止移動，可是勒斯特還是能聽見他還在哼哼唉唉。「你有沒有要安靜啊？到底？」勒斯特說。他起身過去發現阿班蹲在一個小土丘前。土丘兩邊的地面各固定著一個原本裝著毒藥的藍色空瓶。其中一個瓶子放的是枯萎的曼陀羅草。阿班就蹲在那個瓶子前面，嗚咽著，那是一種緩慢又難以言喻的聲響。他一邊嗚咽一邊還茫然地到處搜尋，最後終於找到一根小樹枝放在另一個瓶子裡。「你為什麼不安靜啊？」勒斯特說，「你是想要我給你點什麼才肯停止這樣哭哭唉唉嗎？那假如我這樣幹的話。」他蹲下後突然把一個瓶子拍飛到他的身後。阿班停止嗚咽。他蹲在那裡，眼睛看著本來放瓶子那地方的小小凹陷，然後就在他把肺臟吸滿空氣準備發作時，勒斯特又把瓶子拿回他的視線範圍。「安靜！」他咬牙低聲地說，「你敢給我大吼大叫試試看啊！不准！瓶子在這。看見了嗎？這裡。你繼續待在這裡就一定要發作了。走吧，我們看看今天他們開始敲球了沒啊。」他抓住阿班的手臂，拉他起來，然後兩人走到籬笆邊並肩站著，眼神從緊密交纏但尚未開花的忍冬枝條之間望出去。

「那裡，」勒斯特說，「那邊有人過來了。看見了嗎？」

他們看見四個人一路打上草地，移動到發球座後又搭車繼續。阿班一直望著，口中哼哼唉唉，還流口水。只要這四人移動他也會沿著籬笆跟上，身體上下晃動並發出嗚咽聲。有個人說話了。

「這裡，桿弟。把袋子拿過來。」

「安靜，小班，」勒斯特說，可是阿班繼續蹣跚地小跑步前進，手緊抓著籬笆，用粗啞、絕望的聲音嚎叫。那個在打球的男人繼續走，阿班跟著他的腳步移動直到抵達籬笆的九十度轉角處，此後他只能緊抓住籬笆，望著那些人移動地愈來愈遠。

「可以安靜了嗎？」勒斯特說，「可以安靜了嗎？」他搖晃阿班緊抓住籬笆的手臂，他仍用粗啞的聲音持續穩定地在嚎叫。「是有要住嘴嗎？」勒斯特說，「看來是沒打算啊？」阿班的眼神越過籬笆凝望著。「那好吧，」勒斯特說，「你想盡情吼個夠對吧？」他靠近他的肩膀上方，眼神往回望向主屋，然後低聲說：「凱兒！現在大吼吧。凱兒！凱兒！凱兒！」

沒過多久，在阿班一聲聲拉長大喊的換氣停頓中，勒斯特聽見笛爾西在大叫。他抓住阿班的手臂，兩人穿過院子走向她。

「我就說啦，他不會乖乖安靜的，」勒斯特說。

「你這壞傢伙！」笛爾西說，「你對他做了什麼啦？」

「我什麼都沒幹啊。我就說啦等那些傢伙開始打球，他就會開始發作嘛。」

「你給我過來，」笛爾西說。「安靜，小班。安靜，聽話。」可是他不願意安靜。他們快速穿過院子走向小木屋，進了屋子。「去拿那隻鞋子啦，用跑的，」笛爾西說。「不准吵到卡琳小姐啊，記得。要是她說了什麼，就跟她說我在照顧他。去啊，快；這點事你還能做吧，我想。」勒斯特出去了。笛爾西把阿班帶到床邊，拉他坐在自己身邊後抱住他，她的身體前後搖晃，還撩起裙襬擦去他的口水。「安靜，聽話，」她一邊說一邊輕撫他的頭，「安靜。有笛爾西照顧你啊。」可是他還在緩慢地吼叫、模樣悽苦，但沒流淚；那是太陽底下所有無聲悲慘的深切絕望。勒斯特回來了，手上拿著一隻白色的絲緞拖鞋。拖鞋現在都黃了，髒兮兮的表面滿是裂紋，當他們把拖鞋放進他的手裡時他安靜了一下子，可是還在哼哼唉唉，然後很快地他又拔高了音量。

「你覺得你有辦法找到T. P.嗎？」笛爾西說。

「他昨天說今天會去聖約翰啊。他是說四點回來吧。」笛爾西抱著他前後搖晃，還輕撫著阿班的頭。

「要這麼久啊，喔耶穌啊，」她說，「要這麼久啊。」

「可以讓我駕駛那輛輕馬車啊，婆婆。」勒斯特說。

「你會把你們兩個都害死啦，」笛爾西說，「你就是想鬧事吧。我知道你駕車沒問題，可是我沒辦法信任你。安靜，聽話，」她說。「安靜。安靜。」

「不會啦，我不會出事，」勒斯特說。「我都跟T. P.一起駕車啊。」笛爾西前後搖晃，她抱著阿班。「卡琳小姐說如果你沒辦法讓他安靜，她就要自己下來照顧他啦。」

「安靜，小寶貝，」笛爾西一邊說一邊輕撫阿班的頭。「勒斯特，小寶貝，」她說，「你可以好好駕駛那台馬車嗎？就可憐可憐你的婆婆？」

「好的，女士，」勒斯特說。「我會駕得跟T. P.一樣好。」

笛爾西輕撫阿班的頭，身體前後搖晃。「我真是盡力了啊，」她說，「上主一定明白的吧。那去把車駕過來吧，」她起身。勒斯特匆忙跑出去。阿班抓著那隻拖鞋，但還在哭。

「安靜，聽話。勒斯特去把馬車駕來帶你去墓園了。我們也不用費心去拿你的便帽了，」她說。她走到房間另一邊的角落，從用印花布簾隔出來的衣櫃中拿出她之前戴的毛氈帽。「我們還有過更慘的日子呢，只是大家不知道，」她說。「反正你是上主的孩子，而我很快也要是啦，讚美耶穌。來。」她把帽子戴在他頭上，扣上他的大衣釦子。他仍在持續嚎哭。她把拖鞋從他手中拿走放到一邊，兩人走出小屋。勒斯特過來了，他駕著一匹老白馬拉的老舊輕馬車，車子看起來歪歪斜斜的。

「你會小心吧，勒斯特？」她說。

「會的，女士，」勒斯特說。她幫阿班坐上馬車後座。他已經沒在哭了，可是現在又開始哼哼唉唉。

「他是要花啦，」勒斯特說。「等等，我給他一朵。」

「你坐著別動啊，」笛爾西說。她走去拉住馬龍頭的頰繩。「好啦，快去給他摘一朵。」勒斯特跑著繞過房子，奔向花園，回來時拿著一根水仙花。

「這朵都斷了，」笛爾西說，「為什麼不能給他找一朵好的啊？」

「我就只能找到這朵啊，」勒斯特說。「你們星期五都把花摘去裝飾教堂了嘛。等等，我可以弄好。」於是笛爾西還牽著馬時，勒斯特用一小根木條和兩條繩子當作夾板固定花莖，遞給阿班，然後爬上馬車接過韁繩。笛爾西還握著馬勒。

「你認得路吧？」她說，「沿街往前走，繞過廣場，朝墓園走，然後直接回家。」

「是的，女士，」勒斯特說，「走起來吧，小女王。」

「你會小心的，是吧？」

「是的，女士。」笛爾西放開了馬勒。

「走起來吧，小女王，」勒斯特說。

「來，」笛爾西說，「你把鞭子給我。」

「唉唷，婆婆啊，」勒斯特說。

「拿過來啊，」笛爾西一邊說一邊靠近車輪。勒斯特不甘願地給了她。

「這樣我怎麼讓小女王出發啊。」

「不用你費心啦，」笛爾西說。「這條路線小女王比你清楚多了。你只需要坐在那裡握好轠繩。你是知道路的，對吧？」

「是的，女士。就跟T. P.每週日走的一樣啦。」

「那你這週日也照著走吧。」

「我打算啊。我不是跟T. P.一起走過不下一百次了嗎？」

「那就再走一次吧，」笛爾西說。「去吧，快。要是你讓小班受傷，小黑鬼，事情可就嚴重啦。你得給我去勞役隊啊，就算他們沒來抓你，我都會把你送進去。」

「是的，女士，」勒斯特說。「走起來啊，小女王。」

他甩了小女王寬闊背脊上的韁繩，馬車猛力晃了一下開始前進。

「你這傢伙！勒斯特！」笛爾西說。

「走起來啊，走！」勒斯特說。他又甩了一下韁繩。小女王緩慢沿著車道跑起來，此時伴隨著一陣轟隆隆的悶響，接著馬車轉上了街道。勒斯特在此敦促牠換了一種步伐，那走法彷彿是不停向前緩慢而沒有盡頭地落下。

阿班停止哼哼唉唉了。他坐在座位的正中央，拳頭裡握著那根剛剛修好的花，雙眼祥和又散發難以言喻的喜悅。勒斯特在他正前方，那顆如同子彈般的腦袋不停往後轉，等到整棟屋子都已經在視線範圍之外後，他把馬車停到街邊，阿班看著他下車後從樹籬拔了一根細枝。小女王低垂下頭吃起草來，終於勒斯特爬上馬車，拉起牠的頭，逼牠繼續趕路，然後他神氣的撐開手肘，雙手把細枝和韁繩拿得好高，擺出了趾高氣昂的神態，跟小女王和緩的馬蹄聲及牠肚腹內如同管風琴低音的伴奏嗚響相比，他的神態實在太過誇張。許多汽車經過他們身邊，另外還有行人；途中有群大概青少年年紀的黑鬼經過：

「是勒斯特啊。你要去哪啊？勒斯特。去埋骨頭的地方啊？」

「嗨，」勒斯特說，「你們誰最後不是要去埋骨頭的地方呢。走起來啊，你根本是頭大象。」

他們快到廣場了，廣場上有個南方邦聯的士兵把那隻大理石刻的手遮在眼睛上，空洞的眼球凝視著風和天氣的變換。勒斯特又更起勁了一點，他用細枝揮了不怎麼搭理他的小女王，同時四處張望了廣場一圈。「傑森先生的車子在那裡，」他說，接著他又遠遠看見了另一群黑鬼。「讓那些黑鬼瞧瞧我們的厲害，小班，」他說，「你怎麼說？」他往後看。阿班坐著，拳頭裡捏著那朵花，眼神空洞無憂。勒斯特又揮了小女王一下，接著用力把她往紀念碑的左側[30]扯過去。

坐在座位上的阿班有那麼一瞬間是澈底的靜止狀態。然後他吼了起來。他吼了又吼，聲音愈來愈大，幾乎沒有停下來換氣的空隙。那些吼叫不只包含了驚嚇，那些吼叫本身就是恐怖、震驚、痛苦且沒有眼睛、沒有舌頭，就是純粹的聲音，勒斯特的眼珠子瞬間往後翻了個白眼。「偉大的上帝啊，」他說，「安靜！安靜！偉大的上帝啊！」他又扯了一下韁繩，拿細枝去打小女王。細枝斷了他於是丟掉，此時阿班的音量愈來愈大幾乎到了難以置信的程度，勒斯特抓住韁繩尾端身體整個往前傾，此時傑森從廣場的另一邊衝過來跳上馬車的踏板。

他反手一拍把勒斯特甩開，抓住韁繩一收一放地轉動小女王的走向，接著把韁繩反摺後打牠的屁股。他一次又一次的揮牠，終於讓牠如同飛躍般跑了起來，在此同時阿班沙啞的痛苦叫喊圍繞住了他們，他總算讓馬猛然轉向了紀念碑的右側。接著他用拳頭揍了勒斯特的頭。

「你的腦子是怎麼回事？怎麼會帶他走左邊？」他說。他又伸手往後揍了阿班，還打斷了那根花莖。「閉嘴！」他說，「閉嘴！」他用力把小女王往後扯停，跳下馬車。「見鬼的帶他回家去。你要是再帶他走出院子的柵門，我就殺了你。」

「好的，先生啊！」勒斯特說。他拿起韁繩用韁繩末端抽了小女王。「走啦！走啦，快！小班，老天啊別叫啦。」

阿班一聲又一聲地哭吼著。小女王又開始移動，牠的四隻腳再次咖噠咖噠地穩定走動起來。阿班立刻就安靜了。勒斯特迅速扭頭往後看了一眼，然後繼續駕車。斷掉的花莖垂倒在阿班的拳頭上，他空洞的雙眼是藍色的而且再次變得安詳，而此時建築的飛簷和屋牆再次流暢地由左到右流動而過；梁柱和樹，窗和門口，還有招牌，每個都回到了應有的位置。

1 復活節當天。

2 欏鳥在傳説中跟魔鬼有關。

3 福克納在第四部當中特別將黑人的發音比之前更頻繁地標示出來。因此翻譯上增加了語助詞出現的頻率。

4 欏鳥在傳説中是魔鬼的眼線。在復活節的週日看見或許在此被當作是一種惡兆。

5 有一詮釋指出這裡指的木頭化身其實是勒斯特化身為肢體僵硬的小班。

6 這個鐘只有一根指針，報時的次數也不對，可是笛爾西已經習慣了也能正確解讀出時間，她的自在跟昆丁面對鐘錶的心態完全不同。

7 福克納常用不太好理解的形容詞，這裡「無止無盡」的意思就曖昧不明，充滿洞察力卻又愚鈍也看似矛盾，但也可能是指即便是能看到未來的人，此刻仍也可能處於愚鈍的狀態。

8 死亡的氣息。

9 福克納很可能是為了營造特定的貧窮及衰敗氛圍，刻意安排了一般來説被認定沒有實用價值的樹木出現在這個場景中。

10 羔羊的血就是耶穌為世人留下的鮮血。

11 這裡的「女妖」原文是 succubus，是一種會在男性睡著時與其性交的妖魔。

12 這之後客座牧師都是用黑人的方言在説話，也是第四部中黑人英文密度最高的段落，但為了不讓讀者混淆，翻譯時只讓語氣變得更為激昂並加上比較多的語尾助詞來區辨。

13 羔羊的血就是耶穌為了世人在十字架上犧牲所流出的寶血。

14 這裡或許是呼應了非裔美國人常會唱的讚美詩〈輕搖、可愛的馬車〉（*Swing Low, Sweet Chariot*）。

15 這裡指的是《聖經》中的寓言「財主與拉撒路」（*Dives and Lazarus*），取自《路加福音16：1－31》。

16 《馬太福音2》希律王想要殺掉所有兩歲不到的孩童，而耶穌的父母要去拯救祂。

17 《馬太福音2：17－18》提到的那些孩子被希律王殺掉的女人們嚎啕大哭。

18 各各他山（Calvary）是耶穌被釘上十字架的山頂。

19 小偷和殺人犯是和耶穌一起被釘上十字架的人。

20 《馬太福音25：40》：「『我實在告訴你們：這些事你們既做在我這弟兄中一個最小的身上，就是做在我身上了。』」因此這裡客座牧師口中「年紀最小的人」指稱的是耶穌。

21 客座牧師將兩段經文混淆在一起，分別是《馬太福音27：40－43》：「『可以救自己吧！如果你是神的兒子，就從十字架上下來吧！』」以及《馬太福音9：6－7》：「就對癱子說：『起來！拿你的褥子回家去吧。』那人就起來，回家去了。」

22 《啟示錄8：2》：「我看見那站在神面前的七位天使，有七枝號賜給他們。」

23 《馬太福音6：13》：「不叫我們遇見試探；／救我們脫離凶惡。／因為國度、權柄、榮耀，全是你的，／直到永遠。阿們！」

24 《啟示錄22：13》：「我是阿拉法，我是俄梅戛；我是首先的，我是末後的；我是初，我是終。」

25 笛爾西在這裡借用改寫《聖經》裡的話，可能是在表示如果傑森再也不回來了，她等於見識到了康普生家這一代的最初的興起及最後的殞落。

26 這時候大家都在教堂，所以馬車和馬應該也都在教堂。但也有論者指出應該是「所有該死的黑鬼都在教堂。」認為是表示能幫忙把馬車拖出來的黑鬼都在教堂。

27 指的是神，傑森的幻想在此達到高潮，他想像自己受到命運的各種攔阻，包括逃走的外甥女也在跟他作對，而他在奮戰的過程中把神也扯下了寶座。

28 應該是他無法順利性交所以懇求羅芮的特殊協助。

29 可能是呼應《大亨小傳》（*The Great Gatsby*）中蓋茲比在「灰燼谷」（Valley of Ashes）上看見的廣告牌，廣告牌上畫著醫學博士艾柯爾堡醫生（Dr. T. J. Eckleburg）之眼，象徵了人遠離神所感受到的孤寂。

30 如同第一部時所描述，班傑明只能經由固定的路線前往墓園，路途中一定要經過這個紀念碑的右側。

Appendix: Compson: 1699–1945

附錄

康普森家族

一六九九到一九四五

伊克莫特貝。一位遭拔銜的美國國王。他的義兄稱他為「命定之人」（l'Homme[1]（有時候稱為「人中之人」de l'homm[2]」）。這位義兄是一位受冊封的法國騎士，可惜出生的時代太晚，不然在由拿破崙手下高級將官組成的俠義惡棍宇宙中，他大可成為其中一個最閃亮的明星，而就是這位義兄將契卡索酋長的頭銜翻成「那個人」；不過伊克莫特貝本身就是個充滿智慧與想像力的人，對他人及自己的性格也總能做出精準判斷，因此他將這個譯名進一步延伸並英語化為「厄運」。他把自己這塊失落版圖中著實有一英里平方且如同牌桌般方正的一片密西西比北部處女地賜給一位蘇格蘭難民的孫子（當時這片土地長滿樹林因為還不到一八三三年當時命運之星正在殞落而此時的密西西比傑佛遜鎮也還只是格局凌亂的一層樓長型木造建築其中所有縫隙只靠泥巴填補而建築內住著契卡索這塊土地上的仲介商他也在此經營貿易據點）這位蘇格蘭難民的孫子因為和這位本身已遭拔銜的國王命運交纏而失去與生俱來的權利。伊克莫特貝因此獲得的其中一部份報償，就是得以和他的子民用他們想要的方式和平前往西部蠻荒，無論步行或騎馬都可以，不過能使用的就是契卡索部族自己的馬，那裡現在被稱為奧克拉荷馬：當時還沒人知道那裡有石油。

傑克森[3]。一個手持利劍的「偉大白人父親」。（一個老練的決鬥者，一頭吵鬧乾瘦凶狠骯髒又堅忍不朽的老獅子，這個人把國家的福祉看得比白宮重要，但又把他建立的新政黨的健康體質看得比以上兩者都重要，而比這一切都重要的不是他妻子的名譽而是無論如何都必須捍衛名譽的原則，至於維護的究竟是不是名譽也不重要，重要的是名譽有沒有獲得維護。）他在瓦希鎮[4]的金色印第安帳篷裡與對方共同簽署蓋印那份讓他得以取得土地的文件，但當時也還不知道石油的事：所以在未來的某一天，遭拔銜的國王那些無家可歸的後代將會醉醺醺又不省人事地仰躺在特別漆成腥紅色的靈車和消防車上並飛馳在塵土飛揚且最後指定用來埋葬他們屍骨的土地上。

以下是康普生家的人：

昆丁．麥克拉徹。格拉斯哥當地一位印刷工人的兒子，由母親在伯斯高地的親屬養大。他從庫洛登荒原逃到卡羅萊納，身上帶著一把蘇格蘭寬刃大劍和蘇格蘭格紋裙，這件裙子他白天時穿在身上，晚上時鋪在地上睡，此外他就幾乎沒帶什麼了。八十歲時，他再次上戰場攻打一名英格蘭國王並落敗，但他不會重蹈覆轍所以再次於一七七九年時連夜逃亡，這次帶著仍是嬰兒的孫子以及那件蘇格蘭格紋裙（寬刃大劍跟他的兒子一起不見了，這位兒子是他孫子的父親，大概一年前在喬治亞的戰場上從塔爾頓的部隊中消失了）一起進入肯塔基，在那裡有位名叫卜恩還是布恩[5]的鄰居已在那裡定居下來。

查爾斯・史都華。曾加入一個英國軍團，但後來軍籍和軍階都遭到撤銷。一開始他是被自己後撤的軍隊留在喬治亞的沼澤裡等死，後來則是被推進的美國軍隊留在那裡等死，而這兩支軍隊都做錯了。就算是四年後拖著一條木腿終於在肯塔基的哈洛茲柏格趕上父親和兒子的腳步時，他身上都還帶著那把寬刃大劍，不過最後也只來得及替父親下葬。之後他有很長一段時間出現人格分裂，一方面他還是想當他相信自己想當的學校教師，但最後還是放棄這個想法並接受真實的自己成為一位賭徒。康普生家似乎沒意識到只要情勢一開局就很險峻、贏面也很小時，他們其實每個人都是賭徒。後來他的賭徒生涯成功抵達高峰，因為他不只賭上自己的人頭，甚至連全家人的安全和他自己的名聲都幾乎豁出去，他竟然加入由威爾金森這個他認識的人所帶領的聯盟（此人擁有非常厲害的才幹、影響力、智商和權力），而這個聯盟的目標是要讓整個密西西比河谷脫離合眾國後加入西班牙。等這個幻想破滅之後（世間只有康普生家的學校教師會看不出這是難以避免的結局），這次輪到他逃亡，而最特別的是他竟然是共謀者中唯一需要逃離國家的人：倒不是因為他曾試圖瓦解的政府試圖尋仇或報復，而是因為曾跟他一起參加那個聯盟的人極度厭惡他，此刻又一心只想自保。他沒有被驅逐出美國，他本來就說自己不屬於任何國家，他之所以會遭到驅趕不是因為叛國，而是他在叛國時太過招搖又到處聲張，明明還沒有到目的地蓋好新橋，卻已經在大張旗鼓地燒掉剛剛經過的橋：所以真正付諸行動把他從美國肯塔基州趕出去的不是憲兵司令或甚至不是任何一個國內的單位而是他之前的同謀者，他們要是真的能抓住他大概會希望他能從這世界上消失。他連夜逃跑時也遵循著家族傳統帶著兒子、那把老舊的寬刃大劍，還有那條蘇格蘭格紋裙。

傑森・來古格士[6]。他的父親就是尖酸刻薄、一意孤行又裝了木腿的那個人，而且或許直到現在都還全心相信他其實想當的是一名古典主義風格的教師，而或許是受到這個父親給他取的浮誇名字[7]所驅使，他在一八一一年的某天帶著兩把精良的手槍和一只寒酸的鞍袋，騎著一匹腰細腿腳壯的母馬走上了納契茲古道[8]。這匹馬絕對可以在半分鐘內跑完前兩弗隆[9]的距離，再跑兩弗隆的時間也不會差太多，不過之後就沒辦法保持這個速度。可是這樣也夠了：他抵達奧卡托巴（這裡在一八六〇年時還稱為老傑佛遜鎮）就沒再往下走。他在六個月內成為那位仲介商的店員，在十二個月內成為他的合夥人，他的正式身分仍是店員可是在這個現在被看作一間正式店面的地方擁有一半產權，這間店內堆滿他們用那匹母馬和伊克莫特貝底下的年輕人賽馬贏來的獎品，不過每次他和康普生都會小心確保賽程不超過四分之一或頂多三弗隆；隔年那匹小母馬變成伊克莫特貝的財產，康普生則擁有了扎實一平方英里的土地，那片土地之後算是位於傑佛遜小鎮的正中央，不過當時還是一整片樹林，就連二十年後也差不多，只不過後來更像一座公園而非樹林，其中座落著由同一位建築師設計的奴隸住屋、馬廄、菜園、草坪、步道和涼亭，這位建築師還蓋了有圓柱和門廊的主屋，用的是從法國經紐奧良以汽船運來的建材，而且這片土地到一八四〇年時仍完好無缺（這時候這地方不只開始被一個名叫傑佛遜的白人小村落所包圍，包圍此村落的整個郡之後也將充滿白人，因為伊克莫特貝的後代及族人再過沒幾年都將離開，仍留在此處的也不再是戰士和獵人，而是成為白人——他們成為苟且的農夫，或是隨便在某個地方成為他們也稱為「種植園」的園主，又或是養一些苟且的奴隸，他們比白人髒一點、懶一點、殘忍一點——直到最後就連那野性的血脈也將徹底消失無蹤，只能偶爾透過坐在棉花貨車上的黑人或鋸木廠的白人傭工或捕獸人或火車頭火伕的鼻子形狀看出這份血統），這片土地在當時被稱為「康普生領地」，並在此時就已開始有辦法孕育出王子、政治家、將軍和主教，好為了從庫洛登到卡羅萊納到肯塔基都遭到驅逐的康普生家族復仇，接著這地方又被大家稱為「州長之家」，因為果然沒過多久這裡就打造出或至少是出生了一位州長——這個人也叫做昆丁．麥克拉徹，沿用的是他在庫洛登那位祖父的名字——就算後來又有一位將軍在這裡出生（一八六一），這地方還是被稱為「老州長之家」——（整座小鎮和整個郡事先就一致同意這樣稱呼，就彷彿他們當時就已預知這位老州長會是康普生家族中最後一位不是除了長壽和自殺之外幹什麼都失敗的人了）——這位陸軍准將傑森．來古格士二世在一八六二年的希洛打了敗仗，一八六四年在瑞薩卡又打了敗仗只是沒像上次那麼慘，然後他在一八六六年時把這片當時仍完好無缺的一平方英里土地第一次抵押給一位新英格蘭的提包客[10]，這時老鎮區已經被北方聯邦軍的史密斯將軍燒毀，而新發展起來的小鎮住的不再主要是康普生家族的後代，而是史諾普家族的人，這些人開始步步進逼，然後再一點一點吞噬掉這位失敗准將接下來四十年為了支付剩餘土地抵押利息而一塊塊賣掉的土地：直到一九〇〇年的某天他在人生最後時光中最常打發時間的塔拉哈奇河谷內的打獵捕魚營地中的一張行軍床上靜靜地死去。

而就連老州長現在都已遭人遺忘；大家現在只知道這片一平方英里的老舊土地是「康普生家」——早已毀壞的老舊草皮及涼亭間的小徑上雜草叢生，主屋早該重上油漆，門廊上的柱子片片剝落，而就在這個地方，傑森三世（家裡培養他當律師而後來他也確實在能俯瞰鎮上廣場的建築內經營一間事務所，事務所內積滿灰塵的檔案櫃中埋藏著這個郡內歷史最悠久的一些家族姓氏——霍爾斯頓和薩特潘、葛雷尼爾和布昌普和寇爾菲爾德——這些人的資料在無休無止的訴訟檔案迷宮中一年年褪色：而誰知道在他父親那永不放棄的心中是怎麼想的呢，現在的他既然已經完成他的三種身分——第一種是做一名出色又無畏政治家的兒子、第二種是在戰場上做一個勇敢又無畏的領袖，第三種則是受老天眷顧的假丹尼爾·布恩兼魯賓遜·克魯索，這樣的他並不是重獲青春，而是從未離開他的青春年歲——或許也是指望那間律師事務所還能成為讓他再次通往州長莊園及過往榮光的前廳）

整天閒坐著，身邊是一壺威士忌和到處散落且書角都已捲起的賀拉斯、李維和卡圖盧斯[11]著作，並為無論是過世或在世的鎮民創作一些尖酸又嘲諷的頌詩或悼詞，他後來把最後一片地產賣掉，僅留下的小塊土地上有主屋、菜園、搖搖欲墜的馬廄，以及笛爾西一家人住的那間小木屋，他把那片地產賣給一個高爾夫球俱樂部後拿到不少錢，於是之後她的女兒凱蒂絲才能在一九一〇年辦上那場還算不錯的四月婚禮，他的兒子也才得以完成在哈佛的一年學業並在隔年的一九一〇年六月自殺；一九二八年春天，康普生一家還住在這裡，但這地方已變成大家口中的「康普生老家」，而正是在這年春天的某個薄暮時分，這位老州長注定要迷失且父不詳的十七歲玄外孫女偷走她最後一位頭腦清楚的男性親戚（她的舅舅傑森四世）藏起來的私房錢，然後沿著排水管往下爬，跟一個旅行劇團中的小商販私奔了[12]，而就在所有康普生家族的蹤跡早已從此處消失之後，大家仍稱這地方是「康普生老家」：在守寡的母親過世後，傑森四世不再需要顧忌笛爾西，於是把那個白痴弟弟班傑明送進傑克遜的州立療養院，然後把房子賣給一個鄉下人，對方把屋子當成接待陪審員及馬匹和騾子商販的寄宿旅館來經營，然後就連這間寄宿旅館（現在就連高爾夫球場）消失之後，整片老舊的一平方英里土地因為屋主各自不同建造偷工減料且一排排全擠在一起的半都會平房而再次變得完好無缺之後，大家還是稱呼這裡是「康普生老家」。

然後是這些人：

昆丁三世。他愛的不是他妹妹的肉體而是康普生家族的某種榮譽觀念，而且（他很清楚）這樣的榮譽搖搖欲墜只是暫時靠著她那片微小脆弱的處女膜支撐著，就像是一隻受過訓練的海豹鼻頭上頂著一整個寬廣渾圓地球的迷你複製品。他愛的不是亂倫這個念頭他也絕不會這麼做，他愛的是長老教派那種永恆受罰的概念：他（而非上帝）可以透過這個方式將自己和妹妹打入地獄，然後就能在地獄的永恆烈火中永遠守護著她確保她的完好無缺。不過他愛死亡勝過一切，死亡是他唯一的愛，他一邊愛著死亡一邊卻又在生活中極度從容又幾近變態地期待著死亡的到來，就像愛人一邊愛著所愛之人的肉體卻又一邊刻意壓抑自己去碰觸那等待的歡迎的誘人的溫柔的絕妙的肉體，直到他無法再承受的不是「壓抑」這個行為而是受限制的感覺，於是才終於縱身一躍、往下沉淪，並在放棄一切後任由自己滅頂。他於一九一〇年六月在麻州的劍橋市自殺，當時他妹妹的婚禮剛結束兩個月，而他正準備完成當下那個學年好讓事先支付的學費充分發揮應有價值，至於能有那筆學費也不是因為他那些來自庫洛登和卡羅萊納和肯塔基的老祖先血統，而是家裡賣掉康普森老家最後一塊地產後用來支付他妹妹的婚禮和他在哈佛這一年的學費，他那出生就是白痴的小弟愛那塊地，除此之外只愛他的姊姊和看著火爐裡的火。

凱蒂絲（凱兒）。她的厄運早已注定，她很清楚，所以她接受自己的命運，不去特別追尋也不逃離。就算哥哥是那樣一個人她也還是愛他，而且她不只是愛他，還愛他在面對他所認定的家族榮譽及這份榮譽終將毀滅的厄運時可以表現得像是尖酸刻薄的預言家以及從不動搖又剛正不阿的法官，他以為他愛著她但其實恨著她這個被他認定為盛裝家族驕傲卻又注定要走向敗亡的易碎容器，同時也認定她是玷汙家族名聲的骯髒工具；但不僅如此，她不只知道他的這副模樣還愛他，她愛他正是因為他本人沒有愛的能力，也接受他必須最重視的並不是她而是她負責保管的貞操，不過她本人倒是對這份貞操毫不重視：對她來說，這個脆弱的生理約束就跟指甲邊的翹皮沒兩樣。她本來就知道她哥哥愛死亡勝過一切，她也不忌妒，若有需要也很樂意為他獻上任何可能的毒藥（她的婚姻或許也在她的算計和思慮中達成了同樣效果）。結婚時她已懷上別人的孩子兩個月而且無論孩子性別都打算繼承哥哥的名字[13]，因為她和母親前一年夏天去孚蘭屈里克度假時遇見一個來自印第安納州的年輕好對象，而他們（她和哥哥）都知道她和這個對象結婚（一九一〇）時他即便活著也跟死掉差不多了。她在一九一一年時被對方離婚。一九二〇年時跟加州好萊塢一位拍電影的小巨頭結婚，一九二五年時兩人在墨西哥協議離婚。一九四〇年德軍佔領巴黎時她失去蹤跡，當時的她風韻猶存而且可能很富有，因為她看起來比實際年齡的四十八歲還小十五歲，不過之後沒人再聽過她的消息，只有傑佛遜鎮上的一個女人除外，她是郡立圖書館的館員，體型和膚色都跟老鼠很像，她這輩子沒結過婚，在城裡的學校讀書時一直是凱蒂絲．康普生的同班同學，不過後來的人生時光都在將一本本《永遠的琥珀》[14]有秩序地排好，並想辦法不讓國、高中生碰到《尤爾根》[15]和《湯姆．瓊斯》[16]，不過這些傢伙甚至不用踮腳就能拿到她放在後排書架上的書，而她自己可是要站到箱子上才能把那些書藏起來。一九四三年時的她有一整個星期無法專心又幾近崩潰，期間任何人只要走進圖書館都會發現她匆忙關上桌子的抽屜再轉動鑰匙鎖上（所以那些已婚婦女，也就是銀行家和醫生和律師的妻子，其中有些人以前高中時也跟她同班，她們在下午來到圖書館用曼非斯市或傑克遜鎮的報紙小心翼翼把《永遠的琥珀》和索恩．史密斯[17]的作品包好以免被人看見她們借走時，都相信她快要發病或可能已經瘋了），最後她某天下午才過了一半就將圖書館關門鎖上，將提包緊緊夾在手臂和身體之間，原本總是毫無血色的臉頰浮起下定決心的紅暈，然後她走進農具店，傑森四世一開始是這間店的店員，但現在已經獨力在此經營買賣棉花的生意，她大踏步走進那個幽暗如同洞窟且從來就只有男人走進去的地方——這個洞窟裡凌亂堆放著、牆上掛著，還有如同石筍般吊在天花板上的是農犁、圓盤耙片、一圈圈側鏈、車前橫木、騾軛、醃肉、廉價鞋子、馬布、麵粉和糖漿，這裡的幽暗是因為其中的商品與其說是打算展示出來，不如說是藏在這裡，因為那些向密西西比農夫（或至少說是密西西比的黑人農夫）提供農具的人，在農夫確實收穫作物且賣價大約可計算出來之前，是不希望讓他們知道他們可能想要買些什麼的，反而只會提供他們非得用上且已經明確提出要求的用品——然後她繼續走到傑森在店面後方設置的一個區域：那個用欄杆圍起來的空間中堆滿層架和文件分類格架，其中釘起來的軋棉機收據上滿是灰塵和棉絮，另外還有帳本跟棉花樣本，其間散發的臭氣中混雜著起司、煤油、馬具油還有巨大鐵爐邊有人咀嚼吐出的菸草，那菸草在那裡至少有一百年了吧，等她走到那張又高又像斜坡的長櫃檯時，傑森就站在櫃檯後方，她沒再去看打從她走進店內就默默停止說話甚至嘴巴都不再咀嚼的那些身穿連身工作服的男人，只是用一種快要昏倒的焦急姿態打開手提包翻找出一個東西後在櫃檯上攤開，然後當傑森低頭看時她就站在那裡全身發抖呼吸急促——那是一張圖片，顯然是從精美雜誌上剪下來的彩色印刷照片——那是一張充滿豪奢、金錢及陽光氣息的照片——背景是有山有棕櫚樹有柏樹還有海洋的麻田街[18]，還有一輛敞篷的、馬力強大的、昂貴的鍍鉻跑車，照片中的女人沒戴帽子，她的臉龐上方纏繞的是貴氣頭巾，下方穿的是海豹皮大衣，整張臉看不出歲月的痕跡又相當美麗、冷淡靜謐，而且可惡；在她身旁是一位英俊修長的中年男子，他身上掛滿德國參謀總部將軍的勳章和飾帶——這個身形和膚色都如同老鼠的老處女因為自己的冒失舉動又是發抖又是驚恐，她越過照片望著那個沒有子嗣的單身漢，一個漫長的男性血脈就終結在他身上，這個血脈中的男性總是講求體面且自尊心高，就算是已經無法維持自身的正直且所謂的自尊心幾乎淪為虛榮和自憐也不改其道：從那個除了一條命之外幾乎什麼也沒帶就逃離自己出生土地但拒絕接受失敗的流亡者開始，接下來那個人則是拿自己的性命和好名聲出來賭兩次輸兩次但也拒絕接受失敗，再來那個人用只能跑四分之一英里的機靈小馬當工具來為他遭拔銜的父親及祖父復仇後奪回他們應有的王室土地，然後是傑出又無畏的州長和將軍就算在戰場上沒能真正勇敢無畏地帶領大家打勝仗但至少在失敗時也賭上了自己的性命，到了最後那個文化素養高的嗜酒狂把繼承的最後一塊地產賣掉但不是為了買酒而是至少給後代一個他所能想到的最佳翻身機會。

「這是凱兒！」這位圖書館員低聲說。「我們得救救她！」

「是小凱沒錯，」傑森說。然後他開始笑。他俯瞰著那張照片站在那裡笑，他俯瞰著那張冷淡的美麗臉龐，那張臉龐因為在抽屜裡待了一星期後來又被放入手提包而皺巴巴的就連角落也捲起。這位圖書館員知道他為什麼笑，三十二年來她從沒有用「康普生先生」以外的方式稱呼過他，而這一切都是從一九一一年開始的，當時凱蒂絲遭到丈夫拋棄，把還是嬰兒的女兒帶回家留下後立刻搭下一班火車離開，之後再也沒有回來，而除了那位黑人廚師笛爾西之外，這位圖書館員也憑藉素樸的直覺猜到傑森有在以這孩子的性命及其父不詳的身分威脅她母親此生不准再回到傑佛遜，就連她寄來撫養孩子的那些錢，他也脅迫她讓自己成為這筆錢唯一且無從置疑的託管人，而在一九二八年那個女兒沿著排水管爬下來和一個小商販私奔後，這位圖書館員也就完全不願意跟他說話了。

「傑森！」她尖叫。「我們必須救她！傑森！傑森！」——就連他已經用大拇指和食指捏起照片越過櫃檯丟向她時，她還一直在這樣尖叫。

「那是凱蒂絲？」他說。「別開玩笑了。這婊子看起來還不到三十歲。我們談的那傢伙都五十歲了。」

隔天的圖書館還是整天大門深鎖，到了下午三點鐘，這位圖書館員就算又是腳痠又是筋疲力盡卻仍不屈不撓，她還是把提包僅僅夾在手臂和身體之間，從大路轉進曼非斯黑人住宅區內的一座整潔小院子後爬上一棟整潔小屋的前門階梯按響門鈴，門打開後一個跟她年紀差不多的黑人女子從門內安靜地望向她。「弗洛妮？是吧？」這位圖書館員說。「你不記得我了嗎——梅莉莎．米克，我來自傑佛遜的——」

「我記得，」這位黑人女士說。「進來吧。你是來找媽媽的吧。」她走進房間，那個整潔但塞滿東西的臥房屬於一個老黑人，其中散發著老人、老女人和老黑人的臭味，而那個老女人本人就坐在火爐旁的一張搖椅上，此時明明是六月但爐裡還有火在悶燒——那女人曾身形壯碩，身上穿著褪色但乾淨的印花棉布衣，頭上纏繞著潔淨無垢的頭巾，頭巾底下的朦朧雙眼顯然幾乎沒有視力可言——她把那張從雜誌上剪下來的捲角圖片放進她的黑色的手中，那雙手就跟那個女人所屬的種族一樣仍然飽滿細緻就彷彿她只有三十歲或二十歲或甚至是十七歲。

「這是凱兒！」圖書館員說。「就是她！笛爾西！笛爾西！」

「他怎麼說？」這名年邁的黑人女士說。圖書館員很清楚她口中指的「他」是誰，也沒有因此感到意外。她不意外這名年邁的黑人女士知道她（圖書館員）會知道她口中的「他」是誰，也不意外這名年邁的黑人女士立刻知道她已經把照片給傑森看過了。

「你難道不知道他會說什麼嗎？」她尖叫。「他一意識到她有危險就說那個人是她沒錯，就算我拿不出照片他也會這樣說。可是一旦他意識到有人、不管是誰喔、就算只有我想救她，而且是真的會嘗試去救她，他就說那個人不是她了。可是明明就是她啊！你看看！」

「看看我的眼睛，」這名年邁的黑人女士說。「我怎麼可能看見那張照片？」

「叫弗洛妮來！」這位圖書館員大叫。「她會認得她！」可是這名年邁的黑人女士已經把那張雜誌頁面小心沿著老舊的摺痕折回去，放回圖書館員的手中。

「我的眼睛已經不好了，」她說。「我看不見。」

於是事情就這樣了。六點鐘時她想辦法擠過擁擠的巴士總站，此時的她還將提包夾在手臂與身體之間，用另一隻手拿著來回車票的回程票，她被白天的人潮推擠到喧囂的月台上，其中只有少數幾人是中年平民，大多數人都是士兵和水手，他們經過這裡不是要離家就是送死，至於他們那些無家可歸的年輕女伴已經有兩年時間只能過一天算一天，如果運氣好能住在臥鋪車廂或旅館，如果不走運就是睡在日間客車車廂或巴士或車站或隨便哪個廊廳或公共廁所裡，她們停留時間比較長的是在慈善病房或警察局，但那段時間也只夠她們像馬一樣擠出肚子裡那頭小馬後就得繼續找地方住，最後這位圖書館員也想辦法擠上巴士，她的體型比所有人嬌小所以雙腳只能偶爾碰到地面，直到有個人影（穿卡其衣著的一名男子；她因為在哭所以完全看不清他的樣子）起身把她整個人舉起來放到一個靠窗座位上，她坐在位子上時還一直默默哭泣但至少可以望向窗外飛逝而過的城市景觀，這座奔馳而過的城市終於被她留在身後此時她將再度回到自己的家、那個在傑佛遜讓她感到安全的家，就算那裡的日子也帶有不可思議的熱情和騷動和哀慟和憤怒和絕望，反正只要六點鐘一到就能闔上這本日子之書，這本書就算只靠著孩子般柔弱無力的手也能放回其他毫無特徵的同類所在的那座靜謐、永恆的書架上，然後她就能轉動鑰匙將大門鎖上，並因此睡上一夜無夢的好覺。沒錯她心想，她再次哭起來事情就這樣了她不想去看不想知道那到底是不是凱兒因為她知道凱兒並不想被拯救難道還有任何值得被拯救的事物嗎畢竟她已經沒有任何值得失去的事物可以失去了

傑森四世。他是打從庫洛登之前第一個頭腦清楚的康普生家族成員同時（身為一個沒有子嗣的單身漢）也是最後一個。他這人講邏輯又理性自制甚至算是追隨老斯多葛學派

傳統的哲學家：他絲毫不把上帝的任何教誨放在心上只在乎警察的看法而唯一顧忌又尊敬的只有家裡那位為他煮飯的黑人女性，她是他打從出生以來的宿敵，自從一九一一年的那天後更是他的死敵，因為她也透過素樸的洞察力憑直覺猜出他正在利用他那還是嬰兒的外甥女的父不詳身分來敲詐這孩子的母親。他不只在康普生家族內部要抵禦攻擊並堅守陣地，也還得在接下來的世紀之交跟接管小鎮的史諾普家族競爭並想辦法立於不敗之地，因為此時的康普生家族和薩托利家族及其親族都已式微（但可不是史諾普家族的人，而是傑森・康普生本人──等母親過世後──當時他的外甥女已經沿著排水管爬下去後消失無蹤所以笛爾西失去了兩個可以與他斡旋的籌碼──就把他的白痴弟弟送給州政府撫養並清空整間老屋子，他一開始是把曾經華美耀眼的房子分割成他口中的一間間公寓然後再把這早已被糟蹋到不行的東西賣給一個拿來當成寄宿旅館經營的鄉下人），不過他要這樣做也不難，畢竟對他來說除了他自己以外的整座小鎮、整個世界乃至於整個人類種族中的每個人都是康普生家的人[19]，因此他無法清楚說明但可以確信他們無論如何不值得信任。康普生賣掉家裡草地的所有錢就是用來支付他姊姊的婚禮還有哥哥去哈佛讀書的學費，所以他只能錙銖必較地存下自己當店員打工的微薄薪資才有辦法去讀曼非斯的一間學校並在那裡學會鑑定棉花的等級，後來也才建立起自己的事業，在此之前，他那酗酒狂父親過世，他扛下整棟衰敗老屋中整個衰敗家族的生計，他因為他們的母親必須扶養他的白痴弟弟，犧牲了一個三十歲單身漢應有的權利或只是應得的事物又甚至是不可或缺的一切，只為了讓他母親的生活有辦法儘可能一成不變地過下去；這樣做並不是因為他愛她而僅只是（一個頭腦清楚的人總是這樣）因為他害怕那個他甚至無法逼走的黑人廚師，而且就連他試圖不付週薪給她也沒有用；儘管發生了這一切，他還是想辦法存下將近三千元（[20]他外甥女偷走錢的當晚他表示金額是二八四〇．五元；這些都是他錙銖必較又辛辛苦苦地靠著一角、二十五分和五十分的硬幣存起來的，而他沒把這些錢存進銀行因為在他看來銀行家不過也是康普森家的人，所以他只是藏在臥房內一個鎖上的櫥櫃抽屜裡，這間臥室裡的床都是他自己負責打理和更換床單，因為除了他本人進出以外的時間房門都會鎖上。在他的白痴弟弟嘗試跟家門外經過的女孩子支支吾吾地搭話卻失敗後，他沒讓母親知道就把自己指定為他的監護人，因此得以在母親就連這個白痴生物是否有出門都搞不清楚之前就把傢伙帶去閹了，而且在母親一九三三年過世之後不只終於永遠擺脫這個白痴弟弟和這棟房子，還擺脫了那個黑人婦女，他搬進農具店樓上的兩間辦公室內，他在這裡存放他的棉花交易帳本和棉花樣本，把整個空間改裝成一個有臥房—廚房—浴室功能的地方，週末時人們會看到一個高大樸素友善一頭黃銅色頭髮表情愉快年紀不是很輕的女性進出這裡，她頭戴寬邊精緻女帽並（在季節需要時）身穿仿毛皮大衣，大家會在週六晚上看見這兩個人，也就是這位中年棉花買賣商和這個女人——鎮上直接稱她為「他的曼菲斯朋友」——在當地電影院看電影，而到了週日早晨他們會拿著裝滿長麵包和雞蛋和橘子和湯罐頭的雜貨店紙袋爬上通往那間公寓的樓梯，他們姿態家常、男人一副寵妻模樣，儼然是一對結了婚的夫妻，直到週日將近傍晚時分的巴士載她回到曼非斯才分開。這時的他已然獲得解放。他自由了。「在一八六五年，」他會這樣說，「亞伯．林肯讓黑人得以擺脫康普生家獲得自由。而一九三三年，傑森．康普生讓康普生家擺脫黑人獲得自由。」

班傑明。出生時名叫默里，繼承的是他母親的弟弟的名字莫里[21]：莫里是個英俊、浮誇、自負但沒有工作的單身漢，他幾乎跟誰都借錢，就連笛爾西這個黑人也不放過，他會把借到的錢塞進口袋，然後一邊把手從口袋裡抽出來一邊向她解釋在他眼裡她不只就像姊姊的家人，在世界各處的任何人眼裡也都一定是名天生的淑女。終於就連默里的母親都意識到默里是個白痴且不停啜泣地表示他的名字一定要改時，他的哥哥便替他重新命名為班傑明（班傑明，我們被賣到埃及的么子[22]）。他愛三樣事物：為了支付凱蒂絲婚禮及昆丁學費而賣掉的那片草地、他的姊姊凱蒂絲，還有火光。這三樣他都沒有失去因為他不記得他的姊姊只記得他失去了她，而火光在他睡去後也是同樣燦亮的形影，至於草地在賣掉之後還比賣掉之前更好，因為現在他跟ＴＰ可以無時無刻沿籬笆追著人類的各種動態跑，就算那是有人在揮動高爾夫球桿他也不管，而且ＴＰ可以把他們帶到一些草坪或雜草堆，然後TP手上會突然出現小小的白球，然後當球被丟向木板地或燻房牆面或水泥人行道時，那顆球可以跟他甚至不知道稱為重力的力量以及所有其他永恆不變的法則抗衡或甚至勝過那些力量。他在一九一三年去勢。一九三三年被送入傑克遜的州立療養院。這兩件事也沒讓他失去什麼，因為就跟他的姊姊一樣，他記得的不是草地而是失去了草地，而火光還是睡眠時那燦亮的形影。

昆汀。最後一位了。凱蒂絲的女兒。她在出生前九個月就沒了父親，出生時父不詳而且早在決定她性別的受精卵分裂那一刻就已注定不會結婚。在她十七歲時，也就是在我主復活的第一千八百九十五週年紀念日當天[23]，她鑽出窗戶再沿著排水管逃出中午時被她舅舅鎖進去的房間，然後爬到他那間上鎖的空蕩蕩臥房的上鎖窗戶外打破一片窗玻璃後爬進去，再用舅舅的火鉗撬開那個上鎖櫥櫃抽屜後拿出裡面的錢（也不是二八四〇．五元，其實是將近七千元，而這才是傑森暴怒的真正原因，那火紅又難以承受的怒氣在當晚燃燒著，接下來五年間他偶爾想起時怒火幾乎可說沒有稍減，他甚至真心相信自己可能會因此毫無預警地遭到這分怒火摧毀，就像是一顆子彈或閃電一樣瞬間將他斃命：他被搶走的不只是少少的三千元而是將近七千元但這件事他無法告訴任何人；因為他被搶的不只是三千元而是七千元這件事永遠不可能獲得其他男人的理解——他不需要這些人的同情——畢竟有哪個不幸的男人會跟他一樣姊姊跟外甥女都是婊子呢，而他甚至還不能去報警；因為他損失的有四千元本來就不屬於他導致他連本來就屬於自己的三千元也拿不回來因為那一開始的四千元是他外甥女的母親十六年來為了贍養並扶養她而提供的一部分金錢因此是她的合法財產，此外這四千元還根本就不存在，因為他作為外甥女的監護人兼財產託管人必須在保證人的要求下向地區首席法官繳交年度報告，而在官方紀錄上這些錢都早已花掉也用完了：所以他被搶的不只是他偷來的錢還有他的積蓄，而且還是被他的受害者搶走；他被搶的不只是他冒著可能入獄的風險而獲得的不義之財還有他犧牲許多才存下來的錢，那幾乎他是靠著一枚枚十分或一角硬幣努力攢起來的，而且還存了將近二十年：此外搶他的人不只是他的受害者，還是個沒有預謀或計畫就一次成功的孩子，她甚至不知道也不在乎她在撬開那個櫥櫃抽屜時會找到多少錢；他現在甚至無法去找警察求助：他總是小心翼翼對待這些警察，從來不給他們添麻煩，多年來支付稅金讓他們過著像是寄生蟲還能以到處羞辱人為樂的生活；不只如此，他也沒有想要自己去追捕那個女孩因為萬 抓到了她可能把事情全抖出來，所以他只能做著虛無徒勞的夢並在事發後的二、三甚至四年間明明應該要忘記了卻還是在晚上因為這樣的夢輾轉反側：夢中的他毫無預警地逮到她，而且是從陰暗的角落撲向她，當時她還沒花光所有錢，而且在她還來不及開口之前就已殺掉她）然後在薄暮時分沿著同樣一根排水管往下爬後再跟一個已經被判重婚罪的小商販私奔。此後她消失了；無論之後她遭遇了什麼樣的佔領總之對方不會是搭乘鍍鉻的賓士車前來；無論她拍了什麼照片總之裡面不會有參謀總部的將軍。

就是這些人了。剩下的不是康普生家的人。他們是一些黑人：

T P.。他總在曼非斯的比爾街上晃蕩，身上穿著芝加哥及紐約血汗工廠特別為他這種人製作的漂亮、鮮豔、俗氣又不可理喻的衣服。

弗洛妮。她跟一位臥鋪車廂服務員結婚後搬到聖路易住，之後又搬回曼非斯為她母親打造一個家，因為笛爾西拒絕搬去比曼非斯更遠的地方。

勒斯特。一個十四歲的男子。他不只完全有能力把一個年紀是他兩倍、體型是他三倍的白痴照顧得很安全，還有辦法逗他開心。

笛爾西。

他們[24]刻苦地活著。

1 這個法文的原意就是「那個人」（福克納自己翻成英文 The Man），在此或可翻譯為「命定之人」。

2 這個法文的原意是「人的」，在此或可翻譯為「人中之人」。

3 指的是一八三七年當選的美國第七任總統安德魯．傑克森（Andrew Jackson）。

4 這裡的瓦希鎮（Wassi Town）指的是華盛頓特區。

5 附錄中的所有 Jason 都翻成傑森，不過在正文中為了不讓讀者太過混淆，傑森三世翻譯成「杰森」，而傑森四世則以「傑森」指稱。

6 這裡指的是丹尼爾．布恩（Daniel Boone），他的開拓事蹟讓肯塔基州得以納入美國邦聯。

7 傑森．來古格士（Jason Lycurgus）中的傑森指的是希臘神話中帶隊去尋找金羊毛的人；來古格士是古希臘的政治家，據傳是他創立了整個斯巴達的教育、軍事及政治改革制度。

8 納契茲古道（Natchez Trace）是連接田納西和密西西比的一條森林小徑。

9 弗隆（furlong）是現在常用於賽馬的距離單位，一弗隆大約等於二〇一公尺。

10 在美國內戰結束後的重建時期，南方人會用提包客（Carpet-baggar）這個帶有貶意的名字稱呼那些為了自身利益剝削南方人的北方人，後來主要指稱投機客。

11 賀拉斯（Quintus Horatius Flaccus）是古羅馬黃金時期的詩人、李維（Titus Livius）是古羅馬的哲學家、詩人及歷史學家，卡圖盧斯（Gaius Valerius Catullus）也是古羅馬詩人。

12 附錄中的細節跟正文不太相同，正文中這位玄外孫女是沿著樹往下爬，而且私奔的對象是劇團演員。此後也有一些細節與正文並不相同

13 原文寫繼承 Quentin 這個名字，不過在此書正文中為了讓讀者不至於太過混淆，凱兒的哥哥翻譯成「昆丁」，凱蒂絲的女兒名字則翻成「昆汀」。

14 《永遠的琥珀》（*Forever Amber*）是一本一九四四年出版的美國愛情小說，作者是凱斯琳·溫索（Kathleen Winsor），故事背景設定在十七世紀的英格蘭，其中有許多跟性愛有關的橋段。

15 《尤爾根》（*Jurgen*）是美國作家詹姆斯·布蘭奇·卡貝爾（James Branch Cabell）在一九一九年出版的奇幻小說，其中有很多戲仿經典作品的橋段，另外也有大量性愛相關橋段。

16 《湯姆·瓊斯》（*Tom Jones*）是英國作家亨利·菲爾丁（Henry Fielding）在一七四九年首次發表的小說作品，其中訴說的是一個棄兒的故事，其中有提到跟妓女以及婚外性行為的段落。

17 索恩·史密斯（Thorne Smith）是美國二十世紀初期的小說家，他會用喜劇和奇幻的筆法書寫有關性愛的故事。

18 麻田街（La Canebière）是法國馬賽老港邊的一條街道。

19 傑森的母親在正文中表示康普生家的人只有傑森不像康普生家的人，反而比較像她這個家族的人，傑森在此繼承了這個想法。

20 原文裡沒有出現這個夾注號的下半部。

21 原文皆是 Maury，正文中為了不讓讀者太過混淆，班傑明的舅舅名字翻譯為莫里，班傑明的原名則翻譯為默里。

22 這裡是引用《創世紀》中的典故。約各和拉結的么子便雅憫（班傑明）備受呵護，糧荒時，約各也不願意讓他到埃及犯險。而事實上，被賣到埃及為奴的是便雅憫的哥哥，約瑟。

23 《路加福音3：23》：「耶穌開頭傳道，年紀約有三十歲。」而根據《約翰福音》所指，耶穌傳道歷經四次逾越節，因此可推估耶穌受難及復活時為三十三歲，也就是西元三三年。於是「我主復活的第一千八百九十五週年紀念日」是指一九二八年的四月八日（復活節當日）。

24. 意指笛爾西及前面提到的所有黑人。

國家圖書館出版品預行編目（CIP）資料｜聲音與憤怒／威廉．福克納（William Faulkner）著；葉佳怡譯 . -- 初版 . -- 新北市：堡壘文化有限公司雙囍出版：遠足文化事業股份有限公司發行，2023.04 ｜ 480 面；14.8×21 公分 . --（鑽石孔眼；3 ｜譯自：The sound and the fury ｜ ISBN 978-626-97221-0-5（平裝）｜ 874.57 ｜ 112003189

鑽石孔眼 03

聲音與憤怒

The Sound and the Fury

作者：威廉．福克納（William Faulkner）

譯者：葉佳怡

堡壘文化有限公司　雙囍出版

總編輯：簡欣彥｜副總編輯：簡伯儒｜責任編輯：廖祿存｜行銷企劃：曾羽彤｜裝幀設計：陳恩安

讀書共和國出版集團

社長：郭重興｜發行人：曾大福｜業務平臺總經理：李雪麗｜業務平臺副總經理：李復民｜實體暨網路通路組：林詩富、周宥騰、郭文弘、賴佩瑜、王文賓、范光杰｜海外通路組：張鑫峰、林裴瑤｜特販通路組：陳綺瑩、郭文龍｜電子商務組：黃詩芸、陳靖宜、高崇哲、彭澤葳、曹芳瑄｜閱讀社群組：黃志堅、羅文浩、盧煒婷、程傳玨、沈宗俊｜版權部：黃知涵｜印務部：江域平、黃禮賢、李孟儒

出版：堡壘文化有限公司　雙囍出版｜發行：遠足文化事業股份有限公司｜地址：231 新北市新店區民權路 108-3 號 8 樓｜電話：02-22181417 ｜傳真：02-22188057 ｜ Email：service@bookrep.com.tw ｜郵撥帳號：19504465 遠足文化事業股份有限公司｜客服專線：0800-221-029 ｜網址：www.bookrep.com.tw ｜法律顧問：華洋法律事務所／蘇文生律師｜印製：中原造像股份有限公司｜初版 1 刷：2023 年 04 月｜定價：新臺幣 580 元｜ ISBN：978-626-97221-0-5 ｜ EISBN：9786269722129（PDF）9786269722112（EPUB）